Marc Bulin

Artefakt

Der Fund, den es nicht
geben dürfte

Thriller

SWB
Verlag

Umwelthinweis:
Dieses Buch wurde auf chlor- und
säurefreiem Papier gedruckt

1. Auflage 2012

Lektorat: Rose Bienia, Tübingen

Umschlaggestaltung: Sig Mayhew
www.mayhew-edition.de

Satz: Jürgen Bauer, Remscheid

Druck und Verarbeitung: E. Kurz + Co., Druck
und Medientechnik GmbH, Stuttgart
www.e-kurz.de
Printed in Germany

ISBN: 978-3-942661-80-5
www.swb-verlag.de

Artefakt

Prolog

Auf einer felsigen Kuppe über dem Meer unweit von Port-au-Prince saß ein alter Mann in einer morschen Holzhütte. Wobei er mehr in den Fesseln hing, die seinen ausgezehrten Körper in Position hielten, als dass er wirklich saß. Der Schädel des Greises lag auf seiner Brust, als wäre er tot. Lediglich an der langsamen Bewegung des Brustkorbes war das vegetativ gesteuerte Atmen noch zu erkennen. An dem weißen Kopf- und Barthaar klebte Blut, das aus Wunden an der Schädeldecke und aus tiefen Einschnitten, die seinem gefurchten Gesicht zugefügt wurden, hervorquoll. Der gemarterte Greis schaute plötzlich mit durchbohrendem Blick seinen Peinigern in die Augen. Sogar in der machtlosen Lage, in der er sich befand, scheuten seine Folterer den direkten Kontakt seiner Blicke. Ein mysteriöses Lächeln erhellte plötzlich das geschundene Gesicht, als er leise sagte: «Ihr verliert eure Zeit, Tontons, von mir werdet ihr Idioten nichts erfahren, und außerdem könnt ihr mit dem Wissen nichts anfangen. Richtet das den Auftraggebern aus, die euch bezahlen. Und beeilt euch, ihr Affen, denn ich hatte eben die Vorahnung eures Todes.»

Kommissar Antoine Dessaline und sein Adlatus Louis Petitvoltaire schauten sich fassungslos an. Aus den Augen der beiden Tonton Macoute, den ehemaligen Schergen Francois Duvaliers, blitzte dem Alten der blanke Hass entgegen. Seit zwei Stunden hatten sie den mageren Menschen in der Mangel, ohne den geringsten Erfolg erzielt zu haben. Die Wut, die sie dem Alten gegenüber zum Ausdruck brachten, war sehr geprägt von dem ängstlichen Respekt, den sie in Wahrheit empfanden. Je brutaler sie sich gebärdeten, desto mehr drückte es ihre eigentliche Ohnmacht aus.

«Nun ist der Spaß zu Ende, schrie Dessaline mit gesteigerter Mordlust in seinen kleinen Schweinsaugen. Wenn du uns nicht augenblicklich sagst, wo du die Rolle versteckt hältst, werden wir dir solche Schmerzen zufügen, dass du wahnsinnig wirst. Zeigst du dich endlich kooperativ, verspreche ich, dich ohne weiteren Schaden gehen zu lassen.»

Der alte Mann antwortete so leise, dass seine beiden schwarzen Folterer ihn nicht verstanden.

«Was sagtest du?», fragte der stupide Louis und hielt sein Ohr direkt an den Mund der Geisel.

«Sag deinem Boss, er soll weniger fressen, kleiner Kretin, sonst ist er bald blind, weil ihm die Augen zuwachsen», flüsterte der Alte mit einem Lächeln.

Dessaline, der es dieses Mal verstanden hatte, schäumte vor Wut.

«Nimm die Zange, Louis, und fang an, dem alten weißen Schwein die Nägel auszureißen», befahl er in einem Ton, der seinen versteckten Sadismus preisgab.

Der kleine Louis falzte die Lippen – seine Mimik erinnerte an einen Staffordshire – schnappte die Zange, griff eine der beiden hinter der Lehne gefesselten Hände und riss sie an sich.

Der alte Mann verspürte einen jähen Schmerz, hervorgerufen durch den extremen Winkel, der seinem Ellbogen zugemutet wurde. Dies ließ ihn den brutalen Abriss seines Daumenfingernagels kaum spüren.

«Hat es Spaß gemacht?», fragte der Alte, wobei er seine letzte Willenskraft mobilisierte.

Seine Folterknechte schauten sich erneut ungläubig an.

Petitvoltaire, blind vor Wut, riss daraufhin dem armen Opfer drei Nägel in Folge aus. Ohne einen Laut von sich zu geben, sackte der Weißhaarige in sich zusammen. Aus seiner gemarterten Hand floss nun das Blut auf den staubigen Boden der Hütte.

Der letzte Gedanke des Alten galt dem Peiler, den er noch einstecken konnte, als die korrupten Schergen der Polizeimafia von Port-au-Prince ihn mitnahmen. Die leise Stimme, mit der er seinen letzten Satz von sich gab, klang unheimlich und sibyllinisch.

«Noch eh es Nacht wird, bist du tot, Louis.»

Erster Teil

Erstes Kapitel

I

Das Taxi, in dem Malcolm Bolan unglücklicherweise vorne Platz nahm, setzte sich in Bewegung. Es eierte los, als wären Räder nie rund gewesen, als wäre jedes einzelne aus der Form geraten. Als sie an dem Wahrzeichen von Marrakesch, der Koutoubia, vorbei kamen, wollte der Fahrer wissen, ob er zum ersten Mal in der Stadt sei, sein Fahrpreis hing allem Anschein nach davon ab. Hierin unterschied er sich in keiner Weise von seinen Kollegen weltweit. In vielen Ländern gehört der Blick auf den Taxameter zu den überflüssigsten Sachen der Welt.

Durch die gesenkten Fenster des alten Peugeot strömte der ganz normale Auswurf tausender verrotteter Auspuffanlagen herein. Die hoffnungslos verstopfte Arterie zwischen der Koutoubia und dem Djemaa el Fna kann für den Fußgänger zum Albtraum werden. Ihm droht ein längerer Zwangsaufenthalt zwischen Fahrzeugen, welche einen technischen Überwachungsverein nie kennenlernen werden.

Malcolm gab dem Fahrer zunächst keine Antwort. Dieser versuchte ihm mit seinem besten Französisch zu schmeicheln und bestrafte ihn mit einem nahezu unverständlichen Geschichtsunterricht über die Stadt. Demonstrativ streckte Malcolm seine Nase zum rechten Fenster hinaus, eine Geste, die seinen Rhetorikkünstler keineswegs zum Schweigen brachte. Malcolm wollte die Fahrt in Ruhe hinter sich bringen, sein Chauffeur jedoch redete unverdrossen weiter, aber von nun an mit extrem gesteigerter Lautstärke, aus Sorge, Malcolm könnte ihm nicht mehr zuhören, bis endlich aus seinen von Barthaaren überwucherten Lippen die ersehnte Frage ertönte, die das Ziel ankündigte.

«Bab-kechich, sayed?»

«Ouacha Habibi.»

Nach einigen waghalsigen Überholmanövern diverser Eselskarren

erreichten sie schließlich die gewählte Pforte – eine der sieben, die in die Medina führten.
«Où à Bab-kechich, Patron?»
«Derrière l'Hôpital, près de la Poste, mon ami.»
Als sie auf dem kleinen Platz hinter der Post ankamen, griff Malcolm seine Tasche auf der Rückbank, gab dem Fahrer dreißig Dirhams und ging. Beide wussten genau, dass Einheimische für die Fahrt zwanzig bezahlt hätten. Wie immer trieben sich einige Jungs auf dem Platz vor der Post herum, deren Aufmerksamkeit Malcolm sofort erregte. Sie bieten sich als Führer an, um jeden, der auch nur annähernd fremd wirkt, durch die verwinkelten, abenteuerlich wirkenden Gassen der Medina zu geleiten. Im Allgemeinen sind diese Kinder geduldige Führer, deren kulturelle und geschichtliche Kenntnisse schon viele Reisende in Erstaunen versetzt haben.
«Cherchez Riad mon ami?», fragte ihn ein kleiner Frechdachs mit verschmitztem Lächeln.
«Non Habibi. Ich kenne meinen Weg.»
«Juste quelques Dirhams où stylo. Tu as stylo, Patron?» Der Besitz eines schönen Kugelschreibers für die Schule lässt die Jungs hier in eine Liga aufsteigen, die sich ihre europäischen Altersgenossen mittlerweile mit exklusiven Handys erkaufen müssen.
«Non mon cher. Ich habe keinen Kuli.»
Der Kleine sah Malcolm an, dass hier kein Business zu erwarten war, so verzog er sich, um sich erneut auf die Lauer zu legen. Malcolm blickte ihm nach, um sein Quartier ausfindig zu machen, da bemerkte er einen kahlköpfigen Mann, der sich mit seinem Taxifahrer stritt. Sein markantes, nordisch blasses Gesicht war ihm schon im Foyer des Hotels, in dem er die letzte Nacht verbracht hatte, aufgefallen. Malcolm war perplex, was auf keinen Fall hätte geschehen dürfen, war passiert. Man war ihm gefolgt. Er gewann seine gewohnte Fassung schnell zurück, aber er überlegte fieberhaft, wie es dazu hatte kommen können.
Es gab nur einen Weg, um sich Gewissheit zu verschaffen, so rief er den kleinen Frechdachs diskret zu sich und bat ihn, sich dem Kahlköpfigen anzupreisen.

«Ich gebe dir hundert Dirhams, wenn du ihn führst, und weitere hundert, wenn du ihn weit weg ins Riad Gélise bringst, dorthin werde ich mich selbst aufmachen ...»
«Ouacha, Sayed.»
«Komm anschließend zu Abou, dem Friseur um die Ecke, dort bekommst du deinen Lohn.»
Malcolm machte sich auf den Weg durch den unglaublichen Wirrwarr an Gassen in der Medina. Doch heute hatte er keinen Sinn für den Duft von frisch gehobeltem Akazien- und Sandelholz aus den Schreinerwerkstätten. Auch den Rhythmus der vielen kleinen Hämmer der Kupferschmiede, die Formen und Motive in die geduldigen Kupfer- und Messing-Bleche zwangen, nahm er jetzt kaum wahr. Rasch durchschritt er den größten Souk des Landes, der über dreißigtausend Handwerker ernährte, und drängte sich an den kleinen Pritschenwagen, die Esel durch die engen Gassen zogen, vorbei. Das permanente Spiel von Schatten und Licht sorgt immer wieder für verirrte Ausländer, die dem weitausgedehnten Labyrinth nicht gewachsen sind, wobei es den mutigeren Nachtwanderern noch schlimmer ergeht. Nahe des Riad Gélise ging Abou, der Friseur, seinen Geschäften nach, dort spekulierte Malcolm auf einen Platz, von dem aus er die Gasse übersehen und seinen Verfolger und seinen Lotsen beobachten konnte.
«Sabahalcher Monsieur», begrüßte ihn der Figaro. «C'est pour la Barbe, comme l'autre fois?»
«Ouacha. Rasur und Bartschneiden wie letztes Mal», gab er ihm zu verstehen. Der Besuch in dem kleinen Geschäft, in dem alles sehr sauber und hygienisch zuging, glich einem Nostalgietrip, und die interessanten Gespräche mit dem Meister waren ihm jedes Mal ein Vergnügen. Sein Platz war genau der richtige. Kaum auf dem Stuhl, sah Malcolm den Kleinen samt seinem Klienten vorbeikommen. Abou, der Friseur, wetzte nochmals sein beängstigendes Rasierbesteck und fing an, ihm den Hals von den lästigen Stoppeln zu befreien. Als er die alte Schere ansetzte, um ihm den Bart in Form zu schneiden, sah Malcolm auch schon den kleinen Lotsen zurückkommen.
«Abou, rufe den Jungen rein, memfadzleck.»

Strahlend betrat der Kleine den Laden, stellte sich neben ihn und erzählte.
«Ich sagte dem Kahlköpfigen, dass der Mann, der weit vor uns durch die Medina wandert, sicherlich auch ins Gélise geht und dass es hier kein anderes Riad gibt. Er schien aber nicht besonders an dir interessiert, Patron.»
«Hier sind deine Dirhams. Ich bin stolz auf dich, das hast du gut gemacht.»
«Chokran Sayed», bedankte er sich und meinte noch beim Gehen, «Patron, wenn du mich wieder brauchst, mein Headquarter ist bei der Post.»
«Wie heißt du, mein Junge?»
«Moussa, Monsieur.»
«Moussa, kennst du die Leute im Riad Gélise?»
«Klar, alle. Ich begleite die Gäste oft bis zu den Souks und bringe sie wieder zurück ins Gélise. Wenn ich sie in der Nacht zu den Restaurants führe, bekomme ich mehr Bakschisch, weil ich stundenlang vor der Tür warten muss. Den Heimweg findet ohne mich keiner, und sie haben alle Angst sich zu verirren.»
«Kannst du dich diskret erkundigen, unter welchem Namen der Mann sich eintragen ließ?»
«Oui, bien sûr. Wie viel Dirhams gibst du mir?»
«Ich gebe dir hundert – und fünfzig für deine Kontaktperson im Hotel.»
Amüsiert dachte Malcolm, dass sein Kontakt wahrscheinlich gar nichts bekommen wird, aber es war ein Ansporn mehr für den Kleinen, an das geforderte Wissen zu kommen.
Er verschwand erneut, so fasste Malcolm sich in Geduld, obwohl ihm der Kahlköpfige nicht aus dem Kopf ging, und studierte Abous Geschäft. Ein Herrenfriseur in der Medina ist eine Reminiszenz an die Coiffeurbetriebe im Europa der Fünfzigerjahre, jedoch mit dem allgegenwärtigen und immer lärmenden Fernseher als Zugeständnis an die Moderne. Die jüngeren Leute gehen heutzutage alle ins europäische Viertel, insbesondere die Mädchen, wo man ihnen die neuesten Frisuren aus Paris verpasst. Die jungen Berberinnen sind sehr

eitel, und ihre prachtvollen schwarzen Haare sind ein Eldorado für jeden Haarstylisten, der mit Leichtigkeit jede noch so anspruchsvolle Frisur daraus modellieren kann. Viele der jungen Frauen kommen aus Casablanca, Rabat oder Meknes nach Marrakesch, um hier zu arbeiten. Sie entfliehen dem strengen Umfeld der Heimat und manche lassen ihre langen Mähnen in moderne Kurzhaarfrisuren verwandeln. Kurzgeschnittene Haare verlangen der Orientalin etwa den Mut ab, den eine Europäerin braucht, um sich eine Glatze scheren zu lassen.

Moussa erschien schon kurze Zeit danach, um ihm seinen Erfolg mit sichtlich stolzer Miene zu melden.

«Patron mon ami, er ist registriert unter dem Namen Asgaard, Pater Leiff Asgaard, und er kommt aus Schweden.»

Bolan lag auf seinem Bett in der Koutoubia Suite. Es war die größte im Riad Assouel, lang und schmal, aber äußerst geschmackvoll gestaltet. Er hatte die Gardinen zurückgezogen und die Fenster weit geöffnet. Dies gab die Sicht frei auf die gegenüberliegende Mauer des kleinen Innenhofes, an der sich eine traumhafte Bougainvillea emporgearbeitet hatte, die den Moucharabieh, die marokkanische Holzeinfassung der Fenster, umschlang. Das Riad Assouel war ein Kleinod, ein Schmuckstück im alten marokkanischen Stil. Immer wenn er sich zu Fuß durch die Medinagassen von Marrakesch bis zur schweren Holztüre des kleinen Hotels gekämpft hatte, genoss er es zunächst, den kleinen dunklen Flur zu passieren, um gleich danach in einen strahlend hellen Innenhof einzutreten.

Der winzige Pool, der den Mittelpunkt bildet, wird von allen vier Seiten von traumhaften Lounges im schönsten arabischen Stil umsäumt. Jede der Lounges im Parterre des Patios ist offen und wie die Suiten in den darüberliegenden Etagen verschieden eingerichtet. Das einzige verbindende Element aller Räume sind ihre mit perfektem Tadellack bearbeiteten Wände. Tausendundeine Nacht hat hier Domizil gefunden. Auf der Dachterrasse, die hoch oben um den Innenhof führt, befindet sich ein Berberzelt.

Dort verbrachte er früher oft die lauen Abende, nirgends empfand er den exotischen Reiz dieser Stadt stärker. Der Rundumblick über die Dachterrassen Marrakeschs Medina, deren chaotischer Zustand dem ordnungsliebenden Europäer befremdend vorkommt, faszinierte ihn stets von Neuem. Am Abend dort oben dem Ruf der vielen Muezzine zu lauschen, hat schon manch europäisches Gemüt erschauern lassen.

«Habibi, du bist schon hier? Ich komme gleich.»
Imane ist die Seele des Riads. Leiterin, Organisatorin, sogar Köchin, wenn es brennt oder sich Gäste wie Bolan ansagten. Imane kann alles organisieren und besorgen, sie kommt zum Flughafen, wenn man sie bestellt, bucht Restaurants, kennt viele Händler und Handwerker, zudem ist sie aufgrund ihrer Vergangenheit in der Touristikbranche eine ausgezeichnete Kennerin des Landes geworden. Sie ist eine Berberin mit rabenschwarzem gewelltem Haar und mit Kurven ausgestattet, die selbst einen frommen Trappisten gefährden könnten. Ihre Mandelaugen sieht man nur bei den Frauen ihres Stammes. Von ihrem Naturell her ist sie ein «nie versiegender Brunnen der Freundlichkeit», um ihre warmherzig-freundliche Art orientalisch zu umschreiben, und absolut vertrauenswürdig. Bolan kannte sie schon seit Jahren, so wurden sie mit der Zeit echte Freunde.
Nach einem zaghaften, unnötigen Anklopfen stürmte sie herein, umarmte ihn und setzte sich auf die Bettkante.
«Salam Aleikum habibi, kahifa hahllak?»
«Mir geht es gut – und dir?»
«Wie immer Malcolm, du weißt ja, Geschäft, Mann, die Kinder, das Leben fließt wie ein Strom so dahin, und man realisiert gar nicht, wie die Zeit unaufhaltsam vergeht. Irgendwann schaust du morgens in den Spiegel und fragst dich, wo die Jahre eigentlich geblieben sind. Uns Frauen betrifft das noch stärker als euch. Warum hast du nicht angerufen? Ich wäre doch raus zur Menara gefahren.»
«Ich bin so gut wie undercover hier in Marra, Imane, und werde mich noch eine Zeit bedeckt halten, ma chère. Und im Übrigen siehst du blendend aus, so mach dir nicht allzu viele Gedanken, wir werden alle älter, ob Mann oder Frau.«

«O.k., ich frage nichts mehr. Aber wenn du mich brauchst, ich steh zu deinen Diensten. Ouacha?»
«Chokran Imane, ich komme gewiss darauf zurück.»
«Imane», fuhr Bolan fort, «ich habe letzte Nacht vorsichtshalber im Atlas Medina übernachtet. Am Morgen fiel mir ein Mann im Foyer auf. Als ich das Taxi in der Medina bei der Post verließ, heuerte genau dieser Mann einen Jungen an, um mir zu folgen. Viele Neuankömmlinge denken, die erfahrenen Ausländer kennen die guten Riads und folgen diesen, das weiß ich wohl. Wer will nicht wenigstens einmal in der Medina die Nacht verbringen? Dieser Ort ist magisch. Allerdings kommen auch genug Europäer mit einem romantischen Bild im Kopf, und einmal mit der Realität konfrontiert, steht plötzlich der Kulturschock vor der Tür. Der Mann jedenfalls scheint Skandinavier und ein Pater zu sein, ich war noch geistesgegenwärtig genug, um ihn ins Gélise zu lenken.»
«Wenn er im Gélise übernachtet, wird er dort auch essen. Nachts als Fremder wieder ins Hotel zurückzufinden geht nur mit einem GPS, Malcolm. Ich werde später ins Gélise gehen, um mich etwas umzusehen.»
«Sei vorsichtig, er ist schlau und professionell. Ich habe ihn nur durch einen Zufall entdeckt, weil er mit seinem Taxifahrer in Streit geriet.»
«Auch ich bin schlau – und hier zu Hause!» Imane, die stolze Berberin, hob lachend das Kinn. «Sei unbesorgt, er wird keinen Verdacht schöpfen, und ob es sich um einen echten Pater handelt, werde ich gleich herausfinden. Die Männer seiner Zunft, auch wenn sie an Frauen Interesse zeigen, reagieren anders als der übliche Teil des männlichen Geschlechtes. Ihr müsstet euren Geistlichen gestatten zu heiraten, mein Freund, dann würden sie nicht laufend Frauen belästigen oder sich an kleinen Buben vergehen.»
«Du sprichst mir aus der Seele, Imane, aber dafür ist der Papst zuständig.»
«Nun – ich verstehe das schon, eine so alte Tradition über Bord zu werfen ist sicher nicht leicht, das Heiratsverbot in der Kirche Roms existiert ja schon über tausend Jahre. Ich habe viele katholische

Priester hier in Marokko und auch in Frankreich kennen gelernt, die das Zölibat bestimmt als Last empfanden, aber würdevoll damit lebten. Was aber das dumme Kondomverbot angeht, gerade hier in Afrika, das zeugt in meinen Augen nicht gerade für die Weitsicht des Mannes an der Spitze. Er mischt sich da in die Intimsphäre verheirateter Paare ein, maßt sich an Moralregeln aufzustellen, und nebenbei verüben einige seiner Priester pädophile Taten an jungen Menschen. Kein Wunder, dass die Jugend sich von ihm distanziert. Erschreckend ist, dass man das Gefühl bekommt, der Papst sähe die Aufdeckung der schlimmen Fälle mehr als Denunziation seiner Priester. Der Mann ist ein lebender Anachronismus.»

«O.k., Imane.» Bolan wollte ihr noch sagen, dass es gerade ein Anachronismus war, der ihn nach Marrakesch führte, schwieg aber. Auf einen theologischen Disput mit der jungen Muslimin war er zudem weder vorbereitet noch dazu gelaunt. Interreligiöse Diskussionen waren ihm generell ein Gräuel, denn aus Erfahrung wusste er, dass sie nach Stunden genauso enden wie sie anfingen. Jeder besitzt die Wahrheit, ob Christ, Moslem, Jude oder irgendein anderer Religionsvertreter, sie alle haben Recht im Gegensatz zu den anderen, die immer dem falschen Glauben angehören. Bolan war mit den Jahren zu der Überzeugung gekommen, dass diskutieren nur mit Philosophen und Freidenkern einen Sinn machte, Menschen, die sowohl die Erde als auch die Weltliteratur bereist haben. Er war längst der Auffassung, dass die Suche nach Wahrheit die Seele eines Nomaden forderte, und so verschwendete er keine Zeit mehr mit der mühseligen Aufgabe, aus Karnivoren Vegetarier machen zu wollen.

«Ich werde später in die Stadt gehen, es könnte aber jemand kommen, der mich hier aufsuchen will. Ich kenne ihn nicht persönlich, er ist Amerikaner. Solltest du nicht hier sein, so lege deiner Vertretung ans Herz, sie solle ihn fragen, woher er mich kennt. Er wird antworten: aus der Kammer der stillen Einkehr. Bei jeder Antwort, die davon abweicht, sagt ihm, ich sei schon ins Ausland abgereist.»

«Ouacha Malc, ich richte mich persönlich danach, mir scheint, dies ist eine Situation, in der delegieren nicht angebracht ist.»

Als sie ging, schloss Malcolm die Augen, er ließ die letzten Tage nochmals Revue passieren.

II

Professor Züngeli machte eine ausladende Armbewegung.
Was sind schon 4,5 Milliarden Jahre, wenn ein Paläoanthropologe den Bogen bis zur Entstehung der Erde spannt und mit großer Geste Milliarden von Jahren überschlägt, dachte Malcolm, während er seinem Gegenüber zuhörte, der ihm einen Vortrag über die Evolution hielt.
Züngeli, Ethnologe und Paläoanthropologe am Baseler Völkerkundemuseum, räusperte sich, griff seine Tasse Tee, nahm langsam einen kleinen Schluck und fing zum wiederholten Male an seine Brille zu putzen. Seine kleinen flinken Augen gingen unstet hin und her. Ein Eindruck, der noch getoppt wurde durch sein wieselartiges Gesicht, das ihn eher wie einen agilen Banker als einen Gelehrten aussehen ließ. Obwohl Züngeli schon auf die siebzig zuging, sprühten seine Augen noch vor Jugendfrische. In diesen Momenten wirkte er trotz der schneeweißen Haare wie ein viel jüngerer Intellektueller.
«Ich halte Ihnen diesen Diskurs nicht, mein lieber Bolan, um Sie zu belehren. Aber die Herkunft und das Alter der zwei Gegenstände vor Ihnen sind so unglaublich, dass es meine Pflicht ist, Ihnen den wissenschaftlich anerkannten Kontext der Evolution nochmals zu verdeutlichen.»
«Ich weiß, Herr Professor, und ich schätze Ihre geduldigen Erklärungen, die meine etwas eingerosteten Kenntnisse der Paläontologie auffrischen. Nun sagen Sie mir noch, wie verhalten sich diese Zeitabschnitte in paläoanthropologischer Hinsicht?»
«Sehen Sie Bolan, der Punkt ist der, sollten die Stücke, die vor Ihnen liegen, Originale sein, müssten wir sämtliche Geschichtsbücher neu schreiben. Funde wie diese dürften nach dem heutigen Stand der Wissenschaft nicht existieren, sie widersprechen der etablierten Chronologie.»

«Was haben diese Gegenstände auf Ihrem Schreibtisch zu bedeuten, Professor Züngeli?»
«Bolan, sie scheinen alles zu widerlegen, zumindest den abenteuerlichen Werdegang der Spezies Mensch und den angenommenen Verlauf seiner Entwicklung auf unserer blauen Kugel.
Nach allem was ich von Ihnen weiß, kennen Sie sehr wohl den offiziell anerkannten Werdegang der Hominiden. Ein Prozess, von dem ich längst abgekommen bin, wie Ihnen bekannt ist, mein lieber Bolan. Sie als Okkultist und profunder Esoteriker teilen ja meine Skepsis, wie auch viele hochrangige Honoratioren Ihrer Bruderschaft, wie ich weiß.»
«Fahren Sie fort, Professor.» Malcolm war leicht erstaunt über die letzten Worte des Paläoanthropologen, tarnte aber seine Überraschung mit einem freundlichen Lächeln.
Züngeli lehnte sich tief in seinen Sessel, schob seine dickglasige Brille auf die Stirn und schloss kurz die Augen, bevor er damit begann seine paläoanthropologischen Ausführungen fortzusetzen. Der kauzige Professor schien noch einer Epoche anzugehören, in der man mit Gänsefedern schrieb. In seinem Büro herrschte eine seltsame Atmosphäre. Es war eine interessante Symbiose aus Antiquitätengeschäft und Forschungslabor, hier erwartete man eher einen Magus anzutreffen als einen wieselflinken Schweizer Eidgenossen. Züngeli machte noch dazu seinem Namen alle Ehre, denn nach jeder Atemnot hervorrufenden Phrasenabfolge erschien die Spitze seiner Zunge für einige Nanosekunden zwischen seinen schmalen Lippen.
Malcolm merkte erst wieder auf, als Züngeli schloss:
«Also lautet der Kanon der Paläoanthropologen, der anatomisch moderne Mensch habe sich schrittweise aus dem Homo errectus vor 1,5 Millionen Jahren über den Homo sapiens-sapiens vor 100 000 Jahren zum Cromagnon vor 30 000 Jahren entwickelt.
Was wir hier jedoch vor uns haben, Bolan, sind Artefakte, die beweisen könnten, dass die altbewährte Zeiteinteilung bezüglich des Werdegangs der Menschheit absolut falsch ist.»
«Wie kommen diese Artefakte in Ihr Büro, Herr Professor? Ich habe noch in keinem Museum der Welt derartige Stücke gesehen. Ich

habe zwar immer wieder davon gelesen, dachte aber ehrlich gesagt nicht daran, jemals eines zu Gesicht zu bekommen.»
«Das werde ich Ihnen alles noch ausführlich erklären, Bolan, fassen Sie sich etwas in Geduld. Ich kann Ihnen aber schon einmal verraten, dass es ein Zusammenspiel glücklicher Zufälle war. In keinem Museum der Welt werden Sie übrigens ein Exponat antreffen, das von der gängigen Chronologie abweicht. Darüber wird strengstens gewacht. «Alleine durch den Besitz der zwei Artefakte», fuhr Züngeli fort, «stehen wir in der Schusslinie derer, die die Schulwissenschaft über alles stellen. Beide Gegenstände dürften nach der offiziellen Lehrmeinung gar nicht existieren. Beweismaterial für eine fortschrittliche Kultur in grauer Vorzeit, egal wie sie auch zu uns kam, ist in den Augen der heutigen Paläoanthropologen Teufelswerk.»
«Wie alt sind denn die Artefakte? Wie können Sie sich bezüglich der Originalität sicher sein? Wurden in ihrem Fall schon moderne Datumsbestimmungsanalysen durchgeführt?»
Der Professor verfiel für einige Sekunden in das für ihn so typische Ballett seiner Lippen, bevor er sich wieder fachmännisch seiner Lehrstunde widmete.
«Viele Methoden zur Datierung fossiler Funde erweisen sich als lückenhaft, müssen Sie wissen», fuhr Züngeli fort. «Paläoanthropologische Fakten können heute mittels chemischer oder radiometrischer Datierungsverfahren untermauert werden. Aber auch hier schleichen sich Unsicherheiten ein. Eine Radiokarbondatierung erweist sich oft, da sie komplexen Überlegungen bezüglich der Identität der Proben unterliegt, als unzureichend. Auch ist in weiten Kreisen anerkannt, dass Knochen sich als widerspenstig erweisen und nicht ideal für die Radiokarbonmethode sind.
Hinter diesen Defiziten der Methode verschanzen sich diejenigen, welche die systematische Eliminierung nichtkompatibler Funde vorantreiben. Alles, was den vorherrschenden Ansichten über die Evolution des Menschen zuwiderläuft, wird okkultiert und moderne Methoden der Datierungsbestimmung wie die Uranserien-Datierung, die Aminosäuren-Rezamat-Analyse oder die Kalium-Argon-Methode werden dementsprechend angepasst. Selbst wenn die moderne

Beschleunigermassenspektrometrie einem fossilen Fund ein Alter errechnet, das nicht konform geht mit ihrer Anschauung zur Entwicklung der Menschheit, wird korrigiert, oder das Stück verschwindet ganz einfach spurlos.»

«Das ist ja unvorstellbar! Naiverweise dachte ich immer, dass das oberste Gebot wissenschaftlichen Denkens das Verschweigen von Beweisen verbiete.»

«Bolan, warum ich ihre geologischen Kenntnisse ansprach: Sämtliche Zweifel würden aus der Welt geschafft, fände man ein archäologisches Exponat, das sich noch komplett in einer stratigraphischen Schicht eingebettet befindet, die noch nicht durch geologische Umwälzung oder seismische Aktivität verschoben wurde.»

«Das würde bedeuten, man müsste einen Fund dieser Qualität in situ belassen, in der Originalschicht, damit eine größtmögliche Anzahl an Experten die Authentizität vor Ort belegen kann.»

«Exakt.»

«Was denken Sie selbst, Herr Professor, nun aber bezüglich unseres Stammbaumes?»

«Sehen Sie Bolan, hätte es tatsächlich einen evolutiven Prozess gegeben, der zum modernen Menschen geführt hat, so wäre ich ein Verfechter der polygenetischen Hypothese geworden. Ob wir schlussendlich Abkömmlinge des Australopithecus Afarensis oder Africanus sind, tut hier nichts zur Sache. Ramapithecus war hominid aber nicht human, Johansons Lucy ging nicht aufrecht, so viel wissen wir heute, und ob sie miozän oder pliozän waren, ist verglichen mit dem, was vor Ihnen liegt, leichte Kost.»

Darauf legte der Baseler Professor erneut eine Pause ein.

«Sie entschuldigen mich kurz, Bolan, ich werde die Toiletten aufsuchen. Studieren Sie die Artefakte inzwischen nur, Sie werden überrascht sein, wenn ich später mit Ihnen darüber ins Detail gehe. Wollen Sie etwas zu trinken? Dann schicke ich Ihnen die Praktikantin.»

«Nein, besten Dank, Professor Züngeli, ich habe keinen Durst. Übrigens, gestatten Sie mir zu rauchen?»

«Tun Sie sich keinen Zwang an, Bolan, wissen Sie, ich traue keinen

Abstinenzlern», sagte er mit einem komplizenhaften Zwinkern und verschwand durch die alte Holztür seines Allerheiligsten.
Bolan, dessen Geduld auf eine harte Probe gestellt wurde, beugte sich nach vorn und ergriff eines der Artefakte, um in der Abwesenheit des Schweizer Gelehrten eines dieser sagenumwobenen Stücke einer näheren Betrachtung zu unterziehen. Züngeli hatte in ihm den Wunderfitz erweckt, wie die alemannische Bevölkerung hier den Neugierigen nannte. Was er in den Händen hielt war eine zauberhafte kleine Statuette von zirka zehn Zentimeter Höhe. Alle Konturen fühlten sich perfekt abgerundet an. Ein Arm war längs an die Flanke gemeiselt, der andere lag leicht angewinkelt über dem zur Schulter geneigten Kopf. Das Erscheinungsbild war das einer modernen Frau. Der Oberkörper war nackt, jedoch schien sie ein nur angedeutetes Kleidungsstück von der Hüfte abwärts zu umhüllen. Da der Professor ein solches Geheimnis daraus machte, konnte sie nur extrem alt sein. Bolan dachte an die Venus von Willensdorf oder an die von Galgenberg und deren hohes Alter von dreißigtausend Jahren. Letztere waren aber sehr füllige Damen, die die perfekte Darstellung aller Muttergöttinnen aus archaischer Zeit repräsentierten. Diese entstammten der jüngeren Altsteinzeit oder dem Jungpaläolithikum und hatten eine mächtige Statur, die mit der dieser filigranen Person nichts gemein hatte. Wäre das Figürchen postdiluvian, käme es einer Sensation gleich bei diesem Aussehen, aber nicht wirklich extraordinär. Wäre die Schicht aber, in der man sie fand, voreiszeitlich, also antediluvian, käme die Machart einem Wunder gleich, aber doch vorstellbar. Bisher fand man noch nie eine derartige Repräsentation eines Menschen aus der Zeit der Neandertaler oder der Cro-Magnon Menschen, obwohl Letztere schon Stichel benutzten, um weicheres Material wie Elfenbein zu skulptieren. So schätzte Bolan in Anbetracht der strengen Vertraulichkeit, die der Professor verlangte, die Figur könne vielleicht sogar hunderttausend Jahre alt sein. Eigentlich ein stupider Gedanke, da das Kunstwerk offenbar aus Marmor war, und es vor so langer Zeit keine Werkzeuge gab, um eine Arbeit dieser Qualität mit diesem Material auszuführen. Die kleine Statue stand ohne jeden Zweifel für eine überlegene Handwerkskunst und

für künstlerische Raffinesse, in ihr kam der vollendete Ausgleich gegensätzlicher Spannungen des Körpers zum Ausdruck, bei den alten Griechen das Zeichen der Harmonie der Seele. Seiner Meinung nach war es nur einem Menschen einer extrem hohen Kulturstufe möglich, derart präzise und fein zu arbeiten. Er stand vor einem absoluten Rätsel, zumal die Figur einen modernen Menschen darstellte und wirklich nichts mit einem Cro-Magnon, geschweige denn mit einem Neandertaler zu tun hatte. Bolan stellte das Artefakt wieder genau dorthin, wo es zuvor stand, als er den Professor zurückkommen hörte.

«Nun Bolan, in medias res …»

«Ich habe mir erlaubt die Dame in die Hände zu nehmen, Herr Professor. Sie besitzt die Grazie einer Figur des Phidias aus der klassischen hellenischen Zeit oder die einer römischen Marmorkopie der bronzenen Figuren des Polykleitos.»

«Dachte ich mir, Bolan, dachte ich mir. Es hätte mich auch sehr gewundert, wenn gerade Sie als Hobbyforscher Ihre Neugierde so im Griff behalten könnten. Nach allem, was ich von Ihnen erfahren habe, müssen Sie vor Spannung platzen. Der perfekten Analyse nach, der Sie die weibliche Figur unterzogen, kann ich entnehmen, dass Sie fachmännisch erkannt haben, aus welch hoher Kulturstufe die Statue stammen muss.»

Professor Züngeli schob erneut seine Brille hin und her, ein Ablauf, der bei ihm den Eindruck erweckte, dies habe rituellen Charakter. Züngeli war das ideale Objekt eines jeden Physiognomisten. Jedes Mal, bevor er wieder anfing zu erklären, zog er seine Mundwinkel zusammen, mehrere Male in kurzen Abständen, ein Phänomen, welches einem Tic gleichkam, besonders in den kurzen Intervallen der Kontraktion.

«Spannen Sie mich bitte nicht länger auf die Folter, Herr Professor. Wie alt ist dieses Figürchen? Und woher kommt es?»

Professor Züngeli suchte den direkten Blickkontakt zu Bolan, bevor er langsam und theatralisch damit begann seine Antwort zu formulieren.

«Die kleine Statuette stammt aus einer Tonschicht in 90 Metern Tie-

fe. Die Flecken von rotem kalziniertem Eisenoxyd, die Sie darauf sehen, sind nicht fälschbar und zeugen von einem extrem hohen Alter. Sie hat auch keine Ähnlichkeit mit Funden aus dem Aurignacien in französischen Höhlen, das müssen Sie zugestehen. Die längliche Form der Darstellung dieses Frauenkörpers passt nicht zum Jungpaläolithikum. Sie ist filigran und weist die Gesichtszüge eines Menschen von heute auf und ihre Brüste, weit davon entfernt, die einer Nährmutter zu sein, sind so grazil wie zart. Alles deutet auf eine hohe Kulturstufe hin, in der man schon raffinierte Kleidung trug. Betrachtet man die Verhüllung ihrer Scham, lässt es auf einen feinen Stoff schließen, der nur von Handwerkern sehr viel späterer Kulturen hätte gewoben werden können»
«Und wo war unsere Dame hier einst beheimatet, Professor?»
Der alte Gelehrte holte tief Luft, dann sprudelte es befreiend aus seinem Munde.
«Bolan, sie stammt aus einer Strate unter Lavaablagerungen an der Pazifikküste Amerikas, spätpliozän, das heißt über zwei Millionen Jahre alt!»
«Mein Gott, das ist doch unmöglich!» Mehr konnte er nicht sagen. In den folgenden Sekunden ging ihm so vieles durch den Kopf – und was dies alles bedeutete und für Konsequenzen haben würde, war schlicht unvorstellbar. Bolan war wie erschlagen von der Auskunft Züngelis. Hätte er die wissenschaftliche Seriosität und den tadellosen Ruf des Schweizers auf dem Gebiet nicht gekannt, hätte er vielleicht an einen Scherz geglaubt. Spätpliozän, dazu noch in Amerika, das warf sämtliches etabliertes Wissen über den Haufen! Er meinte schon den Aufschrei der Gelehrten zu hören. Den Wissenschaftlern von Indizien zu berichten, die belegen, dass es Menschen im Amerika des späten Pliozän gab, wäre schlimmer als den Kirchenfürsten beweisen zu wollen, Jesus sei nur ein Mensch gewesen.
Züngeli und Malcolm saßen sich schweigend gegenüber. Keiner der beiden wollte den Bann dieses Augenblickes der stillen Einkehr brechen. In den Köpfen beider Männer herrschte die Verwirrung, die den Menschen eigen ist, die spontan mit dem Unbegreiflichen konfrontiert werden. Beide wussten, was für eine Aufgabe es werden

würde, der unvorbereiteten Welt ein neues Wissen dieses Formates glaubhaft zu machen.

«Bolan, begann der Professor, wir sitzen nun beide im selben Boot, gestatten Sie mir, Sie bei Ihrem Vornamen zu nennen?»

«With pleasure, Sir, I am honoured. Malcolm.»

«Mein Name ist Armando Angelo, ich hatte Tessiner Vorfahren. Nenn mich Armando, Malcolm.»

Malcolm Bolan grinste zuerst innerlich, aber dann konnte er sein unterdrücktes Lächeln nicht mehr verheimlichen. Armando Angelo passte zu Züngeli wie Heidi zu einer Nuba.

«Was macht dich so glücklich, Malcolm?»

«Nichts, nur ein flüchtiger Gedanke, der mir durch den Kopf ging ...»

Die Gedanken des Professors kreisten unbeirrbar um seinen Gegenstand.

«Die Statuette ist aus Marmor, Malcolm, und sie hätte niemals mit primitiven Werkzeugen ziseliert werden können. Wir haben es hier mit einem Relikt zu tun, das von einer fortschrittlichen Zivilisation stammt, die zeitgleich mit Proto- oder Frühmenschen gelebt hat. Und noch dazu in Amerika, das ja anscheinend erst über die zugefrorene Beringstraße besiedelt wurde. Nach der Schulwissenschaft drangen die Menschen erst vor zwölftausend Jahren langsam in die subarktischen Regionen der Neuen Welt vor!»

Bolan konnte es sich nicht mehr verkneifen, seinen waghalsigen Gedanken auszusprechen.

«Vor zwei Millionen Jahren gab es also schon eine Situation hier auf Erden», formulierte er, «da hochentwickelte Menschen mit Humanoiden primitiver Stufe zusammen existierten. Professor, Ihre Artefakte sowie deren Datierung sind revolutionär», schloss Malcolm, sein Gegenüber gewohnheitsmäßig wieder siezend.

«So ist es, Malcolm, und glaube mir, bald werden wir noch Unheimlicheres beweisen können, so unglaublich, dass sie uns dafür töten würden ...»

III

Malcolm war kurz eingeschlafen, übermannt von der Hektik dieses ereignisreichen Tages. Wie so oft, wenn er zu keinem ruhigen und entspannten Schlaf fand, meldete sich sein Unterbewusstsein sehr stark. Der Verlust seiner Eltern in frühester Jugend und die schreckliche Zeit seines zehnjährigen Aufenthaltes in einem Kloster unter der Obhut strenger geistlicher Erzieher marterten noch heute seine Seele. Er wurde danach zum Weltenbürger, der sämtliche Kontinente bereist hatte und sich da zuhause fühlte, wo es ihm gerade gefiel. Nach einem Philosophiestudium interessierte er sich mit den Jahren immer mehr für die Sprachwissenschaft und die Semiotik. Die alten Texte, die Mythologien der Völker sowie alle unbeantworteten Fragen der Mysterien ließen ihn seit Jahren nicht mehr los. Die Rätsel der Vergangenheit hatten sein Dasein so erfüllt, dass es nicht einmal zur Wahl einer Lebensgefährtin gekommen war. Es hatte schon einige amouröse Abenteuer gegeben, die jedoch nie in einer Beziehung gipfelten.

Die Aufgabe, die hier auf ihn wartete, beschäftigte seine Gedanken so sehr, dass er sogar während der Ruhephasen in seiner Suite zu keiner Balance finden konnte. Hätte er geahnt, dass er sich schon bald verlieben würde, wäre ihm seine Mission sicher leichter gefallen. Plötzlich schreckte er hoch, der Schwede hatte sich wieder in sein Bewusstsein gedrängt.

Der Professor hatte von ihm verlangt, bei der Vorbereitung seiner Reise äußerste Vorsicht walten zu lassen. «Wenn nötig verkleide dich, versieh dich mit einer neuen Identität und prüfe bei jedem Ortswechsel, ob dir keiner folgt», riet er ihm. «Unsere Gegenspieler», sagte er noch, «sind einflussreich und mächtig, sie haben Kontakte weltweit, ja sie verfügen über unerschöpfliche Mittel. Zeb wird dich in deinem Riad aufsuchen, viel Glück und gute Reise mein Freund», waren Züngelis letzte Worte.

Als er das Museum verließ, die Glocken des Münsters hatten gerade elf Uhr geschlagen, achtete er darauf gelassen zu wirken, er wollte

auf keinen Fall in irgendeiner Form Aufmerksamkeit auf sich ziehen. Er ertappte sich dabei, wie er seine Umgebung mit ganz anderen Augen sondierte. In Malcolm kamen aber auch leichte Zweifel auf, was wenn der Professor nur Paranoia-Anwandlungen hatte? Und ihn womöglich infiziert hatte? Schließlich lagen die verblüffenden Artefakte im sicheren Tresor. Und er, Malcolm, sollte sich jetzt in seinem geliebten Basel nicht entspannt bewegen dürfen, sondern sich hakenschlagend vor ominösen Phantom-Verfolgern wie einer auf der Flucht verhalten? Aber falls das doch keine Paranoia war?
Er kannte die Stadt sehr gut, ja er liebte ihre Superlative: ihre Kultur, den Kunsthandel und ihren Kosmopolitismus, dem natürlich ihre geographische Lage im Dreiländereck entgegenkam. Geld wurde vorwiegend mit der Chemie verdient, Basel war etwas für Realos wie für kunstsinnige Schöngeister.
Nach einem Kaffee bei Isaak auf dem Münsterplatz schlenderte er zu seinem Wagen, den er vor dem Kunstmuseum geparkt hatte. Er drehte mindestens drei Extrarunden durch die Stadtteile, bevor er das Auto in der Tiefgarage der Elisabethenanlage abstellte. Danach ging er auf Umwegen in die Steinenvorstadt, wo sich Basels Lichtspielhäuser konzentrierten. Er mochte die vielen Cafés und Tagesbars mit ihren Außenterrassen, die gut besucht waren, sobald die Temperaturen dies zuließen. Er nahm auf einem der Barhocker Platz, bestellte sich ein Getränk und beobachtete eine Weile das Kommen und Gehen auf der kurzen Flaniermeile zwischen Heuwaage und Barfüsslerplatz. Ihm fiel nichts Verdächtiges auf. Als sich jedoch eine blasse langhaarige Frau neben ihn setzte, und sie beinahe gleichzeitig die Sonnenbrillen aufsetzten und sich ansahen, gingen bei ihm rote Warnlichter an.
Daraufhin arbeitete er weiter daran, seine Fährte zu verwischen. Er nutzte die Passagen, die mehrere Zugänge hatten und die Kinos mit ihren Hinterausgängen. Immer wieder vergewisserte er sich, dass ihm niemand folgte, und konnte sich in diesen Minuten ein Schmunzeln nicht verkneifen. Eine latente Paranoia schärfte tatsächlich die Sinne, jedem zu empfehlen, der an einer gewissen Abstumpfung litt. Als er sicher war, dass ihm kein Verfolger – selbst die Frauen muster-

te er jetzt anders – auf den Fersen war, winkte er einem Taxi, ließ sich zu Europcar bringen und nahm sich einen Mietwagen.
Malcolm fuhr zum Flughafen Zürich, bestieg die nächste Maschine nach Paris und ließ sich dort von einem Taxi in die Innenstadt bringen. Bei den Invaliden nahm er dieses Mal den Bus zum Flughafen und drei Stunden später saß er in einer Royal Air Maroc Maschine nach Marrakesch. An der Menara, dem Flughafen der Stadt, heuerte er eine Privatlimousine an und ließ sich, nochmals über Umwege, ins Hotel Atlas fahren, dessen Umgebung er kannte wie seine Hosentasche. Die Nacht war mittlerweile längst eingebrochen. Das sollte, so seufzte er nun doch etwas genervt, seine letzte Finte sein.
Den letzten vermeintlichen Verfolger konnte er ja in der Medina irreführen, hatte er noch gedacht. Dass es dazu überhaupt kommen könnte, wäre ihm nach dieser Reise sicher nicht in den Sinn gekommen.

Er schob den Schweden beiseite. Schlug jetzt doch die Paranoia zu, die er anfangs Züngeli unterstellte? Sah er schon Phantome? Statt sich auf seinen Auftrag zu besinnen und das Beweisstück zu bergen, womit Züngeli ihn beauftragt hatte! Nur zwei Menschen kannten den Fundort: der Professor und Zebulon Polniak. Morgen würde er den Amerikaner treffen.

Malcolm war müde, kein Wunder nach dem Zickzacksprint Basel-Paris-Marrakesch. Doch vor seinem inneren Auge tauchte nochmals Armando Züngeli auf. Er war fasziniert gewesen, wie vehement Armando die letzten Worte ausgesprochen hatte.
«Was könnte es denn noch Schlimmeres für unsere Gegenspieler geben als die Statuette, perfekter Beweis eines Werdegangs der Menschen jenseits des bisher Vorstellbaren – und antidarwinistisch obendrein?! Allein diese Figur ist Beweis genug, um den Vatikan implodieren zu lassen. Die Universitäten weltweit kämen in arge Erklärungsnot.»
Doch mit bedrückter Miene gab Züngeli ihm nochmals zu verstehen: «Malcolm, die Statuette ist hier, vor dir, nicht mehr eingebettet in ih-

rer Strate. Sie beweist nichts mehr. Man würde mich in wissenschaftlichen Kreisen auslachen. Ich musste in der Vergangenheit schon einmal unter ihrem Druck gegen meine eigene Überzeugung handeln. Genau dies betrifft auch das zweite Artefakt hier auf diesem Tisch.»
«Du meinst die Kugel, Armando?»

IV

Zebulon Polniak lag schweißgebadet auf der Beinpressmaschine seines Fitnessraumes, das Handy außer Reichweite, und war voll auf sein morgendliches Workout konzentriert, dessen Timing niemand stören durfte. Heute waren nur die Beine dran, und da dies die Übung war, die er am wenigsten liebte, nervte ihn der kleine Störenfried besonders. Er ließ es singen und hoffte, der Anrufer würde bald aufgeben. Eine letzte Serie von zehn Wiederholungen mit hundertachtzig Kilos wollte er noch durchziehen, da begann das kleine Gerät erneut seine Arie vorzutragen. Zeb hatte es so programmiert, dass es schon nach kurzer Zeit zu einem nervösen Crescendo überging, es machte ihm Spaß, auf diese Weise Handy- und Operngegner in der Öffentlichkeit zu ärgern. Nun, da er extremste Anstrengungen zu bewältigen hatte, ging es ihm selber auf den Geist, so zog er es vor, die Übung abzubrechen. Zeb war stolz auf seinen durchtrainierten Körper, den er mit Fleiß und Disziplin in Topform hielt. Er war immer ein sportlicher Mensch gewesen, sich gehen zu lassen – wie viele in seinem Alter – kam für ihn nicht in Frage, so besaß er jenseits der fünfzig die Figur eines vierzigjährigen Athleten.
«Hallo, Polniak here, who is speaking?»
«Ich grüße dich, Zeb, it's Armando.»
«Mein Gott, der Professor. Es ist schon eine Ewigkeit her ... Wenn du anrufst, muss etwas Besonderes vorgefallen sein, Armando.»
«Das kannst du laut sagen, Zeb, ein weiterer Anachronismus ist aufgetaucht. Ich brauche deine Hilfe, mein Freund.»
Zeb schwieg einen Moment fassungslos, bevor er die Frage stellte, die ihm auf der Zunge brannte.

«Ist es noch immer in situ, in seiner Strate, Armando?»
«So gut wie, wir müssen uns treffen, Zeb. Wäre es dir möglich, relativ schnell nach Basel zu kommen? Die aktuelle Lage duldet keinen Aufschub, wir befinden uns in einer ähnlichen Situation wie damals, nur haben wir dieses Mal die besseren Karten. Ich möchte am Telefon nicht tiefer ins Detail gehen Zeb, ich erkläre dir alles in der Schweiz.»
«Bin reisebereit, Professor, könnte die nächste Maschine buchen lassen.»
«Ich erwarte dich, es ist wichtig, und die Zeit drängt. Ruf an, wenn du da bist.»
«Dein Wunsch ist mir Befehl, Armando, gerade wenn es um dieses Thema geht, kannst du stets mit meiner Hilfe rechnen, das weißt du doch, alter Freund. In der Angelegenheit ziehen wir nun seit Jahren am selben Strang und werden nicht aufgeben, bis wir die Welt aufgeklärt haben. Auch finanziell kannst du mit meiner Unterstützung rechnen, sollte es notwendig werden.»
«Hab Dank, mein Freund, ich weiß das zu schätzen, glaube mir. Noch ein Letztes, versuche deinen Besuch bei mir nicht an die große Glocke zu hängen, wir sollten sehr diskret bleiben, wie immer sind schon andere auf derselben Fährte. Bei dem neuen Fund handelt es sich um etwas so Unglaubliches, Zeb, nicht einmal in deinen kühnsten Träumen könntest du dir das vorstellen.»
«Was könnte es noch Spektakuläreres geben als die Stücke, die wir schon besitzen? Sie alleine übertreffen doch schon alles, was man je ausgrub, Professor.»
«Wir stehen kurz davor in den Besitz eines Artefaktes zu gelangen, welches die Gelehrten dieser Welt in einen Schock versetzen wird. Das wird allem, was als gesichertes Wissen in der Paläoanthropologie gilt, den faden Geschmack eines Schildbürgerstreiches beimischen. Hab eine gute Reise, mein Freund.»
Zeb war fassungslos, ein weiterer Anachronismus, womöglich noch in seiner originalen Schicht. Er fühlte sich plötzlich voller Energie und Tatendrang. Er war bereit alles zu tun, zu riskieren, ja zu investieren, um das verkrustete Universitäten-Establishment und Kirchen-

volk davon zu überzeugen, dass sie alle irrten. Zeb dachte an seine letzte Expedition ins Hochland Ecuadors, und wie glücklich er war, als erster Mensch einen der vielleicht letzten Tiermenschen der Erde filmen zu können – den Shiru.

Diese hominidenähnlichen Wesen wurden in letzter Zeit oft gesehen, von Bauern des Hochlandes der östlichen Ausläufer der Anden wie von Wildhütern, die an den tropisch bewaldeten Abhängen in Richtung Oriente ihrer Aufgabe nachgingen. Sogar die wilden Aucas berichteten immer wieder von Begegnungen mit dem Shiru. Im Hochland und in den Urwäldern wurde dieser Tiermensch stets gleich beschrieben: zirka ein Meter fünfzig groß, von rötlich-braunem Fell bedeckt, menschenähnliche Gesichtszüge, schwanzlos, sehr gedrungenes Genick und überdimensionale Fußspuren hinterlassend. Fragte man die einfache Bergbevölkerung, die Waldindianer oder Beamte der Wasser- und Forstbehörden, fiel auf, dass sie nie von Affen sprachen. In abgelegenen Gegenden Brasiliens wurden immer wieder ähnliche Wesen gesichtet, man nannte sie dort Mapinguary. Aus den Urwäldern Französisch- und Britisch-Guayanas meldeten Indianer regelmäßig Sichtungen der dort lebenden Didis. Goldsucher in Britisch-Guayana erschossen vor Jahren einen Didi am Konawaruk, dort wo der Fluss in den Essequibo überging. Der Kadaver des Wildmenschen verschwand, kaum dass der Vorfall bekannt wurde, die Behörden hatten schnell reagiert. Didis hatten menschenähnliche Gesichter, gingen jedoch nicht immer auf zwei Beinen. Aus Mittelamerika kamen weitere Berichte von Tiermenschen, vom südlichen Mexiko, wo man sie Sisimites nannte, über die Urwälder Guatemalas und Belizes bis weiter nach Honduras und Nicaragua. Dort wurden die halbmenschlichen Kreaturen Dwendis genannt. Der Name Dwendi ist abgeleitet vom spanischen Duende, der Bezeichnung für Kobold, was bedeutete, dass solche Wesen seit Beginn der Kolonisierung gesichtet wurden. Auch auf alten Reliefs der Maya fand man Darstellungen dieser seltenen Gattung von Anthropoiden.

Seit vielen Jahren befasste sich Zebulon Polniak mit Kryptozoologie, der Erforschung von Arten, von denen zwar berichtet wird, jedoch keine Dokumentation vorliegt. Der auf das griechische Wort Krypto, das verborgen heißt, zurückzuführende Zweig der Zoologie wurde durch den französischen Zoologen Heuvelmanns zur eigenständigen Wissenschaft gemacht. Große Gebiete der Erde besitzen nach wie vor riesige, teils unbevölkerte und kaum bereiste Waldgebiete, noch dazu in nicht zugänglichen Gebirgsregionen, deren Kartographie aus der Luft längst abgeschlossen ist, deren Bodenerkundung jedoch noch nicht durchgeführt wurde.

Zeb, der bereits frisch geduscht die notwendigsten Sachen packte, versuchte zum wiederholten Mal seine Lebensgefährtin zu erreichen, denn er sollte binnen einer Stunde am Flughafen L.A. sein. Shirley war das Subjekt seiner Begierde, groß gewachsen, rötliches Haar, und ausgerüstet mit dem unglaublichsten Busen, mit dem der Allmächtige Baumeister Aller Welten je einen Frauenkörper bedacht hatte. Sie besaß ein Herz aus Gold und zeigte Verständnis für seine Eskapaden in die Welt, jedoch musste er seine süße Muse bei gesellschaftlichen Anlässen öfters abschirmen, denn dort ließ man sie ihre mangelnde Bildung spüren. Zeb selbst war dieser Dünkel fremd – er ging mit demselben Selbstverständnis und Interesse auf den Direktor wie auf den Arbeiter zu und suchte das Gespräch. Doch er beklagte sich nur selten über sein Schicksal, denn er liebte Shirley wie Don Quijote seine Dulcinea heiß und innig.

In den Studios, in denen sie als Maskenbildnerin arbeitete, war es sehr schwer, sie zu erreichen. Zeb hinterließ ihr eine kurze Notiz und ging.

Zeb war weder naiv noch ein Fantast – er hatte früh seine Sporen in der Welt der Hochfinanz verdient -, sondern er agierte nach rein persönlichen Überzeugungen, die ihm seinen Weg diktierten. Beide Artefakte, die er in die Schweiz zu seinem Freund, dem Professor, gebracht hatte, waren Beweisstücke für eine antidarwinistische wie auch antidogmatische Ursprungsgeschichte der Menschen. Diese Realitäten galt es ihm zu verteidigen, besser gesagt zu beweisen. Das Erbstück, das in seiner Familie nun seit so vielen Jahrzehnten gehütet wurde, spornte ihn immer wieder an, akribisch und ohne Unterlass zu forschen. Schließlich besaß er ja etwas, für dessen Existenz die Gelehrten ihm noch eine Erklärung schuldeten. Eine Erklärung, die nicht einmal im Ansatz je formuliert wurde, noch dazu mit der überheblichen Begründung, alle seine Artefakte seien Fakes. Er wusste ja um die Authentizität seiner Stücke, und da er sich sicher war, dass die Gelehrten nicht aus Ignoranz handelten, mutierte dies zum Beweis ihres Unwillens. Er kannte die Ehrlichkeit seines Schweizer Kollegen in der Sache und vor allem, wie es Letzterem vor Jahren erging. Es wurde immer offensichtlicher, wie uneinsichtig die wissenschaftliche Autorität sich verhielt.

Als Polniak an die Tür des Professors klopfte, hörte er ein leises Rascheln hinter sich.
«Herr Polniak?»
Als er sich umdrehte, stand eine mehr als beeindruckende Erscheinung vor ihm. Groß, schlank, mit einem Gesicht, das kein Wässerchen trüben konnte, noch dazu mit sehr provokanten Konturen ausgestattet, la créature de rêve, wie die Franzosen sagen würden. Zeb jedoch war kein französischer Froggy sondern Yankee, und das Erste, was er sich stellte, war die hochlöbliche Frage, ob der Busen wohl schon seine Kur im Osten absolviert hatte.
«Der Professor erwartet Sie schon, Mister Polniak», sagte die Außerirdische und schaute ihm tief in die Augen. «Bitte folgen Sie mir, der Chef ist hinten in seinem Allerheiligsten.»
What a bitch, dachte er. Züngeli das alte Schlitzohr! Er hätte ihm einiges zugetraut in Sachen Sekretärin, aber diese neue Errungenschaft passte nun einmal so wenig in das alte Museum wie die erfolglose Weight Watcherin ins Pariser Crazy Horse.
«Gott zum Gruße, Zeb, wie geht es dir?»
«Nicht so gut wie dir, Professor», antwortete er mit einem konspirativen Augenzwinkern und nickte zum Flur hin. «Hast du sie schon ...?»
«Hör in Gottesnamen auf mit so einem Unfug, du weißt doch, das ist nicht meine Welt», meinte Züngeli, wieder in seinen alten Tic verfallend.
«Du lässt mich ja gar nicht ausreden», grinste Zeb. «Hast du sie schon ausgeführt, wollte ich fragen. Was dachtest du denn?» Es

machte ihm Spaß, den Professor in Verlegenheit zu bringen, und Zeb wusste genau, mit welchen Mitteln dies stets zu erreichen war.
«Ich bin Calvinist», antwortete der Professor nervös.
«Ich würde nicht nein sagen, wenn sie sich heute von mir zum Abendessen einladen ließe, Armando. Könntest du da nicht ein gutes Wort für mich einlegen? Sie entspricht in allem meiner Kragenweite, wir würden dich natürlich mitnehmen ins Restaurant. Der gute Italiener direkt an der Brücke entspräche da genau meinen Vorstellungen, dort wird das kleine Nordlicht schon nach einer guten Flasche Amarone zur mediterranen Amazone, Professor, lass mich das nur machen.»
«Du wirst dich wohl nie ändern, Zeb. Du lebst doch schon mit einem extraordinären Vamp, so beherrsche dich bitte. Sie ist nicht wie du denkst, mein Freund, sie ist ein anständiges Mädchen. Du lässt dich wie immer von Äußerlichkeiten leiten, werd mal erwachsen.»
«Gerade die äußere Erscheinung ist es ja, die mich auf diese Gedanken bringt, Professor. Ich an deiner Stelle hätte erhebliche Konzentrationsprobleme angesichts der Gazongas, die sie spazieren führt, dabei ist dein Leidensweg schon schwer genug in dem alten Gemäuer.»
«Hattest du eine gute Reise?», fragte Züngeli, um das Thema zu wechseln. Er kannte den Amerikaner schon viele Jahre, und wusste natürlich längst Bescheid über dessen Vorliebe. Zeb war mit einem natürlichen Charme ausgestattet, der ihm schon in die Wiege gelegt wurde. Er kannte seine desaströse Wirkung auf bestimmte Frauen und zögerte nur selten, diese Magie für seine konquistadorischen Zwecke auszunutzen. Die Strahlen seiner Augen gingen den begehrten Frauen nicht nur unter die Haut, sondern bohrten sich intravenös in ihren Metabolismus.
«War ganz o.k. Schieß los Armando, ich bin äußerst gespannt.»
Der Professor holte aus, um von seinem Freund, dem Paläoanthropologen Josch Sinclair zu erzählen, und vor allem von dessen unglaublichem Fund, den er in der Sahara gemacht hatte.

V

«Ja die Kugel, mein Lieber, diese verdammte Kugel», rutschte es Züngeli raus.

«Ich hielt sie anfänglich für eine dekorative Schreibtischzierde», sagte Malcolm. «Ihrem Aussehen nach würde man nicht auf ein antikes Stück schließen.»

«Nimm sie nur in die Hände», sagte Züngeli, nahezu befehlend.

Malcolm ergriff die Kugel. Sie war aus Metall, etwas größer als eine Boule, mit der die Franzosen im Süden ihrer Lieblingsbeschäftigung nachgehen. Um ihren Äquator herum war sie mit Gravuren verziert, die an Oberarmtätowierungen der Südseeinsulaner der Marquesas erinnerten. Malcolm war sich sicher, diese Art der Verschnörkelung schon irgendwo gesehen zu haben, ließ sich aber auf Grund seiner Unsicherheit nichts anmerken. Die Metallsphäre glänzte leicht im schimmernden Licht der Schreibtischlampe, was sie wie neu aussehen ließ.

«Ein schönes Objekt», sagte Bolan. «Was ist denn sein Geheimnis?»

«Die Kugel hat nicht ein Geheimnis, sie ist voller Geheimnisse, überhaupt ist sie das Mysterium an sich. Wir konnten bisher weder die Legierung bestimmen, noch können wir uns ihren Fundort erklären, geschweige denn was die Gravuren bedeuten, die um ihre Mitte eingestochen wurden. Am rätselhaftesten aber bleibt, wer diese Kugel schuf und was sie erzählt, Malcolm. Du hältst einen Gegenstand in deinen Händen, den es wieder mal nicht geben dürfte. Der Ort und das Alter dieses Fundes stellen unseren Werdegang auf den Kopf, und in einer Fachzeitschrift davon zu berichten würde nicht einmal dem kühnsten Journalisten zum ersten April einfallen.»

«Langsam fange ich wirklich an zu glauben, ich bin hier in einem Szenario, Armando, aber ich kenne ja deine nüchterne Einstellung zu Science-Fiction.»

Der Professor stopfte sich eine Pfeife, ging zu dem Regal im hinteren Teil seines total überladenen Büros, und kam mit einer kleinen Holzkiste zurück.

«Eine Cohiba, Malcolm? Ich bekomme die Dinger immer geschenkt, und da ich nur meine Pfeife rauche könnte es sein, dass dieses in Kuba zusammengerollte Zeugs schon etwas trocken ist. Auch in unserem Lande kommen bald harte Zeiten auf die Fröhner des blauen Dunstes zu, sie werden sich in naher Zukunft mit den Autofahrern als Schwerverbrecher abgestempelt sehen. Der Staatsfeind Nummer eins sind gar nicht die Minarette, es sind die Menschen hinter Lenkrädern, mein Freund.»

«Gerne nehme ich eine, Armando, gerne. Du hast Recht, die Zeit ist nah, da werden dich die Nachbarn verzeigen, wie man hier so schön sagt, wenn sie dich dabei ertappen, auf der eigenen Terrasse ein Wölkchen in den sauberen helvetischen Himmel zu entlassen. In Kalifornien wird dies schon praktiziert.»

So saßen sie da, beide zurückgelehnt in ihre Sessel, die dampfenden Genussöfen in den Händen, und schauten sich an. Bolan brach schließlich das Schweigen.

«Armando, erzähl mir alles, bitte. Die Spannung, die du hier aufbaust, ist mir eine Folter. Ich bin nervös und zugleich sehr besorgt. Das fabelhafte Alter der Statue liegt mir schon schwer genug im Magen. Ich habe mir schon so viele Ideen und Hypothesen durch den Kopf gehen lassen, um hierfür eine Erklärung zu finden, aber alles ist so phantastisch und unvorstellbar, dass sogar meine kühnste Vorstellungskraft überfordert ist. Folgt man der Devise, dass es keine Denkverbote gibt, so lassen sich noch nicht mal extraterrestrische Einflüsse ausschließen. Total verrückt ist das, in der Tat.»

Zu Malcolms Überraschung stand sein Gegenüber auf ohne ihm zu antworten, begab sich erneut in Richtung Regal, von wo er mit zwei enormen Cognacschwenkern und einer Flasche Armagnac zurückkam.

«Unser Duzen sollte formell untermauert werden, mein Lieber, Cheers.»

«Cheers, Armando.»

«Genieße deine Zigarre und den Armagnac», sagte der Professor, «denn das wirst du gleich brauchen. Die Geschichte, die ich dir erzählen werde, ist mit vom Faszinierendsten, was mir selbst je offenbart wurde.»

Malcolm, der noch an der Aussage des Professors zur Statue zerrte, versuchte, aufmerksam geworden durch die letzten Worte seines Gegenübers, seinen Geist auf vielleicht noch Unfassbareres einzustellen.

«Wir schreiben das Jahr 1908», fing er an, «ein Bergarbeiter Namens Polniak, der in den Bergwerken von Wilburton in Oklahoma seiner Schicht untertags nachging, hackte mit seinem Pickel einen Kohleblock entzwei, und daraus fiel zu seiner Überraschung eine Metallkugel. Der total verblüffte Mann schmuggelte die Kugel aus dem Stollen und nahm sie mit nach Hause. Polniak, ein fanatischer Katholik, verbot der ganzen Familie etwas davon verlauten zu lassen, er wusste, dass dieser Fund mehr als außergewöhnlich war. Sein Sohn beteuerte, die Metallkugel hätte nicht im Stollen gelegen, sondern sei wirklich in die Strate eingebettet gewesen. So blieb das gute Stück im Besitz der Familie bis in die heutige Zeit. Der Enkel des Entdeckers der Kugel, Zebulon Polniak, studierte zunächst Archäologie, bevor er nach einigen lukrativen Börsengeschäften einer der begehrtesten Anlagespezialisten Amerikas wurde. Das Vermögen, das er dort erwirtschaftete, erlaubte ihm später aus der Finanzwelt auszusteigen, um seiner Passion, der Kryptozoologie, nachzugehen. Die Kugel, Erbstück seines Clans, hütete er wie seinen Augapfel und bewahrte ihr Geheimnis. Da er durch sein Studium wissenschaftlich geschult war, wusste er wie unmöglich dieser Fund war. Erst als er aus Archäologenkreisen – Untreue ihrer Zunft – von einem weiteren zeitanachronistischen Fund erfuhr, wurde er hellhörig. Mit enormem Geldaufwand gelang es ihm, in den Besitz unserer Statue zu kommen. Zeb schmuggelte beide Artefakte in die Schweiz, die er für sicher und geeignet hielt. Wir hatten einander auf diversen Kongressen kennen und schätzen gelernt. Da er meine Gesinnung kannte, bewog ihn dies, die Artefakte in meine Obhut zu geben. Zebulon war schon immer ein Philanthrop, was ihn eigentlich prädestinierte, schon als junger Mann einer Loge beizutreten.»

Malcolm war überrascht, als ihn der aufmerksame, analysierende Blick des Professors bei diesen Worten traf. So war der Zeitpunkt opportun, ihm eine Frage zu stellen.

«Woher weißt du denn, dass ich Freimaurer bin, Armando? Ich habe mich nie offiziell geoutet.»
«Ganz einfach, weil ich kombinieren kann, mein Lieber. Als ich Zeb vorschlug, einen Experten in Sachen Mysterien hinzuzuziehen, der auch finanziell unabhängig ist, schlug er dich postwendend vor. So musste er über die Maurerei gewusst haben, dass ihr Brüder seid.»
«Kompliment, Herr Professor Züngeli, gute Analyse. Ich kenne diesen Zebulon Polniak nicht, aber ich freue mich ihn kennen zu lernen.»
«Das wirst du bald, Malcolm, und zwar in Marrakesch», meinte Züngeli. «Aber darüber reden wir später.»
Bolan stand noch leicht unter dem Schock der eben gehörten Story. Normale geologische Kenntnisse reichten hier völlig aus, um zu wissen, dass die Geschichte der Kugel und insbesondere die Lage ihrer Entdeckung fast unmöglich waren. So stellte er nur der Form halber seine Frage.
«Wann entstand die Strate der Kohle, in der die Kugel eingebettet war?»
«Bevor ich dir das beantworte, sollst du noch von einer weiteren Geschichte erfahren. Die Kugel ist in unserem Besitz, und was sie betrifft, wissen wir um ihre Echtheit. Vor vielen Jahrzehnten wurde aber ein noch seltsamerer Fund gemacht, der jedoch auf mysteriöse Weise verschwand. Der Ingenieur und Geologe John Reid war in den Zwanzigerjahren auf der Suche nach Fossilien in Nevada auf das vielleicht einmaligste Beweisstück der Geschichte gestoßen. In einer Felsformation aus dem Trias fand er die Versteinerung einer Schuhsohle. Experten in New York machten unzählige Analysen des Steines, darunter auch spezielle Mikrofotos. Die Vergrößerungen ließen keinen Zweifel mehr zu, die Sohle war eindeutig handgenäht, denn man konnte die regelmäßige Fadenzwirnung exakt erkennen. Das Fossil sowie sämtliche Berichte und Analysen sind spurlos verschwunden. Die Versteinerung der Sohle war weit über fünf Millionen Jahre alt und die Schicht der Kohle, in der man die Kugel fand, um deine Frage zu beantworten, über dreihundertfünfzig Millionen Jahre.
«MEIN GOTT, Armando. Weißt du, was das bedeutet ...»

VI

«Malcolm … Malcolm.»

«Komm rein, Imane.»

Malcolm setzte sich auf die Bettkante, es war fast Mitternacht.

«Ich war im Riad Gélise und habe sogar lange mit ihm gesprochen, Malcolm», sprudelte es aus Imane heraus.

«Schieß los. Habe ich mich geirrt?»

«Ich glaube ja. Er ist ein harmloser schwedischer Pater, der zum ersten Mal hier in Marra ist. Er scheint mir auch ein bisschen inkognito hier zu sein, mehr an Damen interessiert denn an Kultur. Die Blicke, mit denen er mich musterte, deuten stark in diese Richtung. Er schien restlos begeistert von der Medina und dem geschäftigen Treiben. Ich habe ihm erzählt, ich sei in der Touristikbranche.»

«Was hat er noch vor, Imane?»

«So wie ich es verstanden habe, will er in den hohen Atlas, um ein bestimmtes Dorf aufzusuchen. Ich gab ihm meine Handy-Nummer und versprach, ihn zu fahren, sollte er das wollen. Darauf habe ich mich verabschiedet, um alles normal und professionell aussehen zu lassen. Ich scheine dem älteren Herren zu gefallen, und glaube, dass meine kühle Distanz ihn noch mehr angespornt hat.»

«Klasse Imane, du bist einfach eine starke Partnerin, man kann sich auf dich verlassen. Ich bin mir nach wie vor nicht sicher, ob der Mann wirklich an meinen Fersen klebt. Sollte dies jedoch der Fall sein, muss ich ihn abschütteln, meine Mission hier wäre ansonsten gefährdet, und es ist ein wichtiger Auftrag, der mich nach Marokko führte, meine Liebe. Ich bin dazu berufen, in deinem Lande etwas zu bergen, das für das Wissen …»

Imane unterbrach ihn.

«Du hast lange geschlafen Habibi, setz dich hoch auf die Terrasse, ich bringe dir frische Erdbeeren mit Minze, ich denke dein Ausflug in die Stadt hat sich in Anbetracht der späten Stunde erübrigt. Erzähle mir nicht zu viel von deinen Geschäften, Malc, das brauchst du nicht, denn ich weiß, du handelst niemals unethisch und schon gar

nicht gegen die Gesetze meines Landes. Ich vertraue dir. Die, die du deine Brüder nennst, sind auch bei uns über jeden Zweifel erhaben, Habibi, zumal sie sich bei uns nie in Politik einmischen.»
«So ist es in der Tat, und das werden sie nie tun. Es ist ein Gebot unserer Bruderschaft, dass wir uns nie den Gepflogenheiten, Gesetzen und Moralregeln unseres Gastgebers entgegenstellen. Es liegt mir fern, dich in eine kompromittierende Situation zu bringen, aber ich schätze deine momentane Hilfe. Es ist immer bedrohlich Gegner zu haben, die im Dunkeln agieren, und über deren Identität man weder Kenntnis noch Vermutung besitzt.»
Malcolm machte es sich in einer Chaiselongue auf der Dachterrasse gemütlich, seine Augen auf die nächtliche Medina gerichtet, als er die Glocke der Eingangstür leise bimmelnd vernahm. Er träumte eine Weile vor sich hin, da stand plötzlich wie aus dem Nichts Amal, der Nachtportier und Junge für alles, mit einer vollen Schüssel Erdbeeren an Nanaminze vor ihm.
«Imane ist an der Rezeption und quartiert den Hippie ein, der Sie besuchen kommt, Sayed Malcolm.»
Er war überrascht, ließ sich jedoch nichts anmerken.
«O.k. Amal, danke dir, die Früchte sehen ja traumhaft aus.»
«Chocran Sayed, Allah hat uns dieses Jahr eine gute Ernte geschenkt.»
Imane käme gleich hoch, meinte er noch.
Einen Hippie zu Besuch hier, was sollte das nun schon wieder? Polniak wurde ihm als sportlicher Mittfünfziger beschrieben, wohlhabend und äußerst gebildet, er konnte kaum wie ein Hippie herumgeistern. Bolan attackierte seine Erdbeeren, sollte dies wirklich sein Besucher sein, würde Imane ihn gleich auf die Dachterrasse führen.
Mit einer Schüssel voller Erdbeeren in der Hand stand der vermeintliche Peace-and-Love-Mann kurz darauf vor ihm. Groß gewachsen, breite Schultern, üppige Hüften und Bierbauch. Seine langen, grauschwarz-melierten fettigen Haare und der dazugehörige Vollbart rundeten das Bild eines in die Jahre gekommenen Leftwing perfekt ab.
«Polniak», sagte der Hüne, «Zebulon Polniak», und umarmte ihn herzlichst.

Als Imane sie wieder verlassen hatte, fuhr er fort.
«Du hast diesen Ort gut gewählt, mein Bruder, hier wird uns so schnell keiner aufspüren, und gemütlich ist er obendrein. So können wir in Ruhe überlegen, wie wir vorgehen, Malcolm. Züngeli bat mich darum, äußerste Vorsicht walten zu lassen, so traf ich das Maximum an Vorkehrungen. Niemand außer dir und dem Professor weiß mich hier in Marrakesch. Bin auch froh, mit der Maskerade endlich aufhören zu können, die Reise war lange genug.»
Zeb zog als Erstes seine langärmlige bunte Bluse aus, in die seitlich und am Bauch Schaumstoff-Speck eingearbeitet war. Den perfekt sitzenden falschen Bart streifte er sich vom Gesicht, gefolgt von den Zotteln, die er als erfolgreiche Tarnung auf seinem Kopf trug. Schön ordentlich legte er alles auf den Tisch. Die Wandlung war ein Meisterstück. Hervor kam ein neuer Mensch. Kurz geschnittene dunkle Haare, gepflegter Schnurrbart. Bolan war beeindruckt, vor ihm stand ein äußerst attraktiver athletischer Mann, der auch zehn Jahre jünger hätte sein können.
«Kompliment, Zeb. Hast du mal beim Film gearbeitet?»
«Nein», erwiderte er, «aber die Leute haben mich ausstaffiert. Meine liebe Lebensgefährtin Shirley sitzt dort direkt an der Quelle. Lass uns eine gute Flasche Wein trinken, Malc, gibt es so was überhaupt in diesem Hause?»
«Du wirst überrascht sein, was Imane alles in ihrer Vorratskammer hortet. Eine Zigarre dazu, Zeb?»
«Even better, dann können wir die Nacht hier oben verbringen, my brother. Zu erzählen haben wir uns für Tage, wenn nicht Wochen.»
«Das denke ich mir, Zeb. Ich muss dir nochmals meine Bewunderung für die Tarnung aussprechen, echt professionell.»
«Eine wesentlich raffiniertere wandte ich vor längerer Zeit an, als ich einen bekannten Schriftsteller hinters Licht führte. Er plante einen neuen Roman, in dem er vorhatte, die Rituale und Geheimnisse der Logen zu offenbaren. Damit lässt sich natürlich eine Menge Geld verdienen, ich half ihm dabei, ohne ihm jedoch die Wahrheit zu sagen. Der gute Mann glaubte mir alles, und wurde nun dabei noch reicher.»

«Ich kann mir denken, um wen es sich da handelt, ich habe das Buch vor kurzem gelesen. Du warst es also, der ihm diese fast glaubwürdigen Abläufe in unseren Logen suggeriert hat.»
«Ja mein Bruder, und so getarnt, dass er nie dahinter kommen wird, wer ihn da so verarschte. Ich gab mich als Verräter aus, er schluckte den Bären, und nun glaubt er allen Ernstes, er habe der Welt das Geheimnis der Freimaurer offenbart.»
«Was für ein Dummkopf muss er sein, wenn er denkt, er sei nun der wahrheitspredigende Messias.»
«Seit nahezu dreihundert Jahren versuchten Geheimdienste, die Kirche, Diktaturen, sogar Hitler und seine Schergen, hinter die wirklichen Abläufe der Rituale zu kommen und unser Geheimnis zu lüften, ohne den geringsten Erfolg. Und er hat nun den Schlüssel gefunden, wie finden wir denn das, mein Bruder?»
«Die Sensation an der ganzen Affäre ist die Tatsache, dass jetzt die Leserschaft weltweit davon überzeugt ist, er habe von wahren Begebenheiten berichtet, und sie wüssten nun alle Bescheid über uns. In einer Epoche, in der die Menschen geradezu danach dürsten, mit Verschwörungstheorien und okkulten Angelegenheiten getränkt zu werden, muss man ihnen den Nektar anbieten, nach dem sie verlangen. Das beste Sprachrohr dafür ist die Feder eines Sensationsschriftstellers, der allem Anschein nach so ernsthaft und lange recherchierte.»
«De facto wurde er dadurch zum besten Hüter unseres internen Wissens. Er erfüllte die Rolle, die schon viele vor ihm einnahmen.»
«Wann wird die Welt eigentlich begreifen, dass kein Außenstehender je dahinter kommen kann, was nur von innen begreiflich ist? Die Menschen sind durch die Informationsüberfütterung oberflächlich geworden. Eine Neuigkeit jagt die nächste, eine Katastrophenmeldung wird schon kurz darauf von einer noch extremeren überboten. Dadurch stumpft jegliches Mitleidsgefühl ab, die Menschen werden immun. Ein bekannter Theosoph der Wende zum zwanzigsten Jahrhundert formulierte es brillant, als er sagte: Der gegenwärtige Mensch sucht die Freude ohne Glück, das Glück ohne Wissen, und das Wissen ohne Weisheit. Auch dies ist Teil unseres

Geheimnisses, nämlich wie wir vorgehen, um davon verschont zu bleiben.»

«Das einzige Geheimnis an dem Geheimnis ist, dass es gar nicht preisgegeben werden kann, aber das wissen eben nur wir, mein Bruder. Würden wir ihnen erzählen, es gäbe so viele Geheimnisse wie es Maurer gibt, würden wir obendrein der Lüge bezichtigt. Mich fragen heute noch intelligente studierte Menschen, ob es denn wahr sei, dass wir Blut aus Totenschädeln trinken, Säuglinge opfern und uns stundenlang in Särge legen.»

«Was antwortest du darauf?», wollte Bolan amüsiert wissen.

«Ich sage ihnen meistens, dass wir uns schwer gebessert hätten, solche Sachen nur noch bei ganz besonderen Anlässen täten, wir tränken zwar immer noch aus den Schädeln toter Menschen, hätten das Blut aber zugunsten von Rotwein eingetauscht und die Säuglinge heutzutage wohl oder übel durch Meerschweinchen ersetzen müssen. Sogar unsere Liegesärge seien seit geraumer Zeit gepolstert, nachdem einer der Brüder bei der Berufsgenossenschaft Klage wegen eines Bandscheibenvorfalls einreichte. Aber nun Spaß beiseite, Malc, wie läuft es hier seit deiner Ankunft?»

«Vorab muss ich dir dazu noch etwas beichten. Ich habe den Verdacht, man könnte mir gefolgt sein.»

Und Malcolm erzählte ihm alles, vom Besuch im Museum bis zu seiner Ankunft in der Medina.

Zeb schwieg zunächst, um mit ernster Miene zu verkünden: «Das hört sich in der Tat scheiße an, Malc. Wir müssen dem Pfaffen auf den Zahn fühlen. Sollte er dich hier gefunden oder vielleicht sogar erwartet haben, egal wie, kennen tut er dich. Somit ist anzunehmen, dass er auch mich kennt. Er kann aber unmöglich wissen, dass ich schon hier bin, ich reiste mit falschen Papieren und die ganze Zeit verkleidet.»

«Was meintest du mit erwartet? Keiner konnte mir folgen, da bin ich mir sicher. Nur der Professor und du wusstet von meiner Reise. Ich sicherte jeden meiner Richtungswechsel ab, sogar noch in Paris auf dem Flughafen ließ ich äußerste Vorsicht walten, nicht einmal ein Profi vom Geheimdienst hätte mir auf der Spur bleiben können.

Sollte man mich wirklich an der Menara erwartet haben, dann gehen da Dinge vor sich, die uns momentan noch entgehen. They have no cristal ball, my brother.»

«Ist mir auch schleierhaft, aber wir werden es erfahren, verlass dich drauf, den Hippie kennt er ja nicht. Und sollte er nicht clean sein, wird's ein böser Hippie, ein ganz böser sogar.»

«Lass uns den Wein genießen, ich denke an Fehlalarm.»

«Zuerst müssen wir welchen haben», scherzte Zeb.

Malcolm machte sich auf zur Rezeption, um bei der Gerantin Wein und Zigarren auszusuchen. Er entschied sich für eine Flasche Côte Rotie sowie zwei Romeo und Julia. Als er den engen Treppenaufgang mit der wertvollen Fracht erklomm, traf ihn ein Geistesblitz.

«Zeb, wer hat dich zum Professor geführt, als du unlängst deine Unterredung hattest?»

«Eine verdammt hübsche Blondine. Ich erinnere mich noch gut an sie. Das Mädchen sprach mit einem deutlichen skandinavischen Akzent. Ich bat sogar Züngeli darum, mir bei einer Einladung zum Abendessen beizustehen. Der alte Eidgenosse schickte mich natürlich in die Wüste. Bei ihm ist einer schon ein Womanizer, wenn er sich einmal im Monat mit einer Lady zum Tee verabredet. Warum willst du das wissen?»

«Zeb, der Pater ist Schwede. Als ich das Museum verließ kam ich hierher, mit den gleichen Kleidern, die ich beim Professor trug. Ich hatte vor, mich heute noch etwas einzukleiden, bin aber dann doch eingeschlafen. Sollte das kleine Biest mir einen Peiler verpasst haben, hätte man ihn beim Security-Check in den Flughäfen entdeckt. Wenn sie wirklich zusammenarbeiten, kann es nur sein, dass sie Züngelis Büro abhörte, und es somit ein Leichtes war, mich an der Menara in Empfang zu nehmen. Die astronomischen Kosten der Baseler Tiefgarage, die mich bei der Rückkehr in die Schweiz erwarten, hätte ich mir bei Gott sparen können.»

«So wie ich die helvetischen Polizisten kenne, ist dein Wagen längst in ein sündhaft teures Areal abgeschleppt worden. Automobilisten sind doch in diesem Land der Staatsfeind Nr. 1 und zugleich die Milchkuh. In Texas erzählen sich die Leute, dass die Schweizer Behörden die Verkehrssünde zum übelsten aller Delikte erkoren hätten, das sei dort fast so schwerwiegend wie Vergewaltigung, Xenophobie dagegen sei schlimmstenfalls ein Fauxpas.»

«Diese Tatsache, sollte sie denn auch wahr sein, passt doch zu den meisten deiner Landsleute in den Südstaaten.»

«Malcolm, wir müssen den Geistlichen unter die Lupe nehmen», antwortete Zeb, ohne Bolans letzten Satz zu kommentieren.

«Imane kümmert sich gerade darum, er will mit ihr einen Ausflug in den hohen Atlas machen. Sie ist schon nach Hause gegangen, aber ich werde ihr noch ganz speziell ans Herz legen alles zu tun, damit der Ausflug mit ihr dem Pater so begehrenswert als nur möglich erscheint. Der Herr Pfarrer hat Gefallen an ihr gefunden, diese Tatsache sollten wir in unseren Plan mit einbeziehen. Das gehen wir gleich morgen in der Früh an.»

«Wenn wir Pech haben, weiß man uns nun in Marra, aber zum Glück weiß keiner, wo genau wir sind», ergänzte Polniak. «Noch dazu habe ich perfekte Papiere für den verkleideten Mann, den ich hier gebe, somit kann ich im ganzen Land aktiv werden, ohne dich zu kompromittieren. Diesen Vorteil müssen wir uns zunutze machen und erhalten, solange wir können.»

«Du hast recht Zeb, noch dazu war Imane so schlau ihm zu erzählen, sie sei in der Touristikbranche. Er hat nur ihre Mobilnummer, was keine Rückschlüsse auf das Hotel hier zulässt. Auch sollten wir Imanes Hilfe nicht überstrapazieren, ihr darf nichts geschehen, und unter keinen Umständen sollte ihr Ruf geschädigt werden.»

«Ihre Bereitschaft uns einen Gefallen zu tun, werde ich ihr großzügig honorieren, Malc.»

«Sie tut es nicht für Geld, mein Bruder, sondern aus ehrlicher Freundschaft.»

«Es geht mich zwar nichts an, mein Bruder, aber mich würde es verdammt wundern, wenn da nicht mehr ist zwischen euch beiden.»

«Du schließt zu schnell von dir auf andere, wir sind in der Tat nur gute Freunde.»

«Ich rufe noch in dieser Nacht Oberst Dagher Benhamou von der Securité an, er muss mir etwas besorgen. Der Gute hat mir vor Jahren schon einmal geholfen, weit südlich von hier, er wird mich nicht verraten, lediglich der Preis dafür sollte stimmen. Es ist gut sehr vermögend zu sein, mein Bruder, da hat man so einiges an Freunden, und es öffnen sich auch ansonsten verschlossene Türen. Inch Allah.»

VII

Pater Asgaard saß auf der Dachterrasse seines Riads, das kleine Fernglas, das er auf Reisen stets mit sich führte, in der Hand, und beobachtete interessiert das ihn umgebende pulsierende Treiben in der Medina, während er sein Frühstück genoss. Er war zwar gestern etwas überrascht, dass der Engländer nicht hier eingecheckt hatte, fand aber bald zu einem erholsamen Schlaf. Er war völlig überzeugt davon, dass der Brite ihn nicht bemerkt hatte. So widmete er sich noch vor seiner Morgentoilette ganz entspannt seinem Frühgebet, welches er täglich mit voller Hingabe verrichtete. Er nahm es sehr ernst mit dem Kult, und außer einer guten Flasche Rotwein und seiner Schwäche für Frauen gab es nicht viel, worüber er sich beim Allmächtigen hätte dramatisch entschuldigen müssen. In jüngeren Jahren plagte ihn noch das schlechte Gewissen, diese leidige Reaktion seiner noch nicht so strapazierten Psyche beruhigte sich aber gewaltig mit dem Älterwerden, und schlussendlich gelangte er zur Überzeugung, dass der liebe Gott ja bestimmt nicht überall dabei sein wolle. Die Berberin, die er am Abend zuvor bei einer Tasse Chai à la Menthe kennengelernt hatte, gefiel ihm außerordentlich. So versprach er sich viel von der Fahrt mit ihr in das nicht weit von Marrakesch beginnende Atlasgebirge. Es war schon immer ein besonderer Wunsch von ihm, diesen Teil Nordafrikas zu besuchen, zumal er als Schwede unberührte Naturlandschaften jedem noch so schönen Ballungsgebiet vorzog. Und nun konnte er auf Kosten seines Vorgesetzten den traumhaften Ausflug planen, noch dazu mit einer hübschen Frau. Dies war, dem lieben Gott sei Dank, ein starker Grund, sich das Petit-Dejeuner besonders schmecken zu lassen.

Er hatte die Spur des Engländers zwar momentan verloren, war aber zuversichtlich, ihn leicht wiederzufinden, da Letzterer von ihm ja nichts wusste. Der würde sicher in der Medina bleiben bis der Amerikaner eintraf, dessen Ankunft in Marrakesch ihm unverzüglich gemeldet würde. So hatte er keine Eile. Außerdem könnte die freundliche Dame von der Touristik ihm auch noch behilflich sein, sich in den verschiedenen Riads nach einem englischen Gast, der seinen Namen törichterweise nicht geändert hatte, zu erkundigen. Wie dumm manche Leute doch sein können, überlegte er sich bei Café au Lait und frischen Croissants. Dieser Bolan war für Pater Asgaard der Antichrist in Person. Permanent am Studieren, wie er Rom der Lüge überführen konnte. Reich, gebildet, nichts als gefährliches Wissen über alte Texte und Mythologien im Kopf, verkörperte dieser Abenteurer alles, was seiner indoktrinierten Seele und seiner Glaubensgemeinschaft schaden konnte.

Für Leiff Asgaard gab es das Neue und das Alte Testament, das Glaubensbekenntnis und die heiligen Sakramente. Ende. Die vier geduldeten Evangelien waren für ihn das Maß der Dinge, was bedeutete, dass alles, was er über sogenannte gnostische Evangelien hörte, nur verschwörerisches Hetzwerk sein konnte. Dies betraf auch seiner Auffassung nach die verlogenen Anschuldigungen junger Leute, die behaupteten von Priestern sexuell belästigt worden zu sein. Allesamt Wichtigtuer, die sich interessant machen wollten auf Kosten seiner Kirche. Um das Ganze noch abzurunden, waren die beiden kapitalistischen Mysterienforscher auch noch Freimaurer. Pater Asgaard würde sie ohne die geringsten Skrupel eliminieren, sollte man es ihm befehlen, und wäre überzeugt davon, eine gute Tat verrichtet zu haben. Sie waren hier, um etwas zu bergen, das für seine Welt von höchster Zerstörungskraft sein könnte, da die Menschen so dumm waren und solche Lügen für bare Münze halten würden. So versprach er sich selbst, diesen Satrapen auf den Fersen zu bleiben und sie auch gegebenenfalls auszuschalten, mit oder ohne Segen der Obrigkeit. Er war ein Fundamentalist seiner Religion. Handeln war seine Devise, die Leute in Rom überlegten alles zu lange. Der Machtapparat des Vatikans ließ sich seiner Meinung nach zu vieles gefallen. Er sehnte sich zurück in die Zeit, als die guten Dominikaner noch die Abtrünnigen auf ihren Feuerchen schmoren ließen, und der Großinquisitor noch Richter und Henker war.

Leiff war als Sohn einer schwedischen Bauernfamilie aufgewachsen, seine Mutter wurde vom erzkatholischen Vater wie eine Magd gehalten und seine beiden Schwestern ordentlich vom Vater verheiratet. Die Bibel regierte sozusagen den Ablauf des täglichen Lebens und der örtliche Dorfgeistliche hielt seine Schäfchen mittels gehöriger Teufelsfurcht bei der Stange. Leiff Asgaard wuchs noch in einem Kontext auf, in dem die bloße Vorstellung eines Mädchenbusens den alsbaldigen, unwiderruflichen Gang zum Beichtvater erforderte, und Onanie mit der Eintrittskarte in die Hölle belohnt wurde. Davon war der Pater mit den Jahren allmählich abgekommen, da seine Biologie ihm neue Maßstäbe setzte, und er dem Zölibat auf Grund dringenden Verlangens eine Pause auferlegen musste. Ihm war längst bewusst, dass die Messlatte der Moralregeln der Kirche Roms zu hoch angesetzt war. So schuf er sich seine eigene Erlebniswelt, jedoch brach eben in regelmäßigen Abständen sein Phantasma, der Wunsch, auch mal Bock und nicht immer Schäfchen zu sein, mit ziemlicher Vehemenz durch. Leiffs anfängliche Reinheit wich mit den Jahren einem immer stärker sich entwickelnden Drang nach körperlicher Erfüllung. Da es kein Ventil gab, mauserte er sich vom braven Kirchenmann zum Draufgänger, der, gleich dem Mönch in Giovanni Boccaccios Decamerone, ohne Gewissensbisse fähig wurde, eine Ehefrau zu gebrauchen, während ihr nichtsahnender Gatte im Nebenraum andächtig beim Beten war.

«Hallo? Oui, bonjour Madame Imane, ici le Père Asgaard. Könnten Sie eine Fahrt für morgen einplanen? Wenn ja, kommen Sie bitte mit einem klimatisierten Wagen, ich bin Nordmann, wie Sie wissen.»

«Ouacha, mon Père, wann wollen Sie fahren?», antwortete Imane, überglücklich Malcolm helfen zu können.

«Sagen wir gegen acht, nach dem Frühstück?»

«Ouacha, Herr Pfarrer, ich werde pünktlich sein. Denken Sie bitte daran, alles für eine Übernachtung mitzunehmen, falls diese notwendig wird. Die Distanzen hier sind beträchtlicher, als man denkt, und die Straßen des hohen Atlas unberechenbar. Ein verunglückter Lastwagen sorgt manchmal für die tagelange Sperrung einer Strecke.»

«Sollten wir mit einer Imponderabilität dieser Größe konfrontiert werden, Madame, werde ich mein Schicksal mit Ihnen und einer guten Flasche rotem Guerrouane-Koscher geduldig ertragen», antwortete er verschmitzt.

Malcolm und Zeb saßen auf der Dachterrasse beim Frühstück, als Imane anrief, so schaltete Malcolm sein Telefon auf Lautsprecher, damit sein Freund direkt von den Neuigkeiten profitieren konnte.
«Es ist beschlossene Sache», sagte sie. «Monsieur Asgaard will morgen einen Ausflug ins Gebirge unternehmen, und er ist überglücklich, dass ich ihn fahre. Dass es eventuell zu einer Übernachtung kommt, hat ihm wahrscheinlich letzte Nacht den Schlaf geraubt. Ob Europäer oder Orientale, ob Christ oder Muselmane, die Männer sind überall gleich dumm, meine Herren.»
«Da hättest du bei uns Freimaurern auf Granit gebissen», entgegnete Zeb cool, «wir lassen uns nicht so leicht bezirzen.»
«Das glaube ich dir aufs Wort, Zeb, in diesem Falle ist dein Bruder hier die Ausnahme von der Regel», antwortete die Berberin verschmitzt.
«Wann bist du heute im Riad?», fragte Bolan gelassen und ohne zu kommentieren.
«Erst gegen Mittag, ich hab noch einige Besorgungen zu erledigen, Malcolm, wir sind ab heute Abend ausgebucht. Die fürchterliche Sommerhitze, die die Touristen fernhält, ist nun endlich vorbei. Wenn in Europa der Herbst anbricht, startet bei uns die Saison, sogar für die Weihnachtsfeiertage erwarten wir viele Gäste.»
«O.k., dann sitzen wir am späten Nachmittag zusammen, um zu sehen, wie wir vorgehen werden. Zeb muss vorher in die Stadt, um etwas abzuholen. Bis dann, Imane.»
«Ich treffe den Oberst zum Mittagessen, Malcolm, lass uns nach oben unter das Berberzelt gehen, wir trinken ein paar dieser frischen Orangensäfte, die hier so exzellent sind, und diskutieren.»
«Das wird mir ein Vergnügen sein, mein Bruder. Ich kann es kaum erwarten, mehr über das Ereignis zu erfahren, welches die Dinge so schnell ins Rollen brachte. Der Professor war bei unserer Sitzung in

Basel wahrhaftig nicht sehr spendabel mit Informationen. Er deutete lediglich an, ich werde alles Wesentliche hier von dir erfahren. Mir schien, dass er extrem besorgt war wegen des geheimen Charakters unserer Mission.»

Als beide gemütlich vor ihren Vitaminrationen saßen, brannte es Malcolm auf der Zunge, endlich von Zeb zu erfahren, was er über den neuen Fund wisse.

«Erzähl mir, wie Züngeli auf das Artefakt gestoßen ist. Um was für ein Stück handelt es sich überhaupt? Und aus welcher Periode der Erdzeitgeschichte stammt es?»

«Siehst du Malc, vor Jahren war der Professor mit einem seiner besten Freunde, dem Paläoanthropologen Josch Sinclair im Süden Algeriens unterwegs, um ein Saurierskelett zu bergen. Sinclair ist ein Kenner der Sahara, die er viele Male durchreiste, stets auf der Jagd nach fossilen Gebeinen, von denen es unter dem heißen Wüstensand nur so wimmelt. Einige Gegenden in der unendlich weiten Einöde erweisen sich seit jeher als wahre Saurierfriedhöfe. Diese sind auch für ihn hochinteressant, aber als Anthropologe reflektiert er natürlich auf humane Funde. Er spricht einige Tuaregdialekte und genießt große Anerkennung bei den Berberstämmen der Wüste.

Züngeli und ihn verbindet eine tiefe Freundschaft, nicht zuletzt auf Grund ihrer Überzeugung, etwas könne definitiv nicht stimmen bei der Datierung bestimmter Funde. Sie waren sich auch stets darüber einig, nichts an die große Glocke zu hängen, bis sie eine stichhaltige Beweisführung in den Händen hätten. Sie fanden bei der Bergung des Sauriers, nahe der Oase Bilma im Niger, tatsächlich das, wovon sie geträumt hatten, irgendwann einmal darauf zu stoßen. Im Beckenknochen des Dinos steckte eine versteinerte Speerspitze. Zunächst dachten sie daran, den unglaublichen Fund geheim zu halten, ihre Aufrichtigkeit sowie der Wunsch, die Berufskollegen weltweit daran teilhaben zu lassen, wurden ihnen schlussendlich zum Verhängnis. Der Fund war natürlich ein Dorn im Auge der Fachwelt. Paläontologen, die von Universitäten und dem französischen Geheimdienst unterstützt wurden, kamen angereist und enteigneten sie des Fundes. Als ihnen angedroht wurde, sie in der Fachwelt lächerlich zu machen, gaben beide letztendlich auf, was ihnen in extremis ihre Anstellungen rettete, und den Gelehrten das Umschreiben sämtlicher Fachbücher ersparte.

Josch Sinclair meldete sich jetzt, nach Jahren der Funkstille, überraschend aus der Wüste im nördlichen Mali, wo er zusammen mit einem sehr linientreuen US-Paläontologen auf das Skelett eines jungen Sauropoden stieß, in dessen Schädel erneut eine versteinerte Speerspitze eingekrustet war. Sinclair, der die Schmach seines ersten Fundes nie vergessen hat, handelte dieses Mal vernünftiger. Er verschwand des Nachts mit einer Karawane befreundeter Tuareg, die ihn bis südlich von Mhamid in Marokko brachte, in seinem Gepäck das Schädelfragment des Urzeittieres. Sein Kollege schlug natürlich Alarm, aber keiner wusste, wo Sinclair untergetaucht war. Da seine Verbundenheit mit dem Schweizer Professor in Fachkreisen bekannt war, gab es für die Gegenpartei keine Frage, via Züngeli an Sinclair zu kommen. Dass im Baseler Museum zwei kompromittierende anachronistische Artefakte lagerten, kam für die Hüter traditioneller Denkweisen erschwerend hinzu.

«Wo hält sich Sinclair versteckt, Zeb?»

«In einem alten Ksar, nicht weit von Zagora.»

«Ich denke Eile ist geboten. Bisher haben die Jungs von der Sécurité des französischen Geheimdienstes ihre Kollegen in Casablanca noch nicht verständigt, sonst wäre dir Benhamou nicht so freundlich gesonnen gewesen. Er ist in leitender Position hier in Marokko, und ich glaube kaum, dass er dir geholfen hätte, wüsste er von einer Anweisung von den Cousins an der Seine.»

«Mag sein Malc, aber wenn schon, Dagher Benhamous Benzin ist Geld, damit läuft sein Räderwerk am besten. Er würde sich meinetwegen nicht mit den Franzosen anlegen, schon gar nicht bei strategisch wichtigen Fragen. Hier handelt es sich aber um ein Stück, welches seiner Meinung nach höchstens museumsgeschichtliche Relevanz hat. Es geht hier nicht einmal um Schmuggelware, und ein Schädelknochen einer Tiergattung, die nicht auf der Liste der vom Aussterben bedrohten Arten steht, hat für ihn keine Bedeutung. Gefährlich könnte er dann werden, wenn er dahinter kommt, was Rom bereit wäre zu bezahlen. Wie gesagt Malcolm, auf der Gebrauchsanweisung dieses hohen Beamten steht lediglich ein großes Dollarzeichen. Er ist schlau und hat Jahrzehnte Berufserfahrung, er weiß genau Bescheid über unsere Vermögensverhältnisse, das wird uns seine Verbundenheit weiterhin sichern.»

«Was willst du eigentlich von ihm?»

«Nicht viel, Bruder, nur eine Kanüle Pentothal.»

Bolan, der die Wirkung des Mittels kannte, musste grinsen. Da werden wir außer dem, was wir wissen wollen, noch einiges über den Priester erfahren, dachte er. Eine nicht zu unterschätzende Anzahl katholischer Priester wurde ja in letzter Zeit spektakulärer sexueller Delikte überführt. Asgaard schien mehr an Frauen interessiert denn an Buben, aber unter den sympathischen Zügen eines Bonvivants versteckt sich ja oft der wollüstige Satyr.

«Ich werde in der Zeit, die du dem Oberst widmest, einen Ausflug in die Stadt riskieren. Ich muss mich einkleiden, Amal wird mich fahren, sein Quatre-Quatre hat extrem dunkle Scheiben. Keiner wird mich sehen.

Zeb, weiß man wie groß das Schädelfragment des Sauriers ist?»

«Das Stück Knochen soll zirka sechzig Zentimeter lang und fünfunddreißig breit sein.»

«Könnte passen.»

«Wie passen?»

«Erklär ich dir später, Zeb.»

«Noch ein Letztes, Zeb, lass dir für alle Fälle eine Waffe geben, ist einfach beruhigend, ein bisschen was dabei zu haben.»

«Da hab ich bereits vorgesorgt», meinte Zeb mit breitem Lächeln.

Malcolm ging in seine Suite zurück, um seinen Schlachtplan auszufeilen. Er hatte bereits sehr konkrete Vorstellungen, wie alles ablaufen sollte. Auch eine gute Idee, wie er Imane aus diesem für sie gefährlichen Spiel heraushalten könnte. Sie lebte hier, und ginge etwas schief, wäre es ungerecht sie da mit reinzuziehen. Nur eines gab ihm zu denken. So ohne weiteres durfte man den Geistlichen nicht mehr laufen lassen. Malcolm hasste den Gedanken, diesen Priester ausschalten zu müssen. War er bereit, für die Sache so weit zu gehen? Er wusste es nicht. Jedenfalls aufhalten lassen würde er sich nicht. Sofort stand ihm wieder ein himmelschreiendes Kirchenpolitikum vor Augen. Hatte die Kirche moralische Skrupel? Nein.

Der Vatikan hatte sich damals nicht gescheut, den politischen Priester Paul, The Gorilla Marcinkus, der zwei Päpsten als Leibwächter diente, einzusetzen, um zusammen mit der Mafia gefälschte Aktien im Wert von einer Milliarde Dollar zu drucken, um einen Teil davon auf der Vatikanbank zu deponieren. Marcinkus wurde zum Präsidenten der Vatikanbank, und was noch folkloristischer klang, zum Erzbischof ernannt. Ein New Yorker Staatsanwalt namens Hogen wurde vom Weißen Haus selbst daran gehindert, ihn zusammen mit weiteren Mafiosi ausliefern zu lassen. Der Grund dafür war so simpel wie er zuvor effizient war: Über die Marcinkusbank flossen beträchtliche Beträge, um Nixons Wahlkampagne zu finanzieren. Was für eine Karriere.

Skrupel erschienen hier deplatziert. Malcolm verstand sich zwar als Humanist und Philanthrop, mit den Jahren aber begriff er: Schwäche solchen jahrhundertealten Strukturen gegenüber ist der Suizid schlechthin. Klar wusste ein bescheidenes Glied einer derart antiken Kette, wie der armselige Priester eines ist, nichts von solchen Machenschaften, aber gerade seine Ignoranz machte aus ihm den gesteuerten Fanatiker, der er vielleicht war.

So wurde es sechzehn Uhr, als die drei Protagonisten sich auf der Dachterrasse versammelten.

«Zeb, ging bei dir alles klar?», erkundigte sich Bolan.

«Ich bin mit zwei Spritzen ausgestattet, eine für das Pentothal, das Wunderwahrheitsserum der CIA, und eine für Bleikugeln – ouacha?», scherzte Polniak.

«Imane, du wirst den Kuraten anrufen und ihm Folgendes vorschlagen: Er soll sich um zehn Uhr bei der Post an der Bab Kechich einfinden. Einer deiner Fahrer wird dort auf ihn warten, ihn in das Vorgebirge chauffieren, wo du leider schon vorher hin musstest. Eine Tante ist erkrankt, so bringst du ihr schon heute Medizin aus Marrakesch. Gegen Mittag wird er dort sein, der Fahrer wird dann eines eurer Autos, das dort stehen blieb, nach Marra zurückbringen. Du freust dich sehr, von da an die Reise mit ihm alleine anzutreten. Stell dem Schweden in Aussicht, man müsse eventuell übernachten, der Weg zurück vom hohen Atlas sei vielleicht doch zu anspruchsvoll für einen Tag. Er wird den Köder schnappen, glaube mir. So bist du außen vor, und hast von nun an lediglich noch einen Anruf zu tätigen. Zeig dich morgen an einigen Stellen in der Stadt, so wirst du niemals in Verbindung mit ihm gebracht werden, falls Unerwartetes passieren sollte.»

«Ouacha, Malcolm.»

«Sag uns Bescheid, wenn du ihn erreicht hast. Zeb und ich besprechen jetzt das Weitere, je weniger du weißt, desto besser ist es für dich.»

«O.k., ich lass euch allein. Wollt ihr etwas zum Naschen?»

Beinahe im Einklang lautete die Antwort: Erdbeeren mit Minze.

«Zeb, du folgst dem Wagen in gebührendem Abstand bis auf die zweite Passhöhe im Vorgebirge. Dort wird der Fahrer anhalten. Er wird seinem Klienten sagen, er müsse sich kurz des Gebetes wegen zurückziehen. Monsieur Asgaard ist schließlich Priester, er wird Verständnis zeigen. Du wirst neben ihm parken, ihn in eine wegerklärende Diskussion verwickeln, um ihn dann bei der besten Gelegenheit, die sich bietet, zu überwältigen. Binde unserem Heiligen einen Sack über den Kopf, dann rufst du mich. Ich bleib in Sichtweite mit meinem Wagen hinter euch.»

«Wird schon klappen, Malc. Ich hänge mir noch ein großes Kreuz um den Hals. A believing Hippie looks even better», meinte Zeb.

Wieder in seinem Gemach nahm Bolan sofort sein Handy, wählte und wartete angespannt.

«Hallo Nigel?»

«Hey Malc, wo zum Teufel steckst du schon wieder?»

«In Nordafrika, genauer gesagt in Marrakesch.»

«Fucking hell, was zum Teufel hast du denn dort verloren, my friend? Die essen doch nur alten Hammel und beten den ganzen Tag, von den Frauen sieht man nur die Augen, und um ein pint of guiness zu trinken, musst du dich in einer Höhle verkriechen. So fucking crazy, man.»

«Bist du noch immer auf den Kanaren, Nige?»

«Yeah with Tigarry, and I have nice chicks on board, man. Wir werden bald auslaufen denke ich, meine Geschäfte hier sind erledigt. Wir wollten nur noch einige Tage Urlaub auf der Insel verbringen.»

«Wie lange gedenkst du noch genau zu bleiben?»

«Hab' vor in einer Woche spätestens an die Côte zurück zu segeln, um mein Schiff für die große Winterreise klarzumachen. Im Dezember laufen wir nach Kolumbien aus, 'ne Menge grüner Steine wartet dort auf mich, good lad. Es wird vielleicht mein letzter langer Trip, ich denke langsam darüber nach, mich aus den Geschäften zurückzuziehen. Die Sommermonate will ich an der Côte verbringen und wenn das Wetter mir zu britisch wird, ziehe ich mich nach St. Barth zurück.»

«Das könnte passen, Nige. Du musst mir helfen, es wäre gut möglich, dass ich hier bald Schwierigkeiten zu erwarten habe.»

«Du? Bring mich nicht zum Lachen», sagte er sarkastisch. «Du lebst doch wie a fucking holy man. Bist du womöglich zu schnell gefahren?»

«Erspare mir deine Witze, und komm, wenn ich es dir sage, o.k.?»

«Wenn du Probleme hast, warte ich natürlich hier auf dich. Das weißt du doch, Mate. Worum geht es genau, Malc?»

«Du bekommst Passagiere, Nige. Ich muss in einigen Tagen inkognito mit zwei Freunden aus Marokko verschwinden. In unserem Besitz befindet sich eine sehr wertvolle, Millionen Jahre alte Rarität, die wir außer Landes schaffen müssen, um sie danach genauso anonym in die Schweiz zu verfrachten. Zehn Kilometer südlich von Essaouira befindet sich eine kleine Bucht, dort müsstest du auf Abruf hinkommen und uns dein Beiboot schicken.»

«Fuck, immer wenn ich von dir höre, ist irgendeine Scheiße, Malc, aber gerade deswegen lieb ich dich. Dann dealst du jetzt also mit fast so alter Ware wie ich, my friend. Meine Steine sind aber noch älter, je nach Einschlüssen können sie mehrere hundert Millionen, sogar bis zu drei Milliarden Jahre alt sein.»

«Nige, gibt es deine Verstecke noch auf der Tigarry?»
«Das schon, mein Freund, in dem einen liegt das Baby, und das andere kann derzeit keiner aktivieren. Ich habe zurzeit zwei Stewardessen und zwei Matrosen an Bord. Ich persönlich könnte kotzen, die Mädchen machen sich in die Hose, der eine Matrose ist nicht schwindelfrei, und der andere, Bobby, hat sich gestern das Handgelenk schlimm verstaucht. So what?»
«Keine Sorge, Nige, wofür war ich Bergsteiger und Flieger? Ich melde mich zum richtigen Zeitpunkt, wir haben noch einiges zu erledigen, du aber bleibe greifbar. Ich verlasse mich auf dich, du bist die ultimative Chance für uns, das Land ungesehen zu verlassen. Eine edlere Fracht hat deine Ketsch nie bekommen.»
«Freue mich Partner, mit dir wird's nie langweilig. See you hopefully soon on board, mate.»
«Grüße mir noch den kleinen Franzosen und wünsche ihm gute Besserung von mir, hab den alten Gauner lange nicht mehr gesehen. Cheers mate.»

VIII

Leiff Asgaard spazierte gemächlichen Schrittes in Richtung Post. Im Riad wurde ihm ein kleiner Junge zur Verfügung gestellt, er sollte ihn sicher durch diesen Dädalus an Gassen führen. Er hatte nur eine kleine Reisetasche dabei, die genügen würde für den Kurztrip, den er sich vornahm. Darin befanden sich außer Toilettenartikeln und Wäsche drei für ihn wichtige Utensilien, das Fernglas, das er auch für voyeuristische Zwecke mit sich führte, Kondome, die er erhoffte zu benutzen, und eine alte Beretta. Dass er nicht von Beginn an mit der hübschen Berberin fahren konnte, war der Wermutstropfen, den er jedoch kurz darauf verschmerzte, da ihn ein toller Ausflug in so netter Gesellschaft erwartete. Er konnte es mit den Damen, zumindest glaubte er das, so nahm er sich vor, all den Charme spielen zu lassen, den er zu haben glaubte. Die Devise war, so viel wie möglich anzuschauen und zu besichtigen, um ja in Verzug zu kommen. Eine

Übernachtung sowie ein Dinner in attraktiver Gesellschaft konnte er sich nicht entgehen lassen. Wenn eine Dame ihm zu verstehen gab, es könne sich etwas entwickeln, entfachte sich in seinem Hirn eine Neuronenkollision, welche mit einem Feuerwerk in geschlossenem Raume zu vergleichen war. Er war kein böser Mensch, die von Kindesbeinen an genossene Indoktrinierung jedoch machte Leiff zum unumstrittenen Fanatiker seiner Mission.

Pater Asgaard gab dem Jungen ein kleines Trinkgeld, es sollte angemessen sein, dachte er, nicht wie bei manchen Touristen, die die Preise versauen. Der Kleine, der ihn fast zwanzig Minuten durch den Irrgarten der Medina geführt hatte, staunte nicht schlecht, als zwei karge Münzen in seine Hand fielen, deren Kaufkraft eher gegen Null tendierte. So wünschte sich der junge Marrakchi diesen bleichgesichtigen Geizhals zum Teufel. Ein Omen, das sich bald darauf realisieren sollte.

Nicht weit nach der ins pittoreske Tal der Ourika führenden Abbiegung befahl Asgaard eine Pause. Der Ort war traumhaft, die Terrasse des Cafés erlaubte einen Blick hinauf zu den Gipfeln des hohen Atlas, und hinab auf den wilden Bach, der sich silbern durch die Talsohle schlängelte. Mit dem Fernglas streifte er die Serpentinen ab, die sich zu seinem Aussichtspunkt hochwanden. Einige Kurven weiter unten hielt er inne, ein alter Campingbus und ein SUV standen nebeneinander, die Fahrer offensichtlich durchs geöffnete Fenster in ein Gespräch vertieft. Der Pater bestellte sich einen frischen Orangensaft, den er förmlich hinunterschüttete, und drängte alsbald zur Weiterfahrt. Schon nach wenigen Kilometern hielt der Driver vor einem aus Bruchstein gemauerten Hause an. Auf dem Vorplatz stand der Wagen, den der Fahrer zurück nach Marra bringen sollte.

«Sie können drinnen im Schatten warten, Sayed, wir sind etwas zu früh dran, aber ich denke, Imane wird nicht lange auf sich warten lassen, und es ist Zeit für mein Gebet.»

«Gehen Sie schon, mein Freund, ich werde es mir auf der Bank hier gemütlich machen, die Aussicht ist ja geradezu atemberaubend. Ich wünsche Ihnen noch eine gute Heimfahrt, und Gott sei mit Ihnen.»

Als er alleine war, genoss Leiff die Stille, die den Ort hier umgab. Friedliche Bergwelt, dachte er. Ab und zu kamen Eselskarren vorbei, er sah einige spielende Kinder in der Nähe, sowie Frauen, die ihre kargen Felder an den Steilhängen bestellten. Leiff saß auf der Bank im Schatten des Hauses und der umstehenden Bäume, das von der Mittagssonne durchflutete Panorama vor Augen. Die schöne Berberin ließ ihn nicht ruhen, er phantasierte förmlich über die Weiterfahrt und den tollen Abend, den er sich mit ihr vorstellte, als der alte Campingbus auf dem kleinen Parkplatz vor ihm anhielt. Ein bärtiger Hüne, offensichtlich ein älter werdender Hippie, wie Pater Asgaard unschwer erkennen konnte, kam direkt mit einer Karte in der Hand auf ihn zu.
«Gott zum Gruße, mein Freund, wäre es dir möglich, mit mir einen Blick auf diese Karte zu werfen?»
Der Pater ging ihm ein großes Stück entgegen.
«Ich will dir gerne behilflich sein», erwiderte Leiff freundlich, den Blick auf das große Holzkreuz gerichtet, das der lustige Vogel um den Hals trug. «Bin aber selbst fremd hier, guter Mann.»
«Macht nichts, Bruder, vier Augen sehen besser als zwei. Ich glaub, ich hab mich restlos verfahren.»
Ein weiterer Wagen stoppte unweit auf dem Platz, dessen Fahrer die Scheibe runterließ, um eine zu rauchen, als der Pater die Karte des Hippies ausbreitete.
«Warte kurz», sagte Leiff, «ich brauche meine Brille, ich hab sie dort in meiner Reisetasche.»
«Lass dir Zeit, Bruder», hörte er den Hippie noch rufen.
Der Pater hatte den zweiten Wagen gleich erkannt. Etwas lief hier nicht richtig. Seine Gedanken überschlugen sich. Er bemühte sich gelassen zu wirken und vor allem ruhig zu bleiben. Aus der Reisetasche nahm er als Erstes die Beretta, legte sie hinter sich auf die Bank, dann riskierte er verstohlen und schnell, da der Hippie gerade nicht zu ihm schaute, einen kurzen Blick durchs Fernglas. Es fuhr ihm eiskalt den Rücken entlang, im anderen Wagen saß Bolan. In Bruchteilen von Sekunden begriff er alles, die Berberin, die verdammte kleine Hure, das Alleinsein hier, Bolan …

Leiff war ein Kämpfer, hatte sich schnell im Griff, so rief er ganz freundlich:
«Komm doch her auf die Bank in den Schatten, wir studieren die Karte hier zusammen, mein Lieber.»
Zeb ging auf den Schweden zu, er war gelassen und zuversichtlich. Es würde ein Kinderspiel werden, dachte er. Der Pater schien zwar ein kräftiger Bursche zu sein, ahnte jedoch nichts von dem, was gleich auf ihn zukommen sollte. Zebulon Polniak nahm sich vor, so wenig Gewalt wie nötig anzuwenden. Er wollte seinen Gegner schnell überwältigen und ihm kurzerhand die Spritze mit dem Pentothal verpassen. Als er mit seiner Karte vor dem auf der Bank sitzenden Prediger stand, legte er nochmals sein berühmtes Lächeln auf und sagte:
«Nett von Ihnen, dass Sie ...»
Zebs Satz blieb ihm im Halse stecken, der Pater hielt sich mit beiden Händen an der Bank fest, sein rechter Fuß peitschte hervor und verpasste Zeb einen Tritt in den Bauch, der ihm den Atem nahm.
Zeb krümmte sich nach Luft ringend unter dem heftigen Schmerz. Die Ferse seines Gegners traf ihn, gleich dem Tritt eines Esels, direkt auf den Solarplexus, wo er den Beutel mit der bereitgestellten Pentothalspritze versteckt hielt. Als die Glaskanüle förmlich explodierte, bohrten sich die Splitter in seinen Bauch. Der zweite Tritt kam so schnell wie der erste, traf ihn jedoch auf den Unterbauch, die Genitalien knapp verfehlend. Als Polniak langsam zu Boden sank, hielt ihm der vor Wut schäumende Beichtvater die Mündung der Beretta unters Kinn.
Malcolm, der dreißig Meter entfernt, von Bäumen versteckt, in seinem Wagen darauf wartete, von Zeb endlich gerufen zu werden, bekam von allem nichts mit. Er wollte erst in Erscheinung treten, wenn sichergestellt war, dass der Mann auch wirklich ein Verfolger war.
Asgaard wartete, bis Zeb wieder leicht zu sich kam, bevor er ihm befahl:
«Hör zu, du Schwein, wir gehen jetzt in dieses Haus, dann rufst du deinen Kollegen, das andere Schwein an, und sagst ihm, es sei alles bestens, er könne kommen.»

«Und noch was, kling normal, wenn du aus der Reihe tanzt, verpass ich dir sofort eine Kugel.»
Zeb hatte unerträgliche Schmerzen. Mit enormer Beherrschung gelang es ihm, sein Telefon aus der Tasche zu ziehen. Der Pater schnürte ihn mit allem, was er vorfand, zusammen wie eine Wurst.
«Gib mir jetzt die Nummer», befahl er. Asgaard wählte langsam, hielt dem am Boden liegenden Mann das Handy ans Ohr und schaute ihm in die Augen.
Zeb wusste, beim geringsten Fehler würde er sterben.
«Du kannst kommen, Bruder.»
Danach verpasste ihm der Pater einen gewaltigen Schlag auf den Kopf, der Zeb in tiefe Bewusstlosigkeit stürzte.
Also doch, dachte Malcolm, gut, dass Zeb getarnt anreiste. Ohne Vorsichtsmaßnahmen wie diese wären sie beide geortet worden. Der Pater hatte sicher weitergemeldet, dass er Malcolm in Marrakesch gesehen hatte, jedoch wusste niemand, wo er sich aufhielt, noch dass Zeb eingetroffen war. Noch bevor Bolan seinen am Boden liegenden zusammengeschnürten Freund sah, als er nichtsahnend in das dunkle Haus trat, spürte er die Mündung einer Waffe im Genick.
«Setz dich auf den Stuhl», befahl ihm eine aufgebrachte Stimme in seinem Rücken.
«O.k.», sagte Malcolm noch unter dem Schock der abrupten Wende, «bleiben Sie ruhig, Herr Asgaard.»
«Pater Asgaard, Teufelsbrut. Ihr wolltet mich hier beseitigen, du und diese Kreatur hier.»
«Bei Gott nein, Pater», entgegnete Malcolm besänftigend.
Der Tritt, den er ans Schienbein bekam, war an Heftigkeit kaum zu überbieten, so dass er rückwärts samt Stuhl auf den Boden fiel. Der Mann Gottes schien nicht zu spaßen. Die Lage ist äußerst prekär, fuhr es Bolan durch den Kopf.
«Bleib liegen, wo du bist. Du wirst mir sofort sagen, wo sich Sinclair mitsamt diesem verdammten Artefakt aufhält.»
«Um das herauszufinden bin ich hier.»
«Du weißt es, apostatischer Hurensohn.»

«Ich habe die Order bekommen, auf ein Zeichen von ihm zu warten. Er hat sich noch nicht gemeldet.»
«Du willst also den Schlauberger hier spielen, du Dummkopf.»
«Das würde ich in meiner Lage nicht riskieren», jammerte Bolan. «Lasst uns doch vernünftig miteinander reden, Pater.»
Um ihn daran zu erinnern, wer da bestimmte, bekam Malcolm erneut Leiffs Lieblingswaffe zu spüren. Ein Tritt seiner Fußspitze traf ihn so hart zwischen die Rippen, dass er kurz ohnmächtig wurde.
Bolan kam langsam zu sich, zeigte es jedoch nicht, um Zeit zu gewinnen und sich von der Serie harter Schläge zu erholen. Es musste ihm dringend etwas einfallen. Zeb lag noch immer tief bewusstlos da. Eine heftige Ohrfeige beendete seine Simulation.
«Steh auf», befahl der Priester. Er stand vor ihm, in seiner Rechten eine Beretta, in seiner Linken ein Küchenmesser. «Wir gehen zu deinem Wagen, sei vorsichtig und versuche nicht mich zu täuschen, du weißt was passiert», sagte er. Beim Verlassen des Hauses bekam der ohnmächtige Polniak einen letzten Tritt. Asgaard schenkte dem Hippie, den er für einen harmlosen Handlanger hielt, keine weitere Beachtung, doch auf dem Vorplatz des Hauses stach Leiff vorsichtshalber einmal in jeden Reifen des Campingcars.
«Setz dich ans Steuer.»
Malcolm war schwindelig von den vielen Tritten, er hatte noch immer Mühe richtig zu atmen. Dies wollte er ausbauen, um irgendwann eine erneute Ohnmacht vorzutäuschen. So sagte er schon mal vorbeugend:
«Ich denke, ich werde nicht fahren können, es dreht sich noch alles in meinem Kopf.»
«Und ob du fahren wirst, du Renegat.»
«Haben Sie etwas Nachsicht, mir geht es wirklich nicht gut. Ich würde am Steuer unser beider Leben aufs Spiel setzen.»
«Versuche nicht mich zum Besten zu halten, du konfessionsloser Sektenbruder.»
An den Beschimpfungen, mit denen er betitelt wurde, erkannte Malcolm, wie genau sein Gegenspieler über seine Vergangenheit Bescheid

wusste, was bedeutete, dass gut informierte Kreise hinter dem fanatischen Katholiken standen. Schwankend ging er zum Wagen.
Während der Fahrt zur Passhöhe, die an schwindelerregenden Abgründen entlang führte, ließ er seinen Kopf wie bei einer Sekundenohnmacht nach vorne kippen, so dass der Priester langsam Angst bekam, sein Gefangener würde sie in den Abgrund befördern.
«Reiß dich zusammen», schrie ihn der Prediger an. «Sagst du mir nicht bald, wo sich euer Komplize aufhält, werfe ich dich in die Schlucht und überlass dich den Geiern.»
Malcolm Bolan musste handeln, und zwar schnell, es gab nur noch eine Chance, denn der Schwede würde ihn mit oder ohne Antwort erschießen, das wurde ihm plötzlich klar. Bei der nächsten Linkskurve, wenn sein Peiniger zum Abgrund zu saß, wollte er eine Ohnmacht vortäuschen.
Der Wagen wurde immer langsamer, in der nächsten Kurve musste Leiff sogar ins Lenkrad greifen, als Malcolms Kopf immer tiefer fiel, geistesgegenwärtig zog er noch die Handbremse.
Bevor Malcolm den totalen Blackout simulierte, sah er noch mit leicht geöffneten Augen, wie der Beifahrer die mit der Beretta bestückte linke Hand nachlässig auf den Sitz legte. Asgaard beugte sich über ihn, um seinen Zustand zu prüfen.
«Du Scheißkerl, komm endlich wieder zu dir.»
Dies waren die letzten verständlichen Worte des Paters und fanatisch überzeugten Katholiken Leiff Asgaard.
Malcolm warf blitzartig seinen Kopf mit geöffnetem Munde nach vorn, streckte die rechte Hand, die Beretta außer Kraft setzend, auf den Arm seines Feindes und verschloss mit Urgewalt seine Kiefer über Oberlippe und Nase und riss das Ganze förmlich aus dem Gesicht des Paters.
Der arme Prediger ließ die Pistole fallen, hielt sich die Hände auf das zerstörte Gesicht und konnte nur noch laut und ekelhaft gurgeln, weil ihm das Blut den Hals hinunter strömte. Malcolm schob den Verblutenden zur Seite, betätigte den Türöffner und stieß mit seinem rechten Fuß den röchelnden Mann aus dem Wagen. Asgaard konnte sich nirgendwo mehr festhalten. Er fiel in den Abgrund. Bevor der

Körper mit dem malträtierten Gesicht aufschlug, war Gottes Vertreter auf Erden bei seinen Ahnen.

Zweites Kapitel

I

Zoé saß auf der überdachten Terrasse der mächtigen alten Kolonialvilla in einem dieser breiten und bequemen Korbschaukelsessel aus längst vergangener Zeit. Sie wiegte sich langsam hin und her, in sich gekehrt, und erwartete eine meditative Phase oder ganz einfach nur den Schlaf. Sie fühlte sich leer, ausgelaugt und ausgepowert, es war wieder einmal so weit, ein Abend, an dem die Teilnahmslosigkeit sie einnahm, wo sie sich plötzlich alternd vorkam und unfähig Dinge zu ändern, ein Moment, der die Gefahr in sich trug, ungesunde Lethargie in sich aufkommen zu lassen. Sie spürte unmittelbar einen der Zustände, die sie so fürchtete, denn bei solchen Gelegenheiten schwebten über ihr die dunklen Wolken, welche sich meistens als Vorboten akuter Depression erwiesen. Sie war in letzter Zeit viel alleine in dem riesigen Haus, weilte ihr Lebensgefährte doch oft im Ausland auf der Suche nach antiken Gefäßen. Monsieur wurde mit den Jahren zum gern gesehensten Gast auf dem Parkett der edelsten Auktionshäuser weltweit. Die Stücke, die er haben wollte, bekam er stets zugesprochen, eine Tatsache, mit der seine Mitstreiter auf diesem speziellen Fachgebiet längst zu rechnen gelernt hatten. Monsieur legte besonderen Wert auf den makellosen Zustand seiner keramischen Akquisitionen, unabhängig von der Epoche ihrer Herstellung und vom Ursprung der Gefäße, ein Umstand, der ihm unter den überwiegend von Museen gesandten Mitanbietern die Rolle eines Exoten beschert hatte, da Letztere alle auf Kulturkreise, Epochen oder Regionen spezialisiert waren.

Die tropische Hitze des Tages wich langsam einer schwülen Abendtemperatur, die Luft stand, nicht die geringste Brise brachte etwas Kühlung in die der Todesstarre nahe Szenerie. Sogar die feinsten Ästchen mit den gestielten paarig gefiederten Laubblättern der immergrünen Tamarindenbäume hingen reglos von den hohen Pflanzen.

Sie war müde, die Studie neuester Technologie für optische Spektroskopiegeräte hatte von der Kreolin ihren Tribut gefordert. Zoé war nun Anfang vierzig, und abgesehen von einigen kleinen Problemzonen, die wohl jede Frau ihres Alters zu beklagen hat, war sie noch in Hochform. Ihre Augen waren jedoch rapide schlechter geworden, und dies verkörperte eigentlich den einzigen Makel, der sie daran erinnerte, dass auch sie langsam älter wurde. Täglicher Sport und ihre relativ frugale Ernährung hatten ihr das Aussehen einer viel jüngeren Frau bewahrt. Sie war buchstäblich noch eine Schönheit, der die Männerwelt noch immer zu Füßen lag. Zoé war sich schon immer der Wirkung, die sie auf das männliche Geschlecht ausübte, bewusst, ihre überdurchschnittlich hohe Bildung sowie eine begnadete Intelligenz machten sie dazu den meisten Männern überlegen. Außer für Monsieur hatte Zoé noch nie für irgendeinen Mann größere Achtung empfinden können, und sie amüsierte sich meistens über die triebgesteuerten und dummen Bemühungen, mit denen Männer ihr gelegentlich ihre Avancen signalisierten. Natürlicherweise sehnte sie sich gelegentlich nach einem Mann ihres Alters, der ihr die Nächte noch hätte versüßen können, dies blieb jedoch stets ein Fantasma. Die Hochachtung, die sie für ihren doppelt so alten Lebensgefährten empfand, mit dem sie einst so glücklich war, gekoppelt mit einer deutlich übertriebenen Selbstachtung, hatten sie bisher immer von einer amourösen Aventure ferngehalten. Zoé spürte jedoch seit einiger Zeit, dass dies eventuell falsch war. Monsieur hatte nun das achtzigste Lebensjahr erreicht, und seine ganze Aufmerksamkeit galt nur noch dem Projekt. Seit Jahren waren er und sein Freund, der Physiker, von der Arbeit an ihrer gemeinsamen Erfindung so besessen, dass sie als Physikerin zwar nach wie vor eine Hauptrolle bei Monsieur spielte, als Mensch und Partner jedoch völlig in den Hintergrund getreten war. Zoé und ihr Lebensgefährte hatten sich seit Jahren auseinandergelebt, und dies war eine unumstößliche Wahrheit, mit der sie zu leben gelernt hatte. Sie liebte Monsieur, und zollte ihm Respekt bis in den Tod, denn die Einzigartigkeit dieses Mannes hatte sie schon als blutjunge Frau in einen magischen Bann gezogen. Seit nahezu zwei Jahrzehnten bekamen sie immer wieder Fotos zu-

gesandt, Bilder, die irgendwo auf der Welt aufgenommen wurden, Fotografien, welche den spirituellen Sohn Monsieurs darstellten. Sie kannte den Mann mittlerweile so gut, als hätte er persönlich eine Rolle in ihrem Leben gespielt, ohne dass sie den Menschen je getroffen hätte. Eines Tages werde ich ihn dir vorstellen können, sagte der Alte sehr oft, und ihr beide sollt als Einzige in mein Geheimnis eingeweiht werden. Zoé träumte gelegentlich von ihm, sie versuchte ihn manchmal zu visualisieren, sie idealisierte den Mann auf eine Art, dass aus den zugesandten Bildern mit der Zeit eine real existierende Partnerfigur entstand. Zoé fragte sich oft, ob ihr das Glück dieser Begegnung jemals widerfahren werde. Die Isolation ihrer Lage in der Villa verleitete sie immer wieder zu wildromantischen Spekulationen. Er wurde mit den Jahren immer wahrhaftiger, zur lebendigen Figur, er erfüllte ihre Fantasie auf eine Weise, die ihn zum Objekt ihrer geheimsten Aspiration werden ließ. Ange nannte ihn Monsieur, und Zoé fragte sich auch an diesem tristen Tage einmal mehr, wie es sein würde, wenn sie sich einmal begegneten.
Als Physikerin hatte sie keine Schwierigkeiten bei der Entwirrung der zum Teil handgeschriebenen Ausführungen, jedoch überforderten die Unleserlichkeit und die mangelnde Qualität der Kopien, die sie in den Händen hielt, ihre seit einiger Zeit überstrapazierten Augen. Theoretisch erworbene Kenntnisse konnten mit einem virtuellen Raman-Spektrometer vertieft werden, abhängig vom Schwierigkeitsgrad und der Aufgabenstellung, das war ihr soweit klar. Sie wusste auch, dass sich mittels Auswertetools die Messparameter von Frequenz oder Laserleistung beobachten lassen, wonach ihr Lebensgefährte jedoch suchte, war jenseits der Möglichkeiten dieser fortschrittlichen Messanlagen. Diese Beobachtungsverfahren waren lediglich in der Lage, anhand des Spektrums, durch die Farbzerlegung der Lichtstrahlen, zu untersuchen, wie elektromagnetische Strahlung und Materie in Wechselwirkung standen. Alles war bei diesen Messungen auf Optik ausgelegt, Zoés Aufgabe bestand darin, ein Gerät zu konzipieren, bei welchem die Akustik berücksichtigt wurde. Fieberhaft arbeitete sie an einem Modul für einen Schalldetektor zum Empfangen und Abtasten akustischer Signale, sie erhoff-

te sich mit Hilfe des Lichtes Klangräume freizulegen und die darin enthaltenen Frequenzen aufzuspüren. Monsieur und sein Physikerfreund arbeiteten ihrerseits auf Hochtouren im unterirdischen Labor der Villa an der Installation der riesigen Schalldetektorscanneranlage, die sie entworfen hatten. Monsieur war mit großer Wahrscheinlichkeit einer der Männer, die vom Umfang ihres okkulten Wissens als wahrhaftige Eingeweihte zu gelten hatten, aber diese faszinierende Anlage und die zu erwartenden Erkenntnisse ließen den alten Mann zum Fanatiker für Elektrotechnik werden. Ihr oblag die Aufgabe, diverse Einschübe zu optimieren, und sie kam leider derzeit nur kläglich voran.

Martha hatte ihr schon oft weiterhelfen können, wenn sie, wie die Techniker so schön sagen, auf dem Schlauch stand. Ihr Mann war einer der eminentesten Physiker am CERN, sie schlich sich manchmal ihretwegen ins Vertrauen des Wissenschaftlers, kopierte heimlich Unterlagen und schickte sie ihr. Zoé war darüber keineswegs besorgt, wusste sie doch um die Fähigkeiten ihrer ehemaligen Schülerin und von ihrer lebenslangen Treue Monsieur gegenüber. Jede Elevin, die sie mithalf auszubilden, war Monsieur nicht lediglich aus Dankbarkeit verpflichtet, sondern empfand tiefe väterliche Liebe für den alten Mentor.

«Archibald, Archibald», rief Zoé aus der äußerst bequemen Lage ihres antiken Korbgeflechts in Richtung Garten hinunter. Sie musste die drohende depressive Phase irgendwie abschütteln, ein guter Drink konnte mit Sicherheit einiges bewirken. Der alte Gärtner und Mann für alles der Villa war seit langem schwerhörig, so schrie sie förmlich in den Park.

«Oui Madame, J'arrive. Tout de suite Madame», meldete sich nach einer Weile die schon leicht zitternde Stimme des alten Kreolen.

«Archibald, mein Guter, bereite mir einen Punch. Es ist zwar noch ein bisschen früh, ich weiß, aber Monsieur ist für einige Tage nach Buenos Aires geflogen und somit gibt es nicht viel zu tun. Außerdem wird mir ein Drink gut tun, Archie, ich fühle mich nämlich heute richtig beschissen. Sei sparsam mit dem Rum, gib lieber etwas mehr Eis dazu», befahl die Maitresse de Maison recht herrisch, da

sie wusste, Archibalds Maß – wie das aller Einheimischen – war in Bezug auf Rum eben maßlos.
«Bien Madame, ich dosiere für ältere Damen», antwortete der alte Diener mit einem süffisanten Grinsen. Er wusste genau, seine Chefin hasste es mit einer älter werdenden Frau verglichen zu werden. «Übrigens habe ich das Zimmer von Mademoiselle Martha gerichtet, Madame Zoé, sie kommt doch heute an, nicht wahr?», ergänzte er schnell, um das Thema in eine für ihn günstigere Richtung zu lenken.
«Archibald, geh bitte nicht schlafen. Du wirst sie am Flughafen abholen, mir ist nicht mehr nach Autofahren, schon gar nicht in der Nacht bei dem Gesindel, das sich neuerdings auf dieser Insel breitgemacht hat. Die Menschen können zwar nichts dafür, dass die Wirtschaftslage so prekär geworden ist, aber ihre extreme Armut lässt sie zu gefährlichen, streunenden Hunden werden. Nur noch Banden und Verbrecher überall, vergiss nicht die alte Luger mitzunehmen, man kann nie wissen, was auf einen zukommt in diesem Land. Solltest du in einen Hinterhalt geraten, so mache Gebrauch von deiner Waffe, zeig Entschlossenheit und Stärke, deine potenziellen Gegner verstehen nur noch diese Sprache, schieß und rede danach, es ist dein Leben, das du schützt, alter Mann. Es gibt Elemente hier, die dich umbringen würden, nur um in den Besitz deiner 08 zu kommen. Die reinste Anarchie herrscht hier mittlerweile, seitdem die Regierungsstruktur kollabierte.
Aber Monsieur will nicht weg von hier, du weißt es ja, er fühlt sich auf dem Eiland sicherer denn irgendwo auf dem Festland. Solange wir unter seiner Obhut sind, haben wir ja nichts zu befürchten, Archibald, vor Monsieur haben sogar die Schlimmsten Respekt.»
«Ihr Wort in Gottes Ohr, Madame, aber für wie lange noch?»
«Sei nicht so pessimistisch, du alter Gauner, denk stets daran, was Monsieur aus deinem Leben gemacht hat, und vergiss nie, wer du einmal warst. Er rettete dich vor dem Galgen, als die Regierung wechselte. Der alte Teufel ist vergessen und seinen unfähigen Sohn sind wir endlich los. Es kommt der Tag, an dem es wieder bergauf gehen wird, Archibald, du musst nur ganz fest daran glauben, und der Zeit die Zeit lassen, die sie braucht. Du bist gut versorgt hier in

der Villa, deine Arbeit ist nicht mühselig und Monsieur gönnt dir ja viele Extras. Du bist in der glücklichen Lage dir keine Sorgen mehr machen zu müssen für die wenigen Jahre, die dir noch bleiben.»

«Monsieur ist Gott auf Erden, Madame, hoffentlich bleibt er uns noch lange erhalten. Ich bete täglich zu unserem Herrn Jesus, seiner Mutter, der Heiligen Maria und zu der großen Familie der Heiligen. Den Baron Samedi habe ich längst verlassen, Madame Zoé, glauben sie mir. Obwohl ich früher ein gütiger Houngan war und später zum respektiertesten Bokor in meiner Zobob wurde, habe ich in meinem Herzen nur noch Platz für unseren Herrn Jesus.»

«Das war eine löbliche Entscheidung, mon ami, die Magie, in die dich Monsieur initiierte, ist der schwarzen Magie der Bokore und der Zobobbruderschaften überlegen, sie ist durch Jahrtausende altes Wissen entstanden. Bleib auf dem neuen Pfad, Archibald, er führt dich zur Tugend und zur Weisheit. Nimm die Limousine nachher, und mach dir einen schönen Abend am Flughafen, dort gibt es wenigstens noch etwas zu kaufen.»

Zoé war eingedöst, Folge des doch recht kräftigen Punches, dem der alte Hausangestellte auf Grund seiner kreolischen Wurzeln einfach nicht in der Lage war, die nötige Milde zu verleihen. So war sie auch leicht erschrocken, als die vertraute Stimme ihrer ehemaligen Schülerin sie plötzlich aus dem frühnächtlichen Halbschlaf riss.

«Madame Zoé, ich bin überglücklich, wieder einmal in meinem alten Zuhause zu sein», sagte die Neuangekommene und umarmte die Dame des Hauses leidenschaftlich.

«Ich grüße dich, Martha, meine Tochter, hattest du eine angenehme Reise, mein Kind?»

«Der Flug war ganz gemütlich, Madame, lediglich das Auschecken hier und die unangenehmen Kontrollen bei der Einreise waren mühsam. Es wird immer schlimmer auf der Insel, Madame Zoé. Als ich vor vielen Jahren das Land verließ, das nach meiner Adoption durch Monsieur zu meiner neuen Heimat wurde, schien alles noch friedlicher zu sein. Ich bin den Anblick der Armut, die hier überall herrscht, natürlich auch nicht mehr gewohnt, der Unterschied zu Genf ist mit Himmel und Hölle vergleichbar. Man gewöhnt sich schnell an die

Sauberkeit der Schweiz, sogar die vier Jahreszeiten möchte ich nicht mehr missen, Madame Zoé. Von Anfang an nahm mich mein Lebensgefährte mit, um tolle Skiwochenenden in den Bergen zu verbringen, die Reinheit der Luft ist dort unbeschreiblich, müssen Sie wissen. Ich könnte niemals mehr auf diesem staubigen Felsen leben, zu dem dieses Eiland gemacht wurde, und der Gewalt, die hier omnipräsent ist, bin ich überdrüssig geworden. In meiner lieben neuen Heimat gibt es kaum mehr Verbrechen, Meisterin, das Äußerste, was die kriminelle Ader der Helveten noch hervorbringt, ist Vierzig zu fahren in Dreißigerzonen.»

«Hast du mir die neuesten Unterlagen besorgen können, Kind? Monsieur möchte noch in diesem Jahr Erfolg haben mit seiner Anlage.» Das interessierte die Kreolin vorrangig, bevor sie sich auf privaten Smalltalk einließ.

«Alles kopiert, wie Sie es befahlen. Ich hoffe, Sie werden einen Weg finden, diese revolutionierende Technologie mit der bestehenden kompatibel zu machen.»

«Ich gebe mir Mühe, mein Kind. Wie geht es dir in der Schweiz? Eines der schönsten Länder der Erde, so sauber und so grün, im Gegensatz zu dem kargen Felsen hier. Aber weißt du, mein Kind, ich denke mein Leben wird hier enden, Monsieur forscht immer noch an seinem Lebenswerk, und so wie es scheint, wird dies noch Jahre dauern. Er erfreut sich jedoch bester Gesundheit, so denke ich, dass uns noch viele schöne Jahre zusammen beschert werden.»

«Ich hoffe, Sie doch bald in meiner neuen Wahlheimat begrüßen zu dürfen, Madame, sei es nur auf einen Besuch, um Sie dann meinerseits bewirten und verwöhnen zu können. Ich verdanke Ihnen so unendlich viel, Sie waren wie eine Mutter zu mir.»

«Ich war streng zu euch Mädchen, Martha, das war mir stets bewusst, aber Monsieur wollte nur das Beste für seine Eleven. Ich gab mir die erdenklichste Mühe bei der Erziehung, habe oft im Stillen geweint, wenn die konsequente Führung in dem Hause die notwendige Härte erforderte. Sieh, was aus dir geworden ist, mein Kind, du kannst auf der ganzen Welt und in jeder Gesellschaft bestehen, hast einen Universitätsabschluss, sprichst fließend mehrere Sprachen und bist sicher eine der schönsten Frauen in Genève, ich bin stolz auf dich. Monsieur und ich selbst haben dich auf die Fährte eines hochbegabten Mannes gesetzt, der dich mit Sicherheit über alles liebt, wir hätten niemals eines unserer Mädchen in die Arme eines Unwürdigen geworfen, mein Kind.»

«Ich liebe meinen Mann, Madame, und die Tatsache, dass ich für euch spioniere, hat mein Gemüt nie sonderlich bewegt. Vertrauen Sie mir, Meisterin, solange ich lebe werde ich Monsieur meine Unterstützung niemals verwehren. Ich freue mich wirklich, Sie bald in der Schweiz als meinen Gast empfangen zu dürfen.»

«Wenn es meine Arbeit erlaubt, komme ich dich besuchen, mein Kind, dies ist ein Versprechen. Monsieur meidet einige Länder in Europa, wie du weißt, aber mit Genf hat er keine Mühe, und so Gott will, kommen wir vielleicht beide.»

«Dies wäre die Erfüllung meiner Wünsche, Madame Zoé, meine Meisterin und Mutter.»

Zoé begleitete ihre Ziehtochter noch auf ihre Etage, sie ahnte noch nichts von den zukünftigen Ereignissen, die für ihr Leben in nicht allzu ferner Zeit eine infernale Wende vorsahen und die Wünsche ihrer jungen Schülerin bald zur bitteren Realität werden lassen sollten.

II

Am Quai d'Orsais, im Bureau des Affaires religieuses, saßen an diesem Vormittag drei von ihrem Background her völlig verschiedene Männer. Der schwedische Bischof Ronald Taerning, einer der führenden Köpfe des Vatikangeheimdienstes, André Vallois von der Sicherheit sowie Brahim Sharif, operativer Agent des Departements für nordafrikanische Angelegenheiten. Taernings Aktionsradius umfasste den Planeten, jedoch waren die Kompetenzen Roms in muslimisch geprägten Teilen der Welt sehr eingeschränkt. Der Bischof wusste, dass der Bittstellergang zum französischen Geheimdienst die ultimative Möglichkeit war, an dieses so gefährliche Objekt zu gelangen, bevor es seiner Welt irreversiblen Schaden zufügte.

«Exzellenz», begann Vallois leicht amüsiert, «ich habe die Dramatik, die um dieses famose Teil seit Tagen gemacht wird, zwar mitbekommen, aber die Tragweite des Impaktes auf die Kirche, welchen Sie so befürchten, ist mir noch nicht wirklich klar.»
«Die Sache ist die», wagte sich der Bischof hervor, «sollten Bolan und Polniak das Schädelfragment, das tatsächlich mit einer versteinerten Waffenspitze bestückt ist, nach Europa einführen und die Öffentlichkeit darauf aufmerksam machen, werden wir alle uns extrem schwer tun an das verdammte Ding ranzukommen. Es darf nicht in irgendeinem Labor verschwinden, noch dazu in einem, das wir nicht kontrollieren können. Der Wirbel würde nicht nur lokale Staubwolken erzeugen, sondern weltweite Polemiken hervorrufen. Wenn die Stabilität Roms zerfällt, mein lieber Vallois, ist es durchaus denkbar, dass sintflutartige Wellen linksorientierten Gedankenguts sämtliche westliche Regierungen überfluten könnten. Wie Sie wissen, ist Rom schon genug damit beschäftigt, den ganzen Kram, der aus den verdammten Schriftrollen von Nag Hammadi und vom Toten Meer in Qumran hervorgeht, zu rechtfertigen. Wir tun uns sehr schwer, das ganze Material aus den gnostischen Evangelien einigermaßen zu verharmlosen. Hinzu kommen sämtliche Übersetzungen der sumerischen Keilschrifttafeln, die zu belegen scheinen, dass unser gutes altes Testament von den Babyloniern abgeschrieben wurde. – Sollte dann auch noch einer wie dieser Hurensohn Polniak mit Beweismaterial zur Existenz eines nordamerikanischen Sasquatch aufwarten, wird es auch dem Ungebildetsten klar, dass die Existenz von Wildmenschen nicht übereinstimmt mit dem, was wir sie lehren. Die Russen ließen sogar Material, das die Existenz ihrer Almas oder der Biaban-Gulis bewies, verschwinden. Der KGB war sehr streng, was Sichtungen oder direkte Kontakte mit den Wesen betraf, oblag strikter Geheimhaltung. Nicht anders erging es den Chinesen, die in Gebieten wie der Region Huei oder der Provinz Hubai und deren Region Shennongija noch mehr Augenzeugenberichte beklagten. Durch geheime interreligiöse Kontakte mit Mittel- und Südamerika wissen wir längst um die Existenz dortiger Wildmenschen. Einige unserer sich zum Buddhismus bekennenden Patres pflegen regen

Kontakt zu abgelegenen Klöstern des Himalaya, sie werden somit immer wieder über die neuesten Begegnungen mit Kangshmis oder Yetis informiert. Unsere Kommission für Anthropologie im Vatikan weiß schon immer Bescheid um deren Anwesenheit auf dem Planeten. Als junger Mann wurde ich selbst Zeuge einer so unglaublichen wie phantastischen Sichtung während einer vatikanischen Expedition in Sikhim. Die Häufigkeit der Sichtungen, die noch im letzten Jahrhundert relativ hoch war, ist in heutiger Zeit fast zur Bedeutungslosigkeit verkommen. Wir schätzen ihre Anzahl weltweit heute noch auf ein paar letzte Exemplare, die mangels frischeren Genmaterials bald ausgestorben sein werden. Wir hätten wenigstens dieses Problem vom Tisch. Sorgen müssen wir uns noch genug machen, der Kryptographologen wegen, deren wissenschaftliche Möglichkeiten immer ausgefeilter werden.»

«Mir persönlich könnte die Beweisführung, dass es einmal Saurierjäger auf dieser Erde gab, noch gefallen», gab Vallois, dem Roms Sorgen ungefähr so wichtig waren wie die ersten Strümpfe, die er im Leben besaß, sibyllinisch zur Antwort.

«Bedenken Sie, Vallois, was das Einknicken des Christentums für ein Chaos implizieren würde.»

«Sie haben Recht, Monsignore, wir haben schon genug Probleme mit dem Terrorismus. – Sie haben Leute in Marrakesch, wie ich vernahm», meinte Sharif. «Sind die an dem Engländer noch dran?»

«Einer meiner besten Männer hatte ihn aufgespürt, jedoch wieder verloren. Wir denken, er haust irgendwo in der Medina. Diesen Teil der Stadt zu durchforschen ist für einen europäischen Agenten eine Strafe, nur einem Einheimischen oder einem Franzosen mit viel Beziehung könnte es gelingen, in dem Irrgarten fündig zu werden.»

«Heutzutage sind viele Riads in Hotels umfunktioniert worden, sie alle abzuchecken wird nicht leicht», bemerkte Sharif. «Sogar ich bräuchte die wohlwollende Unterstützung meiner marokkanischen Kollegen dafür, Exzellenz.»

«Ich muss Ihnen gestehen, meine Herren, unsere Quelle in Marrakesch ist seit vielen Stunden versiegt. Wir bekommen keine Antwort von ihm, irgendetwas ist vorgefallen.»

«Von wo hat sich ihr Mann zuletzt gemeldet?»
«Aus Marrakesch direkt. Er hatte einen kleinen Abstecher in den Atlas geplant und sich noch am Morgen vor seiner Fahrt aus seinem Hotel gemeldet. Er wollte lediglich eine schöne Tagestour unternehmen und sich am selben Abend erneut auf die Suche nach dem Engländer begeben. Er meldete sich weder während seiner Exkursion noch in den Abendstunden. Es handelt sich bei ihm um einen sehr zuverlässigen Mann, meine Herren, der es nie versäumt sich pünktlich zu melden. Dass wir kein Lebenszeichen von ihm erhalten, ist in diesem Falle äußerst ungewöhnlich und kann nur zwei Gründe haben. Entweder er hatte einen schweren Unfall, oder er wird irgendwo gewaltsam festgehalten.»
«In beiden Fällen bin ich nun auf eine direkte Kooperation mit Ihnen angewiesen», ergänzte Taerning.
«Könnte es sein, dass ihr Mann sich eine kleine private Auszeit genommen hat, Exzellenz? Es ist nichts Ungewöhnliches, wenn sich ein Agent einmal für kurze Zeit abseilt. Eine Gespielin vielleicht?»
«Wo denken Sie hin, Monsieur Sharif? Unser Mann ist ein Diener des Herrn, er würde sich niemals zu solchen trivialen Aktivitäten herablassen. Ihm ist etwas zugestoßen, davon bin ich überzeugt, meine Herren.»
«Er wäre der erste Diener des Herrn gänzlich ohne Triebe, Hochwürden. Gelegenheit macht Diebe, und hier fern jeglicher Aufsicht, in einer schwachen Stunde, ist er eventuell doch dem Charme einer Schönen unterlegen. Die Wege des Allmächtigen sind für uns Menschen oft unverständlich, Exzellenz», sagte Vallois voller Sarkasmus.
«Ausgeschlossen, ich lege für meinen Mann beide Hände ins Feuer, dem wurde übel mitgespielt, glauben Sie mir.»
«Du musst nach Marokko, Brahim, Eile ist hier angesagt», mischte sich Vallois ein. «Wir müssen dieses verdammte Ding vor den Angelsachsen finden.»
«Das ewige Konkurrenzdenken von euch Lateinern mit den Angelsachsen zählt hier nicht», sagte der Bischof mit scharfem Ton. «Hier geht es um das Wohl und die Zukunft der heiligen Mutterkirche Roms, der die Majorität der Mitbürger dieses Landes angehört.

Muslime habt ihr doch schon genügend im Hexagone, oder etwa nicht, Vallois?»
«Das ist richtig. Exzellenz, aber ihr Vorteil ist, dass ihre Imame zurzeit keine kleinen Buben vernaschen», ergänzte trocken der antiklerikale Franzose. Und außerdem sind die längst keine Ausländer mehr, sie haben heute alle französische Pässe, was bedeutet, dass kein Politiker mehr auf die Menge dieser Wählerstimmen verzichten kann. Sie erobern Gallien mit den Bäuchen ihrer Frauen, und binnen zehn Jahren stellen sie das größte Kontingent. Sie könnten dann konvertieren, Herr Bischof.»
«Vallois, Sie sind nichts anderes als ein impertinenter Dummkopf, ich werde mich an Ihre Vorgesetzten wenden.»
«Das zu tun steht Ihnen frei, Hochwürden, nur denke ich, werden Sie damit keine Riesenerfolge erzielen. Die Kirche wird zwar nach wie vor respektiert, aber der Geheimdienst hierzulande hat andere Prioritäten als Knochen zu bergen, die das katholische Dogma gefährden. Dazu kommt noch, dass sämtliche Abteilungen vom Innenminister persönlich angehalten wurden, die Börse etwas enger zu schnallen. Die Wirtschaftskrise hat auch vor unseren Toren keine Pause eingelegt.»
«Der Etat des Geheimdienstes wurde noch nicht gekürzt, wie mir bekannt ist, und der des Militärs wurde angehoben, Monsieur Vallois», berichtigte süffisant der Vertreter Roms.
«Und Sie kassieren unverdrossen die Kirchensteuer bei ihren Schäfchen, ob es ihnen gut geht oder nicht, wichtig ist euch doch nur, dass ihre Anzahl nicht schwindet. Rom ist eine der vermögensstärksten Institutionen weltweit und flirtet wie einst mit dem Großkapital, wie mir bekannt ist, Exzellenz.»
«Weiß man, ob der Yankee schon dort ist?», erkundigte sich Sharif hastig, denn er spürte unmittelbar eine Eskalation der Gemüter.
«Unser Kontaktmann bei den Einwanderungsbehörden an der Menara hat nichts gemeldet, meine Herren.»
«Na schau an, schau an, sogar in Marrakesch am Flughafen habt ihr einen auf der Gehaltsliste, Kompliment, mein Vater, Rom kann sich's demnach noch leisten», zischte Monsieur Vallois.

Brahim Scharif war seines Zeichens kein Muselmane, er war die dritte Generation in der Reihenfolge der maghrebinischen Einwanderer, Franzose durch und durch, musste er jedoch oft noch für satirische Witzchen seiner Kollegen herhalten, da sein Äußeres nicht gerade einem gallischen Stammbaum entsprach. Eine gewisse Sympathie empfand er für seine ehemaligen Stammesbrüder, so dachte er ganz bei sich, dass es eigentlich schade war, dass der Kaiser Konstantin damals nicht zum Mythrasglauben übergegangen war, anstatt sich zum Christentum zu bekennen. Es hätte keine Kreuzzüge gegeben, an deren Ende Salah ad-Din Yusuf bin Ayyub, der große al-Malik an-Nasir Gründer der Dynastie der Ayyubiden, genannt Saladin, sowieso zu viele der sich von rüsseltragenden Paarzehern Ernährenden übrig ließ.

«Wo endet die Spur eurer Quelle in Marrakesch, mon père?», fragte Brahim.

«Das letzte Lebenszeichen erhielten wir aus einem kleinen Hotel in der Medina, dem Riad Gélise.»

«Dort werde ich meine Spurensuche beginnen. Inch Allah.»

III

Ich konnte nicht aufhören zu spucken, Reste von Gewebe getränkt vom Blute des Priesters lagen vor mir auf dem Macadam. Es war schlimm, aber es rettete mein Leben, tröstete ich mich. Der fanatische Geistliche war bereit mich zu exekutieren, daran gab es keinen Zweifel, der Biss in sein Gesicht war die ultimative Lösung. Als die riesige Flasche Wasser, die ich mir für die Fahrt ins Auto gepackt hatte, ihren Dienst erfüllt hatte, ging es mir besser. Um jedoch meine Seele von den Spuren dieses Vorgangs zu reinigen, bedürfte es mehr als Wasser. Ich hatte einen Menschen von der Liste der Existierenden gelöscht, hatte einem Mann, der möglicherweise nur Opfer früher Indoktrinierung war, einen grausamen Tod beschert. Obwohl mir kristallklar war, dass mich der Fanatiker umgebracht hätte, machte ich mich schweren Herzens auf, Zeb von seinen Fesseln zu befrei-

en. Er lag noch immer bewusstlos auf dem Steinboden des Hauses. Nachdem ich Schnüre und Lappen, mit welchen er zusammengebunden war, durchtrennt hatte, füllte ich den auf der Toilette stehenden, zur Spülung gedachten Wassertrog und warf ihn Zeb ins Gesicht. Mein Bruder kam langsam wieder zu sich, blickte mir in die Augen und meinte trocken:
«Hast du den Motherfucker geschnappt, Malc?»
Auf der Fahrt zurück nach Marrakesch erzählte ich ihm sämtliche Details der Geschichte dieses nach allem doch glimpflich ausgehenden missratenen Tages.
«Wir können von Glück reden, Zeb, er hätte uns beide fast ausgeschaltet. Deine Maskerade ist noch immer intakt und brauchbar, und von deiner Anwesenheit hier weiß nur dein Kontakt von der marokkanischen Sicherheit.»
«Er wird dichthalten, glaube mir. Er gab uns das Pentothal und eine Waffe, somit ist er erpressbar. Außerdem hat er Lunte gerochen, und wenn er von den Franzosen erfährt, was wir hier wollen, und da ihm die möglichen Auswirkungen der Bekanntmachung des Fundes einerlei sind, ist nicht auszuschließen, dass wir weiter mit seiner Hilfe rechnen können, Malc.»
«Wenn wir wieder im Riad sind, müssen wir Züngeli anrufen, Zeb, wäre möglich, dass sich Sinclair inzwischen gemeldet hat.»
Unsere Rückreise in Richtung Hauptstadt verlief ohne weitere Kommentare. Beide waren wir extrem schockiert über den tragischen Verlauf dieser Geschichte. Wir hatten uns zuvor entschlossen, ihn bis zur Bergung dessen, was man uns auftrug, hier in Gewahrsam zu behalten, falls der Pater wirklich auf uns angesetzt war. An eine physische Eliminierung hatten wir zuletzt gedacht, so lastete der Tod dieses Mannes wie eine unerträgliche Pein auf unseren Gemütern.
Mit weit geöffnetem Munde stand ich unter der Dusche meiner Suite im Riad Assouel. Das Gefühl, in der nächsten Zeit nichts mehr essen zu können, wurde langsam zur Obsession. Zurück in dem Salon spülte ich nochmals mit Whiskey, so dass die Geister dessen, was sich vor Stunden in meinem Rachen befand, sich poco a poco auflösten. Es ging mir merklich besser nach der Purifikationskur im

Badezimmer, so fing ich erneut an zu überlegen, wie es weitergehen könne, als das Haustelefon klingelte.

«Hi Malc, lass uns heute Abend schön essen gehen, du kennst doch die Lokalitäten hier. Der Anblick einiger dieser hübschen Töchter der Wüste wird uns nach dem schrecklichen Abenteuer gut tun. Ich habe gehört, in manchen Restaurants treten zauberhafte Tänzerinnen auf, das wird dich etwas ablenken von den grausigen Bildern aus dem Atlas, die dir noch im Kopf herumspuken.»

«O.k. Zeb, Imane soll uns einen Tisch im Jad Mahal buchen, mein Appetit meldet sich slowly zurück, und dort kommst du sicher auf deine Kosten, was die Tänzerinnen angeht.»

«Super Malc, brauchst ja nicht gerade Kalbskopf in Vinaigrette zu bestellen», scherzte Herr Polniak.

«Noch so ein Späßchen und du kannst dich alleine ernähren, Bruder, mich würgt es schon wieder. Werde mich ein paar Stunden aufs Ohr hauen, Zeb, wir starten so gegen neun.»

«Ouacha Habibi, ich versuche schon seit einer Stunde erfolglos, Züngeli zu erreichen. Ruh dich aus, Malc.»

Kurz nach neun verließen wir unsere Unterkunft. Zu Fuß legten wir die knappen zweihundert Meter zurück, die das Riad von dem kleinen Platz bei der Post trennen. Hier parkte Imane für gewöhnlich ihren Wagen. Amal war vorangegangen, um eventuelle Überraschungen zu vermeiden. Die Luft schien klar.

«Ich setze euch zirka fünfzig Meter vor dem Eingang ab», meinte Imane, «so kann niemand eine Verbindung zwischen uns machen.»

«Ouacha ma chère, wir kommen mit Taxis zurück. Chocran fürs Fahren.»

«Maa Salama ihr beide, und bleibt schön brav. Übrigens Zeb, Damenbesuche sind in meinem Riad strengstens untersagt. Ouacha?»

«Was denkt denn die von mir?», murmelte der Amerikaner leicht amüsiert beim Aussteigen.

Wir betraten das Jad Mahal, zufrieden ob unserer Anonymität. Der Rahmen hier ist mit vom Schönsten, was die einstige Hauptstadt der Almoraviden zu bieten hat. Keine Stadt ist so eng mit der Geschichte ihres Landes verbunden wie diese. Hauptstadt aller Berber, konnten weder die Invasionen der Phönizier, Römer und Vandalen, noch die der Byzantiner und Araber ihren Stolz brechen. Marrakesch, Metropole unter den ewig weißen Gipfeln des hohen Atlas, beherbergt Paläste und Gärten mit plätschernden Brunnen, die omnipräsenten Düfte starker Gewürze, gemischt mit dem Parfüm der Rose und des Jasmin, und ihre Sonnenuntergänge über den ockerroten Häusern machen sie zur Perle zwischen dem Sandmeer der Sahara und dem imposanten Bergmassiv.

An dem alten schweren Tisch, der den Eingangsbereich von den Speisesälen trennte, standen drei Grazien, direkt einem antiken arabischen Märchen entflohen. So wie ihre makellosen Körper, in enge arabische Gewänder gehüllt, jede traumhafte Spekulation offen ließen, entzündeten ihre ovalen, von mattem Teint und roten Lippen bestückten Gesichter den Besitzwunsch eines jeden normalen Prokreators. Schaut man noch, rein zufällig wohlbemerkt, in die braunen Mandelaugen, wird der berühmte sechste Sinn der Inder zum überflüssigen Detail, da die fünf ersten schon ad Absurdum geführt wurden.

«Geht es drinnen so weiter, Malc?», erkundigte sich Zeb interessiert, als er die Mädchen sah. «Ich habe das Gefühl, ich werde wie du Stammgast hier.»

Für Bolan erübrigte sich jeglicher Kommentar, so ließen sie sich im Schlepptau einer der Scheherazaden zum gebuchten Tisch bringen. Die Schöne warf Zeb noch einen letzten aufreizenden Blick zu, als sie die zwei Männer platzierte, fasziniert von dem Amerikaner, dessen South Beach Ocean Drive Look mit infernalem Coconut Grove Latino Lächeln einen bleibenden Eindruck bei ihr hinterlassen wird. Hätte ihr der Geist aus der Flasche nebenbei noch zugeflüstert, dass der schöne Freimaurer, wie übrigens alle Männer seiner Zunft, die Gabe besaß, eine werdende Karmeliterin in eine Nymphomanin zu verwandeln, wäre der arme Djinn bestimmt very urgently aus seiner Lampe heraus gewunschen worden.

«Hast du schon eine Idee, wie wir das gute Stück in die Schweiz bringen, Malc?», erkundigte sich Polniak nach dem ausgiebigen Mal.

«Ich denke ja, aber das schildere ich dir später. Zuerst müssen wir Sinclair finden.»
«Ich könnte als Hippie getarnt zu ihm fahren, während du dich in eine andere Richtung aufmachst, ohne dich dabei wirklich zu verstecken, um eventuelle Verfolger zu locken und dann in die Irre zu führen.»
«In die Richtung gingen auch meine Gedanken, Zeb.»
«Da sich Asgaard nicht mehr meldet, werden seine Verbündeten dort anfangen zu recherchieren, wo seine Spur endete, im Riad Gélise.»
«Du hast Recht, Zeb, und sie werden sicher erneut einen von der operativen Phalanx schicken. Asgaards Vorgesetzter ist zweifelsohne ein bedeutender Prälat der Kirche, mit Macht und den nötigen Beziehungen ausgestattet. Er wird sich an die Franzosen wenden, und die sind hier willkommene Player, speziell seit ihr Präsident neue Wirtschaftsabkommen mit dem jungen König getroffen hat. Paris besaß schon immer ein ausgesprochenes Talent, wenn es darum ging, dem Königshaus Marokkos zu schmeicheln oder sich die korrupten Präsidenten der ehemaligen Kolonien Westafrikas gefügig zu halten. Nicht wenige Usurpatoren wurden steinreich dabei und die Grande Nation gelangte so zu Schlussverkaufspreisen an die Produkte der Rohstoffquellen, wo man die Arbeiter noch mit der Steinschleuder bezahlte. Ehemalige Unteroffiziere wurden zu Landesfürsten, man lud sie einmal im Jahr ein in den Elyséepalast zum spektakulären Diner, verlieh ihnen die höchste Ehrenmedaille und schickte sie danach zurück nach Afrika mit dem Gefühl, auf mindestens der Stufe Bonapartes angekommen zu sein. Wie viele Diamanten sich dabei ganz konspirativ in den Taschen hochplatzierter Staatsdiener an der Seine zum Klassentreffen wiederfanden, um gleich danach in der ewigen Dunkelheit helvetischer Schließfächer ihre neue Heimat zu finden, sorgt bei der ultralinken Opposition des Landes heute noch für durch Eifersucht hervorgerufene Magengeschwüre.»
«Das Essen hat mich übrigens nicht vom Hocker gehauen, mein Bruder, aber zumindest weiß ich nun, warum du hier Dauergast geworden bist. Auch ich sehe mich an den magischen Ort zurückkehren bei

meinem nächsten Besuch in der Stadt», meinte der Amerikaner mit einem verschmitzten Lächeln.

«Von jetzt an, Zeb, darfst du dich nicht mehr als Hippie in der Öffentlichkeit mit mir sehen lassen», sagte Bolan, ohne die Feststellung seines Logenbruders zu kommentieren. «Das Beste wäre, du quartierst dich in einem der großen internationalen Hotels ein. Sollte ihr Agent mich in der Medina suchen, darf er mich dort auch finden, und ich freue mich schon jetzt darauf, den Jungen ins Leere laufen zu lassen. Ich habe mir dafür etwas ganz Besonderes einfallen lassen, glaube mir. Und übrigens, von einem guten Essen versteht ihr Yankees immer noch reichlich wenig, obwohl Einwanderer aus aller Herren Länder das Beste ihrer gastronomischen Kultur als Bereicherung der kulinarischen Armut, die euch kennzeichnete, als Gastgeschenk einbrachten. Außer gegrilltem Fleisch und Erdnussbutter, Hamburger mit süßer Tomatentunke und Bier oder Coca Cola kanntet ihr recht wenig. So seid ihr das Volk der Adipösen geblieben, im Gegensatz zu den Cousins in Großbritannien, welche die Delikatessen der meistens verhassten Ausländer angenommen haben und rank und schlank blieben. Ouacha?»

«Ich danke dir tausendmal für deine aufklärenden und liebenswürdigen Worte, verehrter Bruder. Es tut so gut Freunde zu haben, die einem die Wahrheit einschenken, aber weißt du, auch wir haben unseren Stolz. So essen wir weder Frösche noch schleimige Schnecken, noch laben wir uns an den Augen der Lämmer, auch verzehren wir die Krusten- und Schalentiere gekocht, anstatt sie zappelnd den Hals hinunter zu würgen. Ouacha?»

IV

Brahim Sharif verließ das Flughafengebäude an der Menara. Mit Jeans und Baumwollsommerhemd bekleidet war er von der restlichen Masse der Touristen nur dahingehend zu unterscheiden, dass seine physische Erscheinung den Orientalen oder Levantiner verriet. Er hatte es abgelehnt, von einem seiner Kollegen der marokkanischen Sicherheit abgeholt zu werden. Zunächst dachte er sogar daran den Bus der Linie neunzehn zu nehmen, um gleich ins Lokalkolorit einzutauchen, entschied sich jedoch auf Grund der Wartezeit für ein Taxi. In dem Wagen auf der kurzen Fahrt zur Medina, wo er sich im Maison Arabe, einem kleinen Hotel in einem der verträumtesten Winkel der Medina angemeldet hatte, kam richtige Freude bei ihm auf. Glücklich wieder einmal Marrakesch zu besuchen, sehnte er sich bereits zu dieser Morgenstunde nach einem echten marokkanischen Abendessen, dessen Vielfalt an Gerichten über die Landesgrenzen hinaus berühmt war. Er hatte eine dankbare Mission zu erfüllen, keine professionellen Gegner warteten hier, um ihm das Leben schwer zu machen, die Gefahr, die von zwei Abenteurern ausging, die in Marokko ein Stück Archäologie bergen wollten, könne ja nicht fatal bedrohlich sein, dachte er mit Erleichterung. Endlich mal wieder ein lässiger Job. Noch dazu war es Brahim so ziemlich einerlei, ob nun herauskam, dass Menschen kontemporär zu Urzeittieren waren oder nicht. Eine gute Flasche Rotwein, ein gargantueskes Mahl und die feudale Unterkunft, die er buchte, waren Angelegenheiten, die für die nächsten Stunden Vorrang hatten. Eine nette Gespielin würde das Szenario noch verfeinern, er machte sich stark, das real werden zu lassen – und das komplette Intermezzo auf die Spesenabrechnung des Deuxième Büro fließen zu lassen, krönte noch die Idee. Je näher Brahim der Stadt der Almoraviden und Alaviden kam, desto exaltierter wurde sein Hochgefühl. Ehrfürchtig betrachtete Brahim die Außenmauer des im zwölften Jahrhundert von dem Almohadenherrscher Abd el Moumen erbauten Palais Royal, stolz, solche Landsleute zu seinen Vorfahren zählen zu dürfen. Monsieur Sharif befand sich am Ende seiner Karriere, die gefährlichen Aufträge vertrauten seine Vorgesetzten ihm nicht mehr an, eine Tatsache, die ihn seit geraumer Zeit nachlässiger werden ließ, wobei er den Freuden des Gaumens denen der Körperertüchtigungen gegenüber den Vorrang einräumte. Kein Moslem mehr und nie Christ gewesen, Franzose dem Ausweis nach, aber Maghrebiner seiner Erscheinung nach, war er ein Mensch ohne wahre Wurzeln, dessen Lebenseinstellung zunehmend epikureischer wurde. Er hatte es nicht eilig mit der

Ankunft im Hotel, die nur mit lästigem Telefonieren verbunden war, so nutzte er die Gelegenheit sich herumchauffieren zu lassen, vorbei am Palais al Bahia kam er zu dem im neunzehnten Jahrhundert vom Vizir Moulay Abd el-Aziz erbauten ethnologischen Museum, das er sich ernsthaft vornahm einmal zu besuchen. Da der Morgen sich schon langsam der Mittagszeit zuzugesellen drohte, er aber noch keinen Appetit empfand, ließ sich Brahim auf einen Chai Nana, extrem gesüßter Minzetee, in den Jardin Majorelle fahren. Was wäre diese Stadt ohne ihre Gärten, dachte er. Gerade das Wasser war es, das die Almoraviden-Herrscher und Gründer der Stadt am Ende der Wüste hier suchten, um dem brennenden Sand zu trotzen.
Nachdem er sich in seinem Zimmer eingerichtet hatte, wurde es Zeit für ein Tagine aux Figues. Dieses stärkende Mal aus gegarten Feigen mit geschmortem Hammel und reichlich Olivenöl, geheimes Aphrodisiaka der Berber, sollte reichen bis zum fürstlichen Abendmahl, das er in spannender Gesellschaft einnehmen wollte. In Erwartung dieser Götterspeise saß er in einem der zwei Patios, Juwelen des Maison Arabe, als sein Telefon leise zu vibrieren begann.
«Monsieur Sharif? Ici le Colonel Benhamou.»
«Oui, Sharif am Apparat, ich bin eben erst angekommen.»
«Ich hoffe Sie hatten einen guten Flug, Sayed. Sie hätten mir ihre Flugnummer mailen sollen, so wäre jemand von uns da gewesen, um Ihnen die langwierigen Zollformalitäten zu ersparen.»
«Es ging alles sehr schnell, Colonel. Marokko wird langsam erwachsen», ergänzte er mit unverhüllter Ironie.
«Wie mir berichtet wurde, suchen Sie den Engländer Bolan, Monsieur Sharif. Er ist den Einwanderungsbehörden nach eingereist und verbrachte eine Nacht im Atlas, jedoch verließ er das Hotel am Tag darauf. Für gewöhnlich steigt er in einem kleinen Riad ab, in der Medina.»
«Kennen Sie das Hotel, Sayed Colonel?»
«Klar, Monsieur Sharif, Bolan ist oft hier, und wir kennen ihn nur als integre Person. Worum geht es eigentlich?»
«Wissen Sie, das ist so eine merkwürdige Sache, Herr Oberst. Bolan und sein Freund Polniak sind anscheinend hier, um eine archäolo-

gische Rarität zu bergen. Paris macht einen riesigen Wirbel um die Affäre, weil es sich scheinbar um ein Artefakt handelt, welches den Vatikan kompromittieren könnte.»

«Als hätten wir keine weiteren Sorgen als den Ruf des Vatikans, Sharif. Was ist denn so speziell an dem Stück?»

«Das gute Ding sei in der Lage, die Glaubwürdigkeit der christlichen Lehre in Frage zu stellen, hab ich mitbekommen. Die Chronologie der Schöpfung, so wie es ihr Buch doziert, müsste demnach völlig korrigiert werden. Auch ein wesentlich älteres Alter der Menschheit sei dadurch beweisbar.»

«Gefährdet diese Scheiße auch den Islam, Sharif? Wir haben ja viel Gemeinsames mit der Bibel, aber wem sage ich denn das, Sie stammen doch selbst aus dem Orient. Zumindest Ihre Eltern befanden sich noch auf dem richtigen Pfad, nehme ich an.»

«Weniger, Colonel, Ihr habt nichts zu befürchten. Ist der Ami Zebulon Polniak schon gemeldet worden?», erkundigte sich der Franzose, ohne nur im Geringsten auf das Geschoss seines Gesprächspartners einzugehen. Er hatte die Despektierlichkeit des Marokkaners gespürt, wollte aber auf keinen Fall den Eindruck hinterlassen, dass der Pfeil getroffen hatte.

«Denke nicht, zumindest hat man mir davon nichts berichtet», log der Oberst, dem die Probleme des Vatikans ungefähr so ans Gemüt gingen wie das Wohlbefinden seiner senegalesischen Putzfrau.

«Rufen Sie mich an, sollten Sie darüber Neues erfahren?»

«Ouacha Sharif, wir tun doch alles für euch Francais. Sind Sie überhaupt schon einer?»

Brahim Sharif war sich der Ironie bewusst, die der Marokkaner erneut in seinen letzten Satz legte, aber er ging erhaben darüber hinweg. Er war kein Gallier, noch dazu kein Verfechter des Korans, so würde er hier bei diesem Spiel immer die schlechteren Karten bekommen. Er mochte den Oberst nicht, der ihn seine Heimatlosigkeit spüren ließ. Das Gerücht, Herr Benhamou sei zu kaufen, sollte der Preis dafür stimmen, ging schon seit geraumer Zeit um in den Fluren des Quai d'Orsais, ihn zu überführen könnte seine persönliche Rache werden.

«Wo pflegt der Engländer für gewöhnlich unterzukommen, Colonel?»
«Im Riad Assouel, nahe der Bab Kechich.»

V

Zeb saß perfekt als Hippie getarnt in Bolans Suite.
«Wir warten bis alle schlafen, Zeb, dann bringt dich Imane ins europäische Viertel. Dort nimmst du dir ein Taxi bis zum Hotel Meridien, wo du zwischen den Touristen kein Exot sein wirst. Deine Verkleidung wird uns noch weitere Dienste erweisen, denn solange keiner die Maskerade entlarvt, haben wir immer einen guten Trumpf in Reserve. Niemand soll bis auf weiteres von dem Hippie auf mich schließen können. Ich habe mir einen raffinierten Plan ausgedacht, der ohne dein Kostüm nur noch halb so effizient wäre. Versuche deswegen auch unter den Touristen in deinem Hotel nicht übermäßig aufzufallen, man sucht nach uns, somit wird sich die Kontrolle auf alle Hotels ausdehnen. Kooperatives Personal ist hier keine Mangelware, wer in dem Land die Fäden zieht und das Sagen hat sind Polizei und Militär, denen viele Wasserträger untertänigst zur Verfügung stehen. Hotelangestellte, speziell an Rezeptionen, rekrutieren sich auch unter Linientreuen, die sich ihre Sporen mit Denunziation verdienen. Die Direction de la Surveillance du Territoire, DST genannt, schleust mit peinlicher Sicherheit in jedes große Hotel der Stadt eines ihrer Elemente ein. Folter und andere Misshandlungsvorwürfe werden ihr international unterstellt. Dieses Organ der Staatsmacht ist nicht gerade für seine Zimperlichkeit berühmt, gerät jemand in seine Fänge, ergeht es ihm wie in der alten Lubyanka des KGB, oder in den Folterkellern der Villa Grimaldi der ehemaligen DINA der chilenischen Junta, vergleichbar noch mit der Direccion General de Inteligencia, genannt DGI, des alten Fidel.»
«Wobei sich dieser Dienst von dem der Briten, Franzosen oder der CIA keineswegs unterscheidet, auch dem Mossad möchte ich nicht als Anonymer in die Hände fallen. Es ist immer empfehlenswert,

wenn man ein reaktionärer Geist ist, viele auf dem Laufenden zu halten, wo man gerade weilt.»

«Bin mit dir einer Meinung. In Verbindung sollten wir nur via Mobil bleiben. Die Sicherheit kennt meine Gewohnheiten hier in der Stadt, und sollte die DST bereits eingeschaltet sein, sind für sie die Telefone im Riad simpel zu überwachen. Da wir nun einiges an Zeit haben, könntest du mir von deiner letzten Expedition berichten, Zeb.»

«Das will ich gerne tun, Bruder. Von einem befreundeten Ethnologen, der sich vorwiegend in Latein- und Südamerika aufhält, erfuhr ich vor einem Jahr Hochinteressantes. Dieser Mann verbringt seine Zeit in den entlegensten Gebieten, lebt dort über Monate mit der indigenen Bevölkerung, gewinnt dabei ihr Vertrauen, was ihm einige Vorteile gegenüber den meisten Berufskollegen verschafft. Für gewöhnlich gehen die Bewohner der Ur- oder Regenwälder recht sparsam um mit Informationen über ihr heiliges Umfeld, weil sie wissen, dass die Ethnologen zum Ziel haben, ihr Wissen zu erweitern und ihre grenzenlose Neugierde zu befriedigen. Von der Sichtung seltsamer Wesen berichten sie nur ungerne, denn obwohl sie sich vor ihnen fürchten, halten sie Letztere für sakrale Geschöpfe ihrer Natur, wie auch die medizinischen Pflanzen des Waldes, deren Wirkstoffe von den Fremden analysiert werden, um danach das Sprungbrett für Millionengeschäfte zu werden. Die Eingeborenen wissen längst, dass ihnen nur genommen wird und niemals etwas zurückfließt, sogar der simple Dank wird ihnen verwehrt. Wie ich ist er ein passionierter Kryptozoologe, und seit Jahren berichtet er mir sofort, wenn er auf neue Spuren stößt. Ich selbst habe, wie du weißt, viele Expeditionen in aller Welt durchgeführt. Mehrere Male trieb ich mich wochenlang im Himalaya umher, suchte die entlegensten Winkel von Sikhim und Bhutan nach Spuren der Yeti ab, ohne den geringsten Erfolg. Im Hindukusch und in den verstecktesten Tälern des Karakorum war ich genauso glücklos wie im Tienschan oder in der Mongolei überhaupt. Ich dachte ans Aufgeben, als wir schließlich mit einer Gruppe russischer Gleichgesinnter vor drei Jahren im Hohen Karakorum einen ersten großen Erfolg verbuchen konnten. Die Pamir-Berge befinden sich im Grenzgebiet zwischen Tadschikistan,

China, Afghanistan und Kaschmir, sie sind teilweise so unzugänglich, dass bis zum heutigen Tag dort noch Gebiete zu finden sind, die man als weiße Flecken der Weltkarte bezeichnet. Wir befanden uns damals am Ende eines Hochtales nahe der indischen Grenze. Eines Abends am Lagerfeuer erzählten uns die Hirten, dass einer von ihnen Tage zuvor eine flüchtige Begegnung mit zwei Almas gehabt hatte. In den Bergen Nordpakistans werden diese Wesen Bharmanou genannt, und ein alter Ziegenhirte behauptete, noch im Herbst 2008 einen dieser Gattung nahe seinem Lager gesehen zu haben. Ich zweifelte keinesfalls ihre Aussage an, da ich von vielen Berichten Kenntnis habe, aus denen hervorgeht, dass in dieser Region seit Jahrhunderten Menschen, die hier reisten und forschten, immer wieder von Almas oder Bharmanous sprachen. Am Tag darauf unterhielten wir uns mit den Kindern der kleinen Berggemeinde, die uns zu meiner völligen Überraschung erzählten, dass sie in der wärmeren Jahreszeit, wenn sie im Fluss badeten, des öfteren schon völlig behaarte menschenähnliche Wesen gesehen hätten. Auf meine Frage, ob sie keine Angst hätten wieder dort hinzugehen, antworteten die Kleinen lächelnd, sie würden Steine nach ihnen werfen, das genüge, um sie zu vertreiben. Einer der Hirten willigte ein, uns für eine Woche in die besagte Gegend zu begleiten. Mit Proviant für Tage und mit Zelten ausgerüstet zogen wir los in ein unsagbar abgelegenes Hochtal. Um dorthin zu gelangen erforderte es, extrem steile Hänge zu erklimmen, die zum Teil an fast unüberwindbaren Felswänden endeten, so dass die Hunde, welche das Gepäck trugen, fast nicht mehr weiterkamen, und wir sie mit Seilen sichern mussten. Wenn wir mit ihm Schritt halten, würden wir in zwei Tagen den Bergkamm, der das verwunschene Tal verriegelt, erreicht haben, meinte der alte Einheimische. Es wurden die zwei schlimmsten Tage meines Lebens. Passagen im Gebirge mussten überwunden werden, die so ausgesetzt waren, dass nur, wer absolut schwindelfrei war, weiterkommen konnte. Für das erste Nachtlager in der rauen und kalten Umwelt wählten wir den Schutz eines weit überhängenden Felsvorsprungs, unter dessen natürlichem Dach wir sogar ein Feuer machen konnten. Die Nacht verlief friedlich neben der angenehm wärmenden Glut, die uns alle sehr schnell in einen der Todesstarre ähnlichen Tiefschlaf versetzte, bedingt durch die mörderischen Strapazen des Aufstieges. Mit steifem Kreuz und schmerzenden Gliedern holte uns der eiskalte Morgen in die Realität zurück. Zunächst ging es dann ein paar Stunden bergab, bis wir gegen Mittag vor unüberwindbaren Hindernissen ankamen. Die Hunde wurden erneut angeseilt und eine sechsstündige Kletterpartie folgte. Der kleine Pfad in der Wand war manchmal nur noch fußbreit und die seitliche Sicherung an den zum Teil aalglatten Felsplatten spottete jeder Vernunft. Gemütlich und trittsicher wie eine Bergziege ging unser Führer voran. Pausen schien der Mann nicht zu kennen, nicht einmal zum Trinken gönnte uns der verwegene Kirgise eine Rast. Nach drei Stunden der Schinderei unter der unerträglichen Last der fünfundzwanzig Kilo wiegenden Rucksäcke blieben wir einfach sitzen, als sich eine günstige Lage bot. Der Alte mahnte uns, die Wasservorräte zu schonen, stieß da aber auf taube Ohren. Es wurde schon langsam wieder dunkel, dann, nach weiteren vier Stunden, erreichten wir endlich den Kamm, erledigt und unfähig, selbst das Geringste noch zu tun. Das simple Errichten des Lagers überforderte unsere letzten Kräfte, mein Hals war so trocken und ausgebrannt vom hastigen Atmen in der dünnen Luft, dass nicht einmal mehr ein rohes Ei hinuntergeglitten wäre. Diese Nacht, in der ich von Albträumen geplagt und von Schüttelfrost gebeutelt wurde, sollte mir wahrhaftig in Erinnerung bleiben. Wir befanden uns dort oben förmlich am Ende der Welt, wo vor uns noch nie ein Ausländer gewesen war, wie uns der Hirte versicherte. Sein Vater hatte ihn früher einmal in die Gegend mitgenommen, und aus seinem Dorf seien vielleicht drei Menschen je dort gewesen, erklärte er stolz. Am Tage darauf machten wir uns an den Abstieg in ein Tal, das einer Märchenlandschaft gleichkam. Auf der vom Hirten ausgesuchten Sandbank an einem kleinen Fluss jenseits des Gebirgszuges stellten wir das Camp auf. Direkt hinter dem in unzähligen Mäandern fließenden Gewässer stiegen steile bewaldete Hänge auf. Der Hirte versprach uns, wenn er Petri Heil hätte, eine köstliche Fischzulage, weil es im Flüsschen zu der Jahreszeit von Forellen wimmelte. Ich bin selbst ein passionierter Angler, was zur Folge hatte,

dass ich am späten Nachmittag vielleicht hundert Meter vom Camp entfernt an einer Flussbiegung stand, um meinen Köder zu baden. Meine Augen schweiften immer wieder auf das gegenüberliegende Ufer. Irgendwann hatte ich das Gefühl, dass das Geäst sich bewegte, und dann auf einmal sah ich ihn. In weniger als dreißig Metern Entfernung saß er auf Zweigen und schaute mich an. Mir stockte der Atem. Unglaublich, irreal, fantastisch. Ein Alma, behaart am ganzen Körper. Die Behaarung schien in seinem Gesicht, das wirklich humane Züge besaß, fast ausgespart. Er hatte zu lange Arme um Mensch zu sein, aber Tier war er auch nicht. Ein Wildmensch, zweifellos. Als er bemerkte, dass ich ihn beobachtete, stand er auf und ging. Leicht gebückt, aber auf zwei Beinen wie ein Mensch, ein echter Biped und sicher kein Affe. Einige Minuten nachdem er meinem Blickfeld entwichen war, hörte ich einen langen, schrillen und markerschütternden Schrei, ein Laut wie aus einer anderen Welt. Der muselmanische Hirte sagte mir am Abend, diese Wesen seien verflucht, Verbannte, die niemals in Janna, dem Paradies, Eintritt erhalten würden.
Du kannst dir denken, Malc, wie schlimm das für mich war, denn gerade ich habe ja immer eine Kamera dabei, und nun, da sich das Einmalige bot, war ich beim Angeln. Aber ich hatte mit eigenen Augen gesehen, was schon Hunderte vor mir sahen, was zwar von allen belächelt, aber von nun an Teil meines persönlichen Erfahrungsschatzes wurde. Jetzt brauchte ich nie mehr zu glauben, denn ich wusste.»
«Warum erklären die chinesischen und russischen Behörden diese Wesen nicht als offiziell existierend, Zeb?»
«Weil es ganz einfach nicht sein darf, es widerlegt die Evolution. Es wäre der Beweis, dass Wildmenschen schon immer mit uns lebten, und wir vielleicht nicht durch Evolution zu dem wurden, was wir sind. Almas oder andere Tiermenschen weltweit sind nicht der sogenannte Missing Link, sie gab es schon immer parallel zu uns Menschen. Nun stell dir vor, Malc, ich legte die Beweisführung ihrer Existenz zusammen mit einem Artefakt menschlichen Ursprungs, das kontemporär zu Sauropoden ist, der Weltöffentlichkeit zu Füßen.»

«Das wäre der K.O.-Schlag, von dem sich unsere Gegenspieler nie mehr erholen würden, Zeb.»
«Da sind wir einer Meinung.»
«Wie ging die Geschichte im Pamir denn aus?»
«Zwei der Russen sahen am Tag darauf weitere zwei Almas zum Bergkamm hinauf eilen, konnten sie zwar kurz filmen, aber die Distanz sowie die dichte Vegetation entziehen dem Dokument seine Glaubwürdigkeit.
Zum Thema Almas muss ich dir noch einiges erzählen. Ihre Existenz findet sich dokumentiert in vielen Schriften der alten chinesischen Dynastien bis an den Hof Timur Lengs in der Mongolei. Gesehen werden sie bis heute in ganz Zentralasien, vom Tienschan Gebirge der Mongolei bis südlich in die Pamir Kette und weiter westlich ins kaukasische Massif. Sogar aus Sibirien und den nordöstlichen Teilen der russischen Republik kommen Berichte über Sichtungen der Wildmenschen. Der Alma misst im Schnitt einen Meter fünfzig, ist weniger lang behaart und hat wesentlich menschlichere Züge als sein Vetter der Yeti aus dem Himalaya. Die Hände sowie das Gesicht sind unbehaart, zumindest laut den meisten Schilderungen. In Zentralchina fand man historische Dokumente sowie Jahrbücher einiger alter Städte, in denen Berichte von Maoren oder Fei-Fei enthalten waren. Diese Wildmenschen werden bis in die heutige Zeit immer wieder gesehen, speziell in Zentralchina in der Provinz Hubei und Yunnan. Ein Regierungsbeamter der Forstwirtschaft beschrieb eines der Wesen, das er vor Jahren mehrere Male sah, als über zwei Meter und zehn Zentimeter groß, völlig behaart, hervorstehender Kiefer mit wulstigen Lippen, überdimensional langen Armen und kurzen dicken Oberschenkeln. Der Maore ging aufrecht mit leicht gespreizten Beinen. Sogar aus dem Südosten Asiens, aus Malaysia und Indonesien bekommen wir Berichte neuester Sichtungen der dort lebenden Wildmenschen. Sie sind kleiner gewachsen als ihre Verwandten aus den nördlicheren Regionen, aber umso menschenähnlicher. Die Malaysier nennen sie daher Orangpendek, kurze Kerle. Die Iban und auch die Punan Zentralborneos sprechen von Batutut, so benennen sie diese Waldmenschen, vor denen sie sich sehr fürchten. Aus Su-

matra erhielten wir viele Dokumente, die dort lebenden Umang oder Sedapawildmenschen betreffend. Berichte über Waldmenschen ereilten mich seit Jahren aus allen Teilen des indonesischen Archipels, wo sich noch riesige unzugängliche Wälder befinden. Der britische Primatologe Osman Hill schrieb kurz nach dem zweiten Weltkrieg, auf Sri Lanka wurden Ende des achtzehnten Jahrhunderts letzte ganzbehaarte kleine Hominide, genannt Nittaewo, ausgerottet.»

«Ich bin fasziniert, Zeb. Einiges wusste ich, aber solche Vielfalt erstaunt mich.»

«Die wenigsten Menschen haben davon Kenntnis, da diese Informationen bewusst heruntergespielt, ja sogar verboten werden.»

«Wurden nie welche gefangen oder erschossen?»

«Natürlich, Malc. Man hat in Russland einige gefangen und danach erschossen. Mitglieder der Armee berichteten darüber, wurden aber später der Schweigepflicht unterworfen. In einem abgelegenen Bergdorf im Kaukasus hatte im neunzehnten Jahrhundert ein Waldarbeiter eine Alma gefangen, sie ins Dorf geschleppt und wie ein Haustier gehalten. Sie wurde nach drei Jahren, die sie in Gefangenschaft verbrachte, hauszahm, bekam den Namen Zana, und schlussendlich noch Nachwuchs von ihrem Wärter. Zana schlief auch im Winter im Freien, sie grub dafür eine simple Mulde in den Boden und rollte sich dort ein wie ein Tier. Sie konnte mit Leichtigkeit auf die höchsten Bäume klettern, und durchschwamm auch im Winter reißende Flüsse. Ihr Gebiss soll so kräftig gewesen sein, dass sie spielend die härtesten Nüsse damit knacken konnte als seien es weiche Früchte. Das Wesen konnte jedoch niemals ein einziges Wort des dort gesprochenen Abkhaz aussprechen, lernte aber mit der Zeit auf ihren Namen zu hören. Man ließ sie frei in die Wälder ziehen, das verlockende Nahrungsangebot des Dorfes zwang sie schließlich stets zu den Menschen zurück. Über die Jahre wurde sie von mehreren Männern des Dorfes schwanger. Nach der Geburt wusch sie gewohnheitsmäßig das Neugeborene im eiskalten Fluss, wo es jedes Mal starb. Die Bewohner des Dorfes nahmen ihr darauf die weiteren Kinder gleich nach dem Entbinden, das sie ohne fremde Hilfe tat, weg. So überlebten vier Kinder von ihr, und es ist aktenkundig, dass ihr männlicher Nachfahre Khwit erst 1954 verstarb. Das Ganze spielte sich in den Bergen Zaadan im Kaukasus ab. Noch 1964 untersuchten russische Zoologen, darunter Boris Porshnev und V.S. Orelkin, Zanas Enkelkinder. Diese wurden zu normalen Mitgliedern der Gesellschaft, behielten jedoch leicht neandertaleroide Köpfe. In Kaukasien werden Wildmenschen auch Biaban-guli genannt. Namhafte russische Zoologen sahen welche und verfassten umfängliche Berichte.»

«Es ist erstaunlich, Zeb, wie wenig davon allgemein bekannt ist. Vom Yeti wird ab und zu berichtet, aber stets mit Ironie, und immer so, als gehöre das Thema dem Bereich fantastischer Spekulationen an.»

«Auch das ist gesteuert. Es wird bewusst von der Fachwelt ins Lächerliche gezogen und den Medien mit Seemannsgarn-Unterton weitergeleitet. Sogar Zanas Leiche wurde versteckt, damit niemand ihren Schädel vermessen konnte. Das alles hat dazu geführt, dass seriöse Zoologen, die sogar Wildmenschen sahen, ihren Mund hielten vor lauter Angst, lächerlich gemacht zu werden. Ich habe Anthropologen getroffen, die das Thema so leid waren, dass sie aus der Kommission für Kryptozoologie austraten. Einige Anthropologen sind sich sogar sicher, dass man in den kommenden Jahren den chinesischen Yeren in der Provinz Hubei oder vielleicht den Mande Barung in den Garo Hills der Provinz Meghalaya in Indien finden wird.»

«Du wolltest mir von deiner letzten Expedition alles berichten, Zeb. Was geschah da in Ecuador, wart ihr erfolgreich?»

«Gleich vorab Malc, es war ein Volltreffer. Das Dokument befindet sich in Basel. Züngeli hält es im Safe des Museums unter Verschluss.»

«Wenn wir den Sauropodenschädel mit der Speerspitze, die ja integraler Bestandteil davon ist, in die Schweiz schmuggeln, haben wir alles, was wir brauchen, um die Welt aufhorchen zu lassen. Der enorme Vorteil des Schädelfragments liegt darin, dass er nicht in situ zu sein braucht, man erkennt das Tier, von dem es stammt, während die Statue oder die Kugel nur überzeugen konnten, solange sie Bestandteil ihrer Strate waren.»

«Deswegen ist Armando so scharf darauf, das Stück bei sich zu wissen, Malc.»

VI

«Monsieur Sharif ? Hier spricht Mahlik Zeitoune von der Securité nationale.»
«Oui, Sharif hier, was kann ich für Sie tun?»
«Ich bin in der Abteilung von Oberst Benhamou. Sein Sekretär bekam eine neue Anfrage direkt aus Paris in der Abwesenheit des Colonels. So trug er mir auf Sie zu kontaktieren, sollten wir etwas über die Ankunft eines Amerikaners namens Polniak hier in Marrakesch erfahren.»
«Schießen Sie los, Zeitoune, was gibt es da Neues?»
«Es ist seltsam, Sayed Sharif, der Mann ist in der Stadt, aber durch keine Einreisekontrolle des Landes gegangen. Nicht eine der Zollbehörden hat ihn registriert, weder zu Land, zu Luft noch zu Wasser. Er könnte höchstens über eine Piste aus der Sahara ins Land gekommen sein, aus Mali, Mauretanien oder Algerien, und dabei einen Lotsen benützt haben, der die Wege an den Grenzposten vorbei kennt.»
«Wie können Sie wissen, dass er hier ist, Zeitoune?»
«Bei einer Kontrolle der Überwachungskameras des Jad Mahal haben wir ihn geortet, zusammen mit Malcolm Bolan. Da uns bekannt ist, dass Bolan bei jedem seiner Besuche in der Stadt dieses Restaurant aufsucht, haben wir natürlich die Videoaufzeichnungen des Jad Mahal als Erstes überprüft. Oberst Benhamou informierte mich noch vor seiner Abreise, dass Sie wissen wollten, wenn Polniak eintreffen würde. Wir wussten lediglich, dass beide befreundet sind, und da nur Bolan hier zu sein schien, haben wir versucht seine Wege zu überprüfen.»
«Das haben Sie gut gemacht, Zeitoune. Wo Zebulon Polniak untergekommen ist, wissen Sie auch?»
«Leider kann ich da nicht helfen, Monsieur, im Riad Assouel ist er jedenfalls nie erschienen, und außer dem Video gibt es keine Spur

von ihm. Der Amerikaner ist ein extrem wohlhabender Mann, wie uns berichtet wurde, er könnte in einer der Villen in der Palmeraie bei Freunden untergetaucht sein. Bürger vieler Nationen kauften sich dort luxuriöse Anwesen für ein Handgeld, heute sind sie ein Vermögen wert. Die Europäer trieben die Preise in der Stadt bis auf ein Niveau, das man beinahe als lächerlich bezeichnen könnte, und wir Marokkaner wurden mit unseren Verdiensten in die Außenbezirke verbannt. Ein Appartement im Stadtteil Gélise oder im Hivernage kostet so viel wie im sechzehnten Bezirk von Lyon. Wahrhaftig eine Schande, Monsieur, eine Schande.»
Sharif, dem die Litaneien des Berbers so gleichgültig waren wie die hiesigen Preise, fragte nur trocken: «Ist der Oberst nicht in Marrakesch?»
«Der Herr Oberst ist nach Frankreich geflogen, an die Côte, ein paar Tage ausspannen und Freunde besuchen. Sayed Benhamou hat auch Familie in Südfrankreich, seine Schwester ist mit einem Pied-Noir verheiratet, der einer der größten in Sachen Hortikultur an der Küste ist.»
«Chokran Zeitoune, ich melde mich wieder.»
Brahim war schon immer voller Respekt und Bewunderung für diese Franzosen aus dem Maghreb. Sie kamen nach der Unabhängigkeit Nordafrikas in die Metropole zurück, mit nichts in der Tasche als gutem Willen und ihrer Arbeitskraft. Ohne große Entschädigungen vom Staat schafften es die meisten schon nach wenigen Jahren in die Selbstständigkeit zurück, und der Blumenmarkt im Süden untersteht ihnen heute exklusiv. Er hatte plötzlich ein seltsames Gefühl den Oberst betreffend. Dieser verschwand ein bisschen zu schnell nach seinem Geschmack. Er nahm sich auch vor, Bolans Kommen und Gehen intensiv überwachen zu lassen. Ein anonymer Besuch im Riad Assouel wurde nun unumgänglich und risikolos dazu, denn Bolan kannte ihn schließlich nicht.
Schon am frühen Abend stand Brahim an der kleinen Rezeption des Riad Assouel.
«Haben Sie noch ein Zimmer frei, Madame?»
«Wir sind leider ausgebucht, Monsieur. Eines hätte ich, das aber

noch nicht gereinigt wurde, wenn Sie sich zwei Stunden gedulden wollen, könnten Sie es haben, ich muss nur eines unserer Mädchen kommen lassen.»

«Ich nehme es. Ich will seit langem bei Ihnen gastieren, Madame, dieses Riad wurde mir einige Male schon empfohlen. Sogar in Paris spricht man von diesem Kleinod in der Medina, man rühmte mir die Raffinesse der Einrichtung sowie ihre ausgezeichnete Küche. Noch handelt man Ihr Haus als Geheimtipp», fügte Brahim schmeichelnd hinzu.

«Ouacha mein Herr, das freut uns, antwortete Imane zufrieden. Setzen Sie sich so lange auf die Dachterrasse hoch, und genießen Sie die Stille. Wir werden uns beeilen mit der Reinigung, haben Sie kein Gepäck, Monsieur?»

«Ich habe nur eine Reisetasche wie Sie sehen, ich gedenke auch nur ein oder zwei Nächte zu bleiben.»

«Senden Sie uns das nächste Mal eine Mail, Monsieur, wir verfügen lediglich über acht Zimmer, und zu dieser Jahreszeit sind wir oft auf Wochen im Voraus ausgebucht.»

«Gut, ich werde daran denken, haben Sie frische Säfte?»

«Haben wir. Es sind noch Erdbeeren mit Minze da. Sehr zu empfehlen, sayed.»

Brahim bestellte die Erdbeeren und machte sich auf, die Dachterrasse zu besuchen. Er nahm sich einen Liegestuhl in unmittelbarer Nähe des Mannes, der mit geschlossenen Augen, scheinbar in Meditation, die Lage hier oben genoss. Sharif, der Bolan nur von Fotos kannte, durch seinen Beruf aber ein geschultes Auge besaß, identifizierte den Engländer auf Anhieb. Da sein Nachbar den Kopf hob, um zu schauen, wer da gekommen war, begrüßte er ihn höflich.

«Ein einmaliger Platz hier oben, nicht wahr, Monsieur.»

«Eine der besten Terrassen in der Medina, fürwahr. Sind Sie Franzose?», fragte Bolan.

«Ja, aus Paris, bin gerade erst angekommen. Dieses Riad wurde mir oft empfohlen, nun hat es zum ersten Mal geklappt. Kommen Sie öfter hierher?»

«Eigentlich jedes Mal, wenn ich in der Stadt bin.»

«Wie ich höre sind Sie Engländer. Aus London?»
«London in der Tat.»
«War schon länger nicht mehr in Marra, gibt es Neues auf dem kulinarischen Sektor?»
«Keine Ahnung, ich geh meistens ins Jad Mahal. Die Küche ist gut und die Atmosphäre grandios. Kann es Ihnen nur empfehlen.»
«Werde mir da für heute Abend einen Tisch buchen. Sollte ich mich auf Sie berufen?»
«Tun Sie das. Mein Name ist Bolan.»
«Danke Ihnen, Mister Bolan. Sehr nett, vielleicht sieht man sich mal die Tage.» Kurz danach verließ der Engländer die Terrasse.
Brahim hatte ein gutes Gefühl, Bolan schien kein Problem darzustellen, er war ein Gentleman. Er schätzte ihn nicht für gefährlich ein, es würde ein Kinderspiel werden, ihm bis zu Sinclair zu folgen. Lange nachdem der Brite gegangen war, überlegte er noch immer, wo Polniak abgeblieben war. Im Hotel hier schien er nicht zu sein. Es war nicht anzunehmen, dass der Ami alleine Sinclair aufsuchen würde, wenn schon beide hier waren, taten sie das zusammen. Etwas war faul an der Sache, dachte er. Der Yankee musste wieder weg, da gab es einen Grund, der ihm entging, war sein Fazit, als sein Handy klingelte.
«Hier ist nochmals Mahlik Zeitoune, Sayed Sharif. Es gibt Neuigkeiten. In einer Schlucht im Atlas fanden zwei Hirtenjungen den total zerschmetterten Körper eines Europäers. Er war kaum zu erkennen nach dem Sturz in den Abgrund, bei dem er sicher einige Male aufschlug. So ziemlich sämtliche Knochen waren gebrochen, und ein Aasfresser hatte ihm das halbe Gesicht böse zerbissen. Es war kein Geier, der hier am Werk gewesen ist, wir vermuten es war ein Wolf oder ein Schakal. Sie mailten ja bevor sie aus Paris kamen, dass ein Schwede hier in Marrakesch verschwand. Wir verglichen die Fotos mit denen der Leiche und prüften die Tageszeit seines Aufbruchs aus dem Riad Gélise mit der ungefähren Todeszeit. Alles deutet darauf hin, dass es sich bei dem Toten um die Leiche Leiff Asgaards handelt, Monsieur. Er hatte keine Papiere bei sich, aber in seiner Tasche fanden wir ein in Latein verfasstes Gebetsbuch.»

«Fand man einen Wagen in der Nähe?»
«Nein sayed, der Mann muss runtergeschmissen worden sein. Übrigens entdeckte man bei der Obduktion der Leiche einen seltsamen griechischen Schriftzug, der klar ersichtlich in seine Ferse eingebrannt worden war.»
«Chokran Zeitoune. Organisieren Sie ab sofort die diskrete aber enge Überwachung des Briten Bolan, der hier im Riad Assouel wohnt. Ich werde ihn eine Stunde aufhalten, bis ihr jemanden in der Gasse postiert habt.»
«Ouacha, Sharif.»
Brahim eilte nach unten ins Patio, bestellte sich Saft und zündete sich eine Zigarette an. Um ganz gelassen zu wirken, verlangte er nach Imane, mit der er eventuelle Gruppentarife aushandeln wolle. So konnte ihm kein Kommen und Gehen im Hotel entgehen. Die seltsame Schrift auf der Ferse des Ermordeten ließ ihn nachdenklich werden. Da er wusste, dass die Kirche so akribisch an dem Fund interessiert war, dachte er sogleich an eine religiöse Gruppierung. Mit solchen Elementen hatte er schon einige Male zu tun gehabt im Laufe seiner geheimdienstlichen Vergangenheit. Diese Leute waren genauso unberechenbar und mindestens so beängstigend wie die überzeugtesten Politterroristen. Sie waren Fanatiker und stets bereit für ihre Sache zu sterben. Sie brauchten keine Drogen oder Alkohol, um ihren Mut für suizidale Taten zu schärfen, ihr Aufputschmittel bestand lediglich aus devotem Glauben und fanatischer Überzeugung, die vielleicht stärksten Motivatoren, was sie umso gefährlicher machte. Monsieur Sharif gelangte allmählich zur Überzeugung, dass sein Auftrag, dem er zunächst keine besonderen Schwierigkeiten beimaß, sich vielleicht doch noch als eine echte Agentenmission entpuppen würde.

VII

Malcolm verließ die Terrasse mit dem Vorsatz, sich eine Stunde hinzulegen. Der französische Gast kam ihm nicht koscher vor in der

Art, wie er sich präsentierte, er hatte dafür ein Gespür entwickelt mit den Jahren. Er wollte ja hier gefunden werden, um eine falsche Spur zu legen, so dass Zeb volle Aktionsfreiheit bekam. Der Plan schien langsam zu reifen, so legte er sich gelassen hin, über Polniaks letzte Worte meditierend.

«Vor einem Jahr also», fuhr Zeb fort, «bekam ich eine heiße Nachricht von dem befreundeten Ethnologen. In Südamerika, präziser in Ecuador, lernte er den Häuptling eines kleinen Urwalddorfes kennen. Dieser versprach sich zu melden, wenn es neue Spuren von den dort manchmal gesichteten Wildmenschen gäbe. Der Häuptling meldete sich eines Tages mit der aufregenden Aussage, er wisse, wo sich ein Wildmensch mit der Regelmäßigkeit eines Metronoms beobachten lassen könne. Er wolle dies nur ihm persönlich zeigen, gegebenenfalls einem engen Vertrauten. Es solle dem Tiermenschen nichts geschehen, wie auch das Geheimnis unter ihnen bleiben müsse.

Ich brauchte keine Woche, um eine kleine Expedition auf die Beine zu stellen, Malc.»

«Das denke ich mir, Bruder. Du warst sicher in höchstem Aufruhr.»

«So erreichte ich zunächst Quito, von wo aus ich mich mit einem gemieteten SUV auf den Weg machte, die Anden zu überqueren. In Richtung Oriente, dem tropisch bewaldeten Part des Landes, machte ich noch einen längeren Halt in Baeza, um gleich im Anschluss die strapaziöse Fahrt nach Lago Agrio auf mich zu nehmen. Eigentlich heißt dieses grauenvolle Urwaldkaff Nuevo-Loja, es wurde jedoch von den texanischen Betreibern der Ölgesellschaft, die die Vorkommen hier ausbeuten und aus Sauer-Lake Texas stammen, in die spanische Übersetzung umgetauft. Hier, nicht weiter als fünfzehn Kilometer von der kolumbianischen Grenze entfernt, trifft man auf ein sehr exotisches Völkchen. Aggressive Kolumbianer saufen hier nachts um die Wette mit den Arbeitern der Bohrtürme des Urwaldes und den indianischen Huren der Bordelle. Drogenhändler, Glücksritter jeglicher Couleur, Goldsucher und Verbrecher ließen den Ort, einen der kriminellsten des Landes, zum Albtraum eines jeden, der nachts gerne bummelt, werden. Einige Ethnien leben in den Wäldern rundum, Cofan, Shuag, Siona und Secoya. Ich nistete mich im

D'Mario ein, einem kleinen, sauberen Hotel, fast unbegreiflich in dem Umfeld. Meinen Kontakt sollte ich um zehn Uhr in einem Cabaret, wie die Freudenhäuser hier heißen, treffen. Ich betrat das Etablissement etwa um diese Zeit. Kein Stuhl war mehr frei, so stand ich wie einige andere an der Theke und bestellte mir ein kühles Bier. Keiner außer mir war hier unbewaffnet. Ob Machete am Gürtel oder Revolver, jeder exhibierte stolz sein Potential. Zwei kleine Huren stürmten auch gleich zu mir, froh ein neues Gesicht zu sehen. Eine war so breit wie hoch, der anderen mangelte es an der Hälfte ihrer Zähne, und sie hatte Läuse auf dem Kopf und zwischen den Beinen, dem Kratzen nach.

Mein Bier war fast ausgetrunken, als mir jemand von hinten ans Hemd fasste. Ich zuckte zusammen, bei dem Publikum eine reflexgesteuerte Reaktion, drehte mich aber langsam und gelassen um. Eine bildhübsche junge Indianerin schaute mir in die Augen.

«Senor Poliak?»

«Si senorita, que quieres?»

«Mi Abuello aspera te a fuera.»

«Como no chica, vamos.»

Wir verließen die Bar unter Blicken, die vielsagend schienen.

«Senor Poliak», begrüßte mich der alte Indianer, «ich bin froh Sie hier zu wissen. Mein Freund hat mir einiges über Sie erzählt. Ich traue Ihnen wie ihm. Er hat viel für unser Volk getan und auch bewirkt bei den korrupten Behörden. Die Chevron-Texaco Gesellschaft vergiftet uns hier, und glauben Sie mir, keinen kümmert es. Sie kaufen sich frei bei den Behörden, dabei geht mein Volk zugrunde, Mister Poliak. Die Gewässer sind verseucht und die Schäden, die sie im Wald zurücklassen, sind verheerend. Unsere Tiere flüchten aus dem Wald, was zur Folge hat, dass den letzten Ureinwohnern nichts anderes übrig bleibt, als in diesen grauenvollen Siedlungen auszuharren. Die Männer bekommen keine Arbeit und verfallen dem Alkohol, ihre Töchter prostituieren sich, um die Familien zu ernähren. Mein Volk ist dem sicheren Untergang geweiht, Senor, und das bei völliger Gleichgültigkeit der Behörde. Unsere Kinder sind intelligent und glauben Sie mir, von denen, die Lesen und Schreiben gelernt haben, konnten einige sogar Universitäten besuchen. Mein Volk muss durch diese schmerzliche Übergangsphase hindurch, auch mir ist das bewusst, aber wenn es einmal den Wald verlassen hat, sind für immer der intuitive Spürsinn und der Verstand für Mutter Natur verschwunden.»

«Es ist traurig, ich weiß. Wie ist Ihr Name, Senor?»

«Nennen Sie mich einfach Edouardo. Das ist meine Enkelin Ines.»

«Sie tragen einen urspanischen Namen, Ines.»

«Mein Vater war Madrilene, Senor Poliak, Ethnologe wie Sie, meine Mutter eine Secoya aus dieser Gegend.»

«Nenn mich Zebulon, Ines, oder noch besser, Zeb.»

«Con mucho gusto amigo. Ich freue mich auf unsere gemeinsame Tour. Ich habe seit meiner Jugend die Wälder in alle Richtungen durchstreift, aber es blieb mir bisher verwehrt, eines der seltsamen Wesen zu erblicken. Selbst mein Großvater hatte dieses Glück nur zwei Mal in den Jahrzehnten seines Aufenthaltes im Jungle. Viele in unserem Volk denken, diese Wildmenschen seien inzwischen gänzlich ausgestorben, so war es für Großvater eine wundervolle Überraschung, als er den Ort entdeckte, zu dem er dich führen wird. Zugleich ist es für dich als Fremdem eine unwahrscheinliche Ehre, die dir da zuteil wird, denn wir gehen üblicherweise nur sehr verhalten und verschwiegen mit den letzten Geheimnissen des Waldes um. So viele unheilbare Wunden wurden unserer heiligen Natur schon zugefügt, sie kann keine weitere Belastung mehr ertragen, Zeb.»

Nach einiger Zeit im Freien vertraute mir der alte Mann vieles an. Was ich bei dem Gespräch mit dem erfahrenen alten Stammesführer alles erfuhr, sprengte jede Vorstellung. Weite Teile des Urwaldes hier in der Grenzregion waren zur gefährlichen Giftkloake verkommen, und dies mit der stillschweigenden Akzeptanz einer korrupten Behörde, welche dieses einstige Paradies zur Hölle für ihre Bewohner werden ließ. Wir verabredeten uns für den kommenden Morgen um acht Uhr vor meinem Hotel.

Gegen halb neun starteten wir zunächst in Richtung Quito zurück, später, an einer fast nicht ersichtlichen Abzweigung, ging es weiter bis zum Fuße des Reventador, der mit seinen nur 3485 Meter einer der aktivsten Vulkane des Landes ist. Kurz darauf mussten wir den Geländewagen stehen lassen. Wir schulterten die schweren Rucksäcke, da wir wussten, wir würden mindestens zwei bis drei Tage marschieren müssen, ehe das geheime Ziel erreicht sein würde. Wir kamen gut voran. Edouardo, der den Wald hier kannte wie kein anderer, ging voraus, seine Enkelin nahmen wir in die Mitte, ich war das Schlusslicht. Der alte Indianer benutzte lange Zeit kleine Pfade, welche die Palmitoschneider, die Palmherzsammler der ecuadorianischen Urwälder, anlegten, so dass er wenig Zeit und Mühe damit vergeuden musste, mit der Machete den Weg freizuhauen. Diese Pfade retteten schon manchem das Leben, wenn er sich verlief und durch die Entdeckung eines der kleinen Wege in die Zivilisation zurückfand. An der nordwestlichen Flanke des Berges bauten wir mit zwei Stunden Vorsprung auf die geplante Zeit das Camp auf. Großvater und Enkelin gingen stets mit dem gleichen Tempo, ob bergauf oder auf flacheren Etappen. Für mich war ihr erstaunlich schnelles und gleichmäßiges Vorankommen eine ziemliche Tortur. Ich konnte ihnen nur noch folgen, indem ich meine letzten Kräfte mobilisierte, zeigte es aber dem sympathischen Paar nicht. Ines sorgte für das Holz, das wir benötigten, um Tee und Suppe zu kochen und das Feuer über Nacht entfacht zu halten. Die Hängematten wurden rings ums Feuer gespannt, es war dank der üppigen Vegetation ein Leichtes. Bevor wir uns schlafen legten, machte Edouardo etwas, was ich trotz meiner Jungle-Erfahrung weltweit noch nie gesehen hatte. Er pflückte mehre Blätter einer Staude, rieb damit die Seilenden der Hängematten ein, zauberte aus dem Rucksack eine Blechdose hervor, die Pomade enthielt, und bestrich zum Schluss mit seiner Pomade die zuvor eingeriebenen Seile.

«So bekommt keiner von uns unwillkommenen Besuch heute Nacht», vertraute mir Ines an. «Die Mischung hält Spinnen wie Schlangen, die über das Seil kriechen könnten, fern.» Mit lachender Miene meinte sie noch:

«Das Rezept, Zeb, wird Teil meiner Erbschaft.»

Beim schwachen Licht des lodernden Feuers lauschten wir den Stimmen des Waldes. Irgendwann erreichte uns das dumpfe Grollen einer Raubkatze.

«La Puma», kommentierte der alte Indianer.

Leise ertönte dann, wie dem Nichts entsprungen, eine mantraartige Melopee aus der geübten Kehle der jungen Halbindianerin. Sie war eine Mestiza, in deren Blut die europäischen Anteile aber nicht überwogen, und wäre da nicht der leicht blasse Teint ihrer Haut gewesen, hätte man sie ohne weiteres für eine reine Secoya gehalten. Lange war ich wach, um diesen edlen Augenblick durch mich hindurchströmen zu lassen, und ich weiß noch heute, wie bewusst mir damals war, dass dies zu den großen Momenten in meinem Leben gehörte. Ein weiteres Grollen ließ mich vor dem Einschlafen aufhorchen.

«El Tigre», sagte Ines leise.

Am folgenden Morgen brachen wir recht früh auf. Während der ersten frühmorgendlichen Stunden ging es kontinuierlich bergan. Da ich selbst unter der tropisch-feuchten Hitze etwas litt und schnell ermüdete, erstaunte mich die ausgezeichnete Kondition der jungen Secoya, welche nicht die geringsten Anzeichen von Schwäche zeigte. Auf halber Höhe des rauchenden Vulkans verließen wir den Berg, um in östliche Richtung vorzudringen, bis wir einen Wald erreichten, den vermutlich außer der indigenen Bevölkerung noch keiner je gesehen hat. Von nun an wanderten wir auf einem weißen Fleck der Landkarte, der, so versicherte mir der Indianer, von seinen Stammesbrüdern begangen wurde, aber noch niemals von Nichtindigenen. Zu meiner Erleichterung ging es nun relativ eben weiter, so erholte ich mich zusehends von den Strapazen des Aufstieges. Ich war voller Bewunderung, wie der alte Cacique in dem unwahrscheinlichen Dickicht seinen Weg fand. Gegen Mittag erreichte unsere kleine Truppe ein sich alle fünfzig Meter windendes Bächlein, das scheinbar unschlüssig nach der Richtung des Gefälles suchte, dem wir bis zum nächsten Nachtlager folgten.

«Wie wusstest du, dass die zweite Katze, die wir letzte Nacht grollen hörten, nicht auch der Puma war?», fragte ich Ines beim Holzsammeln. «Das hatte für mich den gleichen Tonwert.»

«Es ist auch kaum am Ton zu erkennen», klärte mich das Mädchen lachend auf.
«Sondern?», wollte ich wissen.
«El Tigre, wie wir den Jaguar hier nennen», sagte sie, «ist der Herr im Wald. Er traut sich in seiner Furchtlosigkeit bis an das Feuer eines Camps. Pumas sind scheuer, so konnte das zweite Fauchen von der Distanz her nur ein Jaguar sein.»
An diesem zweiten Abend bekamen wir, als wir am Feuer saßen, überraschend Besuch. Drei Cofan standen plötzlich wie hervorgezaubert da. Lautlos wie Geister waren sie erschienen, und zu meiner völligen Verblüffung zeigten sie keinerlei Emotionen uns hier an einem so abgelegenen Ort vorzufinden. Edouardo bot Speisen an, was keineswegs auf taube Ohren stieß, der Jüngste allerdings bat mich in exzellentem Spanisch um Zigaretten. Er setzte sich ans Feuer, rauchte genüsslich den offerierten Tabak und fragte mich dann mit strahlendem Lächeln, ob ich nicht noch etwas Alkohol zu bieten hätte. Den hatte ich zwar dabei, aber der Zeitpunkt des Entkorkens war noch nicht gekommen, ich behielt mir mein Mitbringsel für eine feierlichere Angelegenheit auf. Nach einigem Wortwechsel mit dem alten Secoya stellte sich heraus, sie wollten am Tag darauf in dieselbe Richtung wie wir. So teilten sie unser Lager in dieser Nacht. Edouardo erkundigte sich, als ich darum bat, ob sie in jüngster Zeit einem Wildmenschen begegnet waren. Sie waren nicht im Geringsten erstaunt über die Frage, da diese für sie Mitglieder der Waldpopulation waren wie die restlichen Wesen ihrer Natur, und verneinten lediglich. In einem kleinen Pueblo nahe der kolumbianischen Grenze, meinte der Ältere der drei, würden zurzeit Hühner gestohlen. Die Dorfbewohner dachten zunächst an Wildkatzen, entdeckten jedoch kurz darauf riesige Fußspuren, die nur von einem Shiru stammen konnten. Nicht weit vom Pueblo fanden Jäger Tage danach den abgebissenen Kopf eines der Geflügeltiere. Shirus trennen die Köpfe vom Rumpf, wenn sie deren Schnäbel im Alter nicht mehr zerbeißen können, fügte einer der Cofan hinzu. Auch die zweite Nacht verlief ohne Zwischenfall, und keiner von uns musste seine bequeme Hängematte verlassen,

da die Cofan, die neben dem Feuer schliefen, immer wieder Holz auflegten.
Es war Mittag, als wir die Stelle an der Flussbiegung erreichten, die Edouardo für das Dauercamp vorschlug. Die drei Cofan waren bereits bei unserem Erwachen auf die gleiche geisterhafte Art und Weise wie sie kamen wieder verschwunden. Diese Menschen verfügen über einen mysteriösen Orientierungssinn, der sie im dichtesten Dickicht des Unterholzes ihren Weg finden lässt. Sie nutzen dabei Fähigkeiten, die sie mit den Tieren teilen, einen Spürsinn, der uns in der modernen Welt längst verloren gegangen ist. Am späten Nachmittag hatten sich die Wildmenschen bisher gezeigt, doch wir wurden enttäuscht. Auch der folgende Tag schien ein Fiasko zu werden, als mich kurz vor Dunkelheit die unterdrückte Stimme der Secoya, die beim Holzsammeln war, erreichte.
« Zeb, sieh her», sagte sie, und deutete vor sich hin.
Das Licht war schon sehr diffus, aber ich konnte deutlich im feuchten, weichen Boden Spuren erkennen. Spuren eines Zweibeiners, aber mit Sicherheit dreißig Prozent größer als die, welche ich selbst hinterlassen hätte. Sofort besorgte ich mir Gips aus dem Gepäck, rührte es an, und goss einen Abdruck. Etwas traurig dachte ich an die Hunderte von Abdrücken, welche es weltweit gab, und die noch nie jemanden zu überzeugen vermochten. Die Wissenschaft ist eben wie der heilige Thomas. Nur hundertprozentige Beweise sind relevant, und die galt es hier zu besorgen.
«Der Shiru hat uns längst gewittert», meinte Edouardo. «Er weiß uns hier. Er wird mit der neuen Anwesenheit vertraut werden und sich morgen zeigen. Mich hat er oft gesehen, er kennt meinen Geruch, und er weiß auch, dass von mir keine Gefahr ausgeht. Ich komme oft an diesen Wasserlauf um zu fischen, auch wenn ich ihn nicht sehe, so rieche ich ihn manchmal. Sein Gestank ist so unerträglich, und ich wittere ihn deshalb schon hunderte Meter im Voraus. Wenn er aber mit dem Wind irgendwo am Bach weilt, kann es sein, dass er mich ohne mein Wissen beobachtet. Angegriffen hat er mich nie, Menschen gehören nicht zu seinem Beuteschema, lediglich wild verteidigen würde er sich, sollte er in die Enge getrieben werden. Er

ist halb Tier, halb Mensch, Zeb, gerissen und schnell wie ein Affe. Shirus fürchten nichts, meiden jedoch Menschen und machen normalerweise große Bögen um sie. Zu Zeiten meines Großvaters fand man eines Tages den aufgeschlitzten Kadaver eines Pumas neben unserer Siedlung, der Kopf der Großkatze war noch dazu fast gänzlich abgerissen. Pumas haben im Wald ansonsten keine Feinde, sie meiden Kaimane und die Jaguare, nur ein ausgewachsener Shiru war dazu fähig. Große Exemplare erreichen bestimmt das Gewicht einer viertel Tonne und überragen die größten Gorillas um einen Meter. Nicht einmal wir im Wald Lebenden wissen viel über sie. Unsere Ahnen behaupteten, Shirus versteckten ihre Toten und hätten einen Bezug zum Übernatürlichen. Zur Zeit meiner Großeltern noch ging die Kunde um, Shirus entführten Menschenkinder, die nie mehr erschienen.»

Der Abdruck würde eine gewisse Zeit brauchen um auszuhärten, jetzt vor der Nacht konnte ich daher lediglich einige Fotos der anderen Spuren schießen. Auf Grund der örtlichen Lage am Bach war der Baumbestand gespreizter, die Hängematten wurden somit in Abständen von zehn Metern voneinander aufgehängt, so dass Feuer und Proviantreserven in der Mitte waren. Kein unmittelbares Geräusch störte unsere Nachtruhe. Umso verblüffter standen wir da, als wir am Morgen feststellten, dass wir Besucher hatten. Die Rucksäcke lagen aufgewühlt weiter vom Feuer weg als am Abend. Wir entdeckten Spuren mehrerer Wesen ums Lager. Die Fußabdrücke glichen denen von großen Primaten, jedoch schmäler und länger, und verloren sich im Walde.

«Wirklich erstaunlich», sagte Edouardo. «Drei Leute sind wir, und keiner hat irgendetwas bemerkt, geschweige denn gehört.»

«Tiere, ob Affen oder Bären, verhalten sich niemals so ruhig», meinte dazu die Indianerin. «Ich habe den Besuch eines Bären in einem nächtlichen Camp erlebt, Zeb, nur Schüsse in die Luft befreien dich von diesem gefährlichen ungebetenen Gast», fügte sie hinzu.

«Shirus sind eben keine Tiere», bemerkte ihr Großvater, «aber Menschen sind sie deswegen auch nicht. Sie können sich nahezu unsichtbar machen, wobei sie mit ihrem Umfeld in perfektester Mimikry verschmelzen. Ich vermute sogar, dass sie ihre Toten verscharren, denn Kadaver entdeckt man praktisch nie, einzig an dem fürchterlichen Gestank, der von diesen Wesen ausgeht, erkennen unsere Brüder im Walde gelegentlich ihre Nähe. Ich bin nun ein alter Mann, der sein Leben im Regenwald verbrachte, und hatte nur zwei Mal in über sieben Jahrzehnten die Ehre, einen Shiru zu erblicken. Mein Freund der Ethnologe erzählte mir, es gäbe Berichte von Seminolen, Indianern aus Florida, aus den Anfängen der Kolonialzeit, in denen große Tiermenschen erwähnt werden.»

Gegen Abend richteten wir ein Versteck in den Gebüschen am Fluss ein, schnitten Sichtfenster für Kamera und Augen in das Geäst, dann legten wir uns geduldig auf die Lauer. Es begann das sehnsüchtige Warten auf eine Chimäre, von der man weiß, dass sie doch nicht erscheinen wird. Ich fieberte erwartungsvoll dem Moment entgegen, wo sich das Mischwesen zeigen würde, und die über Jahre angestaute Hoffnung auf das so ersehnte Foto endlich belohnt werden würde. Mit dem letzten Tageslicht kam der Shiru. Noch heute erinnere ich mich an die Gänsehaut, die das Auftreten des hybriden Halbmenschen bei mir verursachte, kein Buch, kein Film, keine Schilderung kann je ein Gemüt so derartig aufwühlen, wie das plötzliche Erleben einer Realität. Aufrecht gehend, in leicht gebückter Haltung, seine überdimensionalen Arme mit angewinkelten Ellbogen hin und her pendelnd, zog der Wildmensch den Bach entlang, wie ein Wesen aus einer anderen Welt. In den Morgen der Menschheit um Jahrtausende zurückversetzt, konnte ich meinen Tränen keinen Einhalt mehr gebieten. Etwa fünfzig Meter von uns entfernt blieb er stehen, hob die Nase in den Wind, man konnte sehen, wie der Tiermensch prüfend die Luft in sich sog, dann ging er zwischen den Gräsern in die Hocke. Ich schätzte ihn auf zirka einen Meter fünfzig. Sein Fell war rötlich bis braun. Auf Kopf und Nacken viele längere Haare, jedoch kaum welche im Gesicht und auf den Händen. Mit seiner hervorstehenden Stirn, den wulstigen Lippen und ziemlich tiefliegenden dunklen Augen, glich das dichotome Wesen einer Paarung aus Primat und Mensch. Der Gesichtsausdruck faszinierte mich. Menschliche Züge über dem gefühllosen Ernst des Tieres. Ich beobachtete seine Po-

sition, nur Kopf und Schultern waren jetzt durch den Sucher mit restlichtverstärkter Optik zu sehen, klar und deutlich. Was ich dann sah, übertraf alles, was ich je erwartete zu erleben. Hinter dem Shiru spreizten sich plötzlich die Äste, ein Riese von geschätzten zwei Meter zwanzig trat hervor, er stieß dem Kleineren unsanft in die Flanke, dann gab er einen merkwürdigen hohen aber schrillen Laut von sich, und beide verschwanden im Wald.
«Dios moi», sagte leise der Indianer.
«Konntest du alles filmen?», fragte Ines.
«Ich glaube ja, das Licht war zwar grenzwertig, aber ich hab die komplette Szene im Kasten, Amigos.»
Am Lagerfeuer öffneten wir den Rotwein, den ich für den Fall eines Erfolges zum Feiern mitgeschleppt hatte. In dieser Nacht blieb ich wach bis zum Morgengrauen, ich konnte keinen Schlaf finden. So viele Jahre der Mühe und strapaziöser Reisen, gekoppelt mit Enttäuschungen und Frustration, wurden nun belohnt von dem nicht einmal vier Minuten währenden Szenario. Zum zweiten Mal in meinem Leben sah ich Wildmenschen, und noch dazu auf verschiedenen Kontinenten. Dame Fortuna hatte es gut mit mir gemeint, und ganz tief dankte ich dem Baumeister aller Welten.»
«Habt ihr die Shirus nochmals gesehen, Zeb?»
«Die Nacht blieb ruhig. Wir fanden danach weder Spuren noch sahen wir je wieder einen Shiru.»
«Wie wurde der kurze Film? Kann man die Wildmenschen erkennen?»
«Die Qualität ist hervorragend, Malc, das Zoom offenbart die Shirus, als würden sie neben dir stehen, und der Restlichtverstärker sorgte für das Übrige. Das Dokument ist weltweit einmalig.»

Drittes Kapitel

I

«Imane, komm unauffällig zu mir hoch, geh über die Dachterrasse, so dass der Neuankömmling im Patio nicht sieht, wo du hingehst.»
Kurz darauf betrat die Hausleiterin Bolans Suite.
«Warum rufst du mich übers Handy an, Malc? Das kostet mich ein Vermögen an Rooming.»
«Man weiß, dass ich hier bin. Könnte sein, dass die Telefone des Hauses bereits überwacht werden. Ich möchte nicht, dass unsere Privatgespräche abgehört werden können. Der neue Gast sitzt direkt unter meinem offenen Fenster. Er unterhielt sich eben ganz aufgeregt auf Arabisch und scheint den Patio nicht verlassen zu wollen. Amal soll ganz diskret die Gasse im Auge behalten. Ich bin mir sicher, mein Aktionsradius wird bereits kontrolliert.»
«O.k. Malc. Übrigens hab ich Zeb nicht eingetragen, als er da war. Wenn jemand das Gästeregister überprüft, findet er keine Spur von ihm.»
«Bestens, da hast du in meinem Sinne gehandelt. Wie ist der Franzose registriert?»
«Sein Name ist Brahim Sharif.»
«Sollte Monsieur Sharif auf mich angesetzt sein, darf er auf keinen Fall ahnen, dass er entlarvt ist, Imane. Ich werde dich nachher im Patio ganz formell fragen, ob du mich in die Stadt fährst. Er muss nichts über den Grad unserer Beziehung erfahren, denn wenn unsere private Verbindung bekannt wird, kannst du mir weder weiterhelfen, noch bist du in Zukunft in Sicherheit.»
«Ouacha, komm dann zu mir an die Rezeption.»
Kaum hatte Bolan aufgelegt, klingelte sein Handy erneut.
«Hier spricht Armando. Alles klar, Malcolm?»
«Es läuft bestens, Armando. Was hört man von Sinclair?»
«Ich habe bereits Polniak alles berichtet, er wird dich auf dem Lau-

fenden halten. Übrigens musste ich die Sekretärin nicht entlassen, wie du mir so dringend geraten hast. Sie ist verschwunden, von einem Tag auf den andern, ohne Abmeldung, ohne Adresse und ohne ihren Lohn.»

«Vergiss das, Armando, sie war auf dich angesetzt. Kauf dir eine neue Pfeife von dem Geld, Professor.»

«Sinclair möchte mit euch zurück nach Europa, Malc. Hast du schon einen Plan, wie ihr das Land inkognito verlassen wollt? Es ist absolut wichtig, dass du ihn außer Landes bringst mit seinem Fund, denn ohne ihn würde er sich lieber noch weitere Jahre in Nordafrika verstecken. Er weiß, was er da gefunden hat, und glaube mir, ein zweites Mal lässt er sich nicht mehr übervorteilen, für nichts auf der Welt wird er dieses Mal klein beigeben. Er schwor mir am Telefon, sich auf keinerlei Konzessionen einzulassen.»

«Das ist bereits am Laufen. Armando, du musst etwas für mich tun, es ist wichtig.»

«Deine Wünsche sind mir Befehl, mein Freund.»

«Ruf Martin Sagel in Kandersteg an, sag ihm, ich brauche einen Hochleister, er wird verstehen. Gib den Rucksack in Basel am Schalter von Easy Jet ab, so hab ich ihn übermorgen.»

«O.k., ich wünsch euch Erfolg und drück die Daumen.»

Bolan wählte Zebs Mobiltelefon an, er war gespannt auf die Entwicklung ihres gemeinsamen Vorhabens. Wenn die Dinge weiterhin so verliefen wie er plante, segelten sie in Kürze zusammen mit dem Fund in Richtung Mittelmeer.

«Hi Malc, bin im Meridien, gut dass du anrufst. Sinclair wartet in seinem Versteck, er ist gut versorgt und in Gesellschaft alter Freunde. Er meinte noch, wir sollten nichts überstürzen. Der Professor legt Wert darauf, dass wir alles perfekt planen und organisieren, er hat anscheinend alle Zeit der Welt und will kein Risiko eingehen mit dem einmaligen Fund. Ich glaube, er würde sein Leben dafür geben, dieses Unikat, das die Fachwelt erschüttern wird, der Öffentlichkeit zu präsentieren.»

«Wo ist er genau, Zeb?»

«Im Draatal, eine halbe Stunde vor Zagora. Französische Freunde

von ihm kauften dort ein altes Ksar, um es als Pension auszubauen. Wenn er sich dort bedeckt hielte, wäre er in diesem Versteck für Jahre sicher, und kein Mensch käme je auf den Gedanken ihn da zu suchen.»
«O.k., Zeb, sag ihm, wir kommen übermorgen am späten Nachmittag. Er soll in aller Diskretion für unsere Übernachtung sorgen, und sich darauf einstellen, am Tage darauf in den frühen Morgenstunden mit uns weiterzureisen. Auch Wasser und Proviant für eine lange Fahrt müsste er bereitstellen, denn wir wollen so wenig wie nur möglich anhalten. Zwei große Benzinkanister könnten uns noch unabhängiger machen, je seltener wir uns an Tankstellen blicken lassen, desto besser.»
«Wie gehen wir vor Malc, wo treffen wir uns?»
«Du mietest einen Geländewagen und fährst ins Ourikatal. Ganz unten, noch bevor die endlosen Serpentinen anfangen, ist der Fluss ausladend und breit. Dort fließt die Ourika auf etwa fünfhundert Meter Länge durch baumlose grüne Wiesen. Am Ende dieser Zone mausert sie sich zum schmalen, aber tiefen und reißenden Gewässer. Dort wartest du auf mich, es gibt genug freie Flächen zum Parken. Zwischen zwölf und dreizehn Uhr bin ich da.»
«O.k. Malc, ich hoffe, dass ich danach endlich den Hippie abstreifen kann. Fahre die Serpentinen ins Tal mit Bedacht hinunter, die Strecke ist verdammt gefährlich, jedes Jahr gibt es Tote.»
«Keine Angst, Bruder, ich werde nicht rasen, sondern fliegen. Genieße noch die Stadt als Leftwing, mit der Kluft wird man dir so viel Stoff anbieten, dass es für eine neue Karriere reicht.»
An der Rezeption empfing Imane ihren Freund ganz formell.
«Mister Bolan, was kann ich für Sie tun?»
Malcolm, der wusste, dass Brahim keine zehn Meter davon entfernt jedes Wort mitbekam, sprach mit normaler Lautstärke weiter.
«Ich muss übermorgen überraschend abreisen, Madame Imane, ich habe im Atlas zu tun.»
«Das ist aber schade, Sir, wann beehren Sie uns wieder?»
«Sicher noch in diesem Jahr. Könnten Sie mich ins Hivernageviertel fahren, Madame?»

«Bien sûr, Monsieur Bolan, mein Wagen steht bei der Post, wir können gehen, wann Sie wollen.»
Auf dem Weg zum Auto konzentrierten sich beide auf potenzielle Beobachter, ohne jedoch den geringsten auszumachen.
«Morgen Abend musst du zum Flughafen fahren, Imane. Hol bitte den Rucksack ab, der dort für mich angekommen ist. Stell ihn ganz diskret auf mein Zimmer.»
«Ouacha, Habibi, was ist eigentlich aus dem schwedischen Kirchenmann geworden?»
«Er hat die Höhenluft des Atlas nicht vertragen, ma chère. Ich habe in Notwehr gehandelt, Imane, glaube mir.»
«Du könntest aus freien Stücken keinen Mord begehen, nicht einmal aus Hass. Ich glaube dir, mein Freund.»
«Fahr mich zu einem Sportgeschäft.»
Malcolm kaufte einen großen Trekkingrucksack, der geräumig genug war um den, den Züngeli hoffentlich schicken würde, darin zu verstauen.
«Ich möchte übermorgen schon um acht Uhr losfahren, Imane. Organisiere mir einen Wagen mit einem Driver, der keine Fragen stellt. Sag ihm, ich möchte ins Ourikatal fahren, bis dahin, wo man mit Autos nicht mehr weiter kommt. Da ich von dort aus in die Höhe wandern möchte, wird er einige Stunden auf mich warten müssen.»
«Das ist kein Problem, Malc, der dicke Tarik wird dich chauffieren. Wenn das Salaire stimmt, ist er bereit alles für dich zu tun.»
«Was täte ich ohne dich in der Stadt der Almoraviden? Ich habe gehört der junge König lässt in der Medina ein Hotel der Superlative bauen.»
«Manche Privatriads sollen dort an die dreißigtausend Euro die Nacht kosten, schon lustig, findest du nicht?» Mit bitterer Miene fügte sie hinzu: «Direkt hinter den Palästen wohnen Kinder, die davon träumen, einen schönen Kugelschreiber für die Schule zu besitzen.»
«Bei so viel reichem Publikum fällt immer etwas für die Leute auf der Straße ab, ist manchmal besser als nichts, Imane.»
«Einige werden dort pro Nacht das Geld verbrauchen, das hier zwan-

zig Familien zusammen in einem Jahr zum Leben haben. Sie werden sich von Kindern der Medina durch die Gassen führen lassen, ihnen beim Verabschieden über die herzigen Köpfchen streicheln, als seien es kleine Äffchen, und den Kindern ein Brötchen vom Frühstückstisch mitbringen, weil man ja in dieser Sphäre nie Bargeld hat, und schon gar nicht so schmutziges.»

«Wir werden diese Welt nicht ändern, meine Liebe. Das Einzige, wozu wir verpflichtet sind, ist stets korrekt zu handeln und jedem Würde entgegenzubringen. Die Lösung aller Probleme der Welt ist mit einem einzigen Wort zu definieren, Respekt.»

«Lass uns Chai marocain trinken gehen, mein Freund, und auf den positiven Verlauf deiner Angelegenheiten hier trinken. Inch Allah.»

II

«Oui bonjour Monsieur, ich möchte mit Zeitoune sprechen, und zwar sofort.»

«Wer sind Sie, mein Herr? Mahlik Zeitoune hat keine Zeit, er ist in einer wichtigen Besprechung.»

«Mein Name ist Brahim Sharif von der Sécurite nationale in Paris, und ich sage Ihnen jetzt, was hier wichtig ist, Sie schwingen ihren verdammten Arsch zu Zeitoune, bringen ihn ans Telefon, oder Sie ertragen den kommenden Ramadan im heißen Sand an der Grenze zu Mauretanien.»

«Oucha, Sayed Sharif, ich versuch's.»

«Sharif? Zeitoune hier. Ihr Ton kommt sechzig Jahre zu spät, mon cher. Wir sind längst ein souveräner Staat, außerdem können Sie sich glücklich schätzen, dass wir in einer Sache, die für uns keine Priorität hat, überhaupt derart fleißig kooperieren. Was ist so wichtig, dass man mich beim Essen stört?»

«So, Monsieur wurde beim Essen derangiert. Wenn Sie nicht wollen, dass ich bei Oberst Benhamou über Sie referiere, dann steigen Sie jetzt sofort von den Stelzen, auf die Sie sich hochgearschleckt haben, und hören mir zu.»

«Sharif, du Möchtegern-Gallier, du hörst mir jetzt zu. Ich bin seit heute Morgen Benhamous Nachfolger. Der Oberst wurde in Nizza von einem Lastwagen angefahren, er verstarb auf dem Weg ins Hospital. Von der Hierarchie stehe ich nun weit über dir, mon petit Brahim.»
«O.k., Zeitoune, sagen Sie ihren Männern nur, Bolan zieht übermorgen los, um das verdammte Ding zu bergen. Sobald Sie mich über Richtung und Position informiert haben, übernehme ich die weitere Verfolgung.»
«Ouacha, viel Glück Gallier. Und bitte denke daran, keine Sauereien hier, bist lediglich Gast bei uns.»
«Chokran.»
«Übrigens, Brahim, an der Grenze zu Mauretanien haben wir einen Kerker, den man hier la Prison du Shaitan nennt. Eine Woche dort entspricht einem Jahr Haft in Frankreich, verglichen mit dem Kerker des Teufels ist Fleury Merogis ein Sanatorium. Gute Reise, Habibi.»
Sharif hatte schon beim Auflegen das Intermezzo mit Zeitoune vergessen. Machtkämpfe wie diese, ganz besonders zwischen ihm und ehemaligen Landsleuten, waren ein Leitmotiv seiner Karriere. Die Suizidrate in Fleury Merogis ist die höchste aller französischen Gefängnisse, demnach waren der Vergleich des Marokkaners und seine Anspielung eine überaus ernst zu nehmende Angelegenheit. Er durfte sich keinen Fehltritt erlauben, wenn er die Bekanntschaft des Verlieses in der Wüste nicht machen wollte. Sharif war sich im Klaren darüber, dass seine Halbbrüder hier nicht zögern würden, die Drohung in bittere Realität umzusetzen. Benhamou hinterließ eine beträchtliche Lücke, er war kompromissbereit, immer dabei, wenn es galt die Hand aufzuhalten und die Kirche im Dorf zu lassen. Der neue Entscheidungsträger schien linientreu, somit nicht bestechbar zu sein. Als Karrierist, und das schien er zu sein, würde er alles tun, um im Rampenlicht zu bleiben, und ihn, den Ausländer, ins Hintertreffen gelangen zu lassen. Wenn hier schon internationale Bestrebungen spürbar waren, eine Ausgrabung der Öffentlichkeit vorzuenthalten, sollte es auf heimischem Boden ein marokkanischer

Erfolg werden, und nicht wie üblich die Lorbeeren an die Grande Nation gehen.
Sharif kannte die Vorgehensweise der Marokkaner gut, so nahm er sich vor, Bolan mit vernünftigem Abstand zu folgen, um im geeigneten Moment das so heißbegehrte Überbleibsel aus der Vorzeit an sich zu reißen. Der Engländer ist zwar gerissen, aber dennoch ein Amateur, war sein Fazit. Er nahm sich vor, mit Samthandschuhen vorzugehen.
Zur selben Zeit gab der neue Chef der Sicherheit hierzulande Anordnungen, von denen der französische Vertreter der operativen Branche des Quai D'Orsais zeit seines Lebens nichts mehr erfahren sollte.
«Mahlik Zeitoune hier. Wenn ihr den Franzosen auf Bolans Fährte gebracht habt, dann zieht euch nicht zurück wie vereinbart, sondern bleibt unauffällig am weiteren Geschehen dran.»

III

Tarik ist ein positiv denkender Zeitgenosse, meistens gut drauf und lebensfroh, hasste er eigentlich nichts und niemanden, es sei denn, man beleidigte ihn ob seiner Körperfülle. Früh aufstehen oder arbeiten sind Angelegenheiten, denen er für gewöhnlich liebend gerne aus dem Weg geht, was bedeutete, dass Monsieur an diesem lieblichen Frühherbstmorgen etwas mürrischer gelaunt war als sonst. Sayed Tarik, er bestand stets darauf mit Herr angesprochen zu werden, bestreitet seinen recht aufwendigen Lebensunterhalt mit Sonderfahrten wie der heutigen, sowie mit den wachsenden Einnahmen einiger Mädchen, die er bravourös zu coachen pflegt. Die drastisch sich erhöhenden Besucherzahlen seiner Heimatstadt sorgten bei ihm für Wohlstand und für wachsende Bekanntheit in seinem Milieu. Tarik freute sich dennoch über eine willkommene Abwechslung, mit der eine Fahrt in den Atlas gewiss verbunden sein würde, wenn er auch einen hohen Preis zahlte, so früh verließ er seine Federn sonst nie.
«Sabahalcher Mister», begrüßte Tarik seinen Gast, und hievte seine hundertzwanzig Kilos aus dem alten Daimler.

«Good Morning, my friend, Sie wissen ja, wo wir hinfahren», antwortete sein Kunde.
«Ins Ourikatal, bis zum Ende der Straße in Setti Fatma, wie mir gesagt wurde.»
«So ist es. Ich werde dort eine Wanderung in die Höhe unternehmen, und gedenke nach vier Stunden zurück zu sein. Ist das o.k. für Sie?»
«Ouacha Mister, es gibt dort oben einige gute Gasthäuser direkt am Fluss, sie haben eine hervorragende Küche. Dort könnte ich für Sie auch einen Berberallrad organisieren, so bräuchten Sie nicht zu Fuß zu gehen.»
«Danke dir, mein Freund, aber auf euren kleinen Eseln fühle ich mich unwohl, und außerdem tun mir die Tierchen leid.
Apropos, ich bezahle Ihnen den Ausflug, das Mittagessen, sowie die Wartezeit im Voraus.»
«Geht in Ordnung, Sayed. Das Tal ist eine Sackgasse, Sie müssen zwangsweise wieder an mir vorbei», scherzte Tarik. «Sind hundert Euro o.k.?»
«Ich habe auch Dirrham», fügte Bolan lachend hinzu.
«Nein nein, Euro sind mir lieber, ich fliege oft nach Paris, wissen Sie.»
Tarik flog zwei- bis dreimal im Jahr in die französische Hauptstadt, amüsierte sich prächtig, frönte den Gaumen- und Eunologenfreuden, sowie seiner unersättlichen Gier nach blondem Fleisch. Er war kein undankbarer Mensch, denn was er stets zu schätzen wusste, war die gute Leistung seiner fleißigen Mädchen, die am Fuße des hohen Atlas ihrer freudigen Aufgabe, wie er gewöhnlich ihre Tätigkeit zu bezeichnen pflegte, nachkamen. Tarik scheute keine Ausgaben, als Beschützer und Mäzen brachte er seinen Künstlerinnen die neuesten Jeans und T-Shirts aus Paris' billigsten Boutiquen mit.
«Und, was machen deine Geschäfte, Tarik?», wollte Bolan wissen.
«Ich besitze zwei Fahrzeuge, Mister. Der Trip heute wird von mir persönlich durchgeführt, weil Sie ein besonderer Gast sind, Sayed, ansonsten bin ich Manager. Ich habe einige Tänzerinnen unter Vertrag, wenn Sie es wünschen, kann ich für Sie auch eine Privatvorstellung organisieren. So etwas managt nur Tarik, vertrauen Sie mir,

Mister. Im Vergleich zu unseren Mädchen bewegen sich die Europäerinnen wie Roboter, meistens tanzen sie wie frisch aus dem Sanatorium Entlassene mit der Grazie von Buckelwalen.«

Bolan, der sich vorstellte, was hier gemanagt wurde, fand den Bodyguard der Damen ganz lustig, so nahm er sich vor, der langen Fahrt ins Gebirge durch ein paar Fragen die Monotonie zu nehmen.

«Denkst du, die Ausländer sollten aus dem Irak verschwinden, Tarik?»

«Natürlich, Sayed, die haben dort nichts verloren.»

«Wäre es nicht die Lösung überhaupt, sie durch Truppen der arabischen Bruderstaaten zu ersetzen?»

«Auf keinen Fall, Mister. Dort unten sind Schiiten, wir sind Sunniten.»

«Das weiß ich, Tarik, aber ihr seid doch Brüder? Vor keiner Moschee hab ich je ein Schild gesehen, dass der Eingang nur für die einen oder anderen sei. Ihr betet zusammen in dem heiligen Hause, und danach kitzelt ihr euch mit Salven aus der Kalaschnikov. Verstehe ich nicht, Habibi.»

«Ich auch nicht, Sayed. Aber sehen Sie, Monsieur, in Rom predigt man, dass die Anhänger des Gekreuzigten alle Brüder seien, und in Belfast beschmeißen sie sich gegenseitig mit Molotowcocktails. Verstehen Sie das?»

Tarik hatte gepunktet, Bolan musste lächeln. Er saß auf der Rückbank des alten Mercedes, der schon bessere Tage gesehen hatte. Sie verließen die Ebene, fuhren an den geschäftigen Dörfern des unteren Tals vorbei und gewannen über die ersten Serpentinen an Höhe. Auf halber Strecke wurde der Korridor, welchen der Fluss in Jahrmillionen in das Massiv gegraben hatte, zum Idyll schlechthin. Der reißende Bach schlängelte sich gesäumt von schmalen grünen Wiesen und spärlich bewachsenen Wäldchen das Hochtal hinab. Auf den Anhöhen beiderseits des Märchenflusses lagen aus Lehm gebaute alte Wehrdörfer, die zum Teil erst vor kurzer Zeit ans Stromnetz angeschlossen wurden. Betrachtete man die Bauweise der Unterbringungen, wurde einem erst bewusst, wie widerstandsfähig die Landbevölkerung hier oben sein musste, um darin verschneite Wintermonate zu überstehen. Die Winternächte hier im Atlasgebirge bescherten den Berberstämmen monatelang Temperaturen, die weit unter dem Gefrierpunkt lagen.

Am Ende des Tales, am Fuß der rasch emporsteigenden Berge, hatte sich ein letztes Dorf eingenistet. Wenige Gästehäuser, sowie kleine bescheidene Gastronomiebetriebe mit ausgezeichneter lokaler Küche hatten sich über die Jahre hier angesiedelt. Der charmante Ort bot an seinem Ende einige Parkplätze, wo Malcolm sich zum ersten Mal kurz und diskret umsah, als er ausstieg. Wenn sie ihm auf den Fersen waren, gut so, das hatte er ja beabsichtigt. Er schulterte seinen Rucksack und machte sich gemächlich daran, die steilen Serpentinen des nur fußbreiten Pfades, die zu einer steil abfallenden Wiese vierhundert Meter weiter oben führten, zu erklimmen.

Malcolm konnte die engen Kurven des unter ihm sich windenden Steges von oben leicht überblicken, und stellenweise war aus dieser Vogelperspektive manchmal der Parkplatz zu sehen. Keiner schien ihm zu folgen. Er schloss daraus, dass man versuchen würde, ihn auf dem Weg zurück zum Wagen zu stellen, um ihm das begehrte Objekt zu entreißen. Es war inzwischen Mittag geworden, Zeit zum Handeln. Bolan schnallte den Trekkingsack von den Schultern und holte den kleineren Rucksack, den ihm Züngeli besorgt hatte, heraus. Mit geübten Griffen befreite er nun das darin verstaute Fluggerät. Der Gleitschirm, ein perfekter Hochleister, würde ihn binnen fünfzehn Minuten ins Tal zurück bringen, zum klaren Nachteil eines jeden potenziellen Verfolgers, der für den Weg zurück die drei- bis vierfache Zeit benötigte. Nachdem er seinen Schirm fachmännisch ausgelegt hatte, nahm er einen Anlauf und hob elegant von der Startwiese ab. Bevor er den direkten Sinkflug zum Treffpunkt mit Zeb einleitete, erlaubte er sich noch eine große Volte über dem Parkplatz. In zirka hundertfünfzig Höhenmetern konnte er gerade noch die Szene zweier sich in einem Handgemenge befindlicher Männer einfangen.

Kurz darauf legte Malcolm eine gekonnte sanfte Landung unmittelbar neben dem Landcruiser hin. Der reine Sinkflug, den er vom oberen Teil des Ourikatales bis zu dem von Zeb gemieteten Wagen absolvierte, hatte gerade einmal eine Viertelstunde gedauert. Bei den zwei Männern, die er in Streit verwickelt auf der Brücke erblicken konnte, meinte er den dicken Tarik erkannt zu haben. Malcolm war sich nicht wirklich sicher, so informierte er seinen Freund nicht davon.

«Wir haben gute fünfundvierzig Minuten Vorsprung, Zeb, außerdem weiß kein Mensch, in welche Richtung wir nun fahren werden», begrüßte er seinen Freund.

«Mein Bruder, das hast du Klasse gemacht, so können wir in aller Ruhe unsere Reise in Richtung Süden fortsetzen. Um uns heute auf der Spur zu bleiben, würde man einen Hubschrauber benötigen, aber sehen wir uns trotz allem vor, vielleicht greifen die später noch zu diesem Mittel.»

«Da müssten sie schon mehrere einsetzen, Zeb. Das Atlasgebirge ist ein immenses Gebiet, in dem es viele Routen gibt, und außerdem hätten wir ja auch zurück nach Marrakesch fahren können. Es ist ihnen nahezu unmöglich das ganze Land zu überwachen, um zwei Männer zu suchen, deren Fahrzeug nicht einmal bekannt ist.»

«Und keiner kann von dem Hippie auf mich schließen», fügte Polniak grinsend hinzu.

«Ich packe den Schirm zusammen, dann fahren wir.»

«Es sind noch fünf Stunden Fahrt bis zu dem Ksar. Let's get the hell out of here, my brother.»

IV

Tarik blieb in seinem Wagen sitzen, nachdem sein Gast aufgebrochen war, er zündete sich eine Zigarette an, ließ das Fenster runter, voller Vorfreude auf das vor Olivenöl strotzende Tagine aux Figues, das er sich am Mittag einverleiben wollte. Tarik war zwar ein übergewichtiger, aber dennoch äußerst kräftiger Bursche, der auf Grund seines unvorteilhaften Erscheinungsbildes einen Minderwertigkeitskomplex entwickelt hatte. Wenn er sein gewohntes Stadtumfeld verließ, machte ihn dies etwas unruhig, und der weitläufige Gebirgsrahmen hier erdrückte ihn. So beschloss er, sich mit einer hochdosierten Kapsel Tilidin in künstliche Euphorie zu versetzen. Das zur Familie der Opiate gehörende Analgetikum, mit welchem junge Muslime sich oft berauschen, da es sie als Schmerzmittel nicht mit der Religion in Konflikt brachte, zeigte rasch seine enthemmende und aggressiv machende Wirkung. Er dachte gerade an die Vorteile dieses libidosteigernden Gerichtes, als der Kopf eines Mannes überraschend vor seinem offenen Fenster auftauchte.

«Sabahalcher Dickerchen», hörte er den älteren Herrn sagen, «wo ist dein Fahrgast abgeblieben?»

Tarik, überrascht und total verblüfft ob einer solchen Respektlosigkeit, fand zunächst keine Worte.

«Steig aus und folge mir über die Hängebrücke, ich hab ein paar Fragen an dich, du Komiker», fuhr der Mann fort.

Tarik dachte schon daran, den arroganten Mistkerl beim Aussteigen zu verprügeln, aber der Blick in die eiskalten Augen seines Gegenübers, sowie die demonstrativ sichtbare Waffe hinter seinem Gürtel bremsten noch die mörderische Absicht, die drogenbedingt in ihm aufstieg.

«Geh langsam voraus, und mach keine Dummheiten», befahl der Mann.

Sie hatten einen halben Kilometer bis zur Hängebrücke zurückzulegen, teils ging es stufenweise bergauf, dann die restlichen Meter relativ eben bis zu dem schmalen Übergang, der den tosenden Gebirgsbach überspannte. Tarik begriff intuitiv, warum der Mann ihn dahin führte, ein Blick auf die großkalibrige Pistole genügte, die sein Gegner lässig in die Hose gesteckt zur Schau stellte. Der Lautstärkepegel des rauschenden Gebirgsflusses, der sogar die Stimmen auf der Brücke übertönte, würde jede Detonation einer Handfeuerwaffe verschlucken. Die Aufregung, die seinen Kreislauf zum Rasen brachte, verstärkt noch durch den mühevollen Aufstieg, sorgte sehr schnell für die optimale Wirkung des enthemmenden Tilidins.

«Wo ist dein Klient hingegangen, und wann erwartest du ihn zurück?»

Tarik, völlig aufgespeedet durch das Opiat, musterte den älteren Herren, der sich nonchalant und siegessicher an die niedrige Brüs-

tung lehnte, ging furchtlos auf ihn zu und schrie: «Du verdammter Hurensohn, denkst du, ich habe Angst vor deiner Knarre? Ich werde dir den Schädel einschlagen, du alter Knochen!»
Brahim sah in die Augen des auf ihn zukommenden jungen Maghrebiners, dessen Pupillen herauszuspringen schienen, und schoss. Er wollte ihn nicht tödlich treffen, da er noch Auskünfte brauchte, so platzierte er den Schuss in Richtung Oberschenkel.
«Du Schwein», brüllte Tarik, der durch die starke Wirkung des Analgetikums sein Schmerzempfinden verloren hatte, und stürzte sich mit der Wucht seiner enormen Masse auf Monsieur Sharif.
Brahim kam nicht mehr zum zweiten Schuss, der Schädel des Zuhälters traf ihn mit der Kraft eines jungen Bullen mitten auf die Brust, so dass der Agent des Quai d'Orsais sich auf der Brüstung sitzend wiederfand.
Tarik fasste den Mann an den Beinen, schob ihn nach vorne, und hielt ihn nur noch an den Fesseln fest, als dieser abwärts fiel.
«Zieh mich hoch, du weißt nicht, mit wem du dich anlegst, mein Junge», flehte Brahim, dessen Kopf dreißig Meter über der Ourika pendelte.
«Weißt du, Arschloch, was für ein verdammtes Glück du hast?», sprudelte es voller Bösartigkeit aus dem Milieumann, der durch die Droge unzurechnungsfähig geworden war.
«Sag es mir», entgegnete Brahim zitternd und mit erneuter Hoffnung in der Stimme.
«Heute feiern die Juden Jom Kippur, den Tag, an dem alles verziehen wird, mein Freund.»
«Bist du Jude? Eine wunderbare Religion, in der Tat», flattierte Brahim.
Das Letzte, was Sayed Sharif in seinem Leben noch zu hören bekam, war ein lautes langgezogenes NEIN und das Rauschen des in Windeseile auf ihn zukommenden Baches, als Tarik seine Hände öffnete.

V

Malcolm und Zeb ließen den hohen Atlas langsam hinter sich, sie fuhren den Niederungen in Richtung Ouarzasate entgegen. Die Temperatur im Wagen war deutlich gestiegen, ein untrügliches Zeichen dafür, dass man sich dem großen Süden des Landes näherte. Dieser Teil Marokkos glich einem Freiluftmuseum, er versetzte seine Besucher in biblische Zeiten zurück. Malerische Dörfer, umringt von grünen Dattelpalmen. Die sich an den Wänden der Häuser hochkrallenden prächtigen Bougainvillea wirkten wie die bunten Farbkleckse eines Impressionisten in der kargen Landschaft. Genauso karg wie die Umgebung außerhalb der kleinen Weiler waren die Lebensbedingungen der Menschen dieser Region. Zufrieden mit dem, was sie hatten, und mit dem, was der Boden und die Bäume hergaben, ergänzten sie den bescheidenen Wohlstand lediglich mit einigem Vieh. Kleinere Lebensgemeinschaften fern der Verkehrsadern fristeten heute noch ein Dasein ohne Strom, so dass sich der Besuch in solchen Dörfchen zur Reise in ein für den modernen Menschen längst vergessenes Zeitalter entpuppte. Kinder, welche eigentlich alle schulpflichtig wären, würden nie Lesen und Schreiben lernen, denn für viele unter ihnen war der Schulbesuch mit einem mehrstündigen Ritt auf dem kleinen und einzigen Familienesel verbunden, der dringend zuhause gebraucht wurde.

«Ich glaube, wir können nun die Sache etwas ruhiger angehen, keiner kann wissen, wo wir uns befinden, geschweige denn welche Richtung wir einschlugen.»

«Du hast Recht, Malcolm. Erzähle mir in groben Zügen etwas über die babylonische Schöpfungsmythologie, unsere Fahrt wird noch einige Zeit dauern.»

«Im mesopotamischen Raum», begann Bolan, «fand man im Laufe der Zeit bei Ausgrabungen und archäologischen Recherchen sieben Keilschrifttafeln, deren schöpfungsmythischer Inhalt seit dem 19. Jahrhundert ausgewertet wird. Diese zum Teil sumerisch, akkadisch und assyrisch geprägten Texte schildern auf sehr komplexe und reichhaltige Weise die Entstehung der Menschen. Der Kanon ihrer Aussagen beinhaltet schlichtweg die Behauptung, dass vorhandene Menschen durch die Einwirkung von Göttern verändert wurden. Eigentlich handelte es sich um Wesen, die von einem noch höheren Schöpfer gesandt schienen, und somit von der primitiven Erdbevölkerung selbst wie Götter angesehen wurden. Studiert man die Entstehungsgeschichten der Menschen sämtlicher Kontinente, die den Mythologien ihrer Kulturen entsprangen, entdeckt man unglaubliche Parallelen. Überall wird vom Herabsteigen himmlischer Wesen berichtet, die man zu Göttern erkor, sogar der Werdegang der Menschen wird auf eine Weise geschildert, die einen an weitreichende Verbindungen unter den Menschen in archaischer Zeit denken lässt. Da aber der Urmensch noch nicht auf der Erde herumreiste, können es nur gemeinsame Erinnerungen an dieselben Erlebnisse sein, die der Ähnlichkeit der Mythologien weltweit zu Grunde liegen.»

«Mythologie wird gemeinhin noch heute mit Märchen und Wunschvorstellungen assoziiert, sie entspricht in keiner Weise dem Weltbild der Schulwissenschaft», meinte Zeb, «aber auch ich denke, dass hinter allen Sagen und Mythen ein wahrer Kern steckt. Nimm doch nur das Beispiel Sintflut. Auf allen Kontinenten findest du Spuren davon in den Überlieferungen. Es ist undenkbar, dass Urmenschen aller Erdteile zufällig zur selben Zeit die gleiche Phantasie entwickelt hatten. Ergo erinnerten sich die Menschen an etwas Geschehenes.»

«Das erstaunliche und für einige Dogmen sehr peinliche Resultat der Entschlüsselung der Keilschrifttafeln war die Entdeckung der Präexistenz einer Geschichte, auf die das Alte Testament die Exklusivität beansprucht. Wie kann ein so weltumspannendes Organ wie die Kirche Roms ihre Glaubwürdigkeit aufrechterhalten, wenn sich herausstellt, dass eine der tragenden Säulen ihres Dogmas, nämlich das Alte Testament, sich als simple Kopie babylonischer Mythen entpuppt? Das angeblich von Gott selbst diktierte Werk riskiert zum Diktat fremder Gottheiten degradiert zu werden. In der Tat ist in dieser babylonischen Chronik, welche die meisten Elemente des alten Testaments enthält, von Göttern die Rede.»

«Wie reagiert Rom angesichts eines solchen archäologischen Affronts?»
«Wie immer hochnäsig verharmlosend. Sogar die Geschichte Noahs und der Sintflut findet sich in dem mesopotamischen Epos. Der Vorläufer Noahs ist in der sumerischen Vorgeschichte Utnapischtim, der die Samen der Schöpfung in einem von ihm gebauten Schiff vor den steigenden Wassern retten sollte. Der alttestamentliche Kriegsgott Jahweh befiehlt die gleichen Gräueltaten wie sein Vorgänger Marduk im Enumah Elish der Babylonier.»
«Derartiges Wissen dürfte in der Tat in den Mägen der Prälaten des Vatikans für Übersäuerungen sorgen, Malcolm.»
«Dies ist nicht das Ende der Fahnenstange, Zeb, es kommt noch schlimmer. Die Entschlüsselung der babylonischen Epen erbrachte die Erkenntnis, dass Adam und Eva schon ein halbes Jahrtausend vor Gottes Diktat auf den Keilschrifttafeln ihre Vorgänger hatten. Dort hießen sie Adapa und Ea, es wurde auch vom Baum der Erkenntnis gegessen und was dem Ganzen die Krone aufsetzt, ist, dass dies in beiden Fällen zur Ursache menschlichen Leidens wurde.
Eine weitere Analogie wurzelt in der Erkenntnis der zweifachen Menschenschöpfung, die das Alte Testament wie auch das Enumah Elish beinhalten. Das Original und die spätere Kopie weisen deutlich darauf hin, dass Götter in zwei verschiedenen Anläufen die Menschen erschaffen haben.»
«Ich wusste nicht, dass die Bibel noch nicht mal die Exklusivität ihres biblischen Gründungspaars für sich beanspruchen kann.»
«Adam wurde nach dem siebenten Tag erschaffen, aber bereits am sechsten Tag erschuf Gott Menschen, und zwar Männer wie Frauen. Adam jedoch wurde an einem ANDEREN Ort erschaffen, im Garten Eden. Er hatte Gespielinnen aus der fremden Seite seiner Welt, die aber nicht geschaffen waren wie er. Gott oder besser gesagt die Götter konstruierten ihm zunächst eine erste Partnerin aus Erde und Schlamm, welche er aber ablehnte. Adam bekam danach eine neue Frau, die aus Gewebe, Fleisch und Blut gemacht wurde, die er ebenfalls ablehnte. Seine Schöpfer schenkten ihm seine dritte Frau, Lilith. Letztere wollte sich nicht unterordnen und aß vom Baum der Er-

kenntnis. Sie wurde aus Eden vertrieben und ging eine Verbindung mit dem Teufel Samael ein. Nun kommt Adams vierte Frau, Eva, welche bezirzt von der rachsüchtigen Lilith Adam dann verführte, um auch vom Baum der Erkenntnis zu essen.»

«Das Interessante an den Schöpfungsmythen betrifft die Aussagen über die Urwesen. Es scheint es habe immer die Urrasse gegeben, aus denen höhere Wesen die Vorgänger der heutigen Menschen bildeten, und das nicht weltweit, sondern in dafür vorgesehenen geographischen Sektoren. Denkst du nicht auch, Malcolm, unsere Wildmenschen könnten das letzte Überbleibsel archaischer Urwesen sein?»

«Zweifelsohne, Zeb. Hier sind unsere Meinungen im Einklang. Ohne irgendeine Hypothese die Schöpfer betreffend zu vertreten, muss einfach festgestellt werden, dass der moderne Mensch etwas zu schnell auftauchte. Die evolutive Kurve, die über Millionen von Jahren moderat anstieg, scheint auf einmal steil in die Höhe zu schnellen. Die von sogenannten Phantasten vertretene Theorie, dass die Erde seit Millionen von Jahren turnusmäßig extraterrestrischen Besuch erhielt, wird stets ad absurdum geführt durch die Tatsache der unüberwindbaren Distanzen und der Unmöglichkeit einer Überbrückung lichtjahredauernder Reisen. Wir leben auf einem Planeten, dessen ideale Entfernung zu seiner Wärmequelle, der Sonne, die Proliferation von Leben begünstigte. Abermillionen solcher Planeten kreisen im All, und die Techniken, die wir langsam erst erlernen, könnten dort seit langer Zeit bereits immens verfeinert worden sein.»

«Weißt du Malc, es erstaunt mich immer wieder, wie wenig die Menschen sich für Mysterien interessieren. Die Existenz der Tiermenschen ist ihnen fremd, sie kennen nur den Yeti. Wie viele kennen nicht einmal unsere neun Planeten, und ahnen nicht, dass ein zehnter existiert. Seine astronomische Bezeichnung ist 2003 UB 313 und er kreist auf einer sehr lang gestreckten elliptischen Bahn um unsere Sonne. Man entdeckte ihn erst vor wenigen Jahren dank der fortschrittlichen Astronomie, die uns zur Verfügung steht. Urvölker berichteten in ihren Mythen jedoch schon immer davon, und dies obwohl ihnen jegliche Technologie noch völlig fremd war. Wer gab ihnen solches Wissen, wenn nicht Wesen, die den Umgang damit beherrschten? Man nennt diesen Himmelskörper, der sich zurzeit außerhalb des Neptuns im Kuiper-Gürtel befindet, Xena, später wurde er in Eris umgetauft. Wann und wie oft er sich auf seiner elliptischen Reise im Kosmos uns nähert wissen wir nicht genau, man schätzt alle 560 Jahre, jedoch ist es dann nur ein Katzensprung bis zur alten Muttererde.»

«Die Vielfalt der Religionen auf unserem Heimatstern ist gewiss nicht darauf zurückzuführen, dass primitive Urvölker verschiedene Anschauungen hatten, als sie sich immer mehr Fragen stellten und ihr Selbstbewusstsein dadurch, örtlich verschieden, an Bedeutung gewann. Sie sehnten sich nach Antworten, wobei regional verschieden praktizierte Magie andere Offenbarungen entstehen ließ, so die Schultheologie. Religionen scheinen die Menschen schon in grauer Vorzeit gesteuert zu haben, und dies total unabhängig von den Glaubensinhalten. Gäbe es eine einzige Wahrheit, verkommt die Vielzahl der Dogmen zur Absurdität. Gibt es womöglich eine Steuerung, deren Ziel die Verschleierung der Wahrheit ist?»

«Es riecht verdammt danach, Malc, so unglaublich das auch ist. Wobei die mögliche Existenz außerirdischen Lebens keinesfalls Göttlichem widerspricht.»

«In dem Zusammenhang fällt mir die Frage eines jungen Mannes wieder ein, ob wir Freimaurer auch einen Gott hätten. Ich erklärte ihm, wir glauben an die Existenz des großen Baumeisters aller Welten, und er müsse sich ihn wie einen Architekten vorstellen. Darauf konnte er sich zunächst keinen Reim machen, und wollte dann wissen, wo der Unterschied zum christlichen Gott sei. Nun sagte ich ihm, der Architekt baut. Er baut viele Häuser an verschiedenen Orten, für alle Arten von Menschen. Was die Individuen dann nach dem Einzug in diese Gebäude machen, sei nicht mehr in seiner Kompetenz. Er schuf für sie die beste Ausgangsposition, aber es läge in ihrer Verantwortung, wie sie mit dem Domizil umgingen. Sollten sie aber irgendwann Probleme bekommen, wäre ein Anruf bei ihm stets möglich, und er würde, sofern sie sich als ehrlich erweisen, auch gerne helfen. Als der Junge mich fragte, ob ein Anruf beim Architekten seinem Gebet entspräche, wusste ich, er hatte mich verstanden.»

«Wie man die Mythen auch auslegt und welche Glaubensrichtungen daraus entstanden sind, ist eine Sache, eine andere besteht aber dennoch darin, dass man die Offenbarung von mehr als einer Schöpfung, die klar aus ihnen hervorgeht, eben nüchtern feststellen muss. Die Führung in Rom war sich darüber schon immer im Klaren, konnte aber ihre Schäfchen durch die strenge Unbeugsamkeit in dogmatischen Angelegenheiten, sowie mit der Bindung an ein mehr politisch als religiös fundiertes Glaubensbekenntnis, nun bald zweitausend Jahre in Unkenntnis halten. Das Okkultieren apokrypher Evangelien war eine für sie notwendige Strategie, welche bis ins zwanzigste Jahrhundert hineinreichte. Die Entdeckung alter gnostischer Schriftrollen in Nag Hammadi sowie später die vom Toten Meer in Qumran, entpuppte sich als potenziell stark dogmagefährdend.»
«Stell dir vor, Malc, jetzt kämen wir erschwerend noch dazu mit der Beweisführung der Existenz von Menschen zur Lebzeit der Sauropoden und einem unwiderlegbaren Filmdokument, das das Vorhandensein von Urmenschen in heutiger Zeit beweist, dann wäre es legitim und zwingend notwendig für Rom, nichts unversucht zu lassen, um dies zu verhindern.»
«Die Welt der Universitäten sowie die linientreue Wissenschaft werden sich solidarisch mit dem Establishment am Tiber zeigen und ihre Regierungen überzeugen, uns das Handwerk zu legen.»
«Unsere Chance besteht sicher auch darin, dass die Vertreter des Vatikans die Angelegenheit nicht an die ganz große Glocke hängen werden, um nicht zu viel unnötigen Staub aufzuwirbeln und auch um zu verhindern, dass eine größere Menge indiskreter Ohren davon hört. Ich denke, sie werden nur ein paar Spezialisten an unsere Fersen hängen.»
«Einen haben wir bereits irregeführt und der andere ertrug die Luft im Atlas nicht. Sie werden schnell reagieren, Zeb, wir haben es mit Profis zu tun. Wir sollten nicht so naiv sein zu glauben, wir seien in Sicherheit.»
«Dennoch haben wir den Vorsprung, den du uns durch deinen Flug zeitlich verschafftest, und den Vorteil, dass sie momentan unfähig sind, uns zu orten. Übrigens hast du mich nie darüber in Kenntnis ge-

setzt, wie wir das Land mit dem Artefakt verlassen werden, Malc.»
«Wir verfolgen andere Ziele als unsere Gegenspieler bei der Suche nach Wahrheit, aber dennoch sind wir ehrbare Bürger, so hab ich einen Platz gewählt, wo man uns nie vermuten wird, und zwar auf dem Schiff eines Banditen.»

VI

Im Büro pour Affaires religieuses in der Sécurité am Quai d'Orsais in Paris herrschte Bestürzung. Bischof Ronald Taerning zog nervös an einer filterlosen Zigarette, nahm einen Schluck des exzellenten Bordeaux, den Monsieur Vallois kredenzt hatte, dann wagte er die Kritik, die ihm angebracht erschien.
«Wie kann es sein, dass ein alter Hase wie Sharif sich von diesem dilettantischen Engländer so ins Boxhorn jagen ließ? Bolan ist Mysterienforscher und Hobbywissenschaftler, Sharif war ausgebildeter Agent mit langjähriger Berufserfahrung, das ist alles so lächerlich, Vallois. Da sind ja unsere eigenen Leute aus dem Vatikan effektiver. Das ist eine verdammte Pleite, die sie uns da eingefahren haben, und vor den Marokkanern braucht man anscheinend auch nicht den Hut zu ziehen. Ich komme mir vor, als hätte ich es nur mit Dilettanten oder Idioten zu tun. Zeigen Sie endlich die Zähne, damit das alles nicht noch in einem totalen Fiasko endet. Die Kirche braucht das Artefakt und will es, um jeden Preis, Vallois. Haben Sie das endlich begriffen? Und sind Sie nun endlich bereit, sich voll in die Angelegenheit hineinzuknien?»
«Sehen Sie, Euer Ehren, es gab ja keine Zeugen, man fand den armen Brahim mit gebrochenem Kreuz dreißig Meter unterhalb einer Hängebrücke in der Ourika liegen. Die Männer der Sécurité in Marrakesch hatten Order ihm beim Herunterfahren ins Tal diskret zu folgen. Da es nur die eine Straße gibt, warteten sie eben unterhalb des letzten Dorfes. Als sie dann den Fahrer des Engländers alleine zurückkommen sahen, dachten sie natürlich, Sharif hätte sich Bolan dort oben gekrallt und fuhren selbst hoch, denn unser Agent kannte

seine Verfolger nicht, und somit bestand für sie kein Risiko gesehen zu werden. Man fahndet in Nordafrika eifrig nach dem Zuhälter, der Bolan als Chauffeur diente, aber bisher ohne Erfolg. Kopfzerbrechen macht allen auch die Tatsache, dass Polniak, außer auf dem Überwachungsvideo des Jad Mahal, bisher noch nie gesehen wurde. Hier entgeht uns etwas Essentielles, meine ich.»

«Monsieur Vallois, Sie sind von Anfang an nur halbherzig an dem Fall interessiert, ich weiß das. Nur bedenken Sie, dass diese Angelegenheit, welche Sie zunächst als Krieg unter Dogmatikern ansahen, schon zwei Todesopfer forderte. Einer davon war ihr Mann. Denken Sie nicht, es wäre an der Zeit, etwas konsequentere Mittel einzusetzen? Sie leiten hier eine Abteilung, deren Mitglieder aus den harten Reihen der Armee stammen, gehen Sie doch nicht so zimperlich vor, Mann.»

«Sie mögen Recht haben, Monsignore, aber man möchte hier im Hause keine größeren Ausgaben für diesen Fall tätigen. Ein Medienrummel die Affaire betreffend soll unter allen Umständen vermieden werden, verstehen Sie das? Der Innenminister persönlich hat höchste Diskretion in diesem Fall angeordnet und raue Methoden strengstens untersagt. Die Personen, die wir verfolgen, gelten als ehrbare Zivilisten, denken Sie an den internationalen Skandal, als einer unserer Jungs die Rainbow Warrior im Hafen von Auckland versenkt hatte. Greenpeaceleute sind zwar nicht meine Tasse Tee, aber es waren nun mal Zivilisten.»

«Lassen Sie mich in Ruhe mit den aufmüpfigen Stänkerern von Greenpeace, Vallois, hier geht es nicht um ein Paar Eisbären oder irgendwelche Blauwale, hier geht es um die heiligste aller Kirchen.»

«Das sagen auch die in Mekka von sich, Exzellenz.»

«Halten Sie gefälligst Ihren vorlauten Schnabel und werden Sie endlich effizient! Auch wir können uns keinen Eklat erlauben, Vallois. Jedoch will ich, dass Sie aus ihrer verdammten Lethargie erwachen und agieren. Bolan wird versuchen das gottverdammte Artefakt in die Schweiz zu bringen, und Sie werden mir helfen dies zu verhindern. Glauben sie mir, Vallois, die Kirche ist mächtiger als Sie denken, und wenn sie ihr Hinterteil noch ein Paar Jahre auf ihrem Stuhl

breitdrücken wollen, dann werden Sie endlich aktiver. Ich fordere Sie hiermit auf, ausnahmsweise einmal das Richtige zu tun. Sie haben die nötige Erfahrung und besitzen das Potential dafür, ich weiß das, Vallois, so kommen Sie mir nicht mehr mit faulen Entschuldigungen. Haben Sie Erfolg, werde ich Ihnen das gebührend danken. In ihrem Alter haben Sie sich einen gewissen Lebensstil angewöhnt, den könnten Sie etwas optimieren, sollten Sie Erfolge nachweisen. In wenigen Jahren steht schon die Pensionierung vor der Tür, mein lieber Vallois, übergeben Sie mir das, was ich haben will, könnte ich dafür sorgen, dass Sie ihren Lebensabend in einer schicken Wohnung an der Croisette genießen, anstatt auf einem Bauerndorf in Savoyen.»
«Die Marokkaner haben ihre Grenzen für die beiden dicht gemacht, sie versprachen außerdem, sich sofort zu melden, wenn sie irgendwo auftauchen. Sollten sie aber den Weg durch die Wüste nach Algerien wählen, wird es schwer, denn die Leute in Algier kooperieren weder mit uns noch mit den Marokkanern. Dazu ist es schier unmöglich eine so breite Naturgrenze hermetisch abzuriegeln, zumal diese von unzähligen kleinen Nebenpisten passiert werden kann. Mit einem modernen SUV und der dementsprechenden Ausrüstung ist es heute ein Kinderspiel geworden die Wüste zu durchqueren, und die Perfektion der Navigationsgeräte erlaubt den ganz Tapferen sogar das Weiterkommen bei Nacht. Aber dennoch denke ich, sie werden den Weg zum Wasser suchen, denn eine Ausreise per Schiff oder per Flugzeug aus Algerien würde sie vor noch größere Probleme stellen. Die Behörden in Algier würden alles durchsuchen, schon auf Grund dessen, dass sie längst von ihren in Marokko sitzenden Informanten über die Affäre in Kenntnis gesetzt wurden. Zu dem Appartement in Cannes würden übrigens auch ein Boot im Hafen, ein Bentley und etwas Taschengeld passen, Exzellenz.»
«Werden Sie nicht unverschämt, Vallois. Es gefällt mir aber Sie träumen zu sehen, so hege ich die Hoffnung auf erhöhten Einsatz von Ihnen. Halten Sie mich Tag und Nacht auf dem Laufenden. Sollten Sie Erfolg haben und das Artefakt bergen, egal wie, zeigen wir uns erkenntlich, das ist ein Versprechen. Um in die obere Etage zu gelangen, mein Freund, gibt es nur zwei Wege. Die mühselige Variante

führt durch das Treppenhaus, die schnellere setzt den Fahrstuhl, zu dem ich den Schlüssel besitze, voraus. Denken Sie gut darüber nach – und auf Wiedersehen.»

Vallois fühlte sich gedemütigt. Der Kirchenfürst ließ ihn die untergeordnete Rolle seines Jobs spüren. Sein Werdegang war durch die konstante Abhängigkeit von studierten und hochdiplomierten Vorgesetzten geprägt, die ihn während seiner Karriere immer wieder spüren ließen, dass er eigentlich nur aus den mittleren Reihen der Armee aufgestiegen war. Wenn man in Frankreich nicht Absolvent einer der ganz hohen Schulen ist, wie HEC, Polytechnique oder ENA, wird es fast unmöglich eine große Karriere zu machen, wobei es einem auf ewig versagt bleibt, gesellschaftlich von den Mitgliedern der hohen Führungsriege anerkannt zu werden. Mit den Jahren hatte er es endlich geschafft, in Neuilly ein Domizil zu bekommen, nicht direkt Tür an Tür mit seinem Chef, aber immerhin in dem Viertel von Paris, in dem die Crème de la Crème sich an lauen Sommerabenden gegenseitig zu den Gillpartys der unter sich bleiben wollenden Upperclass einlädt. Um dahin zu gelangen, hatte er oft die Drecksarbeit für andere erledigt und den Kopf hinhalten müssen, wenn Leute wie sein Chef nicht namentlich erscheinen durften, etwa bei Pannen im operativen Geschäft. Sein Boss war ein adeliger Absolvent der Ecole Nationale d'Administration, höher geht es in Gallien nicht, und er lud ihn zu seiner völligen Überraschung, da er Tage zuvor einen folgenschweren Entscheidungsfehler begangen hatte, eines Abends zum Grillen ein. Diese Party sollte Vallois nie mehr vergessen. Sein überheblicher Chef, Snob vor dem Herrn, hatte ihn geladen in der simplen Absicht, ihn vor den Würdenträgern des Geheimdienstes bloßzustellen.
«Heute grillen wir, Vallois, mögen Sie das?», fragte ihn der Gastgeber mit erhobener Stimme.
«Natürlich, Monsieur», antwortete er damals voller Unterwürfigkeit.
«Das ist perfekt, mein kleiner Vallois. Wissen Sie auch, wie die Amis dazu sagen?», fragte er ihn mit lauernden Unterton.

«Klar Monsieur, sie nennen es dort Barbecue», entgegnete er, bereits ahnend, dass die Fragerei weitergehen würde. Sein Chef hatte die unerträgliche Angewohnheit, ihm leichte und dumme Fragen zu stellen, bevor er ihn in die Falle tappen ließ.
«So erkläre uns doch, wo die Amis diesen seltsamen Namen denn herhaben, mon petit.»
«Ich habe keine Ahnung», lautete damals seine Antwort, und noch heute erinnerte er sich genau, wie er sich zu diesem Zeitpunkt darüber gewundert hatte, was der Chef damit bezweckte.
«Siehst du, Vallois, vor kurzem hast du einmal wieder einen schlimmen Fehler begangen, und wie üblich kannst du mit meiner sprichwörtlichen Güte und meiner angeborenen Großmütigkeit rechnen. Genau das ist es aber, was ich eigentlich mit dir machen sollte: ein Barbecue. Genauer gesagt, dich aufspießen vom Bart bis zum Arschloch. Als die französischen Korsaren damals an der Küste des Mississippideltas gestohlene Schweine brieten, schoben sie den Spieß de la barbe au cul. Als die amerikanischen Angelsachsen später in das frisch erworbene Louisiana kamen, hörten sie die einheimischen Cajuns diese Worte sagen im Zusammenhang mit Fleisch über dem Feuer braten, konnten es aber nicht richtig aussprechen, so wurde der Begriff Barbecue geboren.»

Als der Bischof sein Büro verlassen hatte, blieb Andre Vallois noch lange hinter seinem Schreibtisch sitzen, in tiefer Meditation über eine dritte Variante. Natürlich würde der Kirchenmann sich um die ihm versprochene Zahlung bemühen, im Falle eines Erfolges. Der Bischof sprach von gebührend bedanken, er hatte ihn nun endlich da, wo er ihn haben wollte, und er, Vallois, hatte ihn in der Hand. Der studierte Mann, Akademiker der großen Kirche Roms, war nichts weiter als ein Bittsteller geworden. Aber er wollte mehr, er sah weiter, dies war seine Möglichkeit, und er wollte von dem Manna, das bald vom Himmel der Kurie herunterkommen würde, die maximale Menge zu seinem Eigentum machen. Weitere Jahre als Staatsdiener in den muffigen Büros der Sécurité, um danach eine goldene Uhr, einen warmen Händedruck und die mickrige Rente, die er zu erwarten hatte, in Empfang zu nehmen, war keineswegs das Ziel, das er zu erreichen strebte. Die Kirche schien eine panische Angst zu haben vor den Konsequenzen, die eine öffentliche Bekanntmachung des Artefaktes haben könnte. Rom ist reich, dachte er, ein paar Millionen wäre dem Vatikan der alte Knochen sicher wert, zumal er sich nicht einmal Vorwürfe machen musste, denn das gute Stück ist nicht als Diebesgut einzustufen. Wenn er es schaffte, den Fund mit der Hilfe seines marokkanischen Kollegen an sich zu reißen, hätten sie beide ausgesorgt, wobei man die Tat höchstens als Kavaliersdelikt betrachten könne. Vallois entschloss sich, mit seinem Verbündeten in Marrakesch ein ernstes Wort zu reden, und von der Vatikanbank erhoffte er sich die Summe von fünf Millionen auf ein Konto in Grand Cayman. Der kleine Zeitoune, davon war er überzeugt, wird schon Luftsprünge machen mit hundertfünfzig- oder zweihunderttausend. Vallois gedachte schon am nächsten Morgen alle Hebel in Bewegung zu setzen, um herauszufinden, wer, zumindest auf französischem Boden, als potenzieller Helfer Bolans in Frage käme. Das Privatleben des Engländers in Frankreich schien einfach zu durchleuchten, er besitzt eine Wohnung in Paris sowie eine Yacht an der Côte. Ein paar Anrufe bei den Kollegen in Marseille, und er wäre auf dem Laufenden über sämtliche Kontakte des Engländers sowie über seine Gewohnheiten da unten im Süden. Da die zwei momentan verschwundenen Männer das wertvolle Stück nicht im Flugzeug in die Schweiz schmuggeln würden, war der See- oder Landweg das wahrscheinlichste der in Frage kommenden Szenarien. Es müsste wirklich mit dem Teufel zu tun haben, würde er es mit der starken marokkanischen Logistik, die ihm zur Verfügung stand, nicht schaffen, das Artefakt in seine Obhut zu bringen. Das Potential an monetärem Gewinn, welches darin lag, war zweifelsohne jede Mühe wert, dachte sich Vallois, und dafür war er bereit über Leichen zu gehen.

VII

Vorbei an der traumhaften Kasbah von Aid-Ben-Haddou und dem malerischen Ouarzasate führte die Straße über einen weiteren Pass in das mit einer Million geschätzter Dattelpalmen nicht enden wollende Tal des Draa. In dem verwunschenen Gebiet auf beiden Seiten des sich windenden Flusses war die Zeit zum Erstarren gekommen. Mehrstöckige, auf kleinen Hügeln verstreute Lehmbauten hoben sich durch ihren ockerfarbenen Teint markant von der saftig-grünen und dicht bewachsenen Landschaft ab wie in einer mittelalterlichen Szenerie. Auf halbem Weg in Richtung Zagora ging die asphaltierte Straße in einen staubigen, löcherigen Weg über. Hier kam der Offroader mit seinem Allradantrieb und dem perfekt abgestimmten, untersetzten Getriebe bravourös zum Einsatz. Das alte Ksar erhob sich plötzlich vor ihnen. Majestätisch lag das mittelalterliche kleine Wehrdorf auf dem steilen Hügel. Damals, als es erbaut wurde, lag das Ksar direkt an der Karawanenstraße in strategisch günstiger Position. Hohe ockerfarbene Mauern aus Lehm verliehen dem quadratisch gebauten Weiler mit seinem überdimensionalen Eingangstor den packenden Look einer Filmkulisse. Das riesige Portal öffnete sich wie von Geisterhand getrieben und ohne das Passwort Sesam-öffne-dich, als sie langsam vorfuhren. Auf dem engen Dorfplatz, der eher einem Innenhof ähnelte, konnten sie endlich, nach über zehn Stunden Fahrt, den Wagen verlassen. Auf die gleiche mysteriöse Weise schloss sich das Portal fast geräuschlos wieder hinter ihnen.

«Wir sind in Ali Babas Kaverne», meinte Zeb erfreut über den magischen Ort.

«Endlich seid ihr angekommen», begrüßte sie Sinclair lächelnd mit einer kräftigen Umarmung. «Meine Bekannten sind für ein paar Tage in die Wüste gefahren, so haben wir das Ksar für uns alleine. Zwei gemütliche Zimmer sind für euch gerichtet und die Köchin hat sich heute den ganzen Tag die Küche untertan gemacht. Ihr werdet staunen, was die alte Dame alles auftischen wird. Ich habe bereits

zwei Flaschen vom besten Rotwein, den das Land zu bieten hat, dekantiert.»
Malcolm und Zeb folgten dem Paläoanthropologen in den frisch renovierten Salon. Ein Kübel voller Eiswürfel, der obligatorische Wasserkrug und eine jungfräuliche Flasche Pastis standen auf dem Tisch bereit, umringt von Schalen voller Knabbereien.
Sinclair stellte eine Wasserpfeife zwischen die Stühle, mit geübten Griffen fing er an, das Zeremoniell vorzubereiten, der drahtige Gelehrte mit dem sonnengegerbten Gesicht schien ein wahrer Epikureer zu sein.
«Die Einheimischen kennen hier keine Wasserpfeifen, meine Herren, in Städten wie Marrakesch oder Casablanca schwappt die Mode langsam aus Ägypten herüber, dank dem Tourismus, nebenbei bemerkt. Hattet ihr eine angenehme Reise?»
«Wir kamen zügig voran, Professor.»
«Ich freue mich euch zu sehen», sagte Sinclair und lächelte verschmitzt dabei. «Das wertvolle Fundstück ist sorgfältig verpackt und wartet darauf, der Welt vorgestellt zu werden. Ich kann es kaum erwarten in die Gesichter der ewigen Zweifler zu blicken, wenn sie mit dem Unwiderlegbaren konfrontiert werden. Die alten unverbesserlichen Emeriti der großen Universitäten werden zwar angesichts dieses Artefaktes noch lächelnd abwinken, sie wollen um nichts in der Welt ihre festgefahrenen Ansichten ändern, aber ich rechne mit der Integrität der jungen Elite, um endlich die Wahrheit triumphieren zu lassen. Der gute Züngeli ist sicher ganz aus dem Häuschen, nun kann auch er die Schmach von damals wettmachen.»
«Wir hatten einige Probleme zu bewältigen», entgegnete ihm Malc, und berichtete darüber, was alles geschehen war.
«Mein Gott», entsetzte sich der zuvor noch fröhlich wirkende Mann. «Ich hätte niemals gedacht, dass mein Alleingang eine solche Dramatik nach sich ziehen würde. Es war mir immer klar, dass es Gruppierungen gibt, die mit der Realität meines Fundes nicht zurecht kommen, aber dass dabei ein Mensch zu Tode käme, hätte ich in meinen schlimmsten Träumen nicht gedacht. Mir und meinem Freund Züngeli wurde ja schon einmal so mitgespielt, wie ihr wisst, so schwor

ich mir, bei der nächsten vergleichbaren Entdeckung couragierter zu handeln. Dennoch danke ich euch für den außergewöhnlichen Einsatz, den ihr in der Angelegenheit zu leisten bereit wart. Es gibt nicht viele, die so uneigennützig gehandelt hätten in einer Angelegenheit ohne Gewinnversprechen, und die darüber hinaus sogar noch einiges an Kapital erforderte. Ich bin gottfroh, dass der gute Züngeli Freunde hat wie euch. Aber seien wir doch einmal ganz ehrlich, sind denn die Fragen, die wir uns zum Werdegang der Menschheit stellen, nicht die spannendsten überhaupt?»

«Ich stimme Ihnen vollkommen zu, Sinclair, und werde deshalb genauso wie Zeb keine Mittel scheuen, um unsere gemeinsamen Ziele zu erreichen.»

«Ich stehe tief in eurer Schuld, meine Herren, nochmals unendlichen Dank für alles, was ihr unternommen habt, und vorab schon für die weitere Unterstützung, ohne die ich vielleicht nochmals Schiffbruch erleiden würde.»

«Cool down, Professor», grinste Zeb und fing gemütlich damit an, sich aus seiner Hippie-Hülle zu schälen.

«Raffiniert», meinte Sinclair, der wieder lächeln konnte. «So eine perfekte Verwandlung erlebt man nicht einmal in der Oper, Sie müssen beim Film gearbeitet haben, Zeb. Ich hätte Sie niemals wiedererkannt, Sie sehen in Natura ja richtig gut aus, mein Lieber, ihr Erfolg bei den Damen ist bestimmt nicht der geringste.»

«Danke für die Blumen, Professor, nennen Sie mich doch einfach Zeb, und lassen Sie das ‹Sie› in der Schublade für Akademiker.»

«Enchanté, Zeb, ich bin Josch.»

«Lasst uns auf unseren gemeinsamen Erfolg trinken, meine Freunde», fügte Malcolm hinzu. «Wir haben Großes vor, auch denke ich, dass die Sache noch nicht ausgestanden ist. Noch sind wir nicht in Basel, meine Herren. Wo haben Sie den Sauropoden übrigens ausgegraben, Professor?»

«Das ist eine lange Geschichte, die zu erzählen abendfüllend wäre, Mister Bolan. Um es kurz zu machen, sollten Sie Folgendes wissen. Zuerst forschte ich in Niger, am Fuße des Air Gebirges, in der Nähe von Tazzarrzet. Hier befinden sich die Uranvorkommen des Landes, inzwischen avancierte der Niger ja zum drittgrößten Exporteur der Welt. Da geschah ein Überfall auf reguläre Truppen, ausgeführt von separatistischen Tuareg unter dem Kommando des nigrischen Rebellenführers Agaly Alambo, bei dem fünfzehn Tote und über siebzig entführte Soldaten zu beklagen waren. Der Mann gab mir den Tipp nach Mali zu reisen, wo seine Stammesbrüder ein Riesenskelett im Sand entdeckt hätten. Er rüstete mich mit einem Empfehlungsschreiben an den dortigen Rebellenführer Ibrahim Baranga aus, so dass ich sicher war, nicht von den aufständigen Tuareg in Mali festgenommen zu werden. Ich verbrachte lange Abende am Lagerfeuer mit Monsieur Baranga und hörte ihm aufmerksam zu. Seine Kritik an den Regierungen Nigers und Malis, die seinem Volk keine fairen Chancen einräumten, war durchaus verständlich. Der Nomadenführer zeigte sich von seiner besten Seite, als er dahinter kam, dass ich sowohl der Tamahaqsprache mächtig war, als auch des örtlichen Tamascheq. Er begriff mich fortan als einen an seinem Volk interessierten Menschen, was mir den Zugang zu seiner Freundschaft eröffnete, zumal ich ihm versicherte, ein guter Kenner der uralten Tifinagh-Schrift der Tuareg zu sein. Er stellte mir eine kleine Karawane zur Verfügung, um bis nach Marokko zu gelangen, und hielt freundlicherweise den amerikanischen Paläoanthropologen, der mit mir gereist war, so lange fest, bis ich in der Wüste verschwinden konnte. Was dann auf mich zukam war eine lange, beschwerliche aber faszinierende Reise. Von der Region Kidal arbeiteten wir uns hoch bis Taoudenni, ließen Mauretanien und die Westsahara links liegen, um durch algerisches Gebiet heimlich nach Marokko einzureisen, ein Wüstenabenteuer, welches seinesgleichen sucht.»

«Nur sehr wenige Menschen aus dem Westen hatten bisher die Möglichkeit, Ibrahim Baranga zu Gesicht zu bekommen, die meisten Journalisten, die es versuchten, endeten als Geisel, um den mageren Etat der Rebellenkasse aufzufrischen. Andere wiederum erreichten nicht einmal sein Lager, obwohl sie wochenlang den Süden der Wüste und die Sahelzone nach ihm abgesucht hatten.»

«Das ist korrekt, Mister Polniak, entschuldige, Zeb natürlich», verbesserte sich Sinclair. «Baranga muss sehr wachsam bleiben. Die Regierung Malis hat ein hohes Kopfgeld auf ihn ausgesetzt, und glaube mir, mein Freund, es mangelt nicht an Interessenten, die alles täten, um diese Summe einzustreichen. Revolutionsführer, so viele Anhänger sie auch haben mögen, besitzen genauso viele Feinde, zumal Letztere in diesem Falle mit der Unterstützung des Staatsapparates rechnen können. Tuaregs genossen von jeher nur in seltenen Fällen die Sympathie der sesshaften ländlichen Bevölkerung, welche sie unterdrückten, ja sogar als Menschen zweiter Klasse betrachteten, ausgehend von ihrem Selbstbild als noble Krieger, Herren der Wüste und frei wie der Wind. Landesgrenzen zu respektieren war niemals ein inhärenter Teil ihrer Kultur, seit ewiger Zeit war die Sahara ihr Zuhause. Von Mauretanien über Mali, den Niger und Algerien bis in den Tschad und hoch nach Libyen lagen ihre Wohnstätten unter dem stets von Milliarden von Sternen erleuchteten Himmelsdach der Wüste.»

«Der Verräter müsste danach das Land verlassen», ergänzte Malcolm, «denn der bewaffnete Arm des MNJ, der Freiheitsbewegung der Tuareg, reicht weit, diese Bewegung der Nigrer für das Recht kann auch in Mali Vergeltung üben. Schon zu den Zeiten des ersten Rebellenführers Mano Dayak spaßte man nicht mit Abtrünnigen oder subversiven Elementen, man beerdigte sie im heimischen Sand der Sahara, aber lebendig und mit dem Gesicht nach unten.»

«Ihr Kampf ist legitim in meinen Augen, aber ich befürchte, sie werden ihn langfristig verlieren, die Zeiten der Karawanen sind vorbei, und grenzüberschreitendes Nomadentum von den Regierungen nicht länger erwünscht. Dieses Berbervolk ist uralt und man sagt, sie seien die Nachkommen der sagenumwobenen Garamanten, deren Schatz so oft schon gesucht, aber nie gefunden wurde. Mir, in meiner Funktion als Wissenschaftler, kamen sie stets entgegen, und ich entwickelte eine tiefe Freundschaft zu diesen Menschen aus einer vergangenen Zeit.»

Nach dem fürstlichen Mahl, das die alte Köchin für sie bereitet hatte, saßen sie alle im Salon bei Zigarre und Calvados, wobei Bolan seine Ängste schilderte, ihm ließ der Einsatz des Geheimdienstes keine Ruhe.

«Ich glaube Sie überbewerten die Angelegenheit, Bolan. Sehen Sie, als wir damals den ersten Beweis eines von Menschen erlegten Sauriers erbringen wollten, war die Gesellschaft noch nicht so weit wie heute. Viele Bücher wurden inzwischen zu diesen Themen verfasst, selbst die Möglichkeit von außerirdischen Besuchen wird von vielen Autoren, gestützt auf die Entschlüsselung antiker Texte, diskutiert. Die unermüdliche Überzeugungsarbeit einiger Schriftsteller über Jahrzehnte hat auf der Welt ihre Spuren hinterlassen. Allerdings hat dies die Menschen, in der Mehrheit zumindest, kaum tangiert, und Dogmen werden heutzutage sogar in Dokumentarfilmen von öffentlichen Fernsehsendern in Frage gestellt. Rom wird selbstverständlich alles tun, um uns zu bremsen, aber die Schützenhilfe des Staatsapparates wird dieses Mal nur bescheiden ausfallen. Die größte Gefahr sehe ich in der Geldgier, denn der schnöde Mammon inspiriert die Nimmersatten auch zu Mord. Da sich die Kirche an den Geheimdienst wandte, ist bestimmt einigen klar geworden, was Rom zu bezahlen bereit wäre, um an mein Stück Saurierkiefer zu gelangen.»
«Du könntest Recht haben, Professor», sagte Polniak. «Aber wenn die Leute von der inneren Sicherheit wirklich mit Hochdruck hinter uns her wären, hätten sie sicher Straßensperren aufgebaut. Es gab keine einzige, und einen Hubschrauber haben wir auch nicht gesichtet. Die Behörde hierzulande scheint nicht generell in Alarmbereitschaft unseretwegen gebracht worden zu sein, das lässt mich hoffen.»
«Apropos Helikopter, am späten Vormittag flog hier ein C47 Chinook über das Tal, was mich sehr wunderte, denn das einzige arabische Land, das diesen Typ besitzt, ist Ägypten. Könnte mit dem Besuch von Mohammed VI. in drei Tagen zu tun haben.»
«Was sagen Sie da, Professor, der König kommt nach Zagora? Dies bedeutet eine erhöhte Aufmerksamkeit der Sicherheitskräfte und verschärfte Kontrollen, speziell von allen Fahrzeugen, die in die Stadt hineinfahren.»
«Wenn der König in drei Tagen Zagora besucht, wird es Straßensperren rings um die Stadt geben, Freunde. Ich schlage vor, wir schlafen ein paar Stunden und machen uns noch vor dem Morgengrauen

auf den Weg, wir sollten uns so schnell wir können von der Stadt entfernen. Danach sind wir sicherer, aber die Fahrt bis zum Atlantik wird noch lang genug werden. Der königliche Besuch hier unten müsste sich eigentlich als Vorteil für uns entpuppen, denn die Aufmerksamkeit der Sicherheitsbehörden zentriert sich ja hier – und nicht am fernen Atlantik.»

«Wird Ihr Freund der Seemann auch so lange auf uns warten, Mister Bolan?»

«Da können Sie Gift darauf nehmen, Professor. Nigel ist zwar ein verdammter Schmuggler, aber er fühlt sich dem Ganovenehrenkodex verpflichtet und würde niemals wortbrüchig werden, dies wäre für ihn so schlimm wie für einen Samurai den Bushido zu brechen. Dazu kommt, dass es ihm eine satanische Freude bereitet, eine Behörde hinters Licht zu führen, unabhängig davon, auf welchem Erdteil sich so eine Möglichkeit bietet. Er hat die Seele eines Rebellen, und ich denke, die einzige Person auf Erden, von der er sich belehren ließe, ist sein alter Vater. Wir sollten nun schauen, dass wir so schnell und so diskret wie möglich die Küste erreichen.»

«Du hast Recht, Malc, und das Beste wäre, ich bleibe meinem Kostüm treu.»

«Euer Geländewagen hat Kennzeichen aus Marrakesch, ich schlage vor, wir nehmen den alten Peugeot meines Freundes, er ist mit Nummernschildern aus Zagora versehen, und wir werden damit kaum auffallen. Am anonymsten reisten wir natürlich in einem öffentlichen Verkehrsmittel, man würde uns dort sicher nie vermuten, diese Busse verkehren jedoch nur gelegentlich zwischen Zagora und Agadir und sind meistens restlos überfüllt.»

«Ouacha Habibi», scherzte Polniak, und schüttete den letzten Schluck Rotwein hinunter.

Viertes Kapitel

I

Nigel Hackett warf sein Badetuch auf das feudale Doppelbett – Zierde der kleinen Suite, die er auf der Tigarry bewohnt –, betätigte den Exhauster wegen des Dampfes, der sich von der Nasszelle her seines Gemaches bemächtigt hatte, und legte sich zufrieden hin. Sein luxuriöser Wohntrakt auf der Ketsch bestand aus dem modern designten Nassraum, der direkt mit einem feudalen Schlafzimmer verbunden war, sowie einem recht gut proportionierten Salonbüro. Auf einer Yacht dieser Größe bürgen sogar die Kajüten der Gäste dafür, dass ein Gefühl der Klaustrophobie erst gar nicht aufkommt. Die Welt war heute in Ordnung für ihn. Ein kleines Risiko bestand noch, da seine Ware erst am Tag darauf richtig versteckt werden konnte. Es bereitete ihm jedoch kein Kopfzerbrechen, da die Zollbehörden hier auf den Kanaren ihn für gewöhnlich in Ruhe ließen. Der Nachmittag war dafür stressig gewesen. Sie waren zu viert gekommen, die Männer aus Nigeria, zwei Handlungsbevollmächtigte und ihre Gorillas. Sie kamen auf einem riesigen Offshore direkt von der mauretanischen Küste, brachten Diamanten im Wert von über einer Million Dollar mit und begaben sich nach zähen Verhandlungen noch vor der Nacht auf den Rückweg. Es ist Nigels Spezialgebiet, mit der wertvollsten Kohle der Welt zu handeln. Waffen, Drogen, Alkohol oder Menschen sind Waren, die für ihn als echten Gentleman-Schmuggler niemals in Frage kämen. Er betrachtete sein Geschäft reinen Gewissens als edles Kavaliersdelikt. Er vermied es schon seit geraumer Zeit, bis nach Lagos runter zu schippern, musste er doch schon einige Male Gauner, die ihn betrügen wollten, über Bord schmeißen. Die Küste Westafrikas entwickelte sich seit einigen Jahren zum Tummelplatz der modernen Piraterie. Eine Luxusyacht vom Kaliber der Tigarry, welche schon in europäischen Häfen nicht unbemerkt einläuft, erweckte natürlich vor den Ufern armer und von Bürgerkriegen gebeutelter Länder so manche Begehrlichkeiten. Die Menschen dieser Küstenstreifen, durch die bittere Not getrieben, und von den chaotischen Verhältnissen, die sich in ihren Staaten breit machten, zum Handeln gezwungen, wurden immer unverfrorener in der Art und Weise, wie sie vorgingen, um sich etwas Geld zu beschaffen. Was zählte da ein Menschenleben, noch dazu das eines reichen Ausländers, für Männer, die erlebt hatten, dass man ihren Frauen bei lebendigem Leibe den Bauch aufschnitt und ihren Kindern mit der Machete Glieder abhackte? Ein hungernder Mensch, der so viel Bestialität erfuhr, kann kein Erbarmen mehr kennen, und schon gar nicht einem gegenüber, der im absoluten Überfluss lebt. Hier an der Westküste Afrikas gab es Länder ohne zentrale Regierungsmacht, von Banden kontrolliert, welche in totaler Anarchie mordend und plündernd durchs Land zogen. Bewaffnete Kinderbanden terrorisierten die Landbevölkerung und amüsierten sich beim Wettschießen auf Frauen, die bei der Feldarbeit waren. Buben, die zum Teil noch nicht einmal die Pubertät erreicht hatten. Man musste kein Genie sein, um sich vorstellen zu können, wozu solche Elemente fähig waren, wenn man ihnen ein Boot mit einem Maschinengewehr gab und ihnen reiche Beute beim Kapern eines harmlosen Segelschiffes versprach. Gelegenheitspiraten aus diesen Regionen gingen furchtlos vor, denn bei ihrer Rückkehr erwartete sie weder die Polizei, um sie zu strafen, noch ein anderes Organ der Behörde, im Gegenteil, sie wurden wie Helden gefeiert, und viele offene Hände streckten sich ihnen erwartungsvoll entgegen. Da wo noch ein kläglicher Rest an uniformierter Autorität übrig blieb, wurde die Beute eben mit den korrupten Staatsdienern geteilt.

Nige war stets nobel in allem, was er tat, Gutes wie Schlechtes mussten mit Stil ausgeführt werden. Mr. Hackett ist unverfroren, seine Schmerzgrenze liegt bei allem, was er sich herausnimmt, sehr hoch. Epikureer durch und durch, liebt er den Luxus sowie sämtliche Annehmlichkeiten, die das Leben so bietet. Schließlich ist er ja Businessman und verdient sein Geld. Der liebe Gott hat die Edelsteine für alle

Menschen wachsen lassen, so sein Credo. Hackett war mit Minimalbesetzung auf die Kanaren gekommen, dies bedeutete jedoch kein Problem für den routinierten Skipper. Einer der Matrosen auf dem Turn, ein junger Philippino, entpuppte sich erst im Nachhinein als nicht schwindelfrei, der andere, Bobby, ist ein echter Einheimischer aus dem Heimathafen der Tigarry, La Napoule in der Bucht von Cannes. Die Tigarry ist für alle Eventualitäten ausgerüstet, sie besitzt zwei starke Dieselaggregate sowie riesige Tanks, die sie vom Wind unabhängig machen und ihr eine große Autonomie ermöglichen, die der Besitzer mittels einer kolossalen Finanzspritze gefordert hatte. Die französischen Zollfahnder hatten seine zweiunddreißig Meter Ketsch schon diverse Male durchgecheckt, ohne je irgendetwas Verwerfliches zu finden, dabei wissen sie genau, dass Sir Hackett mit Diamanten handelt.

Nigel nahm das Bordtelefon, um Bobby auf der Brücke zu erreichen.

«Hey Bobby, bestell uns einen Tisch an Land, mich gelüstet nach Hummer an diesem letzten Abend.»

«O.k. Patron, laufen wir morgen schon aus?»

«Weißt du, wen wir an der marokkanischen Küste morgen Nacht abholen müssen, mein Lieber?», entgegnete Hackett dem Franzosen, ohne auf seine Frage einzugehen. Der Engländer war eine sehr dominante und von sich überzeugte Figur, seine Großzügigkeit jedoch – Geiz war ein völliges Fremdwort für ihn – machte dieses Manko bei weitem wett. Mit Sicherheit hatte er keine schottischen Vorfahren.

«Eine tolle Frau etwa, Chef?»

«Ein anderer Vorschlag, Bobby. Es gibt noch andere Dinge im Leben als Frauen, aber das scheint ja nicht dein Problem zu sein, mein Lieber. Ich traf bisher noch keinen, der so hinter den Weibern her war wie du, kleiner Zigeuner.»

«Es tut mir leid, Nige, aber mir gefallen halt keine Männer», grinste Bobby, selbst stolz ob seiner Schlagfertigkeit.

«Dann rate eben, alter Freund.»

«Keine Ahnung, Patron, aber ich geh stark davon aus, dass es nicht gerade eine legale Aktion werden wird.»

«Mein alter Schiffsnachbar von La Napoule, Malcolm Bolan, der

Mysterienforscher. Er kommt mit einem Freund an Bord, der einen brisanten Fund in der Wüste gemacht hat. Scheinbar handelt es sich um etwas verdammt Einmaliges, das für großen Wirbel sorgen wird in der Forschung. Nun müssen sie das Land so diskret wie möglich verlassen, Bobby. Wenn sie die Polizei an den Fersen kleben haben, heißt es hier auf der Tigarry schnell und effizient zu handeln. Ehrensache für uns, isn't it? Übrigens – wir könnten gleich nach dem Auslaufen unser Baby aus seinem Verließ befreien, man kann nie wissen …»
«Das Baby Chef? Wir navigieren doch nicht in Richtung Süden.»
«Überlass das Denken mir, mon ami, und tu, was ich dir sage.»
«Bien sûr, Patron. Ich werde schon einmal die Sperren entriegeln, so können wir je nach Bedarf sofort handeln. Ich freue mich Malc wiederzusehen, wir haben in der Vergangenheit viele schöne Abende verbracht, der Typ passt in die Welt. Wenn wir morgen in der Nacht vor der Küste sein wollen, sollten wir rechtzeitig aufbrechen. Ich werde noch vor Morgengrauen die Motoren starten. Ich habe einen Bärenhunger, Chef, freue mich tierisch auf unser letztes Nachtessen hier. Gehen die Mädels mit zum Essen?»
«Of course, aber du bleibst an Bord, schnappst die Uzzi und rührst dich nicht von der Stelle. Es liegen Diamanten im Wiederverkaufswert von drei Millionen Dollar in meiner Kajüte. Wenn da was schief geht, I cut you the balls. Aber mit meiner Nagelschere.»
Das Einzige, was Bobby noch herausbrachte, war: «MERDE.»

II

«Mahlik Zeitoune aus Marrakesch, Monsieur, ich muss dringend Andre Vallois sprechen.»
«Versuchen Sie es bei ihm zu Hause, Monsieur Zeitoune, der Chef ist in Neuilly. Ich gebe Ihnen die Nummer.»
«Ja Vallois hier, was gibt es, Zeitoune?»
«Ich bin einen großen Schritt weiter, Vallois. Der Zufall hat uns eine höchst interessante Geschichte zugespielt, und ich denke, wir haben wieder eine Spur von Bolan.»

«Verdammte Scheiße, das ist klasse», gratulierte Mahlik, «Sie wissen ja, wenn wir das bekommen, was wir suchen, verkaufe ich es. Ich kann sicher eine Viertelmillion erlösen, die teilen wir uns, Habibi, dann bist du ein gemachter Mann und kannst dir eine Villa in der Palmeraie kaufen. Was hat sich denn Neues ergeben?»
«Wir bekamen einen Anruf vom Polizeichef in Zagora. Sein junger Mitarbeiter berichtete ihm von der folgenden Begebenheit: Als er von der Nachtschicht nach Hause kam, erzählte ihm seine alte Mutter, sie hätte etwas Seltsames mitbekommen. Sie kocht für gewöhnlich in einem von Franzosen renovierten alten Ksar, das als Hotel fungiert. Die Besitzer seien beide verreist, aber sie musste ein Nachtessen bereiten für zwei neue Gäste, die den Dauergast des Ksars aufsuchten. Einer der Männer, ein dicker mit langen Haaren, sei dann verschwunden, aber zum Essen sei ein anderer aufgetaucht, den sie noch nie vorher sah. Sie meinte, das habe etwas mit Shaitan, dem Teufel, zu tun. Das Tor des Ksars war verschlossen und somit musste der Mann durch Magie gekommen sein. Als sie am Morgen das Frühstück machen wollte, waren alle weg, noch dazu mit dem Wagen des Chefs. Sie wolle dort nimmer hingehen, Shaitan hätte da die Finger im Spiel.»
«Wir haben sie, Zeitoune! Der Dauergast ist Sinclair, und Polniak hat sich mit Sicherheit die ganze Zeit verkleidet herumgetrieben. Er ist getarnt und mit falschen Papieren eingereist. Alles klärt sich.»
«Sie haben nur zwei Optionen, um an die Küste zu gelangen, zurück über den Atlas nach Marrakesch oder den langen Weg nach Süden in Richtung Agadir oder Essaouira. Algerien, Mauretanien oder Mali werden sie mit Sicherheit nicht ansteuern. Ich denke, sie sind für richtige Expeditionen durch die Wüste nicht ausgerüstet. Die Garnison in Zagora bekam vor einigen Tagen einen Chinook aus Ägypten. Ich habe den Antrag gestellt, den großen zweirotorigen Helikopter für meine Recherche von der Armee zu bekommen, wir hätten darin einige unserer Jungs unterbringen und effektiv und schnell handeln können, aber leider wurde meine Bitte vom Oberst abgeschmettert.»
«Das ist euer ewiges Problem, Zeitoune, der Mangel an Koordination der Kräfte, putain de merde.»

«Ich kann es nicht ändern, Vallois, der König kommt übermorgen nach Zagora. Seine Sicherheit hat Vorrang, wie Sie wissen, ist er nicht wirklich beliebt hier unten. Vor Jahren hat er hier schon einmal den Strom abstellen lassen, weil er nicht so begrüßt wurde, wie er das gerne gehabt hätte.»
«Sein Vorteil unserem Präsidenten gegenüber. Sollte der kleine Sarkozy den Korsen ein bisschen den Saft abdrehen, hustet gleich die ganze EU, wir waren mal eine Grande Nation, Zeitoune. Was gedenken Sie zu tun?»
«Ich habe bereits am Ende beider Straßen umfangreiche Kontrollen angeordnet, mehr liegt momentan nicht in meinen Möglichkeiten.»
«Denken Sie auch daran, ein gutes Patrouillenboot zwischen Agadir und Essaouira bereit zu halten! Sollten sie die Küste erreichen, ist es mehr als wahrscheinlich, dass man sie dort irgendwo aufnehmen wird.»
«Das habe ich schon vorgesehen, Vallois. Meinen Sie, Rom wird wirklich so viel berappen für den alten Knochen?»
«Die sind ganz wild darauf zu bezahlen, Mahlik. Auch ich bin inzwischen weiter gekommen. Wir haben sämtliche Register gezogen und haben etwas Interessantes herausgefunden. Bolans Schiffsnachbarin im Hafen von La Napoule ist die Tigarry, die Ketsch eines uns nicht unbekannten Engländers namens Hackett. Wir verdächtigen ihn seit Jahren mit Diamanten zu dealen, konnten den Mistkerl jedoch nie erwischen. Nun stell dir vor, wo sich sein Schiff zurzeit befindet? Gerade bei euch gegenüber auf Lanzarote! Ich könnte meinen Arsch darauf verwetten – der Hurensohn ist Bolans Ausreiseticket.»

III

Professor Sinclair saß auf der hintersten Bank des alten muffeligen Reisebusses, seine Beine längs auf den leeren Sitzen gemütlich ausgestreckt, den Rücken an das Fenster im Fond des Vehikels angelehnt und die große Reisetasche mit dem Schädelfragment des Urzeittieres vor sich. Das monotone Fahrgeräusch sowie ein stetiges Dauerschwingen des hinteren Teiles des herabgewirtschafteten Gefährtes veranlassten ihn zur Träumerei, einem Zustand zwischen Schlaf und Wachsein. Die Welt hat ein Recht zu erfahren, was wirklich in der Vorzeit geschah, dachte er. In der Tasche da vor ihm, auf diesem abgeschabten fleckigen alten Polster, lag das vielleicht unglaublichste Fundstück, das der Welt je offenbart werden würde. In der abgegriffenen Ledertasche zu seinen Füßen befand sich etwas so Einmaliges wie es damals der Bau der Pyramiden war. Es brauchte den Vergleich mit den bedeutendsten je gemachten archäologischen Funden nicht zu scheuen. Der Fund könnte genauso einschlagen und die Menschheit prägen wie die Entdeckung der Quantenphysik. Der von einer menschlichen Waffe durchbohrte Schädel eines Diplodocus, des Königs unter den Sauropoden, der brachialsten Kreatur der Welt, deren Ausmaße – wenigstens in Größe und Gewicht – an die Freiheitsstatue heranreichten, sollte nun bald an die Öffentlichkeit gelangen. Sinclair hegte schon sehr lange Zweifel am klassischen Ablauf der uns vorgegaukelten Geschichte der Menschen. Vieles passte einfach nicht in das weitverbreitete Bild eines langsamen evolutiven Ablaufes, bei dem er Darwin nicht einmal grundsätzlich widerlegte, aber die kurze Spanne zwischen den Mammutjägern und dem plötzlichen Auftauchen der Erbauer der Pyramiden war ihm zumindest suspekt. Er gehörte zu den wenigen Gelehrten, die die Cheopspyramide um einige Jahrtausende älter datierten als ihre Kollegen, die an die Existenz verschwundener Kontinente wie Mu, Lemuria oder Atlantis glaubten und nie einen Zweifel daran ließen, dass sie es für möglich hielten, dass die Menschen in großen Abständen mit Hochkulturen aufwarteten und diese wieder verschwanden.

An Kreuzungen mit extraterrestrischem Erbgut zweifelte Sinclair, obwohl er zugeben musste, dass die Beweise alter, diesbezüglicher Texte sehr schwer wogen. Von der Bibel angefangen, mit den Berichten des Jesaja, des Jeremia, des Hesekiel, des Hosea oder des Henoch über die Aussagen der ägyptischen Priester, der Keilschrifttexte der Sumerer, des Gilgamesch Epos bis zu dem Mahabharata der Inder und ihren Veden und zu Revelationen aller Götterglauben Mittel- und Südamerikas bis ins ferne Polynesien deutete alles auf Besuch von außerhalb der Erde und die Beeinflussung menschlicher Substanz. Ihm war klar, dass es keine Antworten von Seiten der offiziellen Wissenschaft auf viele Fragen gab, nur Desinteresse, Schweigen und Vertuschen der Wahrheit. Herodot und Platon wussten von der einstigen subtropischen Lage Grönlands mit Wäldern und grünen Wiesen, Urland der Hyperboräer, obwohl zu ihrer Lebzeit die große Insel im Norden seit der Erdachsverschiebung längst zur Eiswüste verkommen war. Dies konnten diese eminenten Denker gar nicht wissen. Vieles wird der Bevölkerung einfach verschwiegen und vorenthalten, Sinclair war aber Wissenschaftler und wusste und zweifelte. So fielen ihm plötzlich die Schädel der Riesen ein, die man versteckt und der Bevölkerung seit Jahrzehnten verschweigt. Skelette von Menschen, die einmal weit über drei Meter Körpergröße erreichten, wurden gefunden, keines davon erreichte je ein Museum, warum? Man fand Langschädel von sogenannten Göttern oder Herrschern, die ganz eindeutig nicht als hundertprozentig menschlich bezeichnet werden können. Jeder menschliche Schädel hat auf seinem Dach eine Kranznaht und eine Pfeilnaht, unabhängig von seiner Rasse oder seinem Alters. Die entdeckten Schädel mit der übertriebenen Längsform waren viel größer und entbehrten alle der Pfeilnaht, was eigentlich mit unserer Genetik inkompatibel ist. Aus alten Überlieferungen wussten die Dogon aus Mali von der Existenz eines kleinen Trabanten des Sternes Sirius im Oriongürtel. Er konnte erst 1970 mittels eines ins All geschossenen Teleskopes entdeckt werden. Die Dogon wussten seit nahezu tausend Jahren von dem Zwergstern, von seiner extrem dichten Masse und sogar von der Umlaufbahn, welche fünfzigjährig ist, obwohl der Stern unsichtbar ist. Das zeugte von astrophysikalischem Detailwissen, welches nur von der Hinterlassenschaft einer Kultur stammen konnte, die auch das Instrument besaß, um derartige Wissenschaft zu betreiben. Viele Darstellungen irdischer Begebenheiten, welche absolut nur aus großer Höhe möglich sind, finden sich in der Antike in mythischen Texten belegt. In keiner Schule oder Universität werden solche Tatsachen gelehrt.

Sinclair hatte tausende Male in den vergangenen Jahren die Szenari-

en vor seinem geistigen Auge wieder aufleben lassen, wie er damals mit Züngeli zusammen in der algerischen Wüste den ersten eindeutigen Fund machte, und wie übel ihnen mitgespielt wurde. Dies durfte keinesfalls erneut so ablaufen, denn ihm war bewusst, wie einmalig der Fund war, und dass es womöglich Jahrzehnte oder gar Jahrhunderte dauern könnte, bis einem Kollegen in ferner Zukunft ein solches Glück wieder zulächeln würde. Er dachte plötzlich wieder einmal an den unglaublichen Fund, den ihm ein befreundeter Geologe aus England Mitte der Achtziger Jahre zeigte, und der auf mysteriöse Weise verschwand. Es handelte sich um einen Stein aus dem Karbon vor dreihundertfünfzig Millionen Jahren, in den ein Goldfaden eingebettet war, und der von einem Arbeiter 1844 ausgegraben wurde. Einen Eisenbecher fand man in einer dreihundert Millionen Jahre alten Kohleschicht in den USA. In einem frischgebrochenen Marmorblock, zwanzig Meter unter der Erde in Pennsylvania, entdeckte man eingemeiselte Lettern. In einem Sandsteinblock aus dem Devon fand man einen Nagel, und in einem Felsbrocken aus dem Präkambrium war man auf eine darin eingebettete Metallvase gestoßen. In Nevada entdeckte ein Geologe den Abdruck einer Sohle in einer Gesteinsformation aus dem Trias, zweihundertvierzig Millionen Jahre alt. Es musste alles Menschenmögliche getan werden, damit dieses einmalige Unikat in die sichere Obhut des Baseler Völkerkundemuseums gelangte.
Als das Trio in den ganz frühen Morgenstunden Zagora erreichte, sahen sie zufällig, wie ein großer alter Reisebus, in dem eine kleine Gruppe Touristen Platz nahm, vor einem Hotel beladen wurde. Zeb, der neugierig geworden war, stieg aus, um etwas über das Reiseziel des Oldtimers in Erfahrung zu bringen. Nachdem sie erfuhren, dass Agadir das direkte Ziel der Touristen war, fassten sie den Entschluss, den Peugeot in der nächsten Seitengasse zu verstecken. Die relative Anonymität unter Reisenden schützte sie am besten. Im Falle einer Straßenkontrolle wollten sie sich mit drei mitreisenden Belgierinnen zusammentun und paarweise auftreten. Zeb hatte das anfänglich vage Versprechen der Damen mit seinem unbezwinglichen Charme kurzerhand in eine feste Zusage verwandelt.

Sinclair wurde aus der Meditation gerissen, als Zeb und Malc sich ihm auf der Rückbank zugesellten.

«Wieder aufgewacht, Professor? Wir unterhielten uns gerade über das Phänomen der plötzlich ansteigenden Kurve in der Evolutionsgeschichte», sagte Zeb.

«Wie die Zufälle so spielen», antwortete Sinclair. «Ich war mit meinen Gedanken eben beim selben Thema, meine Herrn. Für uns Paläontologen stellt sich nach wie vor die Frage, wie es möglich war, dass der Übergang vom Primaten zum Homo sapiens sich so schnell vollziehen konnte. Evolutionstechnisch ist dies fast nicht vorstellbar. Hier fehlt uns ein Stück, der sogenannte Missing Link, sollte es ihn überhaupt gegeben haben. Es wurden Schädel gefunden, die sämtliche Charakteristika des modernen Menschen haben, jedoch sind sie pliozän. Der in einer Goldmine Kaliforniens gefundene Calaveras-Schädel könnte neun Millionen Jahre alt sein. Nun, wie kann man angesichts solcher Funde mit der Evolutionstheorie den ausbleibenden Fortschritt danach erklären? Wie ist es überhaupt möglich, dass anatomisch moderne Menschen sich über einen so riesigen Zeitraum nicht verändert haben?»

«Zu diesem Mysterium muss es einen Schlüssel geben, verdammt», fügte Bolan hinzu.

«Im Übrigen gibt es da noch weitere Schädel, die viel Tinte fließen ließen, der von Castenedolo, der Pildownschädel und so weiter. In einer anderen Mine in Kalifornien fanden Goldsucher sogar ein komplett intaktes Skelett in einer Kiesschicht sechzig Meter unter der Erde. Die Strate, in der sich dieses Gestein befand, ist zwischen dreißig und vierzig Millionen Jahre alt. Wir haben immerhin Funde von menschlichen Hinterlassenschaften in Amerika, die auf einen Grad an physischer Entwicklung und eine Kulturstufe hinweisen, welche den modernen Menschen kennzeichnet.»

«Ich denke, dass es Menschen schon ganz früh in der Erdzeitgeschichte gab», sagte Polniak mit ernster Miene. «Sie kamen und gingen wieder. Oder sollten wir uns fragen, ob sie erst generiert und dann wieder vernichtet wurden?»

«Würde man den Mythen der Völker mehr Achtung erweisen, gäbe es da eine Antwort», entgegnete Bolan. «Die Inhalte mythologischer Texte, weltweit wohlbemerkt, sind sich da einig, und obwohl es schwer vorstellbar ist, dass die Völker vor fünftausend Jahren transozeanischen Kontakt hatten, treffen sie verblüffend gleiche Aussagen. Vor sechshunderttausend Jahren gab es eine Sintflut, der fast alle Menschen zum Opfer fielen, ebenso wie vor neuntausend Jahren. Beiden Katastrophen ging eine Eiszeit voraus. Der gleiche Menschentyp, ein Tiermenschwesen, hatte jeweils überlebt und wurde prompt wieder von herabgestiegenen Götterwesen verfeinert. Laut sumerischen Inschriften, auf Tontafeln gefunden, hätte es also vor dreihunderttausend Jahren schon Menschen wie den Sapiens gegeben. Die nicht Mutierten gab es nach wie vor, eine Behauptung, die gleichsam von der Bibel, dem Gilgamesch Epos, den Inkas, den Azteken, den Hopis, den Polynesiern, den Eskimos und nicht zuletzt aus dem alten Indien getroffen wird.»

«Es existieren Funde», fügte Sinclair hinzu, «die der breiten Öffentlichkeit vorenthalten werden. Ich habe selbst die Knochen eines menschlichen Beckens vermessen, die auf eine Körpergröße von vier Meter schließen lassen. Speziell in Nordamerika fand man seit dem achtzehnten Jahrhundert Dutzende Skelettfragmente, die, rechnet man hoch auf die Ausmaße der dazu gehörenden Lebewesen, die enorme Zahl von nahezu dreieinhalb Meter ergeben. Der Historiker Pausanias berichtete im zweiten Jahrhundert von der Ausgrabung eines Skelettes in der syrischen Wüste von fünf Metern. In der Privatsammlung eines Adeligen in Peru sah ich die perfekt konservierte Mumie eines Inkaherrschers, der zu Lebzeiten sicher die Dreimetermarke weit überschritten hatte. Die Chinesen hüten das Fragment des Unterkiefers eines Riesen, der auf das Hirnvolumen von der zweifachen Größe des modernen Menschen schließen lässt. Wer hat da trainiert und experimentiert, bevor aus uns das wurde, was wir heute sind?»

«Ich denke, dass moderne molekulargenetische Verfahren die Verwandtschaftsverhältnisse der Menschen genau ermitteln können», meinte Zeb.

«Was willst du uns genau damit sagen?», wollte Bolan wissen.

Sinclair begann zu lächeln und ergänzte: «Du bist Kryptozoologe, Zeb, ich glaube zu ahnen, worauf du hinaus willst, du brauchst eine ganz bestimmte DNS.»
Bolan, der plötzlich dahinter kam, was Zeb im Schilde führte, meinte trocken: «Die Idee Bruder! Wenn es so weit ist, bin ich dein Reisepartner.»
«Der Gedanke verfolgt mich schon seit geraumer Zeit, meine Herren, und ich denke, das könnte unsere nächste Aufgabe werden.»

IV

Die Tigarry kam flott voran, in den ersten Stunden der Überfahrt zur marokkanischen Küste ließ Hackett das mit Schratsegel getakelte Schiff unter volle Besegelung setzen. Die Unterteilung des Segelplans in kleinere Segel hatte den Vorteil, dass die Ketsch zum Setzen und Bergen der Segel weniger Crewmitglieder benötigte. Ein Boot wie die Tigarry ist der perfekte Langstreckensegler, sein Großsegel befindet sich nahe der Gierachse, was den Einfluss auf den Giermoment des Schiffes reduziert, zumal der kleinere Besan den Druck der Vorsegel noch ausgleicht. Die Ketsch wird dadurch etwas träger im Seegang und taucht tiefer in die Wellen, leicht bestraft durch das Gewicht des großen Vordermastes und des achterlichen Besanmastes.
Hackett entstammte einem alten Geschlecht aus Devon, echter britischer Landadel, der sich schon sehr früh aus der Textilbranche zurückzog, um sich dem ausschließlichen weltweiten Trading von Maschinen zu widmen. Er absolvierte einen Master in Management nach langen Jahren strengsten Internatslebens, das er nur Dank der Hartnäckigkeit seines Vaters und den ständigen Drohungen enterbt zu werden mühevoll hinter sich brachte. Irgendwann entdeckte Nigel sein unbestrittenes Talent im Handel. Billig kaufen und teuer verkaufen ist zwar das Ziel eines jeden Businessman, aber nur wenige besitzen die Unverfrorenheit eines Nigel Hackett, worin er den Libanesen, Armeniern oder Indern ebenbürtig war.
Nige dealte von Anfang an mit Edelsteinen, eine Passion, die er von

seinem Großvater übermittelt bekam. Schon als kleiner Junge hauchte der Opa ihm die Liebe zu den Mineralien ein und übertrug die eigene Faszination auf ihn. Er nahm den Buben mit auf Auslandsreisen, in die Alpen, nach Schottland und nach Übersee. So wuchsen nicht nur seine profunden Kenntnisse der Mineralogie und der Techniken der Edelsteinbearbeitung, sondern auch seine Selbstständigkeit und Fähigkeit, sich in jedem fremden Milieu wie der Fisch im Wasser zu bewegen. Bevor der junge Engländer sich gänzlich der teuersten Kohle, wie er für gewöhnlich Diamanten zu bezeichnen pflegte, widmete, hatte er mehrere kleine Unternehmen im UK gegründet, die von ihm jeweils beim höchsten Stand der Umsätze sehr gewinnbringend verkauft wurden. Geld war nie das Ziel, das es zu realisieren galt, sondern das Sprungbrett, das er benötigte, um das zu erreichen, wovon er schon als junger Mann träumte, nämlich der international anerkannte Edelsteinmann zu werden. Schon mit Mitte zwanzig hatte er Minen in Sri Lanka besucht, hatte dort mit Kennern der Branche zwiespältige Handelsbeziehungen nach Europa und in die USA aufgebaut, wobei es immer öfter eine Gratwanderung am Rande der Legalität wurde. Nigel kam schnell dahinter, dass mit Bestechung der Kader örtlicher Großunternehmen und der Korrumpierung uniformierter Lakaien die Gewinnspanne erheblich aufgewertet werden konnte. Seine letzten Sporen verdiente sich Sir Hackett in Bogota. Beflügelt von der Leidenschaft für die Steine der Beryllgruppe bereiste Nigel das Land, wobei er die Lagerstätten von Muzo und Cosques zu seinem Domizil machte, die von Chivor und Borur aber kontinuierlich im Blick behielt und die weniger bekannte in Burbar ebenfalls gelegentlich besuchte.
Der gemeine Beryll wird mit seiner klaren blauen Färbung Aquamarin genannt, enthält er jedoch nur 0,1 bis 0,3 Prozent Chromoxyd, mausert er sich zum wertvollsten seiner Familie, zum grünen Smaragd. Kolumbien wurde über Jahre seine zweite Heimat, einerseits waren da die Smaragde und andererseits die karibischen Häfen, von wo aus man sofort mit dem Ausland in Verbindung war. Ein gutes Schiff und du hast die Welt vor der Tür. Kartagena liegt näher am Zentrum Europas, als man denkt, Aruba ist schon Holland, Mar-

tinique gallisches Departement, St. Thomas halb im UK, in Puerto Rico haust Onkel Sam, auf Margarita trifft man die Mafia aus Caracas und auf Gran Caiman liegt das Geld der Welt. Nach Jahren des Handels im Brennpunkt des Geschehens und auch der Gefahren sehnte sich Nigel zurück in kulturreichere Gefilde, wo die Leute sich niederließen, die wie er ihr Vermögen gemacht hatten, und Business nur noch als Hobby oder der Passion wegen betrieben.

So landete Hackett in der Bucht von Cannes mit der Tigarry, seiner über alles geliebten Ketsch, die ihm schon so viele Dienste erwiesen hatte. Das Schiff besaß zwei Geheimfächer. Im Boden direkt über dem Kiel wurde ein Hohlraum geschaffen, der sich mittig in das tonnenschwere Schwert grub und akustisch so abgedämpft war, dass weder durch Messen oder Abklopfen des Bodens eine Resonanz entstand. Zum Öffnen der Geheimkammer konnte der Boden der Bordküche elektrisch mittels eines komplizierten Lamellenmechanismus seitwärts in die Steuerbordwand gefahren werden. Nigel hatte dort jedoch niemals Ware versteckt. Obwohl bisher noch keine Zollbehörde hinter das Geheimnis kam, wusste er, dass es Sonarverfahren gab, die den Hohlraum trotz der intelligenten Abschirmung orten konnten. Sollten die Behörden jedoch diesem Geheimnis der Tigarry auf die Schliche kommen, wäre dies für Sir Hackett kein Beinbruch, denn darin lag nur das Baby. Und ein solches Baby war legitim in Anbetracht dessen, dass diese Yacht sehr oft in von Piraten verseuchten Gewässern navigierte.

V

Ihre Exzellenz Bischof Taerning fühlte sich unwohl, er war gestresst und niedergeschlagen. Aus Marokko erreichte ihn keine Nachricht mehr, dazu hatte ihn der bisher unaufgeklärte Tod Asgaards schwer getroffen. Er konnte sich keinen Reim darauf machen, wie so etwas hatte geschehen können. Er kannte Malcolm Bolan nur vom Hörensagen, insgeheim schätzte er den Mann, dessen Ruf Geltung genoss. Taerning wusste einschlägig darüber Bescheid, was es alles zu verheimlichen galt in Sachen Dogma. Männer wie Bolan sollten doch einfach die Kirche im Dorfe lassen, sich mit dem zufrieden geben, was sie wussten und ein für alle Mal begreifen, dass die Masse noch nicht bereit ist für das neue Zeitalter. Eine hochwertige spirituelle Epoche war im Anmarsch, darüber ist sich die Welt der Sensitiven längst einig, und sogar in der Kirche gibt es reformwillige Elemente, die die Stimme gelegentlich in Rom erhoben. Nur, und da war sich der Bischof sicher, war die Zeit nicht opportun für eine tiefgreifende Umwälzung. Das Artefakt durfte keinesfalls in falsche Hände gelangen. Noch nicht. Männer wie Leiff gab es noch viele, sie waren einmal die Stütze der Kirche, Gallionsfiguren, die jeder Widrigkeit trotzten, Leuchttürme im Sturm der rauen See aufkommender Modernität, begleitet von laizistischen Reformen. Er hätte sogar das persönliche Gespräch mit Bolan gesucht, wenn er nur die kleinste Chance darin gewittert hätte, eine für sich günstige Wende zu bewirken. Er kannte einige Männer dieser Bruderschaft, allesamt über jede Kritik erhabene Zeitgenossen, die zahlreich in der schwedischen Politik großes Ansehen genossen. Sie waren nicht wie Bolan. Dieser Mann ist ein Sonderfall, dachte er, seine Antiklerikalität wurzelte in seiner Jugend. Dies hatte Taerning recherchiert. Bolan ist Brite, er musste jedoch durch tragische Lebensumstände bedingt seine komplette Sekundarzeit in den Gemäuern eines verdammt strengen französischen Klosters verbringen, wo er unter die okkulten Fittiche eines überaus geheimnisvollen Mannes geriet. Bischof Taerning wusste seit Jahren von der Geschichte und der Existenz dieses Magiers, nur dass Bolan sein Zögling wurde, erfuhr er erst nach langen Recherchen und Dank einer so zufälligen wie seltsamen Entdeckung. Malcolm Bolan lebte in dem französischen Kloster unter dem Namen Ange de Maurillac.

Ronald, der sich beim Roomservice eine Kanne Tee bestellt hatte, konnte sich nun endlich hinlegen, da er jetzt nicht mehr gestört werden würde. Er war nicht sonderlich müde, so schob er die dicken Vorhänge ganz zur Seite, löschte das Licht und genoss den Vollmond über den Dächern von Paris.

Alte und längst vergessene Zweifel kamen wieder in ihm auf. Stimm-

te vielleicht doch etwas nicht mit dem Werdegang der Menschen auf der Erde? Er erinnerte sich einmal mehr an die abenteuerliche und unglaubliche Begegnung, welche ihm als jungem Mann im Himalaya widerfuhr:
Damals drangen erste Sonnenstrahlen durch das wolkenverhangene Himmelsdach am Samiti Lake. Sie spendeten noch keine Wärme, dafür war der Morgen noch zu jung, aber sie bedeuteten ihm damals, geschwächt wie er war, viel. Langsam begann die Sonne das gewaltige Bergpanorama einzufärben und weckte in ihm die Hoffnung auf mildere und freundlichere Tage an diesem einsamen Ort. Sein Aktionsradius hatte in der vergangenen halben Woche nur aus der bescheidenen Distanz vom Zelt zu einigen Bäumen bestanden, wohin er sich in Windeseile so viele Male hatte quälen müssen, um seine gepeinigten Gedärme zu entlasten. Er hatte sich beim Abstieg vom Goecha La Pass eine schlimme Darminfektion zugezogen. Das Wasser hier in den Bergen verschonte keinen Europäer, so abgehärtet er auch sein mochte, im Gegensatz zur einheimischen Bergbevölkerung, die mit der Zeit eine Immunität gegen die Bakterien der Gebirgsgewässer entwickelt hatte. Als er das klamme Zelt verließ, fühlte er, wie neue Kräfte seinen Körper belebten, und die Sonne trug nach so vielen Tagen der Tristesse das Nötige dazu bei, dass er sich wieder fähig fühlte, den Abstieg in Richtung Yuksom zu wagen, wo eine Kolonie Exiltibeter ihr neues Refugium gefunden hatte.
Er befand sich mit Pater Rampinelli und drei weiteren Italienern auf einer kleinen Expedition nahe des Kangchendzönga, des dritthöchsten Berges der Welt. Pater Rampinelli missionierte zu der Zeit in Westbengalen, genauer in Kalimpong. Von dort aus musste er nur den Tista Fluss, der die natürliche Grenze zum ehemaligen Königreich Sikhim bildete, überqueren, um durch das Land der Lepchas zu reisen, in deren Hauptstadt Gangtok er seine Missionierungsarbeit fortsetzen wollte.
Rampinelli hielt sich schon einige Jahre in dieser Region der Welt auf. Er war es, der schließlich in Rom die Autorisation erbettelte und die Finanzen bekam, um solch eine Expedition zu ermöglichen.

Ronald – durch die erfolgreiche Besteigung einiger Klassiker in den Alpen zu Roms Bergexperte avanciert – wurde Rampinelli zugesellt, um hier unter den sich feindlich gesonnenen Indern und Chinesen einerseits, und den aus Nepal und Bhutan stammenden Buddhisten andererseits, das Evangelium zu verkünden. Es war eine stille Abmachung zwischen ihm und Rampinelli entstanden, die ihm den Raum für eine Besteigung einräumte, sollten Zeit und Wetter mitspielen. Nun, da sie sich auf dem Rückweg befanden und die Wetterverhältnisse erst jetzt gnädig wurden, war es für ihn nicht mehr so schlimm, keinen persönlichen Erfolg hier verbuchen zu können, er durfte immerhin einen Teil des Himalaya erforschen, den bisher nur wenige sahen, lag doch die Unabhängigkeit Indiens gerade einmal fünfzehn Jahre zurück, und das einstige Königreich Sikhim war im Westen noch kaum bekannt. Als die kleine Gruppe unter der Führung eines Lepchas und unterstützt von zwei Nepalesen, die für das Treiben der Dzos und das Bereiten der Speisen zuständig waren, endlich das Lager abgebaut hatte, war er noch weit davon entfernt zu ahnen, was für eine unglaubliche Begegnung ihm statt eines Gipfelsturms zuteilwerden würde.

Die kleine Expedition befand sich im Prekchu Tal, das Wetter wurde zusehends besser, und so beschlossen sie über Thangshing den Zwischenaufstieg nach Dzongri zu unternehmen. Auf zirka viertausend Meter schlugen sie das Camp erneut auf. Der nächste Morgen empfing sie mit klirrender Kälte. Der Schnee, der die Landschaft während der Nacht mit Puderzucker bestäubt hatte, hatte sich durch den aufkommenden Nieselregen in eisigen Matsch verwandelt.

Ronald fasste an diesem Morgen den für seine Reiseteilnehmer unbegreiflichen Beschluss, den Tag nochmals in der Begleitung eines der Nepalis in der Höhe zu verbringen. Die Expedition hatte vorwiegend ethnologischen Charakter, und er vermisste die Anwesenheit professioneller Bergsteigerkameraden, mit denen es traumhaft gewesen wäre zumindest einen Gipfel zu besteigen. Er, der geistliche Alpinist, wollte die einsame Bergwelt hier mitten im Himalaya noch nicht so schnell verlassen.

Sie vereinbarten, je eines der Lasttiere zu behalten und sich in drei

Tagen in Yuksom wieder zu treffen, was ihm und seinem sportlichen Ehrgeiz entgegenkam. Er erklomm einige namenlose Anhöhen im Stil der Wanderer, immer in Begleitung seines nepalesischen Führers, welcher ihn schon von Staats wegen nicht alleine lassen durfte. Da dieser keine Hochgebirgsausrüstung besaß, war es ihm ohnehin vergönnt, in eine der Eisflanken einzusteigen. Gerade hier am Ende der Welt gab es noch so viele jungfräuliche Gipfel, deren Erstbesteigung für Männer wie ihn die Herausforderung überhaupt bedeutete. Am Tage darauf machte er sich an den Abstieg in Richtung Bakhim, von wo aus das tiefer gelegene Yuksom nur noch einen Tagesmarsch entfernt war. Das Dzo, männlicher Nachkomme eines Yaks und einer gewöhnlichen Kuh, entpuppte sich an diesem Tage als überaus störrischer Geselle. So ging er oft weit voraus, während sich sein Begleiter mit dem sturen Hybriden abplagen musste. Märchenhafte Magnolien- und Rhododendrenwälder, in denen ein verwunschener schmaler Gebirgsbach sich seinen Weg ins Tal erzwang, lösten sich ab mit ständig wiederkehrenden Lichtungen.
Er nutzte eine der Enklaven zwischen den dichter bewachsenen Hainen, um sich gemütlich auf einer bemoosten Wiese niederzulassen und auf den Einheimischen mit dem Packtier zu warten. Zwei rote Baumpandas, ein in Europa noch wenig bekanntes Tier, ließen sein Entdeckerherz höher schlagen. Wie nachlässig und töricht war es von ihm, dass er Raminelli seine Kamera mitgegeben hatte! Außer dem unaufdringlichen Plätschern des Baches war nichts zu hören, es ging kein Luftzug, er genoss die angenehm wärmenden Strahlen der Sonne auf seinem Leib, und die Szenerie schien wie unter Paralyse erstarrt.
Erstarrt war plötzlich auch er selbst, er wagte es nicht einmal mehr zu blinzeln, denn was sein Blick da plötzlich einfing, vermochte sein Gehirn noch nicht einmal im Ansatz zu verarbeiten. Fassungslos und ungläubig stockte ihm der Atem, alles in ihm wehrte sich gegen das, was seine Augen ihm aber klar zeigten. Das sich ihm darbietende Bild war weder mit Ratio noch Logik zu vereinbaren. Unweit von ihm, in der Hocke, den Arm zum Bächlein gestreckt, befand sich ein völlig behaartes Wesen, welches unverkennbar seinen Durst löschte.

Er konnte es beobachten, es war gänzlich von braunem Fell bedeckt, auf dem Kopf und im Genick war die Behaarung zotteliger, doch sein Gesicht zeigte keinerlei Bewuchs. Es hob plötzlich den Kopf, wie jedes Tier, das den Wind prüft, und er konnte, so fantastisch ihn das auch anmutete, in fast menschliche Gesichtszüge blicken. Er schloss kurz seine Augen, in seinem Gehirn tobte das Gewitter des Unglaubens, seine Synapsen drohten zu kollabieren. Das Wesen dort am Bach schien anthropozoomorph zu sein, eine Chimäre. Er öffnete ängstlich seine Augen, das konnte nicht real sein, das sich mühsam seiner Begrifflichkeit zugesellende Bild durfte es gar nicht geben, er war auf einen Wildmenschen gestoßen.

Ronald Taerning, frisch geduscht und entspannt, stellte seine Tasse auf den mit Lack überzogenen Art Deco Nachttisch neben seinem Bett, und ging mental alles noch einmal durch, was er über den Engländer in Erfahrung gebracht hatte. Vor Jahren geriet sein kirchliches Investigationsdepartment schon einmal in Konflikt mit dem schlauen Briten. Die Schnüffler des Vatikans konnten seinen Bungalow über eine offene Terrassentür betreten, und schossen in Windeseile ein paar Fotos aus einem Manuskript, an dem der Mann offensichtlich gerade schrieb. Es handelte sich dabei interessanterweise um eine Sammlung von Erinnerungen und Anekdoten aus seinem Leben. Taerning nahm die drei Kopien aus diesem tagebuchgleichen Werk und vertiefte sich zum wiederholten Male in die seltsame Lektüre:

Am späten Nachmittag füllte ich während der alltäglichen Studiersaalzeit ein Besucherformular aus, das ich unmittelbar darauf dem Aufseher übergab. Jeder von uns Zöglingen hatte die Möglichkeit einer privaten Audienz beim Pater seiner Wahl oder seines Vertrauens. Er musste dafür eine schriftliche Bitte einreichen, so bestand die Hoffnung, dass der betroffene Mentor schon am selben Abend oder am Tage danach Zeit für ihn hatte. Monsieur Bartholomé gehörte nicht dem Orden des Klosters an, er war laizistischer Professor für Geschichte und in dieser Eigenschaft der Einzige, mit

Ausnahme einer alten und sehr strengen Philosophielehrerin. Am darauf folgenden Tage wollte mich Monsieur Bartholomé schon empfangen, wie mir der Präfekt meiner Altersgruppe noch vor dem Abendbrot mitteilte. Bartholomé bewohnte ein bescheidenes Apartment, bestehend aus einem kleinen Labor, welches sich der in Alchemie versierte Mann selbst eingerichtet hatte, und dem kleinen Büroraum, der direkt zu einem noch kleineren Schlafgemach führte. Toiletten sowie sanitäre Anlagen teilten sich die Patres am Ende des Flures. Bartholomés Unterkunft befand sich in der dritten Etage des Nordflügels, es roch dort stets nach Weihrauch und Tabak, nicht gerade unangenehm aber fremd wie übrigens die Einrichtung, die man darin vorfand. Es hing eine eigenartige, orientalisch anmutende bronzene Lampe von der Decke. An dem geflochtenen Lederriemen von zirka einem halben Meter Länge, an dem sie von der Decke hing, waren an beiden Enden runde Elfenbeinkugeln, auf denen seltsame Hieroglyphen zu sehen waren, befestigt. Sie bestand aus einem schlanken Hals, der von seltsamen Gravuren umrundet war, und an dessen Ende ein furchterregender Dämonenkopf das Licht durch die Öffnungen von Mund, Nase und Ohren im Raum verteilte. An der Wand über dem Schreibtisch hing ein Gemälde, welches eine von Felsen gesäumte Hochebene zeigte, daneben die eingerahmte Fotografie eines Kapelleneinganges, der von dem Schriftzug: TERRIBILIS EST LOCUS ISTE, gekrönt war. Auf dem Schreibtisch thronte die Angst einflößende Bronzefigur eines Asmodeus, des Hüters okkulter Geheimnisse. Wenn der alte Mann das Klassenzimmer betrat, herrschte darin angespannte Stille, hervorgerufen durch eine Autorität, die jeden wie ein Fluidum zu erreichen schien. Ohne nur den geringsten Wortlaut von sich zu geben, hinterließ er jedem das Gefühl, Disziplin sei die Selbstverständlichkeit schlechthin. Die Blicke der Schüler waren konsequent auf das Geschichtsbuch gesenkt, weil sie den direkten Kontakt mit den Augen dieses Magiers scheuten, die das Zimmer wie die grellen Strahlen eines die Nacht durchbohrenden rotierenden Feuers eines Leuchtturmes absuchten. Keiner im Kloster wusste irgendetwas über die Herkunft geschweige denn von der Geschichte dieses Mannes, der

im selben Jahr meiner Verbannung in diesem Kerker seine Funktion hier antrat.
Die Jahre vergingen, Monsieur Bartholomé nahm mich immer mehr in sein Vertrauen. Ich wurde des Magiers Zögling, den es zu initiieren galt, und er entwickelte sich zu meinem Ziehvater und Hierophant. Noch bevor ich mein Abitur hier ablegen sollte, versprach mir mein Mentor, mich in sein großes Geheimnis einzuweihen, ein Mysterium, in das ich laut Bartholomé hineingeboren wurde.
Taerning legte das Blatt zurück in seinen Ordner, gönnte sich einen weiteren Schluck Eisenkrauttee und entnahm der Mappe das zweite Dokument, welches dem Tagebuch einst entnommen wurde.
Die Dächer schimmerten silbern im Lichte des gerade voll gewordenen Mondes. Durch seine fern des Zenits stehende Lage lässt er die von der hohen Kirche getrennten Innenhöfe zu zwei inhaltslosen schwarzen Quadraten verkümmern. Dunkle Wolken ziehen vom winterlichen Wind getrieben an dem reif gewordenen Erdtrabanten vorbei, und bescheren mir das phantasmagorische Schauspiel eines düsteren Nachtszenariums, das ich vom Mansardenfenster meines Schlafsaales aus betrachtete. Ich stand da, hielt mich am Fensterrahmen fest, schaute auf das in schwarzweiß getauchte Kloster herab, und vergoss bittere Tränen in ein zusammengerolltes Hemd. Ich verhielt mich so still es ging, so dass ich auf keinen Fall die Aufmerksamkeit des für seinen leichten Schlaf berühmten Aufsehers auf mich zog. Wir schrieben das Jahr 1959, genauer den fünfzehnten Januar, und ich, Ange de Maurillac, wurde heute zehn Jahre alt, alleine und traurig. Wie durch Magie beeinflusst starrten meine Augen schwermütig auf das trostlose Schauspiel der Vermählung von Mond und schwarzen Wolken, meine Gedanken jedoch waren jenseits dieser Szenerie, daheim in England, ein Daheim, das ich erst zur Sommerzeit wiedersehen sollte, da ich diesen Hort der Zwangsgebete nur halbjährlich verlassen durfte. Ich genoss diese Augenblicke der Stille und der Einsamkeit an dem Fenster, waren sie doch ein Stück Intimität, das nur mir gehörte. Ich stand oft mitten in der Nacht auf und begab mich dahin, schaute über die Dächer des Klosters hinaus in die Ferne und ließ meinen Gedanken

freien Lauf. Es war ein Zufluchtsort, wo ich alleine sein konnte, ein kleines Geheimnis, welches ich mit mir selbst teilte, hier in dieser Bildungs- und Disziplinschmiede, wo alles gemeinschaftlich zu geschehen hatte.

Es war die Kälte, und nur sie, die mich veranlasste mein Bett aufzusuchen und der Träumerei und dem Heimweh Einhalt zu gebieten. Die Kälte wiederum war es auch, die uns alle zusammen am sehr frühen Morgen mit der harten Realität des klösterlichen Lebens konfrontierte, beim Zähneputzen und Waschen an den langen wie Viehtröge aussehenden Waschanlagen, aus denen nur eiskaltes Wasser heraussprudelte, und zu welchen der Aufseher uns mehr hinjagte denn aufforderte. Noch halb durchgefroren von der Nacht im unbeheizten Schlafsaal, der sich erst durch die Körper seiner nahezu fünfzig Bewohner etwas erwärmte, eilten wir in perfekt kontrollierten Zweierreihen zur Kirche. Die nächsten dreißig Minuten verbrachten wir meist kniend in der Gotteswohnung, wo es aber gestattet war, dicke Jacken zu tragen, da die Hochburg der Spiritualität mehr aus Geiz als der Askese wegen unbeheizt war. Die erste Intonation des allmorgendlichen Salve Regina riss meistens den Glöckner aus seinem Schlaf auf der hintersten Bank, dann verließ er diskret über die Hintertür das Haus des lieben Gottes und begab sich zum Innenhof, wo er mit einem abgegriffenen, mit dem Mittelturm verbundenen Lederriemen, die Glocke zum Frühstücksappell erklingen ließ. Körbe mit Brot und große Kannen voll dampfendem Café au Lait erwarteten uns im Refektorium. Stehend durften wir nun die Gottesgaben betrachten, denn sitzen war erst nach einem erneuten Gebet erlaubt. Amen.

Die Formulierung wäre gewiss eine andere gewesen, hätte ich damals Tagebuch geführt, jedoch heute, über fünfundvierzig Jahre nach den gerade geschilderten Ereignissen, ist es mir nur noch möglich mit dem abgeklärten Geist eines Erwachsenen zu beschreiben, dessen Erinnerungen ihm aber sehr klar vor Augen stehen.

Es war durchaus eine schwere Zeit für den Zehnjährigen, der ich war, als man mich aus einem überaus feudalen britischen Vorzeigeinternat, welches schließen musste, in die raue Welt des französi-

schen Klosters verbannte. Das elitäre Institut in England, welches auch von Geistlichen geleitet wurde, und wo ich anfänglich glücklich war, sofern man an einem solchen Ort Glück überhaupt empfinden konnte, ließ mich jedoch schon nach einigen Monaten in eine Außenseiterposition rutschen, da dort die Herkunft der Schüler deren Beliebtheit bestimmte. Von den Abkömmlingen der Hochfinanz, des Adels und der Berühmtheit im Allgemeinen zeigten sich die Erzieher umso beeindruckter je schillerndere Namen diese trugen. Es gab sogar einen echten Prinzen in meiner Klasse, vor ihm lagen manche Pfaffen förmlich in devoter Unterwürfigkeit am Boden. Als ich dann zum gallischen Kloster überwechselte, wurde dies im wahrsten Sinne zum Fall von Charybdis nach Skylla. In dem neuen Internat sollte der Grad an Bigotterie zum Barometer des Ansehens werden, was mich erneut mit einem schlechten Blatt dastehen ließ. So wuchs mit den Jahren ein Antiklerikalismus in mir, welcher sich zwar nicht arg verschlimmerte mit dem Älterwerden, mich aber nie mehr in meinem Urteil der Kirche gegenüber milder werden ließ. Der blinde Glaube an das offenbarte Dogma sowie die veraltete, starre Hierarchie definieren noch heute diese auf dem aristokratischen Prinzip aufgebaute Institution, in der somit der Hang zu Adel und Hochfinanz naturgemäß stets stärker bleiben wird denn zum Proletariat.

Mit den Jahren wurde ich zum Philanthropen, und so wäre es chauvinistisch von mir, würde ich nicht auch die guten Seiten des klösterlichen Lebens erwähnen. Viele gütige sowie gerechte Erzieher habe ich dort gekannt, welche sich mit Begeisterung und voller Passion dem Werdegang des einzelnen Eleven gewidmet hatten, und Kameradschaft entwickelte sich schon aus der Not des Zusammenlebens an einem Ort, den wir uns alle nicht freiwillig ausgesucht hatten. So vergingen die Jahre und ich wurde zum Teenager unter der wohlwollenden Obhut meines Meisters und Mentors Monsieur Bartolomé. Die alten Erzieher und ihre verstaubten Ansichten über Disziplin verschwanden und machten den Weg frei für jüngere Geistliche, die mit moderneren Methoden aufwarteten. Das ideelle Halseisen der Konditionierung durch Indoktrination trugen wir weiterhin, jedoch lockerte sich bei mir der Würgegriff, entweder wurde mein Hals dünner oder die Mittel, welche die erlauchte Bruderschaft einsetzte, taugten nichts für den Freigeist, der ich schon immer war.

VI

Zeb wählte den richtigen Moment, um aufzustehen, er prostete den zwei Paaren vor ihm heiter zu. Es war vereinbart, im Falle einer Kontrolle den dummen betrunkenen Touristen zu geben. Sie fingen alle zusammen an zu singen, als drei uniformierte Beamte in den Bus stürmten. Einige wenige Kilometer vor Agadir waren sie auf ein größeres Aufgebot an Polizisten, die eine Straßensperre errichtet hatten, gestoßen.

«Vous buvez un coup avec nous?», fragte eine der Frauen aus der Wallonie dreist.

«Je suis en service, Madame», entgegnete der Beamte höflich. Touristen sind heilig in Marokko und die Polizei hat auch Order, so freundlich wie möglich mit den Devisen bringenden Wesen umzugehen.

«Mein Mann ist kein sehr tapferer Trinker», schaltete sich darauf eine zweite Belgierin ein, «er ist nach ein paar Gläschen schon betrunken.» Sie zog daraufhin Polniak am Ohr, wie es die Mutter eines ertappten Jungen getan hätte.

«Habt ihr alle eure Papiere bereit?», wollte der Polizist mit ernster Miene wissen. Er war weit davon entfernt, diesen Touristen mit der Strenge seines Amtes zu begegnen, jedoch distanzierte er sich höflich von dem angetrunkenen Pack in dem Reisebus.

«Haben wir in den Köffern unten im Laderaum des Buses, Herr General», antwortete Zeb sichtlich schwer alkoholisiert und stolz ob seines zweifelhaften Scherzes.

«Ce sont des touristes», meinte der zweite Beamte zu seinem Kollegen, «wir verlieren hier nur Zeit. Es ist eine Schande, sich schon während der Fahrt so zu besaufen, schau dir mal die Dicke an, Habibi, und wie respektlos sie im Beisein ihres Mannes zu ihm ist. Diese

Europäer sind doch allesamt Weicheier, sie lassen sich von den Frauen auf den Nerven herumtanzen und grinsen dabei wie Vollidioten.»
«Ich würde die Schlampe auspeitschen, glaube mir», murmelte sein Kollege, überzeugt davon, dass keiner von der alkoholisierten Brut ihn versteht.
«Ich würde noch ganz andere Dinge tun mit der fetten Kamelstute», ergänzte der Vorgesetzte und lachte die Reisenden dabei freundlich an.
«Du beleidigst unsere Tiere, die Stuten der Dromedare sind elegante hochgewachsene Wesen der Schöpfung, sie sieht aus wie ein rosafarbenes gemästetes Schwein, Habibi.» «Ouacha», sagte dann der Dritte, und wandte sich erneut den Ausländern zu. «Schöne Ferien noch, und frönt nicht so dem Alkohol, er lässt die Menschen dick und dumm werden.»
Das versprochene Bakschisch für den Einsatz der drei Damen fiel so großzügig aus, dass Malcolm sich den Scherz erlaubte, ihnen eine sechswöchige Verlängerung im La Mamounia, dem einzigen echten Luxushotel des Landes, zu empfehlen. Die drei fülligen Walloninnen zeigten sich hocherfreut über diesen Obolus, der wie das himmlische Manna die Ferienkasse wieder zum Leuchten brachte. Das Mamounia würden sie wahrscheinlich nie zu sehen bekommen, da ihre Männer daheim warteten, aber die Besitzer der Boutiquen für Übergrößen an der Promenade von Agadir werden nach dem Besuch der holden Damen die Kette vorhängen und ihren Jahresurlaub antreten.
Es wurde schon langsam dunkel, als sie sich von Agadir in Richtung Essaouira auf den Weg machten. Zeb hatte bei einer der örtlichen Agenturen einen Landcruiser gemietet. Obwohl die Küstenstraße keinen SUV erforderlich machte, wollten sie die Gewissheit haben bis ans Wasser zu kommen, sollte Eile geboten sein.
«Das Glück war uns bisher fast zu gnädig, meine Herren», sagte Sinclair, um das Schweigen im Wagen, der in die Nacht hinein rollte, zu unterbrechen.
«Es war ihnen eigentlich nicht möglich, uns bisher zu orten. Mir bereitet lediglich der Rapport der Straßensperre etwas Sorgen. Sie haben uns schon ziemlich merkwürdig gemustert in dem Bus. Der junge

Vorgesetzte schien mir ein waches Bürschlein zu sein, und er wird uns beim Redigieren seines Tagesrapports schon genau beschreiben.»
«Lasst uns Nigel anrufen, der liegt sicher schon vor Anker, in knapp zwei Stunden erreichen wir die Bucht», meinte Malcolm.
Es ging auf Mitternacht zu, als sie die vereinbarte Bucht erreichten, und die Handys endlich wieder Funkverbindung bekamen.
«Nige hier», meldete sich die aufgeregte Stimme des Schmugglers. «Wir hatten Besuch von einem Schnellboot der Behörden. Sie wollten wissen, was wir hier tun und ob wir in der Bucht zu übernachten gedenken. Die waren mir etwas zu höflich, Malc, das sagt mir mein Gefühl, glaube mir, die erwarten euch, und haben vor, ihre Intervention auf dem Wasser durchzuführen, wenn ihr auf meinem Beiboot seid. Mir kam es sogar vor, als hätten die gezielt nach der Tigarry Ausschau gehalten. Wer immer euch auf den Fersen ist, die Leute hier sind alarmiert. Sicher sind wir dann, wenn wir internationale Gewässer erreichen, oder zumindest spanisches Hoheitsgebiet.»
«O.k. Nige, stich du wieder in den Ozean. Wir treffen dich südlich von Agadir nächste Nacht, vor der Küste der Saharauis. Ich bin der Meinung, die Jungs von der inneren Sicherheit vermuten uns in nördlicher Richtung, Essaouira zu. Es würde mich wundern, trauten sie uns einen Abstecher in das Gebiet des Polisario zu.»
«Meine Herren, die Jungs von der Straßensperre haben uns die Nummer mit den betrunkenen Touristen anscheinend nicht ganz abgekauft, ich ahnte es so halb. Ein Küstenboot der Armee patrouilliert in der Bucht, sie warten anscheinend darauf, dass wir zu Nigel umsteigen. Hackett sticht in See, wir treffen ihn in der kommenden Nacht oder in der Nacht darauf. Er wird die marokkanischen Gewässer verlassen, so kann der Kapitän des Patrouillenbootes seinen Kurs nicht verfolgen. Wir fahren die Nacht und den Tag durch bis Laayoune, dort unten im Süden werden sie uns nie vermuten, und es ist nur noch einen Katzensprung entfernt von den spanischen Hoheitsgewässern der Kanaren.
Höchste Vorsicht ist nach wie vor geboten, denn die gesamte Demokratische Arabische Republik Sahara wird an der Küste von den Marokkanern kontrolliert. Der endgültige Status der DARS kann

nur durch ein Referendum geklärt werden, welches aber nie stattfindet. So befinden sich die Einheimischen Saharauis unter marokkanischer Vormundschaft, viele davon eingepfercht in Flüchtlingslagern nahe dem algerischen Tindouf. Die Befreiungsfront Polisario kämpfte zuerst gegen die Besetzung der Spanier, dann gegen Marokko und Mauretanien, bis endlich 1991 ein Waffenstillstandsabkommen unterzeichnet werden konnte. Auf die Hilfe der Saharauis können wir da unten nicht zählen, Freunde, die antimarokkanischen Einheiten sind alle hinter dem verminten Wall, mit dem der König das Land geteilt hat.»
«Wir sind kein Volk mehr, sondern nur noch eine Bevölkerung im eigenen Lande», sagte mir einst einer der Führer des Polisario, als ich dort in der Wüste nach Fossilien suchte.
«Auch ich war vor Jahren in der Westsahara», entgegnete Zeb dem Professor, «ich versuchte damals die gewaltfreien Widerstandsaktionen der Menschenrechtsaktivistin Aminatou Haidar mit etwas Kapital zu unterstützen. Die Lage der Saharauis ist nicht rosig, Europa zeigte nie wirklich Interesse und behandelte die Menschen und die Probleme hier abschätzig. Für die Spanier lohnten sich hier keine Anstrengungen, da nie Erdöl im Spiel war, und die restlichen Länder Afrikas haben genauso wie Frankreich keine Ambitionen, es sich mit dem Alawidenkönig Mohammed Ben Al-Hassan VI, dem achtzehnten Monarch seiner Dynastie zu verscherzen.»
«Riskieren wir also unser Glück in der Westsahara», beschloss Bolan, «es war uns ja bisher hold.»

VII

«Euer Ehren? Ich bin es, Vallois.»
«Was bringen Sie für Nachrichten, mon cher?»
«Der Mann hat sich damals in Luft aufgelöst, Exzellenz. Es gibt auch international nicht den Schimmer einer Spur von ihm. Über den mysteriösen Tod des armen Geistlichen, den man im Gemach des Monsieur Bartholomé nach dessen Flucht fand, ist bei den Ermittlungen nie

etwas herausgekommen. Das Verfahren wurde nach Jahren eingestellt. In Europa scheint sich Bartholomé nicht aufzuhalten, wir haben alle Register gezogen. Sogar mit unseren neuen Freunden in Osteuropa nahm ich Kontakt auf, die Grimmigen vom KGB plaudern heutzutage gerne mit Paris, insbesondere wenn es um solche Lappalien geht wie konfessionelle Angelegenheiten, Exzellenz. Die Überreste eines Sauropoden oder das Verschwinden eines alten Alchemisten sind denen so wichtig wie das Etikett einer Wodkaflasche.»
«Ich danke Ihnen für ihre Bemühungen und die brillanten Vergleiche, Vallois, was gibt es Neues aus Marokko?»
«Ich denke meine Kollegen in Nordafrika überraschen mich bald mit einer Erfolgsmeldung, Exzellenz.»
«Denken Sie nicht auch, Sie müssten sich persönlich etwas stärker bemühen? Ihr habt doch Einfluss in Nordafrika, schicken Sie noch einige Männer da rüber, Vallois.»
«Wir sind dort nicht zuhause, nur geduldet. Wir tun schon alles im Rahmen der Möglichkeiten, glauben Sie mir.»
«Halten Sie mich auf dem Laufenden, bis bald, Monsieur.»
Bischof Taerning schüttelte den Kopf. Es musste eine Verbindung geben zwischen den Ereignissen von einst in dem französischen Konvent und Bolan. Dieser wusste, wo Bartholomé untergetaucht war, dessen war er sich sicher. Damals, einige Wochen bevor Bolan sein Abitur machen sollte, hatte sich ein junger und gerade frisch ordinierter Pater beim Prior gemeldet mit einer seltsamen Geschichte. Er habe unnatürliche Lichter in Bartholomés Zimmer gesehen, sowie antiklerikalen Gesprächen zwischen dem Magier und seinem Zögling gelauscht. Bei deren Treffen gingen unheimliche Dinge vor sich, und er habe richtig Angst gehabt. Am übernächsten Morgen waren weder der junge Geistliche noch Bartholomé beim Frühstück im Refektorium. Als der Geschichtslehrer zum morgendlichen Unterricht nicht erschien, schickte man jemanden, um ihn zu wecken. Er war verschwunden. Die einzigen Dinge, die er mitnahm, waren die unheimliche Statue, die seinen Schreibtisch zierte, und die Deckenlampe, dafür fand man an ihrer Stelle den Leichnam des jungen Paters auf dem Tisch sitzend, die Augen voller Unglauben weit geöffnet und

die Todesangst noch im Gesicht geschrieben. Als Ursache gaben die Gerichtsmediziner Herzschlag durch Schock an. Bolan, der damals von der Polizei recht hart ins Verhör genommen wurde, war ununterbrochen mit Kommilitonen zusammen gewesen, ein Umstand, der ihn völlig entlastete. Kurz danach verließ der junge Engländer das geistliche Institut mit der besten Abiturnote, die seit Jahren geschrieben wurde.

Es gibt nur eine Kapelle auf der Welt, über deren Eingang diese Schrift eingemeiselt ist: Dieser Ort ist schrecklich. Die kleine Kirche von Rennes le Chateau. Taerning stellte sich seit Jahren die Frage, warum Bartholomé ein Bild dieser Kirche in seinem Zimmer an die Wand genagelt hatte. Eines Tages unternahm er selbst eine Reise zu dem kleinen Ort in den französischen Pyrenäen, wo er so manches entdeckte, was in direktem Zusammenhang mit dem mysteriösen Monsieur Bartholomé stand. Schon vor dem kleinen Gotteshaus wird man von diesem Slogan verblüfft, der so gar nicht zu einer Kirche passte, so wenig wie Hammer und Sichel über dem Eingang des Rockefeller Centers. Warum ließ der Geistliche des Ortes diesen so unheimlichen Schriftzug über das Portal seiner Kapelle kerben? DIESER ORT IST SCHRECKLICH.

Betritt man das Heiligtum, empfängt einen das von einer Statue des Teufels getragene Weihwasserbecken, dessen Replika in kleinerem Maßstab einst den Schreibtisch des Geschichtslehrers zierte. In Rom weiß man schon seit dem Ende des neunzehnten Jahrhunderts um die Ereignisse von Rennes le Chateau, somit standen sämtliche Alarmsignale auf Rot, als in dem französischen Stift ein junger Gottesmann, dessen Gesundheitszustand eigentlich als robust bezeichnet werden konnte, in einem Zimmer, in dem sich Hinweise auf Rennes befanden, mit den Symptomen eines durch Angst hervorgerufenen Todes aufgefunden wurde. Der junge Pater musste etwas entdeckt haben und hatte dies mit seinem Leben bezahlt, darüber war sich der Vatikan sicher, aber worum es sich dabei handelte, war nie bis zu Taerning vorgedrungen. Der Bischof aus Schweden vermutete, dass man in Rom mehr wusste, aber er selbst war nicht hochplatziert genug, um ins Vertrauen gezogen zu werden. Via Vallois und den immensen Beziehungen, die dieser besaß, erhoffte sich der Geheimdienstler der Kurie die Herkunft des Bartholomé zu durchleuchten, natürlich ohne Rom, das ihm etwas verschwieg, von seinem Wissen in Kenntnis zu setzen. Seit Jahren befasste sich der Bischof mit dem Mysterium um den sturen und windigen Dorfpfarrer, der Rom einst erpresste und sogar Schweigegelder von den erzkatholischen letzten Habsburgern einsteckte. Was hatte Béranger Sauniere, Pfarrer des Ortes, in und um Rennes le Chateau entdeckt, das ihn vom armen Gemeindeprediger zum gutbetuchten Nabob aufsteigen ließ? War es gar denkbar, dass Bartholomé dieses Wissen besaß? Rom hätte niemals große Beträge an einen unbedeutenden Kuraten überwiesen, wäre dieser nicht in der Lage gewesen, die Fundamente des Vatikans zu erschüttern. Monsieur Bartholomé erschien irgendwann aus dem Nichts, nistete sich in dem Kloster ein, und verschwand genauso spurlos, wie er gekommen war. Taerning war sich so ziemlich sicher, dass der geheimnisvolle Mann seine Mission, nämlich sein okkultes Wissen an Bolan weiterzugeben, nicht vollenden konnte, als der junge neugierige Pater ihm auf die Schliche kam. So nahm er sich vor mit Vallois am Ball zu bleiben, bis er über die Herkunft des Magiers Bartholomé Bescheid wusste. Terribilis est locus iste, tausend Mal hatte er sich diesen Satz vorgenommen, ihn auf Doppeldeutigkeiten überprüft, ihn zerlegt, um herauszufinden, was der Abbé damit ausdrücken wollte, als er diese Blasphemie über den Eingang seiner kleinen Kirche einmeiseln ließ.

Fünftes Kapitel

I

Zoé saß in ihrem Büro, sie zerbrach sich schon seit Stunden den Kopf über die Eigenschaften des elektromagnetischen Feldes und kam nicht weiter. Es war wieder einmal so ein typisch unproduktiver Tag, an dem sie am liebsten die Flinte ins Korn hätte werfen wollen. Der Frustration des Wissenschaftlers, der momentan stagnierte, unterlag sie gerade in vollem Umfang. Seit Jahren war sie einem ganz bestimmten Phänomen auf der Spur, sie war stolz darauf, enorme Fortschritte verzeichnen zu können, und sie wusste genau, dass es nur noch eine Frage von wenigen Monaten war, bis sie am ersehnten Ziel angekommen sein würde. Monsieur und sein Freund waren ihrerseits auch schon weit vorangekommen, so dass das Puzzle, an dem sie alle seit Jahren arbeiteten, schon recht ansehnliche Formen bekommen hatte. Zoé träumte nachts oft von dem umwälzenden Impakt auf die Gesellschaft, welchen ihre gemeinsame Erfindung provozieren werde, ohne dass ihr Monsieur jedoch bisher genau geschildert hatte, worauf er damit genau hinauswollte. Er suchte nach einer Bestätigung seiner Thesen, beim Lauschen vergangener Worte. So verließ sie spontan die nüchterne Kälte ihres Arbeitsraumes, bestellte sich ein Getränk bei Archibald, und begab sich voller Hoffnung in die Bibliothek, ihren Fluchtort, wenn sie der Technik überdrüssig wurde.

Zoé kletterte auf den kleinen Schemel der Bibliothek im hinteren Teil des großen Salons, griff gezielt nach einem Werk, in dem sie mehr über Tonalität und Klang von den Vorsokratikern zu erfahren hoffte. Sie streckte sich oft auf dem molligen Sofa des Wohnzimmers aus um zu lesen, ihr Büro-Labor war ihr dafür nicht bequem genug. Nachdem der Diener ihr herrlich frischen Obstsaft gebracht hatte, machte sie es sich gemütlich und vertiefte sich neugierig in die Studie der antiken Philosophen. Zoé ist das, was man eine moderne

Wissenschaftlerin nennen kann, Physikerin ihrer Ausbildung nach, war sie jedoch auch eine passionierte Philosophin, welcher Monsieur mit den Jahren den Weg zur Geisteswissenschaft eröffnet hatte. Sie hatte sich angewöhnt, die Denker des alten Griechenlands zu konsultieren, wenn sie auf der Suche nach Lösungen, die Synergien implizierten, war. Natürlich fand man dort keine Patentantworten auf Fragen, die die moderne Technik betrafen, aber wenn man sich bemühte eine Art geistige Alchemie zu betreiben und die Grundgedanken der Denker der Antike in die Probleme neuzeitlicher Verfahrensweisen transplantierte, führte dies gelegentlich auch zu Lösungen, die sich auf technische Fragen bezogen. Sie betrieb dabei reinsten Reduktionismus, wobei kombinatorische Gedankengänge sie manchmal zu einem kleinen persönlichen Heureka führten. Die Welt der Elektronik erwies sich zum Teil auf eine seltsame Art und Weise als blutsverwandt mit der geistigen. Schon Heraklit und Demokrit postulierten, dass ein Meer niemals fließen kann, im Gegensatz zu einem Fluss oder einem Strom. Letztere sind aber mit der Unfähigkeit behaftet, einen Rhythmus zu erzeugen im Sinne einer regelmäßigen Wellenbewegung. Gleichmäßigkeit und Rhythmus sind demnach die Eigenschaften der Meereswelle, die des Flusses oder Stromes erzeugen ihrerseits jedoch ein phänomenologisches Kontinuum des Akustischen.

Sie legte das Werk zur Seite, ihre Gedanken vollkommen im Sujet vertieft, schloss die Augen und wagte abenteuerliche geistige Kombinationen. Zoé wusste, es sind immer räumliche Verhältnisse, die über die Art bestimmten, wie Klänge sich formten und gehört werden können. In diesem Raum wiederum war es nur innerhalb der Linearität klanglicher Ereignisse möglich, etwas aus der Vielfalt disparater Klänge überhaupt filtern zu können, gerade wenn sich Klangebenen überlagerten und somit raumfüllend wurden. Man musste in diesen Raum eintauchen können, eine Immersion wagen, um den Herkunftsort zu bestimmen, an dem die akustischen Reize entstehen. Wenn sich dann beobachten oder messen lässt, wo der Klang sich von seiner Quelle löst, kennt man automatisch ihren Ursprung, denn Klang und Quelle sind konstitutiv miteinander verbunden. Es liegt immer ein räumlich-kinetischer Kontext zu Grunde, wenn etwas hörbar wird, eine physische Bewegung, die die Differenz erzeugt zwischen Laut und Stille. Rhythmus und Metrum wurden schon von Platon zum Synonym erklärt, das betrifft aber die Musik, Zoés Jagd galt jedoch der menschlichen Stimme. Lange noch philosophierte sie über die Möglichkeiten, welche die hoch entwickelte Elektronik bot, um mit Hilfe von Optik die Räume auszumessen, die die Wiege der von ihr gesuchten Klänge sein könnten. Ist die Wiege identifiziert und ausgemessen, fehlt das Wichtigste, das, welchem sie seit Jahren auf der Spur war, dem Vehikel, um die Klänge in die Welt zurückzubringen.

II

Malcolm wälzte sich nervös in seiner Koje, wurde ständig wieder wach, um gleich danach erneut in komatösen Schlaf zu versinken. Gegen vier Uhr wurde die Nachtruhe jäh beendet, er setzte sich hin, schnappte die kleine Taschenlampe, die ihn auf Reisen stets begleitete und griff hastig nach einer Pillendose, die das in der Situation lebensrettende Mittel enthielt: einen Säureblocker. Sie hatten bis spät in die Nacht hinein ihre erfolgreiche Flucht aus Marokko gefeiert, ein Ereignis, welches mit der dazugehörigen Flut an Champagner begossen wurde und Malcolms Magenschleimhäute für die kommenden Stunden restlos torpedierte. Das Mittel, das ihn nie verließ und die traumhafte Eigenschaft besaß, recht schnell zu wirken, wurde noch in seiner Wirkung durch den psychologischen Moment, der alleine durch die Gewissheit der bloßen Einnahme hinzukam, verstärkt. Es erwies sich zudem als Labsal für seinen gemarterten Oesophagus.

Er beschloss nach oben zu gehen, an die frische Seeluft, und dort den Tagesanbruch zu erleben. Die Tigarry machte gute Fahrt auf einem Atlantik, der an diesem Morgen die Ketsch mit einer langwelligen Dünung verwöhnte. Bobby, der kleine Zigeuner aus der Provence, war zur Wache eingeteilt und saß am Ruder.

«Bonjour Malc, tu as bien dormi?»
«Hey Bobby, was macht dein Arm?» Die Frage des Franzosen wollte er aufgrund des feurigen Magens lieber nicht beantworten.
«Ist bald wieder O.K. Den berühmten Knochen musst nun du verstecken», erwiderte er grinsend.
«Ich warte noch bis es hell wird und die See sich etwas beruhigt hat, Bobby.»
Bolan legte sich in einen der Bordliegestühle, erfreute sich an der für den Herbst noch sehr milden Morgenluft, und ließ seinen Blick über dem Horizont im Unendlichen aufgehen. Malcolm zündete sich eine Zigarette an, genoss den leichten Schwindel, den die erste morgendliche Dosis Nikotin in ihm aufkommen ließ, als seine Augen von einem rasch näherkommenden Punkt in der Ferne angezogen wurden. Er fixierte das Objekt noch eine Weile, bis er sicher war, dass es sich um ein Schiff handeln müsse, die Dünung des Wellenganges verhinderte jedoch eine genaue Identifizierung des Bootes, welches immer wieder auf und ab tauchte.
«Bobby, schau mal durch das Fernglas, und versuche uns zu sagen, was das ist, Steuerbord. Ich denke es könnte ein Schnellboot sein, aber mit bloßem Auge kann ich es noch nicht bestimmen.»
«Ein Offshore, Malc, und er macht verdammt schnelle Fahrt. Es scheint ein kleines Boot zu sein, auch wundert es mich, was der Skipper dieses Küstenschiffchens auf hoher See verloren hat? Könnte sein, er bringt jemanden auf die Kanaren, einen Illegalen, der es sich leisten kann. Es gibt auch Händler, die dort weder mit Genehmigung noch Visum ihren Geschäften nachgehen, oder ein Zuhälter, der die schwarzen Mädchen nach dem lukrativen Dienst an einsamen Touristen abkassiert.»
«Gibt's hier auch Piraten, so weit nördlich?»
«Seit einiger Zeit kommt es vor, die mauretanischen Hoheitsgewässer sind nicht weit südlich von hier, und die steigende Armut dort lässt so manches an krimineller Energie frei. Wir befinden uns jedoch fast auf der Höhe von Casablanca, und es würde mich wirklich wundern, wenn die sich bis zu diesem Breitengrad hoch wagten. Bei dem kleinen Boot ist es eigentlich unmöglich, ohne aufzutanken in heimi-

sche Gewässer zurückzukommen. Und hier in Marokko werden sie noch nicht einmal von korrupten Behörden geschützt, die nach jedem ihrer Raubzüge die Hand aufhalten. Übernimm kurz das Ruder, Malc, ich wecke Nige.»

Hackett gesellte sich eine Minute später mit Fernrohr ausgerüstet zu seinen Freunden auf dem Heck. Er schnappte sich einen Stuhl, kniete dahinter und legte das kleine Teleskop auf die Lehne.

«Es ist eine Cheetah», sagte er prompt. «Sie sind zu zweit und bewaffnet. Verdammt couragiert, die Jungs, so weit draußen mit dem kleinen Boot», ergänzte er noch.

«Das ist eine Rakete», meinte Bobby. «Sollten die Burschen böse Absichten haben, könnten wir denen kaum entfliehen. Voll aufgedreht marschiert die Kiste über sechzig Meilen in der Stunde, das bedeutet das Doppelte unserer Maximalgeschwindigkeit.»

Nach einer weiteren Studie durch das Fernsichtgerät kam ein nüchterner Befehl, mit dem Nige ohne die Stimme zu erheben die Versammelten aufhorchen ließ: «Schaffe mir unser Baby an Deck, Bobby, die haben ein Maschinengewehr. Jetzt ist Showtime angesagt.»

Sinclair und Polniak, alarmiert von dem frühmorgendlichen Umtrieb, erschienen zusammen neben dem kleinen Zigeuner an Deck.

«Wir dürfen sie nicht zu nahe kommen lassen», schrie Hackett, «mach das Baby scharf, Bobby.»

Zeb, der sofort die mörderische RPG-7 erkannte, versuchte Nigels Eifer einzudämmen.

«Nige, bist du von allen Geistern verlassen? Das kannst du doch nicht tun.»

«They are all fucking Talibans», meinte Hackett trocken.

Ohne den geringsten Blick für die versammelte Mannschaft gab Nige seinem Untergebenen Bobby den nächsten Befehl.

«Rüste sie mit einer OG-FV, my friend, and then we have a fucking rock and roll party, little Gipsy.»

Polniak, waffenkundig wie er war, wurde bleich. Womit der kleine Roma gerade den Panzerabwehrraketenwerfer bestückte, war nichts Geringeres als eine furchtbare 40 Millimeter Splittergranate. Bei einem Volltreffer würden von der Cheetah inklusive Besatzung nur

noch Krümel übrig bleiben, zu klein für Haie, gerade groß genug um Sardinen zu füttern.
Nigel Hackett, der noch immer durch sein Fernrohr schaute, erkannte plötzlich das Aufblitzen des gegnerischen Mündungsfeuers.
«In Deckung, hinlegen!», brüllte der verwegene Engländer.
Bevor alle auf dem Boden des Decks lagen, klatschte die erste Salve über sie hinweg. Mit pfeifendem Geheule schlugen Projektile in die Kajütenfenster, am Heckmast und in der oberen Lounge ein. Der unglückliche Matrose von den Philippinen, vom Lärm aufgewacht, stürmte gerade nichtsahnend auf die Brücke, als das Schicksal es so bestimmte, dass irgendwo auf Palawan, Luzon oder Cebu ein Mensch von der Einwohnerliste gelöscht wurde.
Bobby schraubte in aller Seelenruhe die hülsenförmige Treibladung an sein Rockett, schob die Granate ins Rohr, schulterte das Ganze und feuerte. Die entstandenen Abbrandgase jagten das infernale Projektil, welches nun einige Sekunden Zeit bekam, um den Tod mit dreihundert Meter pro Sekunde zu überbringen, direkt in die Backbordseite des Schnellbootes. Die vierunddreißig Fuß lange Cheetah, betankt mit Hunderten von Litern Treibstoff, war keine zweihundert Meter mehr entfernt, als sie bei voller Fahrt in einem Lichtblitz förmlich zerfetzt wurde.
«Goodbye Taliban, have a nice trip to hell», zischte knirschend der Brite.
«Um Himmelswillen», jammerte Professor Sinclair, «was für ein Drama. Die armen Männer, sie hatten ja gar keine Chance das zu überleben. Ich schäme mich so.»
«Schauen Sie sich an, was diese Motherfucker angerichtet haben, Professor.»
Nige und Bobby hatten den leblosen Körper des Philippino zum Bug geschleppt, die Hochgeschwindigkeitspatrone hatte dem armen Kerl die Hälfte seines Schädels weggerissen.

III

«Ich habe sensationelle Neuigkeiten für Sie, Hochwürden», begann Vallois mutig, obwohl seiner Stimme noch das leise Vibrieren der Scham ob des Versagens in Marokko anzuhören war.
«Schießen Sie los, mein Sohn, es muss ja auch mal wieder etwas Positives von Ihnen kommen. Sie hätten den Verbindungsleuten in Marokko ein besserer Berater sein sollen. Ein Anfänger wäre dahinter gekommen, dass Bolan versuchen wird über die Westsahara zu entkommen, wo die Polizeikonzentration bedeutend schwächer ist als nördlich in Richtung Casablanca. Aber lassen wir das, es ist Schnee von gestern.»
«Wir haben Bartholomés Wiege entdeckt.»
Bischof Taerning wurde schlagartig heißer, eine Welle der Erregung erfasste ihn. Er musste sich setzen, was er da gerade zu hören bekam, verschlug ihm zunächst die Stimme. Seit Jahren war er dem Magier auf der Spur, der Vatikan hatte ihm Carte Blanche erteilt in der Sache, ihm wurden von Rom die allererdenklichsten Mittel zugesagt, um in der Angelegenheit, die oberste Priorität besaß, endlich einen Erfolg zu verbuchen. Ohne zu wissen, was man im Petersdom genau befürchtete, ahnte er schon lange, dass die Kirche durch diesen seit Jahrzehnten unauffindbaren Teufel immer noch erpressbar war.
«Ich höre», sagte der Kirchenmann, seiner Stimme eine Selbstsicherheit verleihend, die er beim Allmächtigen keineswegs empfand. «Was sie da sagten, macht ja alles wieder wett, Vallois.»
«Der richtige Name des Mannes ist Bartholomé Eliez. Er wurde 1930 in Limoux als einziger Sohn eines Maurermeisters namens Boniface Eliez geboren.»
«Interessant, interessant», murmelte der Bischof, den es bei dem Namen Limoux gehörig zu kribbeln anfing. «Diese Stadt befindet sich in einem Tal der Pyrenäen, unweit des kleinen Dorfes, das schon so lange mit einem Rätsel behaftet ist.» Taerning spürte sofort, dass sein Gesprächspartner ihm gleich etwas Großes offenbaren werde, und seine Anspannung wuchs noch mehr.

«Halten Sie sich gut fest, Exzellenz, wir haben noch ein weiteres Zückerchen für Sie. Boniface Eliez war der Sohn von Nazaire Eliez, einem der Maurer, der 1886 dem Dorfpriester Beranger Saunière half, die Kirche von Rennes-le-Chateau zu renovieren.»

«Haben Sie besten Dank, Vallois, das ist ein kolossales Stück Arbeit, welches Sie da geleistet haben. Ich melde mich in Kürze.»

Der Kreis fing an sich zu schließen. Taerning nahm gemütlich Platz in dem Louis XVI Sessel, der seine noble Suite aufwertete, er griff nach dem Hörer des Telefons auf dem Nachttisch und bestellte sich eine Flasche Champagner und eine Packung Zigaretten. Er hatte Jahre nicht geraucht, heute beschloss er, damit wieder anzufangen, er war jetzt alt genug, was sollte ihm nun noch passieren, dachte er sich. Der kleine Triumph sollte gefeiert werden, so viele Jahre hatte er mit bescheidener Effizienz nachgeforscht, ohne Resultat. In der modernen Welt hatte er als Kirchengeheimdienstler lange nicht mehr die Möglichkeiten, die seine Vorgänger noch genossen. Als Pius X Papst war, wurde 1909 die gefürchtete fundamentalistische Geheimorganisation Sodalitium Pianum von dem damaligen Prälaten Mgr. Benigni ins Leben gerufen, es war die CIA der Kirche. Diese Kirchenmänner waren noch Kerle, dachte sich Ronald, sie hatten Befugnisse und Macht, ihr Einfluss war allmächtig, während er selbst sich heutzutage nur noch in der Rolle des Bittstellers sah.

Ronald Taerning nahm einen Schluck des göttlichen Nektars, zündete sich genüsslich eine Zigarette an, schloss seine Augen und vertiefte sich meditativ in nachforschende Überlegungen, wobei der Name des Pfarrers der abgelegenen Pyrenäengemeinde ihn obsessiv verfolgte. So ging er die Geschichte dieses aufmüpfigen Dickschädels mental nochmals durch.

Im Jahr 1852, als Louis-Napoleon Bonaparte zum Kaiser Napoleon III gekrönt wurde, kam auch an einem 11. April Béranger Saunière zur Welt. Der Sohn bescheidener Eltern zeichnete sich von frühester Jugend an durch einen erstaunlich soliden Charakter aus. Nach seiner Ordination im Juni 1879 zeigte sich sehr schnell, dass der junge Priester von der Obrigkeit nicht leicht zu manipulieren war, und seine zu offen an den Tag gelegte Selbstsicherheit traf zusehends immer weniger den Geschmack der kirchlichen Hierarchie. So wurde Béranger mehr oder weniger in das kleine Rennes strafversetzt. Mit dreiunddreißig Jahren kam er am ersten Juni 1885 in der abgelegenen Gemeinde an. Saunière hatte nur bescheidene Bezüge und musste, wie alle Geistlichen seiner Zeit, Speisegaben der Dorfbevölkerung entgegennehmen, wollte er auch das Monatsende überstehen. Das Pfarrhaus sowie die kleine Kirche fand er in extrem desolatem Zustand vor, was ihm Sorge bereitete. Er war sich jedoch keineswegs zu schade, um den örtlichen Maurermeister zu bitten, ihm bei der Sanierung wohlwollend unter die Arme zu greifen. So geschah es, dass im Jahr 1886 mit den Arbeiten begonnen wurde, und das bis heute ungeklärte Mysterium von Rennes-le-Chateau seinen Lauf nahm ...

IV

Aus der Tiefe rufe ich, Herr, zu dir: ...
Denn beim Herrn ist die Huld
Bei ihm Erlösung und Fülle
Ja, er wird Israel erlösen
Von all seinen Sünden.

Professor Sinclair, der das De Profundis kannte, sprach die letzten Worte für den unglücklichen Matrosen, bevor er dem Ozean übergeben wurde. Man hatte sich gemeinsam dazu entschlossen, da eine Konfrontation mit den Behörden auf den Kanaren ein viel zu hohes Risiko bot, in Anbetracht dessen, dass das für die Menschen so wichtige Artefakt in der erzkatholischen Umgebung spanischer Behörden erneut gefährdet sein konnte. Die Stimmung an Bord sank nach dem kriegerischen Vorfall auf ein Minimum. Die Tigarry nahm ihre Fahrt zur Meeresenge von Gibraltar unter günstiger Brise erneut auf. Am frühen Abend jedoch flaute der Wind ganz ab, und Malcolm wurde, gottlob, durch die abrupt stoppenden Maschinen aus seiner langsam hochkommenden Lethargie gerissen.

«Malc, der Moment ist gekommen», sagte Nige, «wir haben Flaute.»
«O.k. Nige, bring mir den Beutel mit deinen verdammten Steinen.»
Bobby hatte schon alles gerichtet, als Malc auf dem Deck erschien. Nachdem das Brustgeschirr zugezogen war, wartete Bolan nur noch darauf, dass man ihn in den zweiundvierzig Meter hohen Vordermast hochzog, dort befand sich das zweite Geheimfach der Tigarry.
Nigel Hackett hatte die Spitze des Mastes von einem Topspezialisten in Miami so präparieren lassen, dass dort ein Hohlraum entstand, der bisher noch von keiner Zollbehörde entdeckt wurde. Auf zirka siebzig Zentimeter Tiefe wurde dort oben das Mastende zu einem Safe umfunktioniert, dessen Deckel, von unten nicht erkennbar, durch einen Mechanismus geöffnet werden konnte. Malcolm Bolan verstaute zuerst die Diamanten, dann schob er den länglichen Korpus des Artefaktes in die Röhre und betätigte den Deckelverschluss. Die Geheimfracht der Tigarry war nun sicher und trocken gelagert verschwunden.
Insgeheim froh wieder festen Schiffsboden unter den Füßen zu haben, rief er: «Zeb, lass uns die Angeln auswerfen, vielleicht können wir das Abendessen mit frischem Fisch bereichern.»
Bobby machte sich sofort daran zwei Angeln mit Ködern zu bestücken, er war froh eine Aufgabe zu bekommen, die ihn etwas vom Verlust seines Teamkollegen ablenkte. So verging eine gute Stunde, in der sich an den Angelschnüren ungefähr so viel tat wie in den Gesprächen.
«Seams to be a big one», schrie plötzlich der Amerikaner.
«Lass ihm etwas Leine, der könnte weit über drei Meter lang sein, Zeb. An dem Monstrum können wir uns satt essen bis wir die französische Küste erreichen.»
«I think it could be a marlin; come on fish, show me your blue nose.»
In der Tat, ein riesiger Flügel durchbrach für einige Sekunden die Wasseroberfläche, und verschwand so schnell wie er sich gezeigt hatte auch wieder in den Wogen. Als routinierter Hochseefischer zog

Polniak den Fang mit Eselsgeduld langsam zum Heck der Ketsch. Plötzlich schoss der Blue Marlin in einem gigantischen Sprung empor, zeigte seine lange Schwertnase sowie die imposante Rückenflosse und den fast weißen Bauch, was unwillkürlich an einen Drachen denken ließ.

«Der ist ja riesig, ich schätze ihn auf fast vier Meter und er bringt sicher achthundertfünfzig Pfund auf die Waage. Was tut der Bursche so weit nördlich, Zeb? Normalerweise findet man Marline dieses Ausmaßes tausende Kilometer weiter unten oder im indischen Ozean.»

«I don't know, but what a fucking beast», waren Zebs letzte Worte, bevor der Gigant an Bord gehievt werden konnte.

V

«Darf ich vorstellen, das ist Charles Lassalles, unser wandelndes Gehirn die französische Geschichte betreffend, ein wahrer Computer, dieser Mann, Hochwürden.»

«Enchanté, Vallois berichtete mir von Ihnen.»

«Ihr seid beide mit Rennes-le-Chateau sehr vertraut im Gegensatz zu mir. Wenn einer der Herren meine bescheidene Laterne nochmals kurz erhellen könnte, wäre mir geholfen», meinte Vallois trocken, und kredenzte seinen Gästen wie gewohnt einen edlen Tropfen aus seinem famosen Weinkeller.

«Im Jahre des Herren 1886», begann Lassalles seinen Vortrag, «geschah es, dass Saunière den kleinen Unternehmer und örtlichen Maurermeister endlich überreden konnte, ihn bei der Renovierung seiner Kirche zu unterstützen. Saunière, arm wie eine Kirchenmaus, hatte zuvor eine nette Summe Goldfrancs von der Gräfin von Chambord, ihres Zeichens Österreicherin und Gemahlin des letzten Thronerben Frankreichs, erhalten. Warum die Gräfin, die noch 1886 verstarb, dem armen Dorfpfarrer einer so abgelegenen wie anscheinend unbedeutenden Gemeinde der Pyrenäen Geld zukommen ließ, wird für immer ein Geheimnis bleiben, es half jedoch den Maurer zu überzeu-

gen, mit den Arbeiten zu beginnen, da er nun sicher war, sich nicht umsonst engagieren zu müssen.
Der Abbé fing mit dem Abbau des Altars an. Der uralte Opferstein stammte noch aus westgotischer Epoche wie auch die Säulen, die ihn trugen. Eines der beiden tragenden Elemente entpuppte sich als geheimer Hohlraum aus archaischer Zeit und enthielt alte, in eine Lederrolle gewickelte Dokumente. Der Kirchenmann nahm den Fund auch gleich an sich, konnte ihn aber den neugierigen Blicken der Maurer nicht schnell genug entziehen. Vor dem Altar ließ er danach eine alte Grabsteinplatte öffnen, die den Zugang zu darin versteckten Münzen und wunderschönen Goldkelchen aus Merowingischer Zeit freigab. Den Handwerkern gegenüber behauptete er, die Münzen seien Medaillen aus Lourdes, die aus einfachem Messing bestünden und nur symbolischen Wert besäßen.
Saunière reiste kurz darauf nach Paris, wie sich herausstellen sollte, um die Dokumente bei einem jungen Jesuiten übersetzen zu lassen. Von da an verliert sich die Spur der Schriftrollen, welche nie mehr auftauchten.»
«Wurde der Jesuit nie um Erklärungen gebeten?», erkundigte sich Vallois.
«Der altsprachliche Gelehrte verstarb kurz darauf auf nie geklärte Weise, meine Herren.»
Lassalles genehmigte sich einen Schluck Bordeaux und fuhr fort.
«Béranger Saunière reiste von nun an sehr oft in die Hauptstadt, wo er in regem Kontakt mit der Crème de la Crème der damaligen okkulten Szene stand. Darunter waren Stanislas von Guaita und der berühmte Gerard Encausse, genannt Papus, Gründer eines kabbalistischen Rosenkreuzer Ordens. Er verkehrte mit Literaten und Leuten aus dem Kunstmilieu wie der Opernsängerin Emma Calvé, deren begeisterter Anhänger Nikolaus II, der letzte Zar der Romanov-Dynastie, war. Emma Calvé, die wie er aus dem Roussillon stammte, wurde Saunières Geliebte. Béranger war über Nacht reich geworden. Sehr reich. Neben seiner Kirche ließ er die Villa Béthania bauen, ein Traumhaus für die damalige Zeit, mit einer Orangerie und einem neogotischen Turm, welchen unser Mann als holzgetäfelte Biblio-

thek gestaltete. Seine Haushälterin und Geliebte, Marie Denarnaud, ging von da an nur noch in feinstes Tuch gekleidet zur Messe. Stets in die letzte Pariser Mode gehüllt, sorgte Marie für eine grandiose Tafel, wenn sich Gäste aus Paris ansagten. Der gute Pfarrer unterhielt sogar einen kleinen Zoo mit exotischen Tieren, hatte die erlesensten Weine im Keller, und als Gipfel der Provokation der Kirche gegenüber – er bekam ja schließlich einen Hungerlohn – ließ er den teuersten Rum aus der Martinique in edlen Fässern nach Rennes-le-Chateau hochfahren.»

«Ist die Summe bekannt, die der Gute bis zu seinem Tode ausgab?», fragte Vallois, sichtlich amüsiert über die Dreistheit dieses Predigers. Solche Geschichten gefielen dem alten Geheimdienstler, dessen sprichwörtlich negative Einstellung zur Kirche am Quai d'Orsais allgemein bekannt war. Monsieur Vallois ist ein Mann, der am liebsten schon vor dem Frühstück Pfaffen, Muslime und Farbige verspeisen würde, eine Einstellung, die er mit vielen seiner Berufskollegen vor Ort, sowie auf der anderen Seite des Ärmelkanales teilte. Das bis heute noch nicht verarbeitete schwere Erbe kolonialer xenophober Einstellungen des Empires und der Grande Nation zog noch immer seine menschenverachtende Spur durch das MI6 und die DGSE.

Lassalles musterte den Bischof und sagte ganz langsam: «Zirka zehn Millionen Euro nach heutigem Wert.»

VI

Die Tigarry hatte die Meeresenge von Gibraltar passiert und machte nächtens und bei gutem Wetter Fahrt im Mittelmeer. Professor Sinclair war zu Bett gegangen, er hatte einen großen Teil des Abends Zeb und Malcolm mit paläontologischen Erkenntnissen gefüttert, wobei er sich sehr wissensdurstig zeigte, ihn interessierte jedes Detail, das er über Zebs Expeditionen in Erfahrung bringen konnte.

«Es hat mich wirklich gewundert, wie offen Sinclair der Kryptozoologie Glauben schenkt, Malc.»

«Er ist ein sehr belesener Mann, und Wissenschaftler obendrein, so-

mit sind Aussagen wie die eines Alexander von Humboldt für ihn wie die Bibelworte für den Christen.»
Professor Sinclair hatte ihnen erzählt, wie er bei der Studie des Lebens und des Schaffens des großen Reisenden, Wissenschaftlers und Abenteurers auf eine Besonderheit gestoßen war, welche allgemein nicht oder nur sehr wenig bekannt sein dürfte. Auf einer seiner Südamerikareisen nahm sich Humboldt einst vor, von Bogota nach Quito zu gelangen, wobei ein solches Abenteuer eine Andenüberquerung miteinbezog. Alexander von Humboldt und sein Schatten, der treue Weggefährte und Botaniker Bonpland, benötigten dafür von September 1801 bis Januar 1802. In Quito angekommen, feierlich empfangen und geehrt, denn diese Reise galt zur damaligen Zeit als Expeditions-Höchstleistung, wurden sie vom Herzog Juan Pio Montufar y Larrea großzügig mit Kost und Logis für die mörderischen Strapazen entschädigt. Vor einigen Jahren tauchte im Staatsarchiv Ecuadors ein Protokoll des Besuches Humboldts in Quito auf, welches zufällig von einer jungen Ethnologiestudentin, die über die Familie Montufar recherchierte, zwischen alten Dokumenten entdeckt wurde. Darin gab es eine Passage, die ohne jeden Zweifel von Montufar verfasst wurde, und in welcher der Herzog über folgende Berichterstattung des großen deutschen Gelehrten schmunzelte: Humboldt habe ihm während eines Abendessens wahrhaftig erzählt, sie seien auf der Ostseite der Anden, noch im tiefen Urwald, auf ein unglaubliches Wesen gestoßen. Das Geschöpf sei völlig behaart gewesen, ging auf zwei Beinen und habe ausgesehen wie die perfekte Mischung zwischen Riesenaffe und Mensch. Bonpland bestätigte die Geschichte, wobei er mit Vehemenz betonte, das Wesen sei wesentlich mehr Mensch als Tier gewesen, und obwohl die Indianer des Waldes ihm lokomotorische Angewohnheiten wie den Gang auch auf vier Beinen bestätigten, hätten sie das Wesen nie als Affe bezeichnet. Anscheinend existieren Dokumente, die ähnliche Aussagen des Alexander von Humboldt am preußischen Hof bestätigen.
«Humboldt war ein Abenteurer und Weltenbummler, Zeb. Für gewöhnlich neigt diese Art Mensch oft zum Jägerlatein.»
«Er war aber ein großartiger Wissenschaftler, dessen Berichte alle

bestätigt wurden. Warum sollte er gerade in diesem Fall gelogen haben? Noch dazu bei einer Geschichte, die ihn leicht hätte in Misskredit bringen können. Auch Bonpland war ein nüchterner Wissenschaftler, und er bestätigte die Sichtung. Ergänzend könnte man noch einflechten, dass Humboldt für den französischen Botaniker ein Vorbild war in allen Dingen der Wissenschaft, und es sicher weit unter seiner Würde gewesen wäre, seinen Reisepartner in eine dubiose Lügenaffäre zu involvieren.»

«Da muss ich dir beipflichten. Ich habe mich selbst lange Jahre mit diesem deutschen Genie befasst, und bin noch heute voller Bewunderung und Ehrfurcht vor den außergewöhnlichen Leistungen dieses frühen Weltenbummlers. Es forderte Mut und Beharrlichkeit, über Monate die fieberverseuchten Flüsse Amazoniens zu befahren, ohne Medikamente, Nahrung und keimfreies Trinkwasser, dazu in ständiger Gefahr von indigenen Stämmen angegriffen zu werden, und mit dem nicht unerheblichen Risiko sich zu verirren. Nicht einmal die Angst an einem heimtückischen Ödem zu sterben, das bei ihm ja schlimmes Nasenbluten verursachte, brachte ihn davon ab auf den Chimborazo zu steigen. Da dieser Nevado direkt auf dem Äquator sitzt, ist er mit seinen über sechstausend Metern der vom Erdball am weitesten herausragende Punkt, und somit besonderen Druckverhältnissen ausgesetzt. Humboldt ist das Beispiel dafür, was einem Menschen alles gelingen kann, wenn das nötige Durchhaltevermögen und gesunder Idealismus vorhanden sind.»

«Siehst du, mein Bruder, auch ich bin vor Jahren fündig geworden, als ich in alten Archiven herumschnüffelte. Ich dachte mir, in Berichten über die frühe spanische Kolonialzeit Mittel- und Lateinamerikas würde ich vielleicht auf weitere Spuren stoßen. Ich begab mich auf die Suche in den Nationalarchiven Madrids, Sevillas und schließlich denen in Mexiko City. So kam es, dass ich beim Überfliegen einer interessanten Reisegeschichte, die ich dir unbedingt erzählen muss, ein lichtbringendes Detail aufdeckte.»

«Mich gelüstet nach einem guten Earl Grey, darf ich dir auch eine Tasse zubereiten, bevor du mit der Geschichte beginnst? Es ist beinahe Mitternacht und mich beschleicht langsam die Müdigkeit.»

«O.k. brother, a good cup of tea would be welcome. Pass auf, die Story ist spannend und wird dir gefallen, noch dazu ist sie nur wenigen Menschen bekannt. Spricht man in Gesellschaft über die Kolonisierung Mittel- und Südamerikas, ist meistens von Columbus, den bekannten Seefahrern oder den berühmten Konquistadoren die Rede. Es gibt da jedoch noch einen weiteren Abenteurer, dessen unglaubliche Leistung von der Geschichte kaum beachtet wurde, und der heute fast in Vergessenheit geraten ist.

1527 beschloss Spanien eine Expedition auszurüsten, unter der Leitung von Panfilo de Narvaez, deren Ziel es war die Küste von Florida bis zum Rio Grande zu erkunden. Der Schatzmeister dieses Unternehmens, Alvar Nunez Cabeza de Vaca, der schon mit zwanzig Jahren an den spanischen Feldzügen in Italien teilnahm, riet dem Expeditionsleiter davon ab, zu tief in die schrecklichen Sümpfe Floridas einzudringen, jedoch ohne Erfolg. Am zwölften April 1528 drang ein Teil des Expeditionscorps, dreihundert Mann und vierzig Pferde, von der Westküste her tief ins bewaldete und sumpfige, damals noch gänzlich unerforschte Land ein. Man wollte die Schiffe später an der Küste wiedertreffen, aber bedingt durch die furchtbaren Umstände, die angetroffen wurden, kam es nie mehr dazu. Überfälle der indigenen Bevölkerungen, der Calusa, Maiyaimi und Jeagas Indianer, Krankheiten, Hunger und das ständige Einsinken der Pferde in dem für sie so ungeeigneten Boden dezimierten die Gruppe. Als die Überlebenden zur Küste fanden, waren die Schiffe, welche über Wochen hin und her segelten, längst verschwunden.

Die Kapitäne waren nach dem endlosen Warten zum Schluss gekommen, die Expeditionsteilnehmer seien alle ums Leben gekommen. Mit einfachen und notdürftig gezimmerten Booten stachen die Männer in See. Einige landeten auf einer Insel, andere ertranken, und der Leiter des Unternehmens, Narvaez, galt als auf dem Meer verschollen. Die restlichen Überlebenden wurden alle von Indianern gefangen genommen und versklavt. Cabeza de Vaca ging es mittlerweile nicht einmal so schlecht, denn er wurde zum Medizinmann ausgebildet. Er durfte sich frei bewegen und hatte auch einige Heilerfolge, welche sein Überleben sicherten und ihm sogar die Anerkennung der

Indianer einbrachten. Sein Renommee wuchs unter den Einheimischen, die ihn weiterempfahlen, und viele fingen damit an, ihn auf seinen langen Reisen, die er wegen der Heilungen unternahm, zu begleiten. Er wurde zu einer Art weißer Therapeut, wobei er von Indianern Gelerntes mit europäischer Heilkunst mischte, und auf diesem Wege das Vertrauen und die Ehrfurcht der Menschen im Umkreis gewann. Cabeza de Vaca hatte sich schon damit abgefunden, für seine restlichen Tage ein Indianer zu bleiben, als er nach Jahren der bitteren Resignation auf drei ehemalige Kameraden stieß, welche noch immer versklavt ihr Dasein fristeten und mit einer Rückkehr in die Heimat abgeschlossen hatten. Alonso del Castillo, Andres Dorantes und Estevanico. Diese Namen sollten in die Geschichte eingehen. Sie konnten mit Cabeza de Vaca fliehen und erreichten schließlich am 24. Juli 1536, nach acht Jahren und über neuntausend Kilometern zu Fuß, das spanisch regierte Mexiko. Von der unglaublichen Reise, die die Männer bewältigt hatten, brachten sie Erkenntnisse mit, die man ihnen zunächst nicht einmal glauben wollte. Cabeza de Vaca berichtete als erster Europäer von den dortigen Wildrindern, den nordamerikanischen Bisons, und in einer kurzen Passage über ein Ereignis, das ihm aus seiner Zeit als Medizinmann noch in Erinnerung war. Weit nördlich der Täler, wo sein Stamm Jagd auf Bisons machte, gab es eine wilde Bergregion, die von den Indianern gemieden wurde, mit der Begründung, dass dort der große Wildmensch lebte. Sie beschrieben ihn als weit größer als ein Indianer je werden konnte, völlig behaart und stärker als ein Bär. Viele ältere Menschen und Kinder seien von den Waldmenschen mit den großen Füßen, wie die Indianer sie nannten, schon geraubt worden. Sogar tief in den Urwäldern Floridas könne man dem Großfuß begegnen, berichtete Cabeza de Vaca, der bei den Maiyaimi ein totes Exemplar zu Gesicht bekam. Der Spanier beschrieb das Wesen als eine Mischung zwischen Riesenaffe und Mensch, wobei er betonte, dass die Gesichtszüge des seltsamen Riesen dem Menschen weitaus näher kamen als dem Tier. Die Indianer beerdigten den Tiermenschen ehrfürchtig, aber weit weg tief im Urwald, und vermieden es von da an, jemals wieder in die Nähe der Stelle zu gelangen.

1540 machte man ihn zum Gouverneur am Rio de la Plata, heute Paraguay, wo er die mächtigen Wasserfälle in Iguacu entdeckte. Nach einem Putsch verließ er Südamerika und beendete sein Leben als armer Mann in Sevilla. Genau wie der große Alexander von Humboldt, der im Alter die Tische des Hochadels mit Reisegeschichten unterhielt und gelegentlich von seiner Sichtung berichtete, so verbrachte Cabeza de Vaca als alter Mann seine Zeit in Sevillas Kneipen und ließ seine Zuhörer mit der Geschichte eines Wesens aus anderer Zeit aufhorchen.

Sechstes Kapitel

I

DOMINUS VOBISCUM.
ET CUM SPIRITU TUO.

Das ‹et cum spiritu tuo› brach rau und tief, einem wohl geübten Einklang gleich, aus den Kehlen der versammelten schwarzen Männer. Kerzengerade standen sie da, in obskure dunkle Soutanen gehüllt, und bildeten einen makabren Halbkreis um den aus schwarzem Marmor gehauenen Altar, der ihnen für die heilige Umwandlung des Weines ins Blut des Weltenerlösers als Opferstein diente. Das düstere Kellergewölbe, Hort passionierter Schwüre, war nur spärlich von drei riesigen schwarzen Kerzen beleuchtet, welche die Schatten ihrer spitzigen Kapuzen flackernd an die natursteinernen Wände projizierten. Am Ende des modrigen Raumes befand sich eine offene Feuerstelle, in der abgebranntes Holz glühte.
«Bruder Henoch, du sollst nun die Weihe erhalten, entblöße den rechten Fuß und lege ihn auf den Altar.»
Bruder Malachias ergriff einen metallenen Stab, an dessen Ende sich ein glühender Stempel befand. Langsam und ohne dass seine Gesichtszüge die geringste Emotion verrieten, drückte der Meister der Bruderschaft dem neu Initiierten das heiße Eisen in die Ferse.
Ohne Aufschrei und mit einem Lächeln auf den Lippen ertrug Bruder Henoch stoisch den grausamen Schmerz, als ihm der Meister die feurigen Insignien in seinen rechten Fuß brannte.
«Durch dieses uns verbindende heilige Zeichen trittst du ein in die Gemeinschaft der Neun, in die Bruderschaft der Verschwiegenen und Mutigen, ins wiederauferstandene Sodalitium Pianum.»
«Amen», antwortete mit tränenüberfüllten Augen der neu geweihte Bruder Henoch.
«Ich danke euch, meine Brüder, für das Vertrauen. Ein starker und

entschlossener Führer will ich euch für die kommenden drei Jahre sein. Wir sind ab heute wieder neun, wie die ersten Ritter vom Tatzenkreuz, die unter Salomos Tempel beharrlich ihrer Suche nachgingen. Dies verpflichtet uns ohne Unterlass, und mit dem Einsatz auch unseres Lebens, allem und jedem die Stirn zu bieten, wenn unser Dogma in Gefahr ist. Rom und dem heiligen Vater sind wir verpflichtet, auch ohne deren Wissen werden und sollen wir handeln, um das, was uns heilig ist, gegen diese Welt voller Apostaten und Wissenschaftsfanatiker zu schützen. Wir, meine Brüder, sind die neuen Wächter, und die Kurie soll nicht einmal von uns ahnen. Im Hintergrund werden wir unsere beschützenden Flügel über ihre philanthropische Politik ausbreiten.»

«Erteile uns deine Direktiven, Bruder Meister», schrie einer der schwarzen Männer devot in die Runde.

«Unsere Zusammenkunft am heutigen Tage diente der Wiederwahl des Meisters, und der Aufnahme unseres neuen Bruders Henoch. Sie wurde aber auch bitter nötig, um im brisanten Fall dieses Artefaktes endlich erfolgreicher zu werden. Wir verkörpern die tragenden Säulen unserer Kirche, an uns sollen abprallen die wütenden Wogen der immer stärker sich aufbäumenden satanischen Wellen des Unglaubens und des Zweifels dieser modernen dekadenten Welt. Unsere Bruderschaft ist die Rüstung, die den heiligen Vater vor den perfiden Attacken der Abtrünnigen und der Apostaten schützen wird, an ihr wird die Horde der luziferischen Brut zu Grunde gehen. Der heilige Orden, den wir wiederauferstehen ließen, soll zum geheimen Schutzschild unserer zweimal tausendjährigen Tradition werden. Rom hat unter dem Druck weltlicher Verweichlichung und abgrundtiefer Ignoranz ihrer Vertreter zugelassen, dass der Großinquisitor entmachtet wurde, wir werden nicht zulassen, dass noch größeres Unheil geschieht. Bischof Taerning – der Allmächtige verzeihe mir meine Kritik – ist ein guter Hirte und sicher ein sehr erfolgreicher Agent der Kurie, aber viel zu milde und vor allem zu diplomatisch. Er scheint mir in die vollkommene Abhängigkeit dieses Crétins Vallois geraten zu sein. Dieser Idiot vom französischen Geheimdienst wird ihn aussaugen wie ein Vampir, der hat mit Sicherheit den Braten gerochen. Er wird Unsummen verlangen für das Artefakt, sollte es in seine Hände fallen, denn er weiß, wie wichtig der Gegenstand für uns ist, und auch, wie wenig wir Interesse haben, die breite Öffentlichkeit darin beteiligt zu sehen. Vallois ist korrupt und noch dazu eine widerwärtige Bazille, nur auf sein Wohl bedacht und gänzlich aspirituell.»

«Bruder Anselm, du bist nun seit einem Jahr sein Sekretär, und der Bischof vertraut dir voll und ganz. Wie stehen die Dinge?»

«Er verbringt Tage und Nächte in einem Hotel nahe der Madeleine. Dort wartet er geduldig auf die Entwicklung in Sachen Artefakt, aber die Erfolge, die er von Vallois erwartet, scheinen auszubleiben. Er ist frustriert über die Art und Weise, wie die Marokkaner vorgehen, er wirft ihnen ständig Stümperei und mangelndes Interesse vor. Seinem Ansprechpartner beim Geheimdienst in Paris hat er erst kürzlich wieder die Leviten gelesen, ihm Unfähigkeit attestiert, ihn beschimpft und sogar beleidigt, aber der Erfolg stellte sich dennoch nicht ein. Ich denke, Vallois spielt mit gezinkten Karten, er hat etwas vor, wovon der Bischof keine Ahnung hat. Es würde mich nicht wundern, wenn sich der Mann bald an uns wendet, denn irgendwann wird er unweigerlich die Spur des Ordens freilegen, meine Brüder. Taerning ruft mich täglich an und scheint wenigstens in der uralten Affäre um Rennes-le-Chateau, via Vallois natürlich, hochsensible Neuigkeiten erfahren zu haben. Er sagte es mir im Vertrauen, denn Rom sollte zunächst nicht eingeweiht werden, er wisse nun endlich, wo Bartholomé herstamme.»

«Donnerwetter, Bruder Anselm, das sind Neuigkeiten. Der Magier, er müsste längst in der Hölle schmoren, aber so lange wir nicht wissen, ob dieser alte Teufel tot ist, geht von ihm potenzielle Gefahr aus.»

«Bartholomé ist kein anderer als der Enkel des Maurers, der damals Saunière bei der Freilegung der Dokumente, die im Altar von Rennes-le-Chateau verborgen waren, über die Schulter schauen konnte.»

«Das würde bedeuten, Bartholomé könnte das Geheimnis von Rennes-le-Chateau kennen, somit Rom bis zum heutigen Tage erpressen, wie damals Saunière, der Rosenkreuzer war und sehr wahrscheinlich sogar Freimaurer. Saunière, diese Ausgeburt der Hölle, fand vielleicht sogar das große Geheimnis des Templerordens. Die Schwächlinge in Rom bezahlten ihn damals für sein Schweigen, den Vorgänger unseres Ordens gab es zu der Zeit noch nicht, und als er gegründet wurde, war der Schaden längst angerichtet. Ihr müsst wissen, meine Brüder, in Rom ist dieses Mysterium bekannt und wird nur von zwei Würdenträgern jeweils an die kommende Generation weitergeleitet. Nicht einmal der heilige Vater weiß darum, es sei denn der nächste gewählte Papst ist zufällig einer der beiden Wissenden. Vor vielen Jahrzehnten passierte es aber, dass einer der beiden Initiierten die ihm auferlegte Schweigepflicht brach, munkelt man. Ein heute verstorbener Kardinal, der davon Kenntnis erlangte, sagte einem Freund noch auf dem Sterbebett, es handle sich um eine unheimliche Kraft, welche nicht von dieser Welt sei, und zu gefährlich, um von den Menschen benutzt zu werden. Kannte Saunière diese Kraft? Es ist anzunehmen, dass er davon wusste, jedoch war er genauso wie die Wissenschaftler seiner Zeit nicht in der Lage, davon Gebrauch zu machen. Er lebt nicht mehr, wie auch seine Geliebte Marie Denarnaud. Der Einzige, der noch auf Erden davon weiß, könnte der alte Bartholomé sein, der dieses furchtbare Wissen eventuell einmal dem Engländer Bolan weiterleiten wird. Wir müssen handeln, meine Brüder, und ohne Rücksicht auf Verluste, dieser satanischen Brut aus der Finsternis den unbarmherzigsten Kampf ansagen.»

II

Nigel Hackett beugte sich über eine seiner Seekarten, er verglich noch kurz die Position der Tigarry mit den Daten des GPS, eine alte Gewohnheit des routinierten Seefahrers, und verkündete stolz, sein Prachtschiff würde in knapp zwei Stunden in Palma einlaufen.
«Was melden die Tankanzeigen, Bobby?»
«Wir sind bei einem Drittel, Boss. Wir sollten auf den Balearen volltanken, der Kraftstoff ist hier bei den Paellas billiger.»
«O.k., little Gipsy, in einer Stunde holen wir die Segel ein, dann gibst

du Vollgas bis Mallorca. Sag den Mädels, sie sollen den besten Tisch der Stadt reservieren. Es wird sicher nach zweiundzwanzig Uhr bis wir im Restaurant ankommen, aber die Hidalgos hier essen ja sowieso zu menschenunwürdigen Zeiten.»

«Macht mir nichts aus, Patron, ich esse gerne so spät.»

«Du bleibst an Bord, Bobby, klemmst dir die Uzzi unter den Arm und legst jeden um, der es wagt hier englischen Boden zu betreten, mit Ausnahme der Zollbehörden natürlich. Du kannst morgen an Land, da wir nun keinen unmittelbaren Druck mehr haben, denke ich, dass uns ein Paar Tage ausspannen hier auf den Balearen gut tun werden. Palma bürgt für heiße Nachtlokale, in denen du auf die Pirsch gehen kannst, mon ami, aber denk daran, keine dieser Huren betritt mein Schiff.»

«Du kennst mich doch, Boss», antwortete der smarte Franzose.

«Right, genau weil ich dich kenne ...»

«Hi Malc, hast einen verdammt langen Mittagsschlaf gemacht, komm zu uns in den Steuerraum, ich gebe einen Scotch aus, my friend.»

«Besten Dank, Nige, aber wir sitzen gerade gemütlich unten bei einer Flasche Duero, es lässt sich dabei so schön philosophieren. Schließ dich uns an, Sinclair ist ein hochinteressanter Mann.»

«Bleibt ihr bei den alten Knochen, mir sind meine Steine lieber, und außerdem schwebt ihr da in Sphären herum, die mir zu abgehoben sind. Das Schlimmste aber ist, das kostet euch nur Geld, nichts kommt dabei raus, kein Cent, und obendrein sind dir sogar die Behörden wieder auf den Fersen. Du wirst es nie lernen, Malc.»

«Einen Intellektuellen werde ich aus dir nicht mehr machen können, Nige, bleib wie du bist, ich bin ja glücklich, dass du außer mit der schönsten Kohle der Welt mit nichts anderem dealst.»

«Was denkst du, würden die Herren Kardinäle für euer Schädelfragment bezahlen?»

«Ein Vermögen, old chap.»

«What a fucking god damned good business. Stell dir vor, Malc, du kriegst zwei Millionen für das Stück Riesenechse, und kein Zoll der Welt spuckt dir in die Suppe. Da deine Interessenten so gierig danach lechzen und dich blacky bezahlen, geht die Scheiße sogar noch am Fiskus vorbei. Fuck, what a fucking dreamdeal, Bolan, und du bringst das Traumobjekt in ein Museum, auch noch zu den Helveten, my friend, die haben doch sowieso schon alles. Du bist schlicht wahnsinnig, so eine Scheiße raubt mir den Schlaf, my old mate.»

«Nigel, ein derartiger Fund geht die ganze Menschheit etwas an. Keiner darf sich anmaßen aus so etwas Kapital zu schlagen, niemals. Du verstehst es, da bin ich mir sicher, du warst früher doch ein Gentleman.»

«Als ich noch einer war, hatte ich teilweise Mühe, in London genug Kohle aufzutreiben, um mein Mädchen auszuführen, heute bin ich ein verdammter Schmuggler und es geht mir fucking gut.»

«Ich hoffe nur, du kommst nicht auf seltsame Gedanken, was den Knochen betrifft, Landsmann.»

«Take it easy, I would not get my nickels twisted, man.»

III

Pater Ricardo Tettamanti nahm die Metro nur sehr ungern. Er vermied es, sofern es ihm möglich war, sich unter das Volk zu mischen. Er war kein Menschenverächter in dem Sinn, dass er sie hasste, nur fühlte er sich in der Masse ganz einfach nicht wohl. Mit der Pariser Untergrundbahn zu fahren kam einem Spießroutenlaufen sehr nahe, dann eskalierte sein Unbehagen. Die Menge verunsicherte ihn, er, der seine Zeit gerne studierend verbrachte, stets in ruhigen Büros Hunderte von Akten wälzte und die seltenen Ferien, die ihm sein Chef gönnte, bei den Trappisten dem Studium der Kirchengeschichte widmete, verspürte nie Einsamkeit. Junge undisziplinierte Menschen waren ihm ein Greul, geschminkte und leicht bekleidete Weiber fand er nicht nur abstoßend, sondern vulgär, Farbige duldete er nur, wenn sie studiert hatten, und lärmende Kinder gingen ihm mehr als auf die Nerven, er hasste sie. Dies gab es alles in Hülle und Fülle in der Metro, widerlich, dachte er nur. An der Madeleine stieg er aus, das Eckhaus gegenüber von Fauchon beherbergt ein schönes altes Café, dort

wollte er sich noch schnell einen Grand Crème und eines der besten Croissants der Stadt gönnen, bevor er den Boss im Hotel aufzusuchen hatte. Tettamanti war schon seit einem Jahr die rechte Hand von Bischof Taerning, der weltweit operierte und viel auf Reisen war, was zur Folge hatte, dass sie beide seit vielen Monaten nicht mehr in Rom waren, wo ihr direkter und einziger Chef, der Kardinal, die Fäden des vatikanischen Nachrichtendienstes zog.
In seiner schwarzen Loge war er Bruder Anselm, einer der Neun. Er war stolz, Mitglied des neu auferstandenen Sodalitium Pianum zu sein. Kein Mensch außer den neun Brüdern sollte von ihrem Wirken je erfahren, nicht einmal sein nachrichtennetzführender Chef, und schon gar nicht der Heilige Vater. Auf dem Weg zum Hotel besann sich Bruder Anselm seines Vorgängers, Leiff Asgaard. Er hatte ihn nicht gekannt, wusste aber von seinem Meister; dass der Schwede mit höchster Wahrscheinlichkeit ermordet wurde, was die Bruderschaft nicht ungesühnt lassen konnte. Man hatte ihm schon viel von diesem Engländer Bolan erzählt, der eigentlich Franzose sei. Seine Eltern waren Adelige aus dem Languedoc und wurden bei einem Raubüberfall auf ihr Landgut umgebracht. Der Junge wuchs bei Verwandten in Großbritannien auf und landete schließlich, um die Sekundarzeit zu absolvieren, in einem französischen Kloster, das hatten die Recherchen des Monsieur Vallois ergeben. Dort sei er von seinem Geschichtsprofessor in den Hermetismus eingeweiht worden. Der Mann verschwand spurlos kurz vor Bolans Abitur, ein Umstand, der noch von dem mysteriösen Tod eines jungen Abbés begleitet wurde. Auch diese finstere Geschichte wollten die neun Brüder Wächter erneut unter die Lupe nehmen.
«Kommen sie rein, Tettamanti», rief der Prälat, «die Tür ist nur angelehnt, ich bin am Telefon.»
Pater Tettamanti betrat die riesige Suite, in der es sich sein Vorgesetzter seit der Ankunft in der Metropole an der Seine scheinbar recht gemütlich machte. Kritisch musterte er die opulente Einrichtung des Salons, und da die Tür zum Badezimmer offen stand, riskierte er einen verstohlenen Blick in den feudalen Nassraum. Bruder Anselm entstammte einer italienischen Einwandererfamilie aus den belgi-

schen Ardennen, arm und sehr katholisch wuchs er in einem kleinen Dorf, das nur von Feldern umgeben und einzig von Landwirtschaft geprägt war, wahrhaftig kurzgehalten auf. Von Kindesbeinen an sah er den Vater rechnen und schuften, um die kleine Familie einigermaßen zu versorgen. Geschenke gab es sogar an Weihnachten nur in Form von Nützlichem wie Socken, einem Hemd oder einer neuen Sonntagshose, um ordentlich bei der Messe zu erscheinen, in fetten Jahren begleiteten ein Paar Süßigkeiten die mühevoll zusammengesparte Gabe. Später im Priesterseminar zu Gent ging es ihm etwas besser, dort jedoch traf der kleine Vallone auf die ungestümen Burschen aus Flandern, die ihm meist von der Sportlichkeit her überlegen waren, einer der Gründe für Ricardos frühe Xenophobie. Solche Räumlichkeiten zu bewohnen hätte sich Tettamanti für sich nie vorstellen können, gönnte es aber seinem Chef, treu der devoten Unterwürfigkeit, mit der er aufwuchs. Tettamanti war eine Knechtsnatur, bereit alles zu tun, was die Hierarchie von ihm verlangte, und insbesondere sein Meister, Bruder Malachias, dem er verschwiegene Treue bis zum Tode schwor.

«Nehmen Sie Platz, mein guter Ricardo, kann ich Ihnen etwas bringen lassen?»

«Einen Orangensaft, wenn ich darum bitten darf, Exzellenz.» Er hätte zwar gerne einen frischgepressten bekommen, aber seine von der Obrigkeit so eingeschüchterte Persönlichkeit verbot ihm danach zu fragen.

«In diesem Hause gibt es natürlich nur frischgepressten, Tettamanti, das verstehen Sie doch. Noblesse oblige, mein guter Ricardo, in einer alten Institution, wie dieses Hotel eine darstellt, steigen nur hochsituierte und wichtige Leute ab. Wir gehören eigentlich nicht dieser Kategorie an, mein Guter, aber auf Grund meines Amtes bin ich daran gehalten, in eben solchen Häusern abzusteigen. Dafür haben Sie doch Verständnis, Tettamanti? Nicht wahr, Ricardo, der Herr weiß von der Bescheidenheit, die wir ja sonst an den Tag legen.

Nun hab ich noch Neuigkeiten von Vallois. Die Tigarry wurde in Richtung Gibraltar gemeldet, vermutlich werden sie auf den Balearen einen Zwischenstopp einlegen. Außerdem rief mich Kardinal

Reuters an und bat mich ein Paar Tage auf Sie zu verzichten, Ricardo, er hat Arbeit für Sie.»
Tettamantis Kreislauf begann zu toben, er bemühte sich gelassen zu bleiben in Anbetracht der neuen Situation, so antwortete er mit ruhigem Ton: «Das ehrt mich sehr, Exzellenz.»

IV

«Ich hätte gerne mit Professor Mancuso gesprochen. Richten Sie ihm einen schönen Gruß von Malcolm aus, er wird verstehen, Senorita.»
«Si Senor, ich werde es dem Chef ausrichten. Er ist leider schon auf dem Heimweg, kann er zurückrufen, Mister Malcolm?»
«Mein Name ist Bolan, schreiben Sie auf.»
«Es wird mir eine große Freude sein, den alten Mancuso wieder zu sehen, Bolan», meinte Sinclair strahlend. «Er ist einer der besten Anthropologen der heutigen Zeit, hoffentlich ruft er zurück.» Professor Sinclair hatte eine Reisetasche gepackt, er wollte einige Tage im Valparaiso zusammen mit der Crew und seinen beiden neugewonnenen Freunden verbringen. Hackett ließ die Zimmer bestellen, als sich kurz vor Palma herausstellte, sein Schiff könne eine Motorenrevision gebrauchen. Seltsame Geräusche im Motorraum hatten Bobby veranlasst, den unerwünschten Gang zum Skipper anzutreten, der zwar nicht geizig war, jedoch solche Unwägbarkeiten hasste. Everything has to be impeccable on board, and the ketch has allways to look impeccable, pflegte der Engländer zu sagen, und dafür war ihm keine Ausgabe zu hoch. Diese Ketsch war sein Zuhause, eigentlich sogar seine Heimat.
Das Dinner verlief tadellos, der spanische Professor erschien zur Freude aller Beteiligten noch rechtzeitig, und schon vor dem Dessert entwickelten sich zwischen den Kontrahenten in Sachen Entstehung und Entwicklung der Hominiden spannende Diskussionen. Lediglich Nigel Hackett, überfordert von der Professionalität, die die Gespräche langsam begleitete, verzog sich mit den zwei Stewardessen der Tigarry in die Disco des Nobelhotels.

«Lasst uns die Zigarrenlounge aufsuchen, meine Herren», schlug Bolan vor. «Wir können dort bei einem Mokka weiterreden.»
Professor Sinclair war gespannt auf die Reaktion seines iberischen Kollegen, der von der Geschichte des Fundes und der Odyssee, welche ihn hergeführt hatte, nichts wissen konnte.
Lange hielt Mancuso inne, er hatte die Augen geschlossen und die Hände vor den Mund gefaltet, man konnte dem Gelehrten förmlich ansehen, wie sein Gehirn gerade auf Hochtouren arbeitete. Der Anthropologe war schon jenseits der achtzig, strahlte eine natürliche Würde aus und seine Lebenserfahrung stand ihm im Gesicht geschrieben. Er war einer dieser Menschen, die automatisch Respekt hervorriefen.
«Errare humanum est. Sehen Sie Sinclair», begann er bewusst paternalistisch, da sein Gegenüber um einige Jahre jünger war, und er, der Wissenschaftler der alten Schule, ihn das spüren lassen durfte, «viele unserer Kollegen müssten den Gang nach Canossa gehen. Auch ich war damals skeptisch, als ich von der Entdeckung erfuhr, die Sie zusammen mit Züngeli in der Sahara machten. Menschen kontemporär zu Sauropoden? Lächerlich. Nun hat Ihnen Dame Fortuna dieses neue Geschenk gemacht, Jahre sind vergangen und ich, der alte Skeptiker, habe dazugelernt.
Die meisten meiner Berufskollegen sind heute noch der Meinung, der amerikanische Kontinent sei über die zugefrorene Beringstraße besiedelt worden. Sie haben da nicht unrecht, aber sie benutzen die falsche Terminologie. Wiederbesiedelt wäre die korrekte Formulierung. Seit mehreren Jahren befassen wir uns hier mit dem Thema von Humanoiden in Amerika vor dem Holozän, und vieles spricht tatsächlich für diese Idee, welche das Stadium der Hypothese längst überschritten hat.
Wir haben starke Hinweise für die Existenz tertiärer Menschen in Südamerika. Damals vor den Zwanzigerjahren, als ein menschlicher Kiefer im Chapadmalalan bei Miramar in Argentinien gefunden wurde, hatte man bewusst die Beweisführung bezüglich der Strate in die Irre geführt. Wir haben dort weiter geforscht, Sinclair, und einen menschlichen Femur in einer tertiären Formation gefunden.

Zuerst fanden wir, wie einst schon einmal geschehen, einen Bolastein in einer so kompakten wie homogenen Chapadmalalan-Schicht, das durfte zwar nicht sein, aber er lag darin, in situ, meine Herren.»

«Sie glauben nicht wie froh ich bin, das von Ihnen zu hören Mancuso», erwiderte Sinclair, wobei er in einer Art Retourkutsche den Geschlechtsnamen direkt ansprach.

«Viele Berichte einfacher Leute, wie die von Arbeitern, Bergleuten oder Goldsuchern werden systematisch wegen mangelnder Kompetenz eingefroren», gestand Mancuso. «Die Schlussfolgerungen der Wissenschaftler werden nur auf Grund strenger wissenschaftlicher Kontrollen gezogen. Als in Südamerika der Femur eines Toxodons, der wie Sie wissen ein längst ausgestorbenes Huftier war, ausgegraben wurde, fand man ihn von einer Speerspitze durchbohrt. Die Schicht, in der er lag, war eindeutig pliozän, was einfach ausgedrückt besagt, dass vor zwei bis drei Millionen Jahren dort Jäger unterwegs waren.»

«Was für eine Diskrepanz, bedenkt man, dass der Homo sapiens-sapiens anscheinend erst vor hunderttausend Jahren in Ostafrika entstand», fügte Polniak hinzu.

«Weißt du, mein Bruder, der genuine Sinn von Forschung und Wissenschaft sollte eigentlich die Aufdeckung von Wahrhaftigkeiten sein, aber leider Gottes wird dieser heute immer noch verwässert durch gesellschaftliche Anpassung an die allgemein von der Schulwissenschaft vorgeschriebenen Theorien.»

V

Bobby war wieder einmal alleine an Bord der Tigarry, aus der Kombüse hatte er sich das Feinste vom Feinen zusammengetragen und sich einen herrlichen Ornellaia entkorkt. Alle waren am Party machen, dachte er sich, und es sollte ihm, der stets geopfert wurde, heute Abend an nichts fehlen. Die Luft war noch mild an diesem herbstlichen Tagesende, so verbrachte der kleine Zigeuner den Abend an Deck mit seinen Köstlichkeiten. Nachdem er alles verzehrt hatte, goss er den letzten Tropfen des vorzüglichen italienischen Roten in sein Glas, stattete Nigels Humidor noch einen kleinen Besuch ab, und legte sich, als er seine Cohiba genoss, in einen der Liegestühle an der frischen Luft. Beim Gedanken an seinen Heimathafen an der französischen Küste wurde ihm warm ums Herz, auch die Gewissheit, in einigen Tagen seine liebe Claire wieder in die Arme schließen zu können, entzündete in ihm eine romantische Vorstellung, welche Seeleute leider nur in der Ferne verspüren. Vom Wein benebelt und versunken in Träumereien, bemerkte er die dunkle Gestalt, die sich ihm leise von hinten näherte, Sekunden zu spät. Bobby war mit allen Wassern gewaschen, Jahre im Milieu und die ehemalige Mitgliedschaft in der korsischen Mafia hatten ihm einen sechsten Sinn für Gefahr implantiert. Als er das kaum hörbare Geräusch einer Sohle auf dem frisch geschrubbten Teakboden vernahm, war es zu spät, die Uzzi lag einige Meter entfernt neben dem Tisch, und obwohl seine Sinne nach Jahren der Konfrontation mit Gefahr geschärft waren, wurde er in dieser Nacht überrascht wie der Anfänger schlechthin.

Als Bobby wieder zu sich kam, hing er, die Hände auf dem Rücken zusammengebunden und an beiden Knöcheln gefesselt, mit dem Kopf nach unten nur einige Zentimeter über der Wasseroberfläche.

«Nun, kleiner Mann, erzähle mir, wo ihr das Fundstück aus der Wüste verstaut habt.»

«Ich habe keine Ahnung, wovon Sie reden, ich bin nur Matrose auf dem Schiff, Monsieur.»

«Rede doch keinen Unsinn, Bobby, du schmuggelst mit Hackett seit Jahren Steine ins Land, und weißt über vieles Bescheid, du kleiner Hurensohn.»

Das Seil wurde langsam runtergelassen, so dass der arme Bobby bis zum Hals im Wasser verschwand. Einzig durch starke Bewegungen, vergleichbar dem Fisch am Haken, konnte der Gefolterte ab und zu für eine Sekunde seitlich den Mund aus dem Meer heben. Dieses ultimative Kämpfen, um nicht zu ertrinken, war jedoch so kräftezehrend, dass Bobby klar wurde, er würde höchstens noch ein paar

Minuten durchhalten können. Er hatte sich mit dem Gedanken zu sterben abgefunden, wollte aufgeben, rasch so viel Wasser wie möglich in die Lunge aufsaugen, dass es schnell ginge, und so dem Fils de Pute da oben einen Strich durch die Rechnung machen, als man ihn ein Stück hochzog.

«Bobby, du Hühnerdieb, hast du dir's überlegt?»

Damit beschäftigt mit aller Gewalt wieder einigermaßen atmen zu können, konnte er zunächst kein Wort formulieren. Salzwasser lief ihm noch aus der Nase und provozierte einen Hustenanfall nach dem anderen.

«Der Satansbraten simuliert, Bruder Henoch, lass ihn das Aroma von Ebbe und Flut genießen.»

Bobby spürte, wie das Seil nachließ, holte tief Luft und ergab sich seinem Schicksal.

«Zieh ihn hoch, Bruder, sonst grüßt er die Hölle, bevor wir etwas erfahren.»

Der kleine Franzose schnappte nach dem rettenden Sauerstoff, er konnte nicht mehr durchhalten.

«Ich zeige es euch, zieht mich hoch, verdammte Scheiße, ich bin am Verrecken», schrie er, der Panik nicht mehr mächtig.

«Du solltest es uns sagen, Satanist, sonst schmorst du in der Hölle.»

«Da wo das Artefakt versteckt ist, könnt ihr nicht hingelangen, so glaubt mir doch.»

«Du willst uns verarschen», schrie Bruder Anselm, «was denkst du, mit wem du es hier zu tun hast, wir sind das Jüngste Gericht, agnostisches Stück Scheiße.»

«So glaubt mir endlich, wie kann ich lügen, in meiner Lage?»

Das Seil wurde straff, man zog ihn hinauf und Bobby schöpfte wieder etwas Hoffnung. Zwei gänzlich schwarz gekleidete Männer, deren einzig ersichtliche Merkmale ihre Nasen waren, die gelegentlich unter den weiten Kapuzen hervorstachen und hell im Mondeslicht aufleuchteten, überragten den gepeinigten, auf dem Deck liegenden Matrosen bedrohlich.

«Wo ist es?»

Bobbys Gehirn leistete Schwerstarbeit, wie konnte er etwas Zeit gewinnen? Er drehte sich auf den Bauch, simulierte Erstickungsanfälle und jammerte, was das Zeug hielt.

«Zum letzten Mal, wo ist euer Versteck?»

Er besann sich seiner Wurzeln, ich bin Zigeuner, redete er sich ein, wir geben nicht auf, und außerdem können die zwei Komiker mich nicht töten, sonst erfahren sie gar nichts. Er drehte sich erneut auf den Rücken, das Mundwerk wieder forsch geworden.

«Auf dem Schiff existiert ein geheimer Hohlraum im Kiel, Freunde, bindet mich los und ich öffne ihn für euch.»

Bobby blieb förmlich die Luft weg, als einer der beiden Männer ihm einen Tritt ins Gesicht verpasste. Seine Nase brach mit erschreckendem Geräusch, beide Lippen platzten auf unter der Wucht des Schlages, und seine vorderen Zähne wurden regelrecht aus den Angeln gehoben. Der Schmerz breitete sich rasend schnell aus, und er drohte nun an seinem eigenen Blut zu ersticken.

«Das ist schon mal ein Vorgeschmack auf das, was dich erwartet, wenn du uns nicht sofort sagst, wie das verdammte Versteck sich öffnen lässt – und deine Strafe dafür, dass du uns Freunde genannt hast.»

Der Matrose der Tigarry konnte nicht mehr reden, Panik stieg erneut in ihm hoch, und eine leise Vorahnung des weiteren Verlaufes der kommenden Minuten torpedierte nun vollends seine letzte Hoffnung. Er verlor plötzlich das Bewusstsein.

Bruder Henoch schöpfte einen Eimer Meereswasser, goss ihn dem malträtierten Burschen ins Gesicht und murmelte schließlich leise: «Hoffentlich springt uns der Mistkerl nicht über den Jordan, bevor er auspackt.»

Der geschundene Bobby kam langsam wieder zu sich, war jedoch so geistesgegenwärtig es nicht zu zeigen. Zeit gewinnen war die letzte Devise, kämpfen und versuchen durchzuhalten, denn jetzt hatte er begriffen, dass die zwei Gestalten aus der Finsternis ihn so oder so umbringen werden. Er klammerte sich an die Hoffnung, Nigel würde vielleicht früher zurückkommen und so dem Spuk ein Ende bereiten.

«In der Küche, hinter dem Spültisch befindet sich der Hebel, der den Mechanismus aktiviert», stammelte er leise.

Die zwei dämonischen Brüder verschwanden unter Deck, Bobbys Hände waren noch immer auf seinem Rücken zusammengebunden, so kostete ihn der Versuch sich aufzurichten seine absolut letzten Kraftreserven.
Alleine an Deck wollte er für den Fall seines Todes wenigstens den anderen noch ein Zeichen hinterlassen. Er versuchte hinzuknien, dann zeichnete er mit dem blutigen Munde etwas auf das helle Teakdeck, das man bei Tageslicht sicher sehen würde.
Bobby wurde plötzlich hochgehoben, um an der Bordwand erneut in Richtung Wasser gehängt zu werden.
«Lass ihn nochmal trinken, Bruder Anselm», befahl der fanatische Henoch. «Der denkt wirklich, er könnte mit uns spielen.»
Dies waren die letzten menschlichen Töne, die der kleine Zigeuner aus der Provence in seinem Leben noch vernehmen sollte, bevor er resigniert die Reise ins Walhalla der Schmuggler und Diebe antrat.

VI

«Malcolm, Nigel here. Schnappt euch sofort ein Taxi und kommt so schnell ihr nur könnt aufs Schiff.»
«Was ist passiert?»
«Kommt.»
Bolan war extrem beunruhigt, so kannte er den Engländer nicht, er schien völlig aus dem Häuschen zu sein. Es war fünf Uhr morgens, der Tag war nicht einmal angebrochen, da musste etwas Schlimmes vorgefallen sein. Eine halbe Stunde später bestiegen alle drei den bestellten Wagen und fuhren zum Hafen. Es fielen kaum Worte auf der Fahrt, jeder stellte im Stillen für sich Hypothesen auf, aber keiner fand den nötigen Elan, irgendeine Äußerung zu treffen. Der kommentarlose Anruf in frühester Morgenstunde eines ansonsten so coolen Mannes wie Hackett konnte nur Unheil bedeuten.
Als sie an ihrem Steg ankamen, stand ein blasses Empfangskomitee da. Die beiden Stewardessen vergossen bittere Tränen, und der Skipper schien in kaum besserer Verfassung zu sein.

«Das Schiff wurde überfallen und von Bobby keine Spur», waren Nigels erste Worte.
Hackett erzählte, wie er mit den Mädchen so gegen halb fünf am Morgen aus der Disco auf das Schiff zurückkam und die total durchwühlten Kabinen vorfand.
«Sie haben die Tigarry bis in den letzten Winkel untersucht, Malc. Entweder forschte jemand nach den Steinen, oder er war an eurem verdammten Knochen interessiert. Gefunden haben die natürlich nichts, so nahmen sie wahrscheinlich Bobby als Geisel oder Pfand mit.»
Die Dunkelheit wich langsam dem blassen Morgenlicht und verriet die Kampfesspuren auf dem Mittelschiff.
«Schaut mal her», rief Sinclair, «hier sind doch Blutflecken.»
Zebulon Polniak sah als Erster die Zeichnung, die der Zigeuner hinterlassen hatte. Die ganze Mannschaft stand gebeugt da und musterte das blutige Piktogramm.
«Es ist nicht präzise», meinte Bolan, «es sieht aus wie ein Kreuz und die Zahl zwei.»
«Genauso interpretiere ich das Zeichen auch», murmelte der Professor erschrocken und mit kaum hörbarer Stimme. Der ansonsten so stramm wirkende Gelehrte stand mit hängenden Schultern da, sichtlich mitgenommen von dem erneuten Vorfall, man konnte ihm langsam die Überforderung ansehen, die die ganze Geschichte um seinen Fund bei ihm bewerkstelligte. Sinclair, in seiner Eigenschaft als reisender Paläoanthropologe war er Abenteuer gewohnt, kriminelles Handeln und Brutalität waren jedoch Facetten menschlicher Charakterzüge, die ihn ohne Verständnis und wehrlos dastehen ließen.
«Das Kreuz könnte ein Hinweis auf die Täter sein, und sie waren zu zweit. Was denkst du, Zeb?»
«Schon möglich, aber die, welche das Kreuz verehren, tun in der Regel so was nicht. Wenn hier Männer im Namen eines Dogmas gehandelt haben, waren es Fanatiker.»
«Hast du deinen Peiniger aus dem Atlasgebirge schon vergessen? Könnten der oder die nicht derselben Brut entstammen, Zeb?»
«Wie könnte ich diesen Motherfucker vergessen haben, mein Schä-

del und die Rippen schmerzen nach wie vor infolge seiner Fürsorglichkeit.»
«Bobby hatte sich ein Dinner an Deck genehmigt, der Tisch birgt noch Reste seines Gelages, eine komplette Flasche Ornellaia sowie eine meiner Cohibas hat er sich dazu gegönnt. Dabei wurde er unachtsam, meine Herren, und der Alkohol tat den Rest. Der kleine Zigeuner ist mit allen Wassern gewaschen, deswegen denke ich, er wurde nicht von einem alleine überwältigt. So steht die blutige Zahl zwei auf dem Deck wahrscheinlich wirklich für die Anzahl seiner Aggressoren.»
«Immerhin schaffte es der tapfere Bursche noch uns ein Zeichen zu hinterlassen, bevor man ihn mitnahm», ergänzte der Professor. «Ich wünsche mir nichts mehr, als den sympathischen Provenzalen in guter Verfassung wiederzusehen.»
Gemeinschaftlich wurde beschlossen, die spanischen Behörden auch diesmal nicht zu informieren, es hätte sie nicht weitergebracht, und die Fragerei wäre tage- wenn nicht wochenlang gegangen. Bobbys Entführer wollten etwas, und dies waren gewiss nicht Nigels Steine. Diamantenfreaks gehören nicht zu der Phalanx mit dem Kreuz. Eine Stunde später stachen sie in See.
Die Sonne stand schon hoch am Himmel, die Temperatur kletterte auf milde vierundzwanzig Grad, und es blies nur eine leichte Brise. Hackett setzte anfänglich Segel, nach einer Stunde holte er sie jedoch rein, er wollte so rasch und so direkt es die Verhältnisse erlaubten die restliche Überfahrt bis zur französischen Küste hinter sich bringen. Er redete kaum noch, er war traurig. Der kleine Zigeuner war ein langjähriger Weggefährte, er war nicht nur sein Angestellter sondern sein Freund geworden. Er würde alles tun, um den Matrosen frei zu bekommen.
Am späten Vormittag beschloss Bolan sich ein Stündchen hinzulegen, die Umstände zerrten auch an seinen Nerven, und er machte sich ernsthafte Sorgen um Bobby, den er selbst seit Jahren kannte. Er war im Begriff den Steuerraum zu verlassen, als ein markerschütternder Schrei vom Bug des Schiffes, wo eine der Stewardessen sich sonnte, zu den Männern am Ruder drang. Alle rannten nach vorn,

das restlos verstörte Mädchen saß da, zitternd, von Weinkrämpfen geschüttelt, und deutete stumm mit dem Finger auf die Steuerbordseite der Ketsch.

Was sie nun zu sehen bekamen, übertraf jede Vorstellung. Das Grauen packte sie beim Anblick, der sich ihnen darbot, als sie über Bord schauten. Ein Körper, beziehungsweise was davon übrig war, tauchte an den Knöcheln gefesselt und an einem Seil mit dem Schiff verbunden immer wieder auf und ab. Der Kopf fehlte gänzlich, und der Oberkörper bestand lediglich noch aus dem Rumpf ohne Arme. Haie hatten sich wahrscheinlich, als sie noch langsamer unter Segel liefen und den Körper wie einen Köder hinter sich her zogen, hier fürstlich bedient.

Die Männer schauten sich wortlos an. Ihre Reaktion kam plötzlich, wie die Kugel aus dem Lauf, und war allen Vieren gemeinsam. Eine Mischung aus schwer zu bezähmender Wut und Abscheu, gepaart mit überbetonten Rachegefühlen.

Nigel Hackett war der Erste, der sich etwas beruhigte. Er schnitt den Leichnam seines Kumpels vom Seil und übergab ihn somit dem Ozean, seinem unendlich weiten blauen Grabe.

In Hacketts Gesicht standen keine Tränen, seiner ausdruckslosen marmorner Mimik waren einzig Wille und Entschlusskraft zu entnehmen.

«I will punish them, I promise it, my friend.» Darauf stoppte Nigel die Maschinen, er wollte die Tigarry für den Rest des Tages antriebslos dort in der See treiben lassen, wo der Freund verschwand, wie ein stummes Geleit zu seiner Ehre.

VII

Die Überfahrt nach Frankreich verlief in bedrückter Atmosphäre, das ganze Schiff stand noch immer unter Schock, man redete nur das Nötigste, sogar die Mahlzeiten bekamen Stummfilmcharakter, die Gehirne der Männer jedoch liefen auf Hochtouren. Mit wem hatte man es hier zu tun, war die Frage, die sich alle stellten. Rom war

an ihrem Mitbringsel interessiert, das stand außer Frage, aber die Vorgehensweise entsprach niemals der der Kurie. Wären hier Leute der Geheimdienste am Werk gewesen, hätte der schlaue Zigeuner sie nicht durch das Symbol der Kirche gekennzeichnet.
Bolan hatte schon in Marokko Verdacht geschöpft, konnte aber die Richtung nicht einordnen. Hier waren dunkle Mächte im Spiel, Leute, die vor nichts zurückscheuten, Fanatiker.
Nach ihrer Ankunft in La-Napoule und nach den endlosen Zollformalitäten siedelten die drei Männer um ins Carlton nach Cannes. Wie erwartet wurde das Schiff schon bei der Einfahrt in den Hafen in Empfang genommen. Zollbehörden, Polizei und mit Sicherheit Spitzel des Geheimdienstes untersuchten tagelang die Tigarry, und zu ihrer Enttäuschung kam nichts dabei heraus. Missmutig ließ man sie ins Hotel umziehen, einzig Hackett zog es vor auf der Ketsch zu bleiben. Man nahm sich vor, in einigen Tagen, wenn Ruhe eingekehrt sein würde, einen Segeltörn an der Küste entlang zu unternehmen, um die Schätze im Mast der Tigarry zu bergen.
Malcolm buchte für den Abend das Nebenzimmer der Jarrerie in Barre-sûr-Loup, wo man gemeinsam und bei exzellenter Küche das Weitere – abseits der Hotelzimmer, welche zum Teil Ohren hatten – besprechen wollte.
«Wir haben es mit religiösen Fanatikern zu tun, dessen bin ich mir mittlerweile sicher», begann Malcolm.
«Rom war schon bei unserem ersten Fund mit dem französischen Geheimdienst unter einer Decke, meine Herren», sagte Sinclair in scharfem Ton.
«Die Franzosen würden nicht morden, um etwas zu bergen, das ihnen nicht existenziell ist. Klar unterstützen sie die Kurie, aber nur bis zu einem erträglichen Punkt. Eine stabile Kirche ist ihnen lieber als religiöses Chaos, sie haben schon alle Hände voll zu tun mit den Einwandererproblemen der Muslime in dritter Generation, die in den großen Ballungszentren ganze Bezirke beherrschen und schier unkontrollierbar wurden. Nicht einmal die schlimmsten Kardinäle wagen sich so weit zum Fenster heraus. Aber die dunklen Mächte im Hintergrund, Elemente der Finsternis, die schon im Mittelalter

die Kurie unterwanderten und vielleicht noch immer existieren, sie haben vor Mord nie zurückgeschreckt. Ein Menschenleben ist ihnen so viel wert wie das eines Tieres, wenn es darum geht, ihre fanatische Überzeugung zu befriedigen.»

«Sie könnten Recht haben, Bolan, Rom war schon immer unterwandert.»

«Es ist meine Hypothese, Herr Professor, wer sonst würde so abscheulich handeln?»

«Ich bestelle uns noch eine Flasche dieses köstlichen Weines», warf Zeb in die Runde, «wir werden ja gefahren, Gentlemen.»

Malcolm wollte eben antworten, als sein Handy leise in der Tasche zu vibrieren begann.

«Nige, was gibt es?»

Bolan hörte seinem Gesprächspartner einige Sekunden zu, änderte zusehends seine Mimik und steckte schließlich das Telefon wieder in seine Tasche.

«Es gibt keinen Wein mehr, Zeb», sagte er mit gespielter Gelassenheit. «Wir müssen sofort auf die Tigarry, Bobbys Peiniger mit dem Zeichen des Kreuzes haben wieder zugeschlagen.»

«Kommt an Bord, Freunde, die Lage wird noch ernster.»

Hackett legte wortlos ein Blatt auf den Tisch, drehte sich um und sagte leise: «Es kam vor zwei Stunden auf dem Fax hier an, es ist für dich, Zeb.»

Zebulon Polniak studierte das Stück Papier lange, dann liefen ihm Tränen über das hart gewordene Gesicht, Tränen der Wut und des Schmerzes.

«Ich werde die Schweine abschlachten», sagte er und ging an Deck.

Bolan nahm das unheilvolle Dokument an sich und begann mit dem Studium.

Im oberen Teil des Blattes konnte man deutlich das Bild eines abgetrennten beringten kleinen Fingers erkennen. Der mittlere Teil war mit fetten Buchstaben gefüllt, die einen griechischen Satz bildeten. Der grauenvolle untere Teil war handgeschrieben: «Bitte, Zeb, lass mich nicht im Stich, deine Shirley.»

Als man sich wieder einigermaßen gefangen hatte, zitierte Bolan alle an den Tisch der Lounge der luxuriösen Yacht.
«Weiß jemand, was diese Zeile zu bedeuten hat?», fragte der Professor, der seine Neugierde nicht mehr zügeln konnte.

ASKI KATASKI LIX TETRAX DAMNAMENEUS AISION

Malcolm Bolan ging ganz tief in sich, sagte lange kein Wort, nahm sein Gesicht in die Hände und verharrte einige Minuten in der Position, bevor er sich schließlich aufrichtete, um mit klaren Worten zu sprechen.
«Das ist die Antwort auf unsere Fragen, meine Lieben, ich weiß, was dies bedeutet.»
Da Malcolm noch keine Antwort formulierte, und sich immer noch damit begnügte seine Partner in der düsteren Affäre anzuschauen, meldete sich der Professor erneut zu Wort.
«Es ist griechisch, ergibt aber keinen Sinn», sagte Sinclair verwundert.
Zeb, der sich den anderen wieder zugesellt hatte, antwortete mit Trauer in der Stimme: «Ich habe diese Worte schon geschrieben gesehen, kann mich aber nicht erinnern wo. Sag es uns, mein Bruder.»
«Man nennt sie die Ephesischen Buchstaben. Sie ergeben keinen wirklichen Sinn, sie sind reine Zauberworte aus der Antike. König Krösus, der Reichste unter den Reichen, formulierte sie auf dem Scheiterhaufen. Damit will man uns mahnen, Kapital aus dem Fund zu schlagen. Die Wörter standen aber auch auf dem Bild der Artemis im Tempel zu Ephesos. Und dies ist die zweite Warnung an uns. Der Artemistempel in Ephesos war ein alteingesessenes Heiligtum, das 356 v. Chr. von Herostratos mit dem einzigen Ziel, Berühmtheit zu erlangen, in Brand gesteckt wurde. Sie warnen uns damit, das Heiligtum Kirche zu zerstören, indem wir Berühmtheit damit erlangen wollen, dass wir die Erkenntnisse unseres Fundes der Welt öffnen und damit gegen das verstoßen, was ihnen heilig ist.
Wir haben es mit einem religiösen Geheimbund zu tun, einer Hydra, die ihre Tentakel weltweit ausstreckt und die mit großer Wahrschein-

lichkeit auch noch die Unterstützung der Kreationisten genießt. Weder mit Befehl der Kurie noch dem Rückhalt Roms warnen sie uns vor einer herostratischen Tat.»

Zweiter Teil

Erstes Kapitel

I

«Wirf dem alten Mistkerl den Kübel Wasser über seinen Schädel», grunzte Dessaline. «Der ist nur ohnmächtig, oder das weiße Schwein simuliert wieder. Der Alte ist zäh wie Leder, Louis, so schnell verschwindet er nicht im Reich des Baron Samedi, und er ist uns noch eine Antwort schuldig. Wenn er ausgepackt hat, fackeln wir die Hütte ab, er soll bei lebendigem Leibe schmoren.»
«Warte», sagte Petitvoltaire, «ich gebe noch etwas Geschmack dazu, ich muss mal.»
Louis öffnete seine Hose und pinkelte in den Eimer. Als der durch den jahrelangen abusiven Drogenkonsum verblödete Polizist sein Glied wieder in die vor Dreck starrende Uniformhose zurückverfrachten wollte, bekam er vor Schreck seinen ohnehin ewig offenstehenden Mund nicht mehr zu. Im Türrahmen standen eine wunderschöne Frau, die eine Pistole auf ihn gerichtet hatte, und ein kleiner grauhaariger Mann mit einer Machete in der Hand.
«Mach den Gürtel auf, wir wollen das Prachtstück weiter bestaunen», zischte die Frau.
Der dicke Kommissar, genauso sprachlos wie sein Gehilfe, verzichtete weise darauf den Versuch zu unternehmen, an seine Waffe zu kommen, als er in die eiskalten Augen der Kreolin sah. Petitvoltaire, die Hose mittlerweile auf den Knöcheln, realisierte nur langsam, was da vorging. Schnelle Situationsänderungen brauchten bei ihm immer sehr lange, um sich durch die verstopften Gehirngänge ihren Weg zur Begrifflichkeit zu bahnen.
«Archibald, befreie Monsieur», sagte die Frau herrisch.
Archibald, der alte Gärtner, war es auch, der beobachtet hatte, wie Bartholomé von den zwei Uniformierten abgeholt wurde. Er informierte umgehend Madame Zoé, so konnte sie ohne viel Zeit zu verlieren den Alten, wie sie ihn manchmal zu nennen pflegte, dank des Peilers orten.

«Er ist tot, Madame.»
Zoé hatte, noch im Türrahmen stehend, begriffen, was da in der Dunkelheit der alten Hütte Schreckliches geschehen war. Ohne die Worte Archibalds hatte sie intuitiv gewusst, dass das Leben den alten Freund verlassen hatte. Sie verspürte noch keinen Schmerz, unendliche Wut und Rachegefühle erfüllten spontan ihr ganzes Wesen, sie fühlte sich bereit zu töten. Sie beherrschte sich, keine heißen und brodelnden Emotionen in sich hochkommen zu lassen, Rache war das Gericht, welches sie jetzt kalt servieren wollte, und die zwei Kreaturen ihr gegenüber sollten möglichst viel davon bekommen.
«Binde ihn los», sagte die alte Kreolin mit eiskalter emotionsloser Stimme.
Als der treue Diener die Fesseln seines gepeinigten Herren durchtrennt hatte, legte er den leblosen Körper gerade ausgestreckt und würdevoll zu Boden.
«Binde deinen Chef an Bartholomés Stelle auf den Stuhl!», befahl sie trocken.
«Was wollen Sie von uns, Madame», meldete sich Dessaline mit Honig in der Stimme. «Wir taten nur unsere Pflicht. Lasst uns doch reden.»
Zoé gab dem alten Gärtner mit den Augen etwas zu verstehen und wandte sich dem mittlerweile auf dem Stuhl gefesselten Dessaline zu.
«Du hast ihn gefoltert, du dickes Schwein.»
Petitvoltaire stand neben seinem Vorgesetzten. Pflichtbewusst, oder aus dem Drang heraus ihm zu schmeicheln, meldete er sich zu Wort.
«Der Commissaire wollte das nicht, glauben sie mir, Madame ...»
Mit unglaublicher Geschwindigkeit und teuflischer Präzision wirbelte die Machete des Gärtners in einem nahezu perfekten Halbkreis herab, und entmannte den gesprächigen Louis, noch bevor sein Satz zu Ende war.
Der markerschütternde Schrei, der darauf folgte, ließ dem festgebundenen dicken Dessaline das Blut in den Adern gefrieren. Er begriff blitzartig, dass hier kein Erbarmen mehr zu erwarten war. Louis Petitvoltaire sank indessen zu Boden, seine beiden Hände, fest auf den Stummel des amputierten Gliedes gepresst, vermochten jedoch

das ausströmende Blut nicht mehr zu stoppen. Er schien plötzlich in vollem Umfang zu begreifen, was das für ihn bedeutete, klagte auf entsetzliche Weise, und seine Augen rollten ganz wirr unter den weit aufgerissenen Lidern, terrorisiert von der Gewissheit des nahen Todes.

Zoé streckte ihren mit einer Luger bewaffneten Arm aus und schoss mehrere Male in den vor ihr am Boden herumzuckenden Körper.

Dessaline, gelähmt vor Todesangst, konnte seinen Urin nicht mehr halten. Eine immer größer werdende Lache breitete sich zwischen den gefesselten Füßen aus. Die letzten Worte des alten Mannes hallten in ihm wieder, was seine Panik noch zum Exzess führte. Bartholomé war ein Seher, er wusste das, so stellte er ohne Überzeugung und den Tod vor Augen seine nun überflüssig gewordene Frage.

«Ich habe drei Kinder, Madame», flehte er weinerlich, «und Geld. Viel Geld, glauben Sie mir. Lassen Sie mich leben?»

«Deine Kinder haben einen solchen Vater nicht verdient. Sie können den heutigen Tag lobpreisen, an dem du so rasch vors Jüngste Gericht kommst. Es ist meine Pflicht sie von dir zu erlösen, Dessaline, und ich bin verdammt pflichtbewusst, nicht wahr Archibald?»

Zoé gab dem Polizisten keine Antwort mehr. Sie verließ die Hütte und begab sich zu ihrem Cherokee. In Haiti wurde das Benzin öfters rationiert, so hatte sie am Morgen die Gunst der Stunde wahrgenommen, da der Brennstoff gerade im Überfluss vorhanden war, und zwei Zwanzigliter-Kanister zusätzlich volltanken lassen.

«Schneide meine Fesseln durch, Archibald, ich mache aus dir einen reichen Mann, bitte, ich flehe dich an, wir sind doch beide echte Haitianer. Ich schwöre bei dem Baron Samedi, ich mache euch reich, dich und deine Familie. Du warst doch selbst ein Zombiemacher.»

«Aber Dessaline, für wie dumm hältst du mich, jedermann kennt und fürchtet dich in Port-au-Prince. Ich bin ein alter Mann ohne Familie und weiß schon lange, was von deinesgleichen zu halten ist. Menschen erpressen, sie zu foltern und zu bestehlen war stets deine Devise, so wie die der Tontons Macoute. Ihr habt unser Land in Furcht und Schrecken versetzt, nicht einmal vor Frauen und unschuldigen Kindern zeigtet ihr Respekt. Bartholomé war für mich wie ein

Vater, gerecht und gut, du hast ihn abgeschlachtet wie ein Schwein, so wünsche ich mir, dein Sterben möge sich lange hinziehen.»
«Bitte Archibald, sie kommt gleich zurück, du bekommst alles, was ich besitze.»
«Du würdest mich danach umbringen, wie so viele, die du ermorden lassen hast. Deinen Voodoogott kannst du nun im Jenseits anbeten, vielleicht bringst du ihm dein Geld mit.»
Als Zoé zurückkam, übergoss sie die morschen Wände des Holzhauses, dann den leblosen Körper ihres Freundes und Lehrmeisters, und schlussendlich schüttete sie die restlichen Liter Dessaline über den Kopf.
Der Polizist, dem diese plötzliche Dusche den ultimativen Schreck bescherte, begriff schlagartig wie sein Sterben sich vollziehen werde.
Zoé zündete sich eine Zigarre an und stellte sich vor den zitternden Beamten.
«Wie willst du sterben, du Schwein? Ich kann dich erschießen oder dich langsam mitsamt der Hütte verbrennen lassen, das war doch noch vor kurzem deine eigene Idee, es hängt von deiner Antwort ab. Glaubst du an Gott?»
Dessaline, wahnsinnig geworden vor Angst, zitterte nur noch, er hatte die Sprache verloren.
«Dann fahr zur Hölle.» Zoé knipste ihr Benzinfeuerzeug an, legte es ihrem Gefangenen auf den Schoß und beide verließen sie die Hütte. Das Geschrei des brennenden Folterers begleitete sie zum Wagen wie das ewige Klagen der Verdammten in Satans feurigem Reich, und widerhallte noch in Zoés Ohren bis zu ihrer Ankunft in Port-au-Prince.

II

«Bruder Meister, wir erflehen deine Gnade, unser Versagen verdient Strafe, wir haben uns als unwürdig erwiesen.»
In dem Kellergewölbe der alten Abtei, in der die Versammlungen des Ordens stattfanden, ertönten die Jeremiaden der Brüder Henoch und Anselm.

Bruder Henoch, der Gefasstere, ergriff das Wort.
«Ehrwürdiger Bruder Meister Malachias», sagte er und versuchte dabei seiner Stimme etwas Sicherheit zu verleihen, «wir konnten nicht ahnen, dass der Matrose uns so schnell dahinsterben würde. Sie haben mein Wort, Meister, wir gaben unser Bestes und ich vermute, der Mann wusste wirklich nicht, wo der Fund versteckt war.»
«Nun, sie werden stillhalten, solange die Hure des Amerikaners in unseren Händen ist. Wenigstens kann ich mich auf die Brüder jenseits des großen Wassers verlassen.»
«Bruder Anselm, halte uns nun auf dem Laufenden über die neuesten Erkenntnisse des ehrwürdigen Bischofs.»
«Wie ihr bereits wisst, meine Brüder, hatte Vallois erneut einen Volltreffer. Über alte Verbindungen nach Haiti erfuhr er, dass der alte Bartholomé noch lebt und sich in Port-au-Prince versteckt hält. Sollte es sich wirklich um ihn handeln, bewohnt er eine alte Kolonialvilla in Pétionville, dem besseren Wohnviertel von Port-au-Prince. Das Haus ist als Bordell getarnt, jedoch empfängt es nie Gäste. Bartholomé lebt dort mit einer Kreolin, sie haben immer einige Zöglinge im Hause, welche stets so lange bleiben, bis ihre Ausbildung vollendet ist. Es sind in der Regel junge Mädchen, die aus den Slums südamerikanischer Großstädte stammen. Keiner weiß, worin ihre Ausbildung besteht, nur dass sie nach Jahren als studierte Schönheiten das Land verlassen. Bartholomé hat nie Kundschaft, wird selten gesehen, besticht die Polizei und die Miliz und besitzt hohen Einfluss auf der Insel. Laut den Informationen von der Nachbarschaft führt er dort ein sehr zurückgezogenes Leben. Von den Lieferanten, welche seltsame Apparaturen dorthin auslieferten, kam jedoch die Information, dass in dem alten Gemäuer merkwürdige Dinge geschehen würden. Das geheimnisumwobene Domizil des Bartholomé soll wertvolle Antiquitäten bergen, und es scheint als verfüge der alte Magier über gewaltige Mittel.
«Du wirst nach Haiti fliegen, Bruder Anselm, dort suchst du dir korrupte Staatsdiener aus und bietest ihnen hohe Summen. Für Geld tun die dort alles. Wenn der Alte noch im Besitz von Dokumenten ist, hat er seine Macht dorthin mitgenommen. Die Zeit ist gekommen, da

diesem okkulten Teufel das Handwerk gelegt werden sollte. Er hat mit der Kirche gespielt, sie für seine Ziele benutzt und möglicherweise einen unserer Männer auf dem Gewissen. So hast du freie Hand, Bruder, entreiße ihm sein Wissen, auch wenn du ihn dafür vierteilen musst.»

«Es wird so geschehen, Bruder Meister.»

«Viel steht auf dem Spiel, mein Bruder. Versage nicht erneut, du weißt, ich kann dir dann nicht helfen, du wirst in diesem Falle nicht weiter zu den Neun zählen können, und deine Pflicht wird es sein, den Weg nach Eden anzutreten.»

«Ich werde der Strafe der Bruderschaft nicht ausweichen, geliebter Meister.»

«ITE MISSA EST, Frater.»

«Was sprechen die Brüder in Amerika, Bruder Henoch?»

«Ich hatte ihnen deine Direktiven vermittelt, großer Meister. Man wird die Hure würdig behandeln.»

«Sind die Brüder dort damit einverstanden, auch über Monate das Weib zu versorgen?»

«FIAT VOLUNTAS TUA, Frater.»

Darauf wurden die drei schwarzen Kerzen angezündet, die Brüder zogen ihre düsteren Kapuzen über die Köpfe und stimmten hier in dieser Agora der Finsternis ein passioniertes Salve Regina an.

Alleine die heilige Mutter wurde von den Brüdern verehrt, gleich den neun Templern, die damals ihre Macht aus dem Fund in Salomons Tempel zu Jerusalem bezogen.

Bruder Malachias und seine Jünger waren Kreationisten, für sie gab es keine Evolution und keinen Werdegang der Menschen vom Protomenschen bis zum Homo sapiens-sapiens. Sie hielten sich strikt an die Genesis, sahen sich als Kinder Adams und alles, was vor mehr als viertausendfünfhundert Jahren herumkroch, war Getier. Die Frau hatte in ihrer Optik dem Manne untertan zu sein, so wie es das Alte Testament vorsah. Alles darin Verzeichnete konnte nur gut für die Menschen sein, denn der Text wurde ja schließlich einst von Gott selbst diktiert. Sie fühlten sich wohl in dieser archaisch gestrickten Welt, die sie bereit waren mit allen Mitteln zu erhalten und zu verteidigen. Der heilige Vater sollte nicht übermäßig mit den profanen Problemen der Welt belastet werden, sein kompletter Hofstaat jedoch, die Kurie mit all den Kardinälen, sowie die meisten Bischöfe hielten sie für Schwächlinge und Schwätzer. Ihre Rolle war es, tief im Hintergrund schützende Arme um ihre Heiligkeit zu legen, auch wenn sie dafür sämtliche Gesetze der Demokratie missbrauchen sollten. Ein jeder von ihnen war bereit dafür zu sterben.

III

Das unmittelbar vor den Toren Basels liegende Riehen war an diesem ersten Dezembertag unter einer zarten frischen Schneedecke versteckt. Einige Kinder versuchten an einem Hang im Wenkenpark zu rodeln, doch es war zu früh. Im großen Salon einer üppigen Patriziervilla aus der Jahrhundertwende, die von majestätischen Bäumen umgeben war, saßen drei Männer mit bedrückter Miene.

Professor Züngeli, die Brille auf der Stirn, die Augen geschlossen, spitzte immer wieder seine Lippen und gab gelegentlich nervöse Räuspergeräusche von sich. Er war die menschliche Reinkarnation eines Marders, dafür brauchte es kaum Phantasie. Gelassen beugte er sich vor, nahm seine Pfeife vom Beistelltisch und fing damit an, sie in aller Seelenruhe zu stopfen.

«Seien wir nicht so bedrückt, meine Herrn, wir werden diese junge Frau schon irgendwie frei bekommen», sagte der Gelehrte mit leiser Stimme. «Eines ist mir jedoch klar, Freunde, die Herausgabe der Schätze, die wir nun sicher in meinem Museum unter Verschluss halten, bedeutet noch lange nicht die Garantie ihrer Freilassung. Noch dazu wissen wir noch immer nicht, mit wem wir es zu tun haben. Die Kirche handelt nicht auf diese Weise, zumindest nicht mehr heutzutage. Inwieweit sie involviert ist, könnte sich noch vor der Nacht herausstellen. Lassen wir uns überraschen ...»

Malcolm Bolan und Professor Sinclair schauten den gelassenen Züngeli an, ihre Blicke verrieten den gleichen Gedanken. Professor Armando Züngeli lebte in seiner eigenen Welt, die Artefakte, der Film

und jetzt noch das wunderbare Relikt aus der Wüste erfüllten ihn mit enormer Zufriedenheit. Er, der nicht gerade der Liebling der Frauen war, hinterließ bei ihnen den Eindruck, er würde sich nicht für die Freilassung einer jungen Frau, noch dazu einer, die er kaum kannte, einsetzen, indem er diese so wichtigen Fundstücke herausgab. Züngeli hatte schon einmal Schande, Schmach und eine entwürdigende Behandlung über sich ergehen lassen müssen, und es sollte sicher nicht das Schicksal einer unwichtigen Frau sein, das ihn jetzt, kurz vor dem ersehnten Erfolg, daran hindern würde, an sein Ziel zu gelangen. Egal wie die Geschichte ausgehen wird, schien der Professor aus Basel fest entschlossen zu sein, der unbestechlichste Wärter seiner Schätze zu bleiben.
«Ich habe schon seit Tagen keine Nachricht von Zeb», sagte Bolan bedrückt. «Bei unserem letzten Gespräch erwähnte er, seine Lebensgefährtin übers Handy gesprochen zu haben. Es ginge ihr gut, sie sei an einem ruhigen Ort und das Essen sei hervorragend. Man erlaube ihr sogar Television. Die anfängliche Panik nach der Amputation sei nun grauenvoller Langeweile gewichen und sie vertraue nach wie vor darauf, Zeb werde alle Hebel in Bewegung setzen, um die Wünsche ihrer Kidnapper zu befriedigen. Mir ist bewusst, wie sehr Sie an den Artefakten hängen, Armando, und wie wichtig sie für die Menschheit sind, jedoch hat die Sicherheit der jungen Frau oberstes Gebot.»
«Gewiss, gewiss», antwortete Züngeli abwesend. Er schien mit seinen Gedanken irgendwo in seinem eigenen Kosmos zu weilen. Die Überlegungen, die ihn momentan beschäftigten, waren die des Gelehrten; fern von Mitgefühl und bar von Altruismus war er überzeugt davon, zum Wohle der Erkenntnis und zur Förderung fortschrittlicher Wissenschaft richtig zu handeln. Große Umwälzungen sowie Revolutionen forderten ihren Tribut, er war es seinem Idealismus schuldig standhaft zu bleiben, ihm war bewusst, dass das Schicksal eines Einzelnen hier vor dem enormen Wissensgewinn für viele zurückgestellt werden musste. Alea jacta est, er stand vor seinem eigenen Rubico, und ein eventueller Gang nach Canossa war ausgeschlossen.
Professor Sinclair genoss die Aussicht auf den verschneiten Park, er

beteiligte sich zunächst nicht mehr aktiv am Gespräch, versicherte aber Malcolm schon am Morgen, seiner Meinung zu sein. Auch er würde alles tun und auf vieles verzichten, damit dem einmaligen Fundstück der Weg in die Öffentlichkeit frei bleibt, ein weiteres Todesopfer schien ihm jedoch ein zu hoher Preis zu sein.
«Sie kommen», sagte Sinclair etwas angespannt. Eine schwarze Limousine fuhr soeben in den Hof.
Alle eilten zum Fenster, gespannt auf den Besucher.
«Er ist nicht alleine, meine Herrn», meldete Züngeli erbost. «Das verstößt gegen die Abmachung», darauf befahl er der Haushälterin, die Gäste in den Salon zu bitten.
Nach den Begrüßungsfloskeln wurden Getränke serviert, wobei Professor Züngeli endlich den passenden Moment fand, um seine dringende Bitte zu verkünden.
«Ich hoffe Sie sind mir nicht böse, Exzellenz, aber wir möchten uns lediglich mit Ihnen austauschen. Wir bitten daher euren Sekretär, Pater Tettamanti, sich für die Zeit unserer Gespräche in den kleinen Salon der oberen Etage zu begeben.»
Tettamanti, der ansonsten stets relativ Zen bleiben konnte, verfinsterte für den Bruchteil einer Sekunde die Miene, was Bolan nicht entging, bevor er sich lächelnd und verständnisvoll von der Haushälterin in den oberen Stock führen ließ.
Züngeli und Bolan stürzten sich daraufhin abwechselnd in die Narration der Geschichte, welche Bischof Taerning mit Spannung verfolgte.
Lange hielt der Prälat der Kirche inne, um schlussendlich mit sehr ernster Miene das Wort zu ergreifen.
«Gentlemen, ich versichere Ihnen, wir haben mit der Entführung nichts zu tun. Ich hoffe, Sie waren nie wirklich der Meinung, die Kirche könnte nur annähernd solche Gräueltaten unterstützen. Natürlich sind wir interessiert daran, die Artefakte nicht veröffentlicht zu sehen, aber weniger aus dogmatischen Gründen als aus der Sorge heraus, dass die Menschen noch nicht so weit sind, um dies alles zu verstehen. Um der Zukunft willen müssen Gelehrte und Führer manchmal Handlungen vollziehen, die in der Gegenwart wider die

Regel klingen, im Nachhinein jedoch von den Menschen begriffen werden, wenn die Reife dafür da ist. Denken sie dabei an Abu Ali al-Husayn ibn Abdullah ibn Sina, Philosoph, Arzt, Physiker, Mathematiker und Astronom. Avicenna wusste genau, wie das Innere eines Menschen zusammengesetzt war. Wie konnte er das wissen, da ihm doch seine Religion das Sezieren eines Körpers verbot? Er war eben überzeugt davon, es trotz aller Vorbehalte machen zu müssen, damit man in der Heilung weiterkam. Heute noch wird er dafür in der islamischen Welt anerkannt und verehrt und gilt auch in der christlichen Welt als der vielleicht berühmteste Wissenschaftler aller Zeiten. Galilei oder Kepler riskierten den Tod, von der heiligen Inquisition verordnet, und Giordano Bruno endete auf dem Scheiterhaufen, alles für Ideen im Namen derer sie heute rehabilitiert sind und weltweit anerkannt werden.

Seit nahezu zweitausend Jahren sind die Christen mit einem bestimmten Schöpfungsbild vertraut. Sie haben sich mit der Zeit an die Evolutionstheorie gewöhnt und integrierten mehrheitlich den Darwinismus in ihr Verständnis der Bibel, welche sie als Lehrbuch für Sitten und Moralregeln lieben und ehren. Für einen überzeugten Christen ist es Gott selbst, der sich durch dieses Buch direkt an die Menschen wendet. Sie haben sich damit abgefunden, dass der Allmächtige den Menschen erst zu einem späteren Zeitpunkt erschuf.

Würden wir jetzt mit der Behauptung aufwarten, Urmenschen hätten schon Jagd auf Dinos gemacht und seien danach wieder verschwunden, um hundert Millionen Jahre später erneut aufzustehen, würden wir uns in Rom der Lächerlichkeit aussetzen. Dies wäre gleichbedeutend mit mehreren Schöpfungen. Gebildete wissen mittlerweile von der Tatsache, dass das Alte Testament schon in babylonischen Mythen präexistierte, kämen wir nun mit der Aussage, die ersten Menschen seien bei dem Kataklysmus, der die Sauriere vor sechzig Millionen Jahren vernichtete, auch mit untergegangen, wäre dies fatal zumindest für das Alte Testament.»

«Denken Sie, das könnte sich so abgespielt haben, Exzellenz?»

«Ich persönlich zweifle daran, aber wenn sich Sinclairs Fund als authentisch erweist, müsste auch ich mich beugen. Es würde das Fundament einiger Religionen sprengen, was ich als völlig sinnlos ansehe, gerade in den heutigen schweren Zeiten, in denen man wieder mehr zur Besinnlichkeit zurückkommen sollte. Die Zeit ist nicht reif, meine Herren.»

«Denken Sie nicht auch, Exzellenz, Leiff Asgaard könnte in ein Doppelspiel verwickelt gewesen sein?», wollte Malcolm wissen.

«Sie sehen mich sehr beunruhigt, Mister Bolan», antwortete Taerning mit einem leichten Anflug von Unverständnis in der Stimme.

«Exzellenz, es muss eine undichte Stelle geben in ihren Reihen.»

«Sie mögen Recht haben, Professor Züngeli, und ich würde ergänzen: Uns allen entgeht hier etwas. So traurig sich das anhören mag, denke ich, dass man nicht einmal in unseren Reihen noch allen vertrauen kann.»

«Dies war der primäre Grund, nur Sie alleine sprechen zu wollen, Exzellenz.»

«Ich würde für Tettamanti meine Hände ins Feuer legen, Mister Bolan, er ist eine so reine Seele und mir treu ergeben. Er gehört noch zur alten Garde, Männer seiner Qualität sind auch in unseren Reihen eine vom Aussterben bedrohte Art geworden. Tettamanti gäbe sein Leben für die Kirche.»

Gerade deswegen, dachte sich Malcolm, behielt seinen Verdacht jedoch für sich.

«Was wären die Gegenstände Rom denn wert, sollte jemand verhandeln wollen?», fragte Züngeli mit enigmatischer Miene.

«Ich glaube ein Vermögen, Herr Professor, wahrhaftig ein Vermögen. Könnten wir nicht eine Einigung finden, welche für uns alle befriedigend wäre?»

«Niemals, wenn diese mit dem erneuten Unterdrücken der Wahrheit verbunden sein sollte», antwortete darauf Züngeli mit finsterer Miene.

IV

«Wie viele Kilometer sind es noch, Tettamanti? Was sagt das GPS?»
«Es sind dreißig bis Hannover, Exzellenz, danach sind es nur noch wenige Kilometer bis zu dem Dorf.»
Bischof Taerning verbrachte die Nacht im Hotel Drei Könige in Basel. Viele Stunden vergingen, bis er den Schlaf fand, waren doch die Fragen, die er sich stellte zu zahlreich und auch zu komplex, um ihn ruhen zu lassen. Schon in den frühen Morgenstunden verließen sie die Schweiz mit dem Ziel Hannover, um am beginnenden Nachmittag die psychiatrische Anstalt aufzusuchen. Nur noch wenige Kilometer trennten ihn jetzt von dem Ort, der so viele Jahre mühevoller Recherchearbeit gefordert hatte. Jahrelanges Schnüffeln in den Akten der Armee und des Nachkriegsgesundheitswesens der Bundesrepublik führten schließlich zum Erfolg. Taerning konnte seine Geduld kaum mehr zügeln, endlich würde er erfahren, was sich damals während des Krieges in dem abgelegenen kleinen Dorf nahe der spanischen Grenze Schreckliches abgespielt hatte. Er hoffte inbrünstig, dass der alte Mann, den er in Kürze nun endlich sehen sollte, noch über genügend Klarheit verfügte, um seinen Wissensdurst zu stillen.
«Was verschafft uns die Ehre des Besuches eines Bischofs in unserem bescheidenen Heim, Exzellenz?», fragte der junge Leiter der Nervenheilanstalt erstaunt.
«Ich bin ein passionierter Anhänger europäischer Geschichte, Herr Doktor. Ich denke, Ihr Patient kann mir einige Fragen bezüglich seines Aufenthaltes in Frankreich während des Krieges beantworten.»
«Sie können ihn besuchen, Exzellenz, aber ich warne Sie vor zu viel Optimismus, der Mann ist sehr alt und extrem verwirrt.»
Endlich war es so weit, viele Jahre der Recherchen lagen nun zwischen diesem Augenblick und den vergeblichen Versuchen diesen Mann zu finden. Otto Rahmelt, Offizier der SS, leitete im letzten Weltkrieg eine kleine Gruppe, die von der obersten Führung des Reiches beauftragt wurde, auf dem Plateau um Rennes-le-Chateau nach dem Mysterium zu forschen.

Man sagt, er habe bei der Grabung in einer der Höhlen etwas gesehen und kurz darauf den Verstand verloren. Zuvor bewies er noch die nötige Geistespräsenz, den Eingang mit Tonnen von Beton für immer zu verschließen, wobei er seinen Männern erklärte, dass die Menschheit vor dem, was sich darin befand, verschont bleiben solle. Was er dort erlebte, war nicht von dieser Welt, behauptete er unverdrossen, nach seiner Uhr hatte er genau zwanzig Minuten untertags verbracht, seine Männer schworen jedoch, nahezu drei Stunden auf den Offizier gewartet zu haben. Zwei der Gefolgsleute des Herrn Rahmelt machten sich auf die Suche nach ihm, sie kamen kurz darauf aus der Höhle, total verängstigt und ohne die geringste Ahnung, welches Phänomen ihnen diese Panik beschert hatte. Die Truppe verließ die Gegend, und das Geheimnis von Rennes-le-Chateau verfiel erneut in einen Dornröschenschlaf.
Taerning schloss die Tür hinter sich, setzte sich auf den einzigen Stuhl in dem armseligen kleinen Zimmer und schaute den alten Mann an. Die schneeweißen langen Haare, die den hageren Schädel krönten, verliehen dem Greis das Aussehen eines in die Jahre gekommenen Künstlers. Ronald hatte eigentlich erwartet, in stupide Augen blicken zu müssen, zu seiner Überraschung schaute ihn Rahmelt jedoch mit einem ziemlich verschmitzten Blick an. Aber schon in der nächsten Sekunde schossen ihm Tränen in die Augen, und er fing an bitterlich zu weinen. Sein ganzer Körper schien plötzlich von unsichtbarer Energie durchströmt und er zitterte wie die Patienten, die unter Dengefieber leiden. Genauso schnell wie der Anfall gekommen war, legte er sich auch wieder, und in seinen Augen erwachte das Maliziöse erneut.
«Herr Rahmelt, verstehen Sie mich?»
«Natürlich verstehe ich Sie, Herr Pfarrer, was wollen Sie von mir?»
«Wenn es Sie nicht zu arg belastet, möchte ich, dass Sie mir von Rennes-le-Chateau erzählen.»
Der demente Mann hielt inne, seinen Augen war plötzlich extreme Anspannung anzusehen, und er atmete nochmals tief ein, bevor er antwortete.
«Ich war alleine in der Höhle, Herr Pfarrer, plötzlich war es da.»

Rahmelt verfiel sogleich wieder in tiefe Depression, seine Weinkrämpfe setzten erneut ein, sein Blick wurde wirr und die totale Demenz übermannte schlagartig seine Gesichtszüge.
«Ich glaube, Sie müssen die Sitzung abbrechen, wenn er in diesen Zustand kommt, geht es Stunden, bis eine gewisse Klarheit wieder eintritt», sagte der Arzt, der sich dem Bischof zugesellt hatte.
«Was wissen Sie über die Affäre?», wollte Taerning wissen.
«Gar nichts, Exzellenz, der Mann hat nie über die Gründe seiner Angstneurose gesprochen. Soviel mir bekannt ist, befindet er sich seit 1944 in Behandlung, bisher dachten wir, die Wirren des Krieges seien die Gründe seiner Krankheit. Tausenden ist es so ergangen, aber bei ihm muss noch ein ganz bestimmtes Erlebnis zu Grunde liegen, denn Fortschritte hat er nie gemacht.»
«Schade», meinte Taerning, der dem Arzt nichts verraten wollte. «Wenn dem so ist, werde ich nun besser wieder gehen. Ich könnte versuchen, ein Zimmer im Ort zu finden, und wenn Sie mir es gestatten, würde ich dann morgen einen weiteren Versuch wagen. Hat der arme Mann auch manchmal längere Klarheitsphasen?»
«In der Tat, Exzellenz, möchte ich Ihnen keine unnötigen Hoffnungen machen. Was Sie heute erlebten, ist sogar mit vom Hellsten, was er seit langem von sich gab.»
«Gott sei seiner Seele gnädig Herr Doktor, brechen wir die Sitzung eben für heute ab.»
Rahmelt streckte plötzlich seine Arme nach dem Bischof aus, sah ihm in die Augen und mühsam, als ob er seine letzte Willenskraft mobilisierte, stammelte er:
«Pfarrer, nicht gehen. Bitte Pfarrer nicht gehen.»
«Haben Sie Vertrauen, Herr Rahmelt, sagen Sie mir, was Sie bedrückt, mein Lieber. Der Herr ist doch mit Ihnen, vertrauen Sie seiner Gnade.»
Der alte Mann fasste sich ins Gesicht, grub seine Fingernägel in die Wangen, er bekam die Worte kaum heraus.
«Der Teufel wohnt dort», schrie er. «Der Teufel, Pfarrer. Ich habe ihn gesehen. Die Zeit verliert dort ihre Bedeutung, wenn er kommt, sie steht still und es ist nicht mehr unsere Welt.»

Der Kopf des armen Mannes fiel auf seine Brust, seine Hände lagen wie leblose Fremdkörper neben seinen Schenkeln, und er verfiel in endloses Schweigen.
In seiner Funktion als Geistlicher blieb der Prälat der Kirche noch eine Weile am Bett des dementen alten Mannes sitzen, auch um etwas Pietät zu bewahren, und nicht den Eindruck zu hinterlassen, er sei nur gekommen, den ehemaligen SS-Mann auszuhorchen. Otto Rahmelt war inzwischen eingeschlafen, seine Albträume und sein unheimliches Wissen strengstens verwahrt in seinem nicht mehr intakten Erinnerungsspeicher.
Bischof Ronald Taerning, zurück in Basel, lag auch in dieser Nacht in seinem Hotelbett, ohne Schlaf finden zu können. Er grübelte über alles nach, was er über die Geschichte um Rennes-le-Chateau und den so plötzlich reich gewordenen Abbé Saunière wusste. Den Geistlichen der Nachbargemeinde, den Saunière in sein Geheimnis eingeweiht hatte, fand man eines Morgens in der Küche seines Pfarrhauses, auf bestialische Weise mit unzähligen Messerstichen ermordet. Die einzige Spur, die der Mörder zurückließ, war ein Päckchen Zigarettenpapier der Marke Tzar, auf dem die Worte zu lesen waren: Viva Angelina. Generationen von Mysterienforschern versuchen seit Jahrzehnten den kryptischen Satz zu enträtseln, aber bisher gelang es keinem. Saunière wurde oft gesehen, wie er in den Höhlen auf dem Plateau von Rennes seinen Nachforschungen nachging. Er sammelte unbedeutende Steine, die er in seinem Garten vergrub. Als er auf dem Sterbebett lag, ließ Marie Denarnaud, seine Haushälterin und Geliebte, den Pfarrer eines Nachbardorfes kommen. Man weiß, dass dieser Priester sich sogar weigerte ihm die letzte Ölung zu erteilen, nachdem er mit Saunière gesprochen hatte, ein Fall, der seinesgleichen sucht in der Kirche. Noch merkwürdiger ist die Tatsache, dass Marie den Sarg schon eine Woche vor dem Ableben ihres Geliebten in Auftrag gab, zu einer Zeit also, in der keiner den Schlaganfall des Abbés vorahnen konnte. Marie, die bestimmt einiges wusste, wurde gesehen, als sie Ende der vierziger Jahre bündelweise Banknoten im Garten verbrannte. Die Währungsreform zwang sie dazu, denn Bérangers Vermögen ging am Fiskus vorbei. Sie vergab die Villa

Bethania einem Ingenieur in Erbpacht, dem sie versprach, noch vor ihrem Ableben ein Geheimnis, das ihn sehr reich machen würde, zu verraten. In Rennes-le-Chateau, sagte sie oft, gingen die Menschen auf Gold, ohne es zu wissen, und nur Saunière wisse, wie mit dem Teufel zu sprechen sei. Sie verstarb an einem Schlaganfall und nahm als Letzte das Geheimnis mit ins Grab.
War sie wirklich die Letzte, die etwas wusste? Noch in den fünfziger Jahren kamen mehrere Journalisten, wie auch ein Forscher auf merkwürdige Weise ums Leben, als sie ihre Nasen zu tief in das Geheimnis um Rennes-le-Chateau steckten. Nach vielen Jahren der Grabungen und des Herumschnüffelns in und um den kleinen Ort wurde die Bevölkerung dieses Umtriebes überdrüssig. Es ist kaum anzunehmen, dass die Morde von den Einheimischen ausgingen, sie ließen lediglich von der lokalen Behörde Schilder aufstellen, damit den Heerscharen von Amateurarchäologen aus aller Welt endlich das störende Handwerk gelegt werden konnte. Irgendeine Gruppe von wissenden Menschen wacht jedoch im Hintergrund über das Geheimnis von Rennes. Wer sind diese Wächter? Sind sie aus dem okkulten Milieu? Rosenkreuzer sowie Freimaurer sind natürlich in solchen Fällen stets die willkommenen Opfer, wenn man gar nicht mehr weiterkommt. Dem berüchtigten Pfarrer Saunière wurden von Anfang an Kontakte zu diesen Kreisen nachgesagt. Weiß man in den hohen Sphären der Logen von dem Instrument, welches die Templer mächtig werden ließ, oder hütet man dort sogar das unheimliche Wissen Saunières? Ist dies womöglich in Rennes-le-Chateau noch vorhanden, und vielleicht einfacher zu entdecken, als man denkt, und bedarf deswegen der diskreten Überwachung? Jemand muss ja schließlich die Morde begangen haben, aus Jux und Tollerei werden keine Berichterstatter getötet, und in den Logen pflegt man nicht mit Gewalt zu handeln. Könnte womöglich die Kirche dahinter stecken, wenn nicht sogar dunkle Mächte, die von der Kurie weder bekannt noch geduldet sind, um von noch Unheimlicherem abzulenken? Und Bartholomé, was wusste er? Von einem privaten Treffen mit Malcolm Bolan versprach sich Taerning viel, dieser war schließlich sein Zögling in okkulten Dingen gewesen. Das ganz Seltsame jedoch an

der Geschichte ist die Tatsache, dass der Bischof von Carcassonne den Pfarrer von Rennes-le-Chateau zweimal zum Teufel jagte, und der Papst ihn persönlich kurz darauf jedes Mal wieder rehabilitierte.

Zweites Kapitel

I

Malcolm schlenderte gemütlich zurück zum Hotel Les Trois Rois, er wählte dafür den schmalen Weg am Rheinufer entlang, genoss die kalte Winterluft, die er mit tiefen Atemzügen in seine durch zwei Havannas etwas strapazierten Lungen in sich hinein sog. Züngeli hatte ihn an diesem Abend ins Chez Donati eingeladen, der Manso Brasato, den sie mit Amarone begossen, hatte wie immer Weltklasse, und das Panna Cotta vom Dessertwagen suchte seinesgleichen bis nach Rom. Züngeli hatte tief ins Glas geschaut, er wurde immer redseliger, und Malcolm gewann den Eindruck, dass der Mann sich auf eine Weise verändert hatte, die ihm noch entging. Armando hatte weder Frau noch Freundin, sein Lebensinhalt wie auch der Sinn, den er darin sah, waren alleine durch den Beruf bestimmt. Er war die fleischgewordene Karikatur des Gelehrten. Schon kurz nach dreiundzwanzig Uhr traf Bolan vor dem Haupteingang seines Hotels ein, und zu seiner Überraschung rollte im selben Moment die schwarze Limousine des Bischofs vor das noble Haus.

«Mister Bolan», begrüßte ihn der alte Prälat. «Wir kommen soeben von einer langen Fahrt aus der Bundesrepublik zurück, und ich bin noch etwas aufgekratzt von der Reise, hätten sie noch Lust auf einen Drink?»

«Why not? Exzellenz.»

«Kommen Sie in meine Suite, Bolan, ich lasse uns eine Flasche Champagner servieren. Gut, dass Sie mir keinen Korb geben, ich muss mit Ihnen reden.»

Malcolm dachte geistesgegenwärtig an Tettamanti, dem er keineswegs vertraute.

«Ich lasse in meiner Suite servieren, Herr Bischof, Sie sind mein Gast.» Er betonte dies laut und beobachtete dabei den Sekretär, in

dessen Gesicht sich erneut die Mimik abzeichnete, die er schon am Tage zuvor in Züngelis Villa beobachtet hatte.
Bolans sechster Sinn flüsterte ihm ein, vorsichtig zu sein, was Tettamanti anging. Seine Intuition hatte ihn noch selten im Stich gelassen, und er nahm sich vor, dem undurchsichtigen Priester eine Falle zu stellen.
Als er nun endlich mit dem Würdenträger der katholischen Kirche unter vier Augen war, riskierte er, den ersten Degenstoß zu setzen.
«Hochwürden, was denken Sie wirklich von dem Fund?»
«Sehen Sie, Bolan, sollte dessen Originalität bewiesen werden, würde es mich persönlich in keiner Weise erschüttern. Hier spricht nichts gegen den Allmächtigen, es müssten lediglich einige dogmatische Korrekturen vorgenommen werden. Aber, mein sehr geehrter Herr, ich habe nicht vor mich in einen Theologiestreit mit Ihnen zu verwickeln, etwas ganz anderes beschäftigt derzeit meine Gedanken.»
«Wenn ich Ihnen helfen kann, bitte.»
«Ich gehe ganz stark davon aus, dass meine Funktion innerhalb der Kirche für Sie kein Geheimnis sein dürfte. So will ich Ihnen gegenüber aufrichtig sein. Ins Fadenkreuz unserer Neugierde kamen Sie schon als junger Mann, Sie wissen ja warum. Ihr damaliger Mentor in okkultischem Wissen, der Sie ja auch in die Hermetik initiierte, hatte sich bei uns eingenistet. Wir hielten Bartholomé für einen aufrichtigen Katholiken und gewährten dem Mann ohne Familie Unterkunft und Verdienst. Seinen Hang zur Esoterik erkannten wir natürlich recht früh, aber dies betrifft ja so unendlich viele in unseren Reihen. Dass er subversiv war, erkannten wir erst nach seinem Verschwinden. Der tote junge Priester, den er zurückließ, ist nachweislich an einem durch extreme Angst verursachten Schock gestorben, somit kommt der alte Magier, wie er bezeichnet wurde, als Mörder nicht in Frage. Als Mörder nicht, Mister Bolan, aber als Täter vielleicht, denn er muss die Ursache dieser Angst auf irgendeine Weise ausgelöst haben. Der Verstorbene meldete sich noch am Tage zuvor beim Abt mit der Aussage, in Bartholomés Gemach gingen Dinge vor, die unheimlich wären. Was können Sie mir darüber sagen?»
«Ich habe Bartholomé geschätzt wie einen Vater. Er lehrte mich vie-

les, was ich später ausbauen konnte und was mich vorbereitete der Freigeist zu werden, der ich heute bin. Nie hatte ich das Empfinden, bei ihm Angst haben zu müssen. Im Gegenteil, er stand mir stets warmherzig zur Seite an diesem grauenvollen Ort der Zwangsgebete, wo ich so alleine und ohne echten Freund ausharren musste. Er unterrichtete mich auch in seiner eigenen Theosophie und lehrte mich die neuesten Erkenntnisse moderner Exegese zu verstehen, mich, der bis dahin lediglich die offiziellen Wahrheiten der katholischen Kirche kannte.»

«Der junge Priester erzählte auch von seltsamen grellen Lichtern, die man von außen durch sein Fenster sehen konnte.»

«Das ist vollkommen lächerlich, Hochwürden, dabei handelte es sich mit Sicherheit um die alchemistischen Versuche, die wir oft zusammen praktizierten. Bartholomé war ein großer Spagyriker, sollten Sie wissen.»

«Die Spagyriker suchten doch in allem das Gute vom Bösen zu trennen, speziell in der Therapie und der Heilung im Allgemeinen, wie mir bekannt ist. Wie auch die Alchemisten des Mittelalters, die auf der Suche nach dem Stein der Weisen während dieses Prozesses das Reine vom Unreinen scheiden mussten. Könnte es sein, dass Bartholomé das Böse frei ließ?»

«Ohne Ihnen und den dogmatischen Überzeugungen, die Sie vertreten, nahe treten zu wollen Exzellenz, wie kommen Sie auf so einen Unsinn? Das Böse existiert nicht außerhalb des Menschen, der alleine dieses bewirken kann.»

«So unsinnig scheint dies gar nicht zu sein, mein Lieber. Denken Sie an die Geschichte von Rennes-le-Chateau, die Sie, wie ich weiß, lange studiert haben. Was gäbe es für einen Grund dafür, dass ein katholischer Priester einem Amtskollegen die letzte Ölung verweigern sollte, um noch dazu später selbst dem Wahnsinn zu verfallen, wenn nicht der Teufel höchst persönlich?

Ich habe heute einen aufschlussreichen Besuch gemacht, Mister Bolan. In der Nähe von Hannover besuchte ich einen ehemaligen SS-Offizier, er befindet sich in psychiatrischer Behandlung seit dem Krieg, wo er in einer Höhle nahe dem kleinen Ort in den Pyrenäen

Nachforschungen betrieb. Er hat dort so etwas Fürchterliches gesehen, dass es ihn den Verstand kostete. Noch heute am frühen Nachmittag behauptete er zwischen zwei Demenzkrisen, der Teufel sei dort daheim. Sie müssen mir doch zugestehen, dass dies für einen Mann seiner Waffengattung zumindest befremdend ist.»
«Mich wundert so etwas weniger, Herr Bischof, wenn ich bedenke, dass Himmler selbst schwarze Magie betrieb und von dunklen okkulten Mächten besessen war. Er glaubte wahrhaftig an die Existenz von Agharti, an eine Zivilisation untertags, welche die Vrillenergie besessen haben soll. Denken Sie nur an die Hohlwelt-Theorie der Nazis. Sie führten ein Land und hatten den Geist von Zauberlehrlingen. Heutzutage locken sie nur noch Billigesoteriker mit solchen Geschichten von ihrem Wölkchen herab. Auch in Ihrer Kirche existieren noch so manche Märchen.»
«Zum Beispiel?», fragte der Bischof sarkastisch.
«Bis vor einigen Jahren noch mussten ihre Schäfchen wirklich glauben, Jesus sei wahrhaftig mit seinem physischen Leib empor gegangen, eine Aussage, die vor keiner seriösen Exegese heute bestehen würde.»
«Das müssen Sie symbolisch betrachten.»
«Man muss leider zu vieles symbolisch betrachten in Ihrem Kult, aber gut, wir wollten uns nicht über dogmatische Angelegenheiten austauschen, Hochwürden, verzeihen Sie die Eskapade. Aber Sie haben natürlich völlig Recht, Rennes-le-Chateau bleibt auch für mich ein totales Mysterium.»
Bolan vermied es den Bischof über ein anderes Wissen, das er besaß, in Kenntnis zu setzen. Bartholomé hatte ihm versprochen, ihn noch vor seinem Abitur in ein unheimliches Geheimnis einzuweihen, es kam nie mehr dazu. Der Magier verschwand, ohne dass er wirklich je verstanden hatte warum.
«Ich danke Ihnen für Ihre Aufrichtigkeit, Mister Bolan. Abschließend habe ich jetzt auch noch eine kleine Überraschung für Sie: Die Leute des Quai d'Orsais haben Bartholomé in Haiti aufgespürt, anscheinend lebt er noch. Er soll in einer Villa in Petionville wohnen.»
Die letzten Worte kamen für Malcolm wie ein Hammerschlag. Er

brauchte eine gute Minute, bis er seine Frage, die ihm auf der Zunge brannte, stellte.
«Wer außer Ihnen weiß noch davon?»
«Ich habe natürlich Kardinal Reuters in Kenntnis gesetzt. Ein heiliger Mann, dieser Kardinal, man nennt ihn den Fisch in Rom, weil er so verschwiegen ist. Mein Sekretär Pater Tettamanti wird öfters von ihm zu geheimen Missionen abberufen.»
Der Groschen war gefallen, in Rom in der Kurie saß das Übel. Der Kardinal selbst leitete ohne Wissen seines Umfeldes die Fanatiker wie einst die Assassinen im alten Persien, und Tettamanti war einer von ihnen. In Rom gab es also einmal wieder eine Macht hinter der sichtbaren Macht, ein Potere Occulto, welches im Verborgenen seine dämonischen Fäden zog. Die Falle, die er dem Sekretär stellen wollte, war überflüssig geworden.
Der Kreis fängt langsam an sich zu schließen, dachte Malcolm.

II

«Claire, kannst du mir bitte den Rücken einölen? Die Sonne brennt heute erbarmungslos.»
«O.k. Boss, ich mache nur noch die Drinks fertig?»
«Lass dir Zeit und achte bitte auf meinen Mojito, du weißt ja, nicht zu süß und spare nicht mit der Minze.»
Nigel Hackett genoss es, sich schon am frühen Nachmittag in der prallen Sonne zu ahlen. Zum ersten Mal seit Wochen empfand er wieder einmal so etwas wie Glück. Gesteigert wurde dieses Gefühl noch, wenn er an die kalten Wintertemperaturen der alten Welt dachte. Hier im Hafen von Saint-Pierre auf Martinique war die Chance frösteln zu müssen höchstens mit einem Sonnenbrand verbunden. Vom Deck der Tigarry hatte er einen wunderbaren Blick auf den Mont Pelée, der 1902 die ganze Stadt mitsamt dem Hafen unter glühender Asche begrub und Tausende von Opfern forderte. Überhaupt war die Karibik seine zweite Heimat geworden, er fühlte sich hier wohl unter seinesgleichen, den Abenteurern, Geschäftemachern und sonstigen Glücks-

rittern. Er war Schmuggler, regierte aber seine kleine Welt wie ein Freibeuter, und im Sinne der ehemaligen Piratenführer verteilte er stets den Gewinn seiner Geschäfte anteilsmäßig an seine mitwissende Crew. Sein Edelmut und sein Stolz hätten gelitten, wenn er von diesem Prinzip bei seiner letzten Rückkehr nach La Napoule abgewichen wäre. Sein Matrose, der Philippino, war tot, so nahm er sich ernsthaft vor, seine Witwe auf Luzon zu besuchen, um ihr den Anteil ihres Mannes zu bringen. Claire, Bobbys Lebensgefährtin, fand er mit fünfzigtausend Euro ab, was sie aber nicht davon abhielt, als alleinige Stewardess auf der Tigarry anzuheuern. Sie wollte nur noch weg, so war ihr Nigels Angebot nach Cartagena zu reisen willkommen gewesen.
Nigel erfreute sich des Lebens, das Versteck in der Spitze des Mastes seines Schiffes war gefüllt mit den herrlichen grünen Steinen aus Kolumbien, die er nach der schönsten Kohle der Welt am meisten vergötterte. Geizig gerechnet erhoffte er sich einen Nettoverdienst von zirka zwei Millionen Euro, was bedeutete, dass Claire nochmals hunderttausend einstreichen werde. Sie mauserte sich langsam zu einer guten Partie. Seit Wochen lebte er auf Tuchfühlung mit der hübschen Französin, wobei er sich oft ertappte, in abenteuerlichen und verliebten Gedanken zu schwelgen. Er war ein Draufgänger und sicher nie ein Kostverächter gewesen, aber im Falle der jungen Gallierin empfand er fast Scham sich zu deklarieren. Der Gedanke an seinen treuen Gefährten, den kleinen Zigeuner, machte die Angelegenheit auch nicht einfacher. Sie würde gleich hochkommen mit zwei Mojitos, dachte er aufgeregt, und er nahm sich vor, die Gelegenheit beim Schopf zu packen, gäbe es denn einen schöneren Ort als hier unter der Sonne von Martinique?
«Voilà votre Mojito Patron», sagte Claire mit ihrem verführerischen Lächeln.
«Nenne mich nicht Patron, Claire, Bobby nannte mich immer so, wenn er besonders gut drauf war.»
«Das weiß ich Nige, komm dreh dich um, ich schmiere dich ein.»
«Denkst du viel an ihn, Claire?»
«Natürlich, aber es schmerzt nicht mehr so wie vor Monaten. Ich hoffe wir bekommen einmal die Chance ihn zu rächen.»

«Du hast mein Wort, wenn wir das Schwein kriegen, wird er es nicht überleben.»
«Danke Nige, ich weiß deine Worte zu schätzen. Übrigens musst du wissen, es war nicht immer Sonnenschein mit dem Zigeuner, er liebte mich, das steht außer Frage, aber der verdammte Hurensohn hat mich mehr betrogen als ein Rammler kleine Karnickel macht. Er ging an keinem Rock, der ihm gefiel, vorbei, der kleine Mistkerl hatte einen riesigen Schlag bei den Frauen.»
Sie mussten darauf beide lachen, der kleine Bobby nahm es auch stets mit Frauen auf, die ihn um zwei Köpfe überragten.
Nigel Hackett, eingeölt wie eine Sardine, nahm seinen ganzen Mut zusammen.
«Claire, pass auf, ich hab dir was zu sagen.»
Die Französin drehte sich zu ihm und lachte herzhaft, sie nahm seine Hand, schaute ihm in die Augen und fing an zu reden.
«Nigel, du stehst auf mich, das merke ich doch schon lange, du Idiot. Du bist nicht viel anders als Bobby, auch das weiß ich. Ihr habt überall euren Spaß gehabt, hattet dafür auch vielen Gefahren ins Auge sehen müssen. Ist doch alles o.k. so. Im Grunde bin ich wie ihr. Ich liebe dich nicht, du verdammter Engländer, aber dass ich mit dir vielleicht vögeln werde, schließ ich damit nicht aus. Alles besprochen, Monsieur Hackett?»
«Das gefällt mir so an dir Baby, du bist direkt und ehrlich, vielleicht lernst du mit der Zeit doch noch, mich zu lieben.»
«Dein Handy läutet da unten, Nige, ich hol es dir.»
«Hi Malc, schön von dir zu hören, frierst du dir den Arsch ab bei den Helveten?»
«Ich brauche ein Hotel Nige, ich komme in zwei Tagen nach Port-au-Prince. Außer auf der Tigarry wüsste ich nicht, wo ich dort besser aufgehoben wäre.»
«Fuck, fuck und nochmal fuck. Ich ahne schon Schlimmes, wenn du anrufst, ist wieder eine Riesenscheiße programmiert. Was zum Teufel suchst du denn dort? Das ganze Land wird von Banden kontrolliert, die Polizei ist die korrupteste der Welt und die Menschen ernähren sich von Lehmkuchen.»

«Es hat etwas mit meiner Jugend zu tun, und womöglich finden wir Spuren von Bobbys Mörder und den Entführern von Shirley.»
«Ich lass die Maschinen anlaufen, my friend. Muss aber noch zwei harte Jungs anheuern, nicht einmal im Hafen ist man dort sicher.»

III

Bolan erfuhr noch einiges mehr von Bischof Taerning, jedoch war außer der Überraschung, dass sein alter Mentor noch lebte, die Information zu dessen Herkunft fast eine noch gewaltigere Nachricht. Bartholomé Eliez war der Enkel des Maurers, der mit Saunière die Dokumente im Altar von Rennes-le-Chateau fand. Unglaublich! Malcolm hatte sich viele Jahre mit diesem nach wie vor brisanten Thema beschäftigt. Alle Bücher, die sich mit diesem noch ungelösten Geheimnis französischer Geschichte befassten, füllten einen dafür speziell reservierten Platz in seiner Bibliothek. Er besaß Kopien aller Dokumente, die den Abbé Saunière betrafen, darunter Bankauszüge der Konten, die in der Regel auf seine Haushälterin liefen, denn als Dorfpfarrer konnte der gute Béranger ja keine so hohen Immobilienwerte sein Eigentum nennen, dazu Überweisungen, die Rom an ihn tätigte, sowie Auflistungen sämtlicher Bestellungen den Haushalt betreffend. Nach heutigem Wert verbrauchte der interessante Mann mit seiner Marie die kolossale Summe von weit über zehn Millionen Euro. Auf irgendeine Weise gönnt man dem schlauen Fuchs sein Glück, wo er jedoch die Mittel hernahm, beschäftigt noch heute die Forscher. Die gängigste Annahme ist mit Sicherheit die, dass er in den Dokumenten etwas fand, womit er die Kirche erpresste. Malcolm war vor Jahren schon der Meinung, dass dies nur die halbe Wahrheit sein konnte. Er war davon überzeugt, Béranger Saunière kam an diese Macht durch ein mysteriöses okkultes Wissen. Eine Macht, die vielleicht sogar Irdisches übertraf, und die er selbst nicht genau kontrollierte. Als die Templer durch den französischen König Philipp IV., den Schönen, am 14. September 1307 aufgelöst wurden, hatten zuvor Würdenträger des Ordens davon

Wind bekommen und alles, was wichtig und geheimnisvoll war, verschwinden lassen. Das immense Vermögen, das nebenbei bemerkt sich zur selben Zeit in Luft auflöste, war nur die Frucht dessen, was die ersten neun Tempelritter nach fast zehnjähriger Suche unter Salomons Tempel ausgruben. Eindeutig fanden sie dort etwas, das ihnen Wissen und Macht verlieh. Dieses Geheimnis, von welchem sehr wahrscheinlich nur einige ganz wenige Kenntnis hatten, befähigte sie sogar über Nacht dazu, so unglaubliche technische Meisterleistungen zu vollbringen wie den Bau von Kathedralen. Die Gotik kommt ja praktisch aus dem Nichts. Nicht einmal unter der Drohung des Scheiterhaufens gab ihr letzter Großmeister, Jaques de Molay, das große Geheimnis preis. Seine Inhaftierung an einem Freitag, dem 13. Oktober 1307, ist bis heute der Grund des Unglücksrufes solcher Tage. Was fanden sie dort unter dem Tempel in Jerusalem? Besser wäre noch die Frage, was sahen sie?

Malcolm ließ sich während seiner Sitzung mit dem Bischof nichts anmerken, hatte die Bedenken des Kirchenmannes sogar ins Lächerliche gezogen, aber innerlich war er besorgt. Hatten die ersten Templer dort in Jerusalem vielleicht dieselbe Begegnung gemacht wie der junge Priester in dem Kloster, wo er selbst wohnte, wie der SS-Offizier oder gar noch wie der Beichtvater, dem sich Saunière vor dem Sterben anvertraute? Die Templer verehrten eine Götzenfigur, Baphomet. Er war stets nur als Teufelskopf dargestellt, mit zwei Gesichtern. Besaßen die Templerfürsten das Wissen um zwei Welten? Die Lampe in Bartholomés Zimmer im Kloster stellte einen zweiteiligen Dämon dar, in dessen Mitte das Licht brannte. Luzifer? Das Weihwasserbecken in Saunières Kirche in Rennes-le-Chateau wird vom Teufel getragen. Der Kreuzweg in derselben Kapelle ist dextrogyr angelegt, verläuft somit in die andere Richtung als alle anderen. Wusste Saunière von einer Spiegelwelt? Konnte er gar mit ihr interagieren? In diesem Zusammenhang fiel ihm wieder ein Satz ein, den sein Mentor einst formulierte.

«Mein Junge», sagte ihm eines Abends Bartholomé. «Weißt du, die Menschen haben eine andere Herkunft als die, die allgemein angenommen wird. Es gibt Spuren davon, und eine ist in dem Schloss zu

finden, das in einer der Säulen seines Portals die eingemeiselte Figur beherbergt, welche ein mit einer Erdenbürgerin kopulierendes Monsterwesen von außerhalb dieser Welt darstellt. Während der Wirren des letzten Weltkrieges bekam ich die Information von einem sterbenden Mönch, der mir leider nicht mehr offenbaren konnte in seiner Agonie. ‹Der Turm, in dem die Sarkophage der Wissenden ruhen, schaut auf das Kloster der Mönche, die die Geheimnisse hüten›, waren die letzten Worte des Kirchenmannes.»
Er selbst wusste nicht mehr, es waren Informationen, an die er durch Zufall gelangte, als er eines Abends den Gesprächen zwischen seinem Abt und einem hohen Vertreter der Kurie lauschen konnte. Er war überzeugt davon, dass man in Rom schon immer geheimes Wissen hütete über den wirklichen Werdegang der Menschen. «Ich suchte Zeit meines Lebens danach, ohne den Ort je gefunden zu haben», sagte damals sein spiritueller Führer. Das Einzige, was er als Hinweis, um die Burg zu finden, Bartholomé mit auf den Weg geben konnte, war ein unvollständiger Satz, den er bei dem belauschten Gespräch aufschnappen konnte: «Das noch junge Gemäuer erstrahlt im Glanz der Vergangenheit ...» Ein mageres Potential, um auf europäischem Boden eine Burg in der Nähe eines Konvents zu finden, dachte sich Bolan. Die riesige Fläche, auf der sich der alte Kontinent ausdehnt, dürfte Hunderte von Burgen beherbergen in der Nachbarschaft eines Klosters.
Malcolm war kein Phantast, so hoffte er, trotz aller Indizien irgendwann eine rationale Lösung für das Problem zu finden. Dieses Rätsel des Bartholomé geriet bei ihm mit den Jahrzehnten in Vergessenheit, Malcolm war auch nie in die Verlegenheit gekommen danach zu suchen, aber jetzt nach so langer Zeit und bereichert mit all diesen neuen Erkenntnissen, spürte er immer mehr, dass es eine Verbindung geben musste zwischen den ungeklärten Phänomenen und dem geheimen Wissen einiger Mönche, vielleicht sogar zur Bibliothek in den Kellern des Vatikans.
Bolan gönnte sich noch einen guten Drink, bevor er sich geduldig in die Schlange der Fluggäste nach Port-au-Prince einreihte.

IV

«Mein Gott, wie das hier aussieht», entrüstete sich Malcolm. «Als ich früher hier zu Besuch gewesen bin, war der Marché de Fer noch ein toller Markt voller Exotik. Farbige Gemüsestände wechselten sich ab mit langen Tischen aus tropischem Holz, auf denen sich Berge von Früchten auftürmten. In dem Bereich, der für die Produkte des Meeres reserviert war, gab es fangfrischen Fisch, Krebstiere und insbesondere die riesigen Lambimuscheln im Überfluss. In einem weiteren Abschnitt des unüberschaubaren Wirrwarrs von Ständen, teils überdacht und teils im Freien, gab es Händler, die von den Kolonialwaren über das gebrauchte Motorrad bis hin zu den farbenfrohen Gemälden naiver Kunst alles anboten, was das Land zu bieten hatte oder gerade als Neuigkeit aus Frankreich und USA importiert wurde.»

Hier gab es nichts mehr, alles schien restlos verwahrlost und verarmt. Eine Ratte, die sich unglücklicherweise aus ihrem Loch traute, hatte eine Überlebenschance von fünf Prozent, sollte sie nach dreißig Sekunden nicht schon totgeschlagen worden sein. Omnipräsent waren Gangmitglieder, welche beschäftigungslos an jedem Eck herumhingen und auf potenzielle Opfer warteten, die wiederum selbst arme Schlucker waren. Ein Mord auf Bestellung wird hier im Lande des großen Freiheitskämpfers Jean-Jaques Dessalines für fünfzig Dollars angeboten. Castros Revolution fürs Volk wurde durch seine blutige Diktatur gekrönt, Dessalines Revolution für die Befreiung von Sklaverei endete mit seiner Selbstkrönung 1805 zum Kaiser von Haiti; die Missachtung der Massen hat auch auf den sonnigen Antillen Tradition.

Hackett sicherte sich noch auf Martinique die Mitarbeit dreier Bodyguards, einer blieb auf der Ketsch mit Claire, die anderen fuhren mit Nige und Malcolm in Richtung Pétionville. Die Nacht brach langsam an, unheimliche Bilder der Armut zogen an ihnen vorbei, begleitet von Blicken, die sich förmlich ins Innere des Wagens bohrten. Jeder der vier Männer hatte sich eine großkalibrige Automatikpisto-

le in den Gürtel gesteckt, die sehr beruhigend wirkte, auch wenn sie hofften, sie nicht gebrauchen zu müssen.
Dunkelheit umgab sie, als der Cherokee, der schon bessere Tage gesehen hatte und dessen Stoßdämpfer fast nicht mehr zu gebrauchen waren, langsam bergan in den Vorort von Port-au-Prince rollte. Pétionville beherbergte die Oberschicht der Insel, weniger kriminell als die sechs Kilometer tiefer liegende Hafenstadt mutierte diese Örtlichkeit jedoch mit den Jahren zum Treffpunkt der Nachtschwärmer und zur Fundgrube für Damen mit etwas weniger strengen Moralvorstellungen.
«Halte vor der Bar», befahl Hackett, «Malc und ich werden uns da drinnen erkundigen, und lass für alle Fälle den Motor laufen.»
Sie standen an einer kleinen Theke, bestellten Rumpunsch und fragten nach dem Chef.
«Le Patron n'est pas ici, Monsieur», sagte prompt eine schöne Haitianerin mit knallroten Lippen und typischem Bordellausschnitt.
Nachdem Nige ihr einen Cocktail bestellte, legte er dem jungen Mädchen einen Fünfzig-Dollarschein vor die Nase, bevor er ganz lieb seine Frage stellte.
«Dis- moi ma Chérie, connais-tu une Villa, où habite un vieux Francais?»
Die Pupillen der hübschen kleinen Mulattin weiteten sich schlagartig und ihre Sehorgane drohten unmittelbar die exorbitant aufgerissenen Augenhöhlen zu verlassen, als sie den Schein erblickte. So schnell wie die Banknote auf der Theke erschienen war, verschwand sie auch wieder in der Hand des Mädchens, vor lauter Angst, der Fremde könnte sich das nochmal überlegen. Fünfzig Dollar grenzten an ein Vermögen in den schrecklichen Zeiten der Not, die das Land seit Jahren erdulden musste und förderten natürlich die sofortige und uneingeschränkte Kooperation der netten Gelegenheitshure.
«Nicht weit von hier wohnt ein alter Franzose, er besucht uns manchmal und ist immer sehr verständnisvoll den Mädchen gegenüber, wenn sie Sorgen haben. Sein Name ist einfach nur Monsieur, und er bewohnt die Villa Bethania, gleich oberhalb der letzten Häuserreihe, Mister. Wenn Sie wollen bleib ich die ganze Nacht, ich tu

alles außer küssen. Ich kann auch meine Freundin mitbringen, oder meinen kleinen Cousin ...»

«Ich danke dir für deine Auskunft, du hast uns sehr geholfen. Behalte das Geld, und geh heute einmal wieder früh nach Hause.»

Das ganze Intermezzo hatte keine zehn Minuten gedauert, was Nige zur Aussage veranlasste, dass der Alte sicher hier Stammgast war.

Einen knappen Kilometer weiter standen sie vor dem Eingang des merkwürdigen Hauses. Die Villa war von einer Mauer umgeben, die das komplette Grundstück einzäunte und auf der eine anderthalb Meter hohe Eisengitterverlängerung angebracht worden war. Sie lag zurückgezogen am Berghang und die einzige Möglichkeit sie zu erreichen führte durch ein hohes, verrostetes, schmiedeeisernes Tor, hinter dem der schmale Weg bis zum Eingang weiter verlief.

Sie parkten den Wagen vorsichtshalber knappe hundert Meter weiter, gut getarnt in einer verlassenen Einfahrt, ließen für alle Fälle einen Mann im Wagen und machten sich in völliger Dunkelheit auf den Weg zu dem alten Gebäude. Hacketts winzige Taschenlampe reichte aus, um wenigstens einige Meter der löchrigen Straße auszuleuchten.

«Das Tor scheint nur angelehnt zu sein», stellte Malcolm überrascht fest.

«Und Licht brennt auch nirgends.»

Sie gingen bis zum Haus, dessen schwere alte Holztür genauso angelehnt schien wie das Eisentor am Eingang des kleinen Parks, welcher vor der im Baustil der Jahrhundertwende errichteten Villa lag. Die lugubre Szenerie war beängstigend, phantasmagorisch.

«Merkwürdig», meinte Nige, «offene Tore in einem Land, in dem die Menschen so bettelarm sind ... Hier ist etwas vorgefallen, das sagt mir mein sechster Sinn.»

«Sei nicht immer so pessimistisch, vielleicht ist Bartholomé nur auf einen Sprung zum Nachbarn gegangen und kommt gleich zurück. Du schaust zu viele schlechte Filme Nige, das verwirrt deine Phantasie.»

Nachdem sie die untere Etage inspiziert hatten, gingen sie das breite unbeleuchtete Treppenhaus hinauf.

«Fuck», sagte Hackett laut, «da liegt einer.»
Der blasse Strahl der Lampe erfasste eine grauenvolle Szene. Am oberen Ende der Treppe lag die Leiche eines grauhaarigen Mannes, dessen Kehle von einem Ohr bis zum anderen aufgeschlitzt worden war.
«Hier waren Leute aus Nordafrika am Werk», sagte Malcolm angewidert. «Schau mal genauer hin, Zeb.»
Der Amerikaner schwenkte die Lampe auf die klaffende Wunde und begriff spontan seines Freundes Worte. Man hatte dem Opfer sein abgetrenntes Glied in den offenen Hals gesteckt. Das kabylische Lächeln.

V

Zoé saß auf dem Bett, ihr Rücken lehnte an der harten Kante des oberen Teils der antiken Schlafstätte, sie war tief in ihre Gedanken versunken. Immer wieder nickte sie ein, Müdigkeit und Entmutigung stürzten die verzweifelte Dame in kurze Schlafphasen, aus denen die überforderte Psyche sie gleich darauf erneut herausriss. So viele Jahre hatte sie mit dem alten Fuchs verbracht, jung und bildschön war sie gewesen damals in Jacmel, als Bartholomé ihr den Hof gemacht hatte. Dem interessanten Mann mit den faszinierenden Augen war sie sofort verfallen.
Die glücklichsten Jahre mit ihm waren zweifelsfrei die im verträumten Jacmel an der Küste. Bartholomé besaß zu der Zeit ein schönes Boot, sie fuhren damit oft für Tage hinaus auf den Ozean, ankerten in verträumten, nur vom Wasser her zu erreichenden kleinen Buchten, ernährten sich von Lambimuscheln und von schmackhaften Langusten, von ihr selbst in einigen Metern Tiefe gefischt, und ließen die Zeit ohne Plan und Sorgen verstreichen, einander unendlich viel Liebe gebend. Bartholomé war schon damals ein sehr beschäftigter Mann, jedoch stets interessiert an allem, was die Natur und das Meer betraf, hatte immer ein offenes Ohr für die Probleme der Menschen um ihn herum, was ihm mit den Jahren den höchsten Respekt und

die Sympathie aller, die ihn auf der Insel kannten, eingebracht hatte. Er war ein Denker, Philosoph und Alchemist, von Physik begeistert und permanent auf der Jagd nach den neuesten Erkenntnissen dieser Wissenschaft. Lange bevor sie in die Villa Bethania einzogen, erzählte er ihr schon von seinem außergewöhnlichen Vorhaben. Bartholomé besaß darüber hinaus das Wissen um eine besondere Energie. Sie wusste um sein Geheimnis, welches der verschwiegene Mann ihr aber nie exakt eröffnet hatte, aus Angst ihre eigene Sicherheit zu gefährden, wie er stets betonte. Ein einziges Mal lüftete er den Schleier der Göttin, als er ihr offenbarte, dass vieles auf der Erde eigentlich von jenseits unserer Dimension bestimmt würde und sogar Pythagoras noch einiges Wissen davon besessen hatte.
Unter der Villa gab es zwei befestigte Räume, welche durch eine schwere Eisentür gesichert waren, in dem einen stand der Tresor, und in dem anderen lagerten Bartholomés Schätze sowie die mächtige elektronische Anlage. Zum Tresorraum besaßen nur sie beide den Code und die Schlüssel. Der zweite Raum war sehr groß, vollkommen klimatisiert, und die totale Staubfreiheit, die ständig darin herrschen sollte, war nach ihrem Mentor die absolute Grundvoraussetzung, um mit der Apparatur arbeiten zu können. Sie erhielt nie eine genaue Erklärung, woran der Alte dort mit seinem Physikerfreund seit Jahren forschte, sie hatte lediglich mitbekommen, dass es sich um eine Anlage zum Aufspüren seltsamer akustischer Phänomene handelte. Zoé war selbst eine begabte Physikerin, ihre Rolle limitierte sich jedoch auf Tests an neuen Apparaturen in dem eigenen Labor, welches ihr der Alte eingerichtet hatte, und auf die Ausbildung des Mädchens, das gerade hier ihre Ausbildung erhielt. Das Ziel des alten Magiers war simpel, er wählte die Mädchen an Hand zweier Kriterien aus, Schönheit und Intelligenz. Sie wurden hier erzogen, in Lebensführung und Charakterstärke ausgebildet, und ihre Familien bekamen die nötige finanzielle Absicherung, um dezent leben zu können, fern der Armut und der Promiskuitäten ihres erbärmlichen Umfeldes. Die Schönen wurden vorwiegend von Zoé unterrichtet, welche die Lernprogramme aus Frankreich zugesandt bekam, dem Land, in das die Mädchen reisen mussten, um das staatlich anerkannte Abitur abzulegen. Sie

teilte sich diese Aufgabe mit dem Mentor des Hauses, wobei sie die naturwissenschaftlichen Fächer lehrte. Monsieur kümmerte sich persönlich darum, seine Töchter in die Wissenschaft okkulter Kenntnisse einzuweihen, wobei Metaphysik und Alchemie die Hauptrollen spielten bei dieser Initiation. Philosophie und Literatur gehörten aber genauso zum Programm wie Fremdsprachen, Geschichte und Geographie. Monsieur legte höchsten Wert darauf, dass die Mädchen darüber hinaus in der Geschichte und den kultischen Gepflogenheiten aller bedeutender Religionen der Welt unterrichtet wurden. Wer Physik versteht, der versteht das Leben, war sein Leitmotiv. So wurden die Schülerinnen der Villa Bethania mit den Jahren zu Damen, die in jeder Gesellschaft und an noch so mondänen Tafeln ihre Gesprächspartner durch brillantes Wissen in respektvolles Staunen versetzen konnten. Bartholomé versuchte seine Zöglinge, wenn sie reif und stark genug für die Welt geworden waren, dort zu verheiraten oder zu platzieren, wo für ihn danach wichtige Informationen fließen konnten. Die Strategie, die er aufgebaut hatte, ging dann auf, wenn er über Jahre auf diese Art mit Wissen versorgt wurde, da ihm die Mädchen auf immer verbunden blieben. Die Erste der Damen, Manon, ging mit einem hochrangigen Harvardphysiker den Bund fürs Leben ein, die Zweite, Magali, kam bei einem Topmanager der Forschung in Silicon Valley unter die Haube, und die Dritte, Melissa, wurde die Maitresse eines Kardinals in Rom. Die Vierte und Letzte, Martha, war nun seit Jahren überglücklich mit einem der Physikgenies des CERN zu Genf in wilder Ehe liiert. So spionierten sie über Jahre ihre ahnungslosen Lebensgefährten aus, was Bartholomés Projekt zügig vorankommen ließ. Er war stets auf dem Laufenden darüber, was sich hinter den Kulissen im Vatikan abspielte, diesem mächtigsten aller religiösen Organe, auf dessen schwarzer Liste er seit Jahren ganz oben stand. Der Magier hatte darüber hinaus Zugang zu den neuesten Erkenntnissen der Physik auf höchstem Niveau. Über ein geheimes Dokument, welches in seinem Besitz war, sprach er nur ein einziges Mal. Großes Wissen sei darin enthalten, das war das Wenige und Einzige, was sie wusste. Und nun war er tot, grausam ermordet – ohne sein Geheimnis preisgegeben zu haben, davon war Zoé überzeugt.

Die Dunkelheit hatte sich inzwischen des Raumes bemächtigt, es herrschte Totenstille im Haus, Archibald schlief bestimmt schon in seiner Kammer im Untergeschoss, dachte sie.
Zoé knipste die Nachttischlampe an, sie nahm sich vor, sich selbst ein Sandwich zu machen, der alte Gärtner verdiente Ruhe nach der Aufregung der letzten Zeit. Der betagte Magier war wie ein Vater geworden für den nicht minder alten Kreolen, er vergötterte und verehrte ihn. Bartholomé hatte über die Jahre in seinem Geist und in seinem Herzen die Stelle des Erlösers auf Erden eingenommen, er wurde zur neuen Religion des einstigen Voodoopriesters, der schlussendlich noch erleben musste, wie sein Gesandter von Oben, sein Messias, zu Tode gequält wurde.
Schon mit einem Bein am Boden erblickte sie plötzlich die Gestalt im Türrahmen, als sie sich zur Küche aufmachen wollte.
«Leg dich wieder hin, Frau», befahl ihr eine Stimme.
Zoé brauchte nicht lange, um sich wieder zu fangen, obgleich ihre Nerven noch ziemlich flatterten. Sie war eine Frau von starkem Charakter, daran gewöhnt der Gefahr ins Auge zu blicken, in einem Lande, wo Mord und Totschlag den Alltag der Menschen begleiteten, und in dem sie niemals unbewaffnet nachts das Grundstück verlassen würde. Schon zu Zeiten des alten Diktators Papa Doc Duvallier hatte sie sich nie von seinen Schergen der Geheimpolizei, den berüchtigten Tontons Macoute, klein kriegen lassen. Sie wusste um die Wirkung energischen Auftretens gegenüber stupider Brutalität. Der Mann streckte ihr eine Waffe entgegen, sie sah ihn noch nicht richtig, war sie doch vom grellen Licht der Lampe noch ziemlich geblendet.
«Was wollen Sie hier, und wie kamen Sie herein?», fragte Zoé mit ruhiger, aber lauter, energischer Stimme, darauf hoffend, Archibald würde dadurch wach.
Der Eindringling stand plötzlich neben ihr am Bett, und Zoé sah verblüfft, dass der Mann den Kragen eines Priesters trug.
«Hab keine Angst, Frau», sagte der Mann und lächelte sie an.
Zoés Angst wich jedoch keineswegs, im Gegenteil, sie erinnerte sich schlagartig an Geschichten, die ihr Bartholomé über Fanatiker erzählt hatte. Die nackte Panik überfiel sie, was ihr einen Schrei entlockte. Sie

wollte, ungeachtet der Waffe, nochmals schreien, als sie einen kräftigen Schlag auf den Kopf verspürte und das Bewusstsein verlor.
Plötzlich kam ihr Bewusstsein zurück, Zoé hatte brennende Schmerzen, an Armen und Beinen am Bett gefesselt, konnte sich die Arme kaum noch bewegen.
«Höre mir nun gut zu Frau», sagte der Geistliche ganz gelassen. «Ich will dir keine Schmerzen zufügen, es sei denn, du zwingst mich dazu.»
«Was wollen Sie von mir? Sie sind doch ein Mann der Kirche, warum tun Sie so etwas?»
«Die Wege des Herrn verlangen zuweilen auch schmerzliche Pfade begehen zu müssen, Kind. Wir wissen, dass Bartholomé, Gott sei ihm gnädig, ein Dokument besaß, welches der Kirche Schaden zufügen kann. Du warst seine Hure, mein Kind, hast mit dem Alten in Sünde gelebt, ohne dass euer Bund von der heiligen Kirche gesegnet wurde, das ist schon Schande genug. Gott wird dir verzeihen, wenn du uns jetzt hilfst, glaube mir das. Bartholomé hat dich hinters Licht geführt, er war ein Renegat, ein Apostat, ein Jünger des Luzifer und du kannst nichts dafür, denn er bezirzte dich, Frau.»
In Zoé wuchs die Panik noch mehr, das war ein Verrückter, einer der Fanatiker, vor denen Bartholomé sie stets gewarnt hatte. Was tat denn Archibald? Der musste sie doch hören, verdammt.
«Wo hält der Alte das Dokument versteckt, Frau?»
Zoés Gehirn arbeitete auf Hochtouren, sie überlegte krampfhaft, wie sie Zeit gewinnen konnte, ohne den Verdacht des verrückten Priesters zu erwecken.
«Sie haben Recht, mein Vater», sagte Zoé plötzlich mit einem fast ärgerlich gespielten Ton. «Er war kein guter Christ, ich brauchte selbst sehr lange, um es zu begreifen. Er drohte mir ständig, was konnte ich als Frau denn tun? Bartholomé war vermögend und ich eine arme Kreolin, das Leben hier auf der Insel ist schrecklich für eine Einheimische mit bescheidener Bildung ohne einen Gönner.»
Zwei unheimliche Ohrfeigen waren die unmittelbare Folge ihres Versuches, den Geistlichen milder zu stimmen. Ihre Lippen platzten auf wie überreife Früchte unter der Wucht der Schläge.

«Für wie dumm hältst du mich, Hure? Du verbrachtest ein Vierteljahrhundert mit dem Teufel, und außerdem hast du in Physik promoviert. Zum letzten Mal, wo ist die Schriftrolle?»
«Warum glauben Sie mir nicht, Vater? Er drohte mir sogar mit dem Tod, sollte ich nur bei jemandem erwähnen, dass er etwas besaß, das ihn so vermögend machte.»
«Wenn dem so war, dann hatte er Angst, du könntest plaudern. So musst du eingeweiht gewesen sein in sein Geheimnis.»
«Ich weiß nur, dass er ein Geheimnis besaß, ein Dokument von unschätzbarem Wert, wie er einmal sagte, aber was darin stand hat er nie gesagt.»
«Weißt du von dem Versteck?»
«Vom Keller der Villa gelangt man zu einem Gewölbe, es ist durch eine schwere Eisentür verschlossen. Nur Bartholomé kann es öffnen, mein Vater, das müssen Sie mir glauben. Er trug den Schlüssel stets bei sich, nur mit Sprengstoff hätte man da eine Chance, pflegte er zu sagen. Unter dem Haus befindet sich auch sein Labor, das eine wertvolle Sammlung antiker Gegenstände enthält. Den Zahlencode, der das Labor öffnet, hat er mir nie verraten, auch das müssen Sie mir glauben. Bartholomé war ein sehr verschwiegener Zeitgenosse, der mich niemals in seine wahren Geheimnisse eingeweiht hätte, schon aus Angst, man könne mich entführen und foltern.»
«Ich lasse dich für einige Stunden alleine, Hure. Ich komme zurück mit dem, was nötig ist, um mir Zugang zu verschaffen, und mit jemandem, der sich aufs Foltern versteht. Wir werden die Wahrheit aus dir herausbekommen, Stück für Stück, du erbärmliches Weibsstück. Wenn du gelogen hast, ergeht es dir wie deinem alten Sklaven, der wandelt bereits in der Hölle.»

Zoés Lippen schmerzten schrecklich, ihr Kopf drohte zu platzen, die Fesseln bohrten sich brennend in die Gelenke und ihr war sterbenselend. Es kostete sie große Überwindung sich nicht zu übergeben, das einzige Labsal, auf das sie zurückgreifen konnte, war ihr Geist. Sie zwang sich krampfhaft ihre Gedanken zu beschäftigen, es lenkte sie einerseits ab von den peinigenden Schmerzen, und andererseits

half es ihr bei dem verzweifelten Versuch herauszufinden, wie man Bartholomé hatte finden können. Der Magier hatte sich vor vielen Jahren aus Europa zurückgezogen, alle Spuren verwischt, einen neuen Familienname angenommen, sein Vermögen in Grand Caiman anonym angelegt und stets darauf geachtet, inkognito zu reisen. Hier auf der Insel führte er ein zurückgezogenes Leben, hatte die wichtigsten Leute bestochen und bei der Bevölkerung genoss er großes Ansehen. Tourismus gab es ja seit Jahren keinen mehr, da der Staatsapparat unfähig geworden war Ordnung im Lande zu halten und die Insel immer gefährlicher wurde. Wenn doch gelegentlich Ausländer kamen, mied der alte Fuchs jeden Kontakt. Mit den wenigen Franzosen, die dem Eiland treu geblieben waren, verkehrte Bartholomé so gut wie nie, und Diplomaten mied er von Haus aus.
Sie stand vor einem Rätsel, die zwei Peiniger ihres Mannes waren nur Handlanger, geschickt von mächtigeren Leuten, welche den Schergen der korrupten Polizei die Drecksarbeit zugeschoben hatten. Hier auf Haiti konnte keiner ahnen, wer Bartholomé wirklich war, was er für eine Rolle inne hatte im Streit um brisante religiöse Angelegenheiten, um sein Wissen über die Epoche der Templer und deren Mysterium und von seinen mächtigen Kenntnissen geheimer okkulter Praktiken. Die Mädchen verließen nur selten die Villa, so dass bei den wenigen Nachbarn sogar schon das Gerücht aufgekommen war, das alte Haus könnte ein getarntes Bordell sein. Wenn sie in die Welt hinausflogen, war Zoé stets dabei, denn ihr oblag ja die kulturelle Förderung der Zöglinge, welche unter ihrem neuen Adoptivnamen reisten. Sämtliche Kulturhighlights der Erde hatte sie mit ihren Töchtern besucht, sie schloss ihre Augen, erinnerte sich plötzlich voller Wehmut im Herzen an die schönen Stunden bei den Besichtigungen der bedeutendsten Museen, an die Abende in der Oper und die anschließenden Dinners in noblen Restaurants. Das alles war nun Vergangenheit geworden, wie alles Schöne, das so schnell vergeht, und irgendwann steht man vor der ultimativen Schwelle und muss feststellen, dass es das Leben genauso betrifft. Wie schnell so eine Existenz doch vergeht, dachte Zoé, und die Unwiederbringlichkeit einer schönen Epoche ihres Lebens lastete

auf ihrer Seele, schmerzender als die lumpigen Fesseln, die sie an die Stätte banden, wo sie mit ihrem Gefährten so glücklich gewesen war.

Madame Zoé bäumte sich schlagartig auf, der Schrei, der plötzlich aus der Tiefe ihrer Kehle ertönte, hatte etwas Unmenschliches, nahezu Animalisches. Sie sank daraufhin verzweifelt in sich zusammen, Bitterkeit, Enttäuschung und entsetzlich peinigende Seelenschmerzen hatten von ihr Besitz ergriffen. Der Groschen war plötzlich gefallen, sie hatte schlagartig begriffen, geschüttelt von Weinkrämpfen wusste sie um die grauenvolle Aufgabe, die ihr bevorstand, sollte sie je hier lebend davonkommen.

VI

Professor Züngeli, Gewohnheitsmensch par excellence, genehmigte sich an diesem Dienstag sein obligatorisches Müsli im Café Frey gegenüber dem Baseler Hauptbahnhof. Zweimal die Woche pilgerte Armando zu dem Ort, welcher nicht nur durch die exklusive Qualität seiner Pralinen glänzte, sondern nebenbei noch den Ruf genoss, den besten Kaffee der Stadt zu kredenzen. Es entwickelten sich dabei sehr oft nette Gespräche, denen Züngeli als alleine lebender Mann nie aus dem Wege ging. Armando installierte sich an der hinteren Theke, nachdem er sorgfältig geprüft hatte, wer dort gerade bediente. Er liebte es, im Service einer burschikosen Französin zu sitzen, die für ihre Wortkargheit bekannt war, so nahm er es in Kauf, an einem der wenigen noch freien Plätze sein Frühstück einzunehmen, sicher aber auf keinen Smalltalk mit einer der Bedienungen eingehen zu müssen. Junge Damen verunsicherten und langweilten ihn. Er war im Begriff seine über alles geliebte Körnerspeise zu löffeln, als ein bärtiger Kirchenmann sich ihm zugesellte.

«So so, aus Peru stammen Sie Padre, sind Sie öfter mal in Basel?»

«Si Senor Professor, sicher zweimal im Jahr. Ich besuche hier einen unserer Donatoren, er ist ein bedeutender Mann der Baseler Chemie, seine Spenden sind so enorm wichtig für die kleine Mission in den

Bergen, die ich betreue. Es fehlt uns an allem, wobei ich Ihnen gestehen muss, dass wir von unserer Regierung nur klägliche Unterstützung erfahren. Ethnologe sind Sie also. Das ist ja hoch interessant zu hören, Professor. Ich besitze ein ganz seltenes Stück aus der Chachapoyazeit. Ein Erbstück müssen Sie wissen.»
«Kommen Sie doch im Museum vorbei, Padre, ich brenne darauf es mir anzuschauen.»
Der südamerikanische Kirchenmann mit seinem langen schwarzen Bart hatte ihm auf Anhieb gefallen, und ein Stück aus der von ihm genannten Zeit war es wert begutachtet zu werden. Sollte der nette Padre auch noch in Verkaufslaune sein, wäre dies eine willkommene Möglichkeit, um seine eigene Privatsammlung aufzustocken. Mit den Jahren und Dank seiner Erfahrung war Züngeli zum schlauen Verhandlungspartner avanciert, und er wusste nur zu gut, dass ein Ekklesiastikus selten gierig war. Somit ließe sich vielleicht mit ihm ein gutes Geschäft machen, wobei die hochlöbliche Transaktion dem heiligen Manne ja die zusätzliche Chance bot, die Missionskasse wieder auf Vordermann zu bringen.
«Manana por la tarde, senor?»
«Como no Padre, a la cinco?»
Am Tage darauf erschien der nette Padre in Züngelis Büro, stellte einen Karton auf den Schreibtisch und schaute dem Professor recht impertinent in die Augen.
«Sie sind also der berühmte Professor Züngeli», sagte der Geistliche, als wolle er sich nochmals der Identität seines Gegenübers versichern, wobei seine Gesichtszüge plötzlich jeglichen Charme vermissen ließen.
«Züngeli, ja ja der bin ich», antwortete Armando, «aber berühmt? Wissen Sie, Padre, ich habe Ihr Land sehr oft besucht und empfinde große Hochachtung vor Ihren Vorfahren. Darf ich etwas offerieren? Eine gute Zigarre vielleicht?», fragte der durch seine Naivität belastete alte Emerit ganz höflich, ohne auch nur die Spur einer Verhaltensänderung seines Gastes bemerkt zu haben.
«Es ist lange her, seit ich in den Genuss einer Zigarre kam, Herr Professor, aber ich will Sie mit ihrer Pfeife nicht alleine lassen», scherzte

der Padre, dessen herausforderndes Grinsen den Museumsdirektor spätestens jetzt hätte Lunte riechen lassen sollen.
Züngeli war bester Laune. Er schaute verstohlen auf den Karton, gespannt und neugierig darauf, endlich den Inhalt zu prüfen, als sein Gast mit einer merkwürdigen Frage erste Zweifel in ihm erweckte.
«Sie denken also, die Existenz von Menschen zur Zeit der Urtiere sei möglich, Herr Professor?»
Armando war überrascht. Eine solche Frage hatte er nicht erwartet, denn nur wenige Menschen hatten Kenntnis davon, dass er einst die erste Entdeckung derartigen Beweismaterials gemacht hatte.
Züngeli begab sich zum anderen Ende seines großen Büros, wo der Humidor stand, und rief seinem Gast noch zu:
«Eine kubanische oder lieber eine dominikanische? Die sind etwas milder.»
Als der Professor sich umdrehte, um sich der möglichen Aussage des Peruaners zu vergewissern, schaute der verdutzte Gelehrte in die Mündung eines Schalldämpfers.
«Sie öffnen jetzt den Tresor, Professor. Ich verspreche Ihnen, es wird nichts geschehen, es sei denn, Sie zwingen mich zu einer Handlung, die ich nur ungern ausführen würde.»
«Sie sind kein Mann der Kirche, stimmts?»
«Doch Herr Professor, aber nicht von der Kirche, die Sie kennen. Ich sollte Ihnen sehr böse sein, Züngeli. Sie arbeiten mit Elementen, die der Kirche großen Schaden zufügen wollen. Freidenker, Apostate, Abschaum der Gesellschaft, denen Sie, obwohl Sie zu den reformierten Sektierern gehören, keine Unterstützung gewähren sollten. Sie sind zwar reformiert, aber dennoch Christ, und als solcher müssten Sie, wie jeder der einer abrahamitischen Religion angehört, der Genesis Respekt zollen.»
«Sie denken doch nicht wirklich, Gott hätte die Menschen vor 6000 Jahren erschaffen?»
«Das erste Buch Mose, Professor, dort steht alles. Es gab zuerst den Tohuwabohu, dann erschuf Er die Menschen.»
«Ich denke nicht daran, meinen Tresor einem Verrückten zu öffnen», fuhr ihn Züngeli an.

«Aber, aber, Herr Professor», sagte der Padre, kam ihm entgegen und schlug blitzartig den Schalldämpfer auf die Wange seines Gegenübers.
Züngeli, total benommen, ging zu Boden. Er blutete stark, verspürte jedoch keinen Schmerz, den die Wucht des Schocks noch nicht zuließ.
«Das ist eine Warnung, Professor. Öffne den verdammten Safe, sonst schieße ich dir ins Bein, du Calvinist.»
Armando begriff intuitiv die schwierige Lage, in welcher er sich befand. Sein Gegner war ein Fanatiker, er würde nicht zögern ihn zu exekutieren. Panische Angst überfiel ihn, denn er wusste ja, was in naher Vergangenheit alles geschehen war. Dennoch versuchte er nochmals den Verrückten zur Räson zu bringen.
«Überlegen Sie, was dieser einmalige Fund für die Menschheit bedeutet. Er spricht ja nicht gegen eine Schöpfung, es müsste lediglich eine Datumsverschiebung erfolgen. Die Kirche ist doch längst damit einverstanden, die Zeitspannen der Genesis als zeitliche Metapher zu sehen.»
«Ich denke, ich muss nochmals nachhelfen», zischte Bruder Henoch böse. Er hielt dem verängstigten Professor den Lauf an die Wade und schoss.
Züngeli sah verblüfft, wie sein Bein durchschossen wurde, aber außer dem Brand, den der Einschuss verursachte, war der Schmerz auch dieses Mal erträglich. Humpelnd versuchte er den Tresor zu erreichen, aber plötzlich versagten ihm die Beine.
«Diktiere mir den Code, sofort», schimpfte Henoch, der spürte, dass der alte Museumsdirektor kurz vor der Ohnmacht stand.
«Ich bitte Sie, für die Menschheit. Das können Sie nicht tun, nicht einmal der Heilige Vater würde Ihnen verzeihen. Ich verspreche Sie gehen zu lassen, ich werde keine Polizei einschalten. Sie haben mein Wort.»
Da eine weitere Attacke zu befürchten war und der Verrückte keine Anstalten machte sein Vorhaben zu ändern, diktierte der gepeinigte alte Gelehrte dem finster blickenden Sodalitiummann die Zahlenkombination.

Bruder Henoch packte das Sauropodenrelikt in den Karton, nahm sämtliche Disketten an sich und leerte den Safe. Daraufhin schlug er, ohne den geringsten Skrupel zu zeigen, den alten Mann so heftig, dass dieser sofort das Bewusstsein verlor.
Beim Verlassen des Museums scherzte er nochmals mit dem Personal, die Leute sahen ihn ja schon eine halbe Stunde zuvor mit seinem Karton hereinkommen und schöpften daher keinen Verdacht.
«Der Professor hat meinen Schatz als alten Knochen ohne Wert identifiziert», sagte Bruder Henoch lachend zum Portier.

VII

«Da ist doch jemand in dem Raum geradeaus», sagte Malcolm ganz leise. «Ich habe einen Laut gehört.»
Mit der Pistole in der Faust betrat Hackett als Erster das dunkle Zimmer. Auf dem Bett lag eine Frau, geknebelt und mit allen Gliedern so mit dem Rahmen verbunden, dass sich ihnen das Bild einer mittelalterlichen Vierteilung bot. Bolan nahm ihr die Binde vom Mund und fragte sie, wer sie sei.
«Das müsste ich Sie fragen, Monsieur. Mein Name ist Zoé, ich bin die Lebensgefährtin des Hausherrn. Der Himmel schickt Sie, dieser Fanatiker wollte mich umbringen.»
«Mein Name ist Ange de Maurillac», antwortete Malcolm, der ahnte, dass Bartholomé, wenn er ihn überhaupt erwähnt hatte, es nicht unter seinem Adoptivnamen getan hätte.
«Richten Sie bitte die Lampe auf ihr Gesicht, Monsieur.»
Zoé blickte dann in das Antlitz des Mannes, den sie seit Jahren kannte, ohne ihn je gesehen zu haben. Ihre Fantasie hatte sie so oft mit diesem Mann zusammengebracht, und nun stand er vor ihr, als Retter in letzter Not. Sie konnte es nicht fassen, die surrealistischen Züge dieser Situation gekoppelt mit der abrupten Kehrtwende in diesem Drama ließen sie sprachlos. Mit Mühe gelang es ihr, den einzigen Satz zu stammeln, der ihr auf den Lippen lag.
«Mon Dieu Ange, du bist es tatsächlich.»

Bolan, der nicht begreifen konnte, was da vor sich ging, überrascht von der Vertrautheit, mit der diese anmutige Frau ihn musterte, stammelte seinerseits etwas verlegen: «Wo ist Bartholomé, Zoé?»
«Ermordet. Ein Fanatiker steckt dahinter. Er wird bald zurückkommen Ange, binden Sie mich los, und schalten Sie bitte das Licht nicht an, ich will ihn lebend.»
Zoé erzählte dem neuen Freund und Retter ihre Geschichte, ohne das grauenvolle Ende der zwei Polizisten zu verschweigen.
«Sie haben nicht unrecht gehandelt, Madame. Der Schweinehund, der ihren Gefährten auf dem Gewissen hat, könnte auch einen guten Freund von mir beseitigt haben. Auf eine Art, die nicht die eines Gentleman ist», fügte Nigel hinzu. «Wir bilden nun sein Empfangskomitee, er darf sich freuen, Madame Zoé.»
«Hatte Bartholomé ein Dokument für mich aufbewahrt, Zoé?»
«Es befindet sich im Tresor, in einer Geheimkammer unter dem Keller. Zwei Schlüssel existieren dafür, Monsieur Ange, die beide jedoch notwendig sind, um das Fach zu öffnen. Dazu kommt noch der Code, er ist in meinem Gedächtnis eingebrannt.»
Zoé ging zum Ende des riesigen Bettes, nahm eine der zwei Säulen, die dem Lager einen kunstvollen Abschluss verliehen, zwischen ihre Arme und drehte sich mit der ganzen Kraft des Oberkörpers. Das anfänglich hartnäckige Gewinde gab schnell nach und ließ schon nach drei Windungen eine kleine Öffnung erkennen.
«Hier ist der Schlüssel, mein Freund, und auch der Brief, den Bartholomé mir auftrug Ihnen nach seinem Tod auszuhändigen. Und nun notieren Sie.»
Bolan schrieb den zehnstelligen Mix aus Buchstaben und Ziffern auf und schaute danach die Kreolin fragend an.
«Monsieur bewahrte den anderen Schlüssel im Garten auf. Ich führe euch später hin. Und jetzt will ich sehen, was dieser Teufel mit dem armen Archibald getan hat, er wurde im Alter zu einem so harmlosen und gottesfürchtigen Menschen.»
«Lassen Sie ihn bitte liegen, wo er ist, Madame Zoé, der Mörder darf keinen Verdacht schöpfen, wenn er zurückkommt. Bitte.»
«Der Allmächtige möge ihm verzeihen, Archibald hat früher schwe-

re Schuld auf sich geladen, meine Herren, er erschuf zwei Zombies.»
«Ich dachte Zombies gäbe es nur im Film oder in Romanen», entgegnete ihr Nigel plötzlich sehr interessiert.
«Die Welt wusste lange Zeit nichts über dieses Phänomen, man schob es in die Rubrik der Fabeln und Mythen, wie die Werwölfe und Vampire, dabei hat es sie hier auf Haiti schon immer gegeben. Was jedoch nur Einzelnen bekannt war, beziehungsweise immer nur an Einzelne weitergeleitet wurde, ist das Geheimnis ihrer Entstehung.»
«Beleuchte unsere Laterne Zoé, wir stehen im Dunkeln.»
«Archibald war einst ein gefürchteter Bokor, ein Priester des Voodoo, und als solcher besaß er das Wissen darüber, wie man Menschen in Todesstarre versetzen kann, um sie nach der Beerdigung wieder auszugraben. Sie überleben dann nur noch als gefühllose Monster, demjenigen hörig, der sie wieder instruiert. Das Gift diverser Fische, genau dosiert, bewirkt den Scheintod. Danach ist es wichtig, dass das Zeitfenster exakt eingehalten wird, über Jahrhunderte perfektioniert hat dieser Ablauf sicher Tausende von Menschen, denen die Rolle von Laborratten zukam, das Leben gekostet, bevor die Priesterschaft den Zeitplan und die Giftmenge so genau bestimmen und dosieren konnte, dass der Kandidat nicht mehr im Jenseits endete. Körpergröße, Gewicht, Geschlecht und Alter bestimmen den Zeitablauf sowie die Menge an Gift und Gegengift. Jeder Arzt bescheinigt danach das Ableben des Kandidaten, der kurz nach der Untersuchung eine bestimmte Menge Gegengift verabreicht bekommt. Sein vegetatives Atmen beginnt ganz zaghaft wieder seine Arbeit zu verrichten und die im Sarg enthaltene Luft reicht aus, um einige Stunden zu überleben. Gleich nach der Beerdigung, wenn das Grab von allen Besuchern verlassen wurde, meistens in der Nacht, gräbt der Bokor die Pseudoleiche wieder aus, gibt ihr die ausreichende Menge an Serum, und der arme Mensch erholt sich langsam von seinen Strapazen. Das Gehirn, welches mit zu wenig Sauerstoff versorgt wurde, muss neu angelernt werden, der Zombie, von den Toten wiederauferstanden, kann nun seine unheilbringende Mission erfüllen. Ich selbst besitze dieses geheime Wissen, das mir Archibald über die Jahre vermittelt hatte. Ich habe versucht

zu recherchieren, ob die ehemaligen Sklaven aus dem heutigen Benin in Westafrika dieses Wissen nach Haiti mitgebracht hatten, jedoch fand ich dafür nirgends handfeste Beweise. Der Voodoo hat in der Karibik scheinbar eine eigenständige Entwicklung durchgemacht.»

«Vor vielen Jahren bin ich hier auf Haiti einem Zombie begegnet. Er vegetierte herrenlos geworden in einem Heim für Demente, ein schrecklicher Anblick. Ich kann ihre Geschichte bestätigen, Zoé, es gibt sie wirklich, diese Wesen der Finsternis.»

«So ist es, Ange, und einige hat man zu willenlosen Bestien umfunktioniert, man gab ihnen Fleisch von Leichen zu essen, was bewirkte, dass sie zu furchterregenden Kannibalen wurden und nachts ganze Landstriche terrorisierten. Man sollte aber wissen, dass die Verwandlung eines normalen Bürgers in einen Zombie oft nichts anderes ist als ein purer Racheakt. Familienfeden, politische Machtkämpfe wie auch gelegentlich die Eliminierung störender Gegenspieler in der Unterwelt sind in der Regel die direkte Ursache dieser höchsten und Mutter aller Bestrafungen.»

«Es ist immer wieder unfassbar, nahezu unerträglich, wenn man feststellen muss, was Menschen fähig sind anderen Menschen anzutun. Brillantes Resultat nach nahezu drei Milliarden Jahren Evolution», ergänzte Malcolm sarkastisch.

Eine reichliche Stunde später liefen zwei Gestalten durch den Park, Nigel beobachtete sie vom Fenster der oberen Etage.

«Es geht los», murmelte der Engländer.

Zoé legte sich auf das Bett, ihre Arme zu den losen Fesseln gestreckt.

«Ich hoffe, du bist jetzt gesprächiger, Hure. Das ist Inspektor Rousseau, er wird dir auf die Sprünge helfen.»

Bruder Anselm und der Inspektor vernahmen mit einem Schaudern das metallische Geräusch der Waffenhähne, die hinter ihren Rücken eben gespannt wurden, und standen plötzlich wie unter Strom in einem lichtdurchfluteten Schlafzimmer, auf dessen Bett sich ihre vermeintliche Gefangene – mit dem Lächeln der Rache im Gesicht – langsam aufrichtete.

«Schau an, Pater Tettamanti», sagte Malcolm, dessen Stimme den Unterton der Wut nicht zu verbergen vermochte.

Der Geistliche brauchte eine ganze Weile, um sich zu fassen, der Schock dieser überraschenden Wende saß tief. Sein Mithelfer Rousseau wog im Augenblick nicht viel mehr, wusste er doch um das Schicksal seiner zwei Kollegen.
«Du warst dabei, auf meinem Schiff, als mein Matrose gefoltert wurde», sagte Nigel mit einem Ton, der nichts Gutes ahnen ließ.
«Du bist für den schlimmen Tod meines Gefährten verantwortlich», ergänzte die Kreolin.
«Und du gehörst zu den Verrückten, die der Dame unseres Freundes den Finger amputierten», stellte Bolan abschließend fest. «Der Leiche im Flur habt ihr die Machart der algerischen Freiheitskämpfer verpasst. Kompliment Herr Pfarrer, mit der Unterschrift wäre sicher keiner auf euch gekommen.»
«Die Dame ist frei», sagte Anselm trocken.
Malcolm und Nigel schauten sich ungläubig an. Beiden wurde plötzlich bewusst, dass dies nicht unbedingt eine gute Nachricht bedeutete. Grundlos gaben die Extremisten keinen Trumpf aus der Hand.
«Behaltet das Pack im Auge, ich geh raus um zu telefonieren.»
Bolans Miene verfinsterte sich zusehends. Zeb bestätigte ihm, dass die Freundin vor wenigen Stunden frei gekommen sei, ohne die geringste Forderung der Entführer und ohne zusätzlichen Schaden erlitten zu haben. Hier gab es eine Wende, von der sie noch nichts wussten.
«Es stimmt, sie ist frei.» Tettamanti und der haitianische Scherge saßen festgeschnürt wie Pakete auf dem Bett, als Bolan zurückkam.
«Malc, du bist zu zart besaitet», sagte Nigel gelassen. «Geh frische Luft schnappen, Madame Zoé und ich werden versuchen diesen Herren die Zungen zu lockern.»
Bolan, der nichts von Folter hielt, aber die Notwendigkeit der Operation einsah, zündete sich im Park eine Zigarette an und versuchte das Klagen der Opfer zu ignorieren.
«Malc, komm hoch, du musst dir etwas ansehen», rief Hackett herunter.
«Was gibt es Neues?», fragte Bolan beim Eintreten in das Schlafgemach, in dem es verdächtig nach verbranntem Fleisch roch.

«Der Polizist weiß gar nichts, der wollte nur Kohle machen, aber wirf einen Blick auf die Füße unseres Predigers. Was bedeutet das, Malc?»
«Lass den Haitianer laufen und gib ihm Geld, wir haben nichts gegen die Leute hier.»
Bolan schaute sich den einen Fuß genauer an und erkannte sofort die eingebrannten griechischen Buchstaben.
«Übersetzt heißt das I. Ch. Th. Y. S. Das ist die griechische Bezeichnung für Fisch. Die Urchristen verwendeten dies als Symbol ihrer Verbundenheit. Die Anfangsbuchstaben stehen auch für Jesus Christus Gottessohn und Erlöser. Der Fisch in der Tiefe, stumm und verschwiegen, verbirgt Geheimnisse. Wer ihn hochholt, kommt an Erkenntnis, Licht und Nahrung. Es ist zweifelsohne das Zeichen eines verschwiegenen christlichen Geheimbundes. Hier vor uns liegt einer der Arme dieses Kraken, nun gilt es den Kopf zu finden. Lasst uns im Park die weiteren Schritte beraten, Freunde.»
Zoé begab sich in die Küche und besorgte eine Flasche Wein, dann ging sie zu einem alten Schrank im hinteren Winkel des Salons, öffnete ein Geheimfach und entnahm einen seltsamen Gegenstand, den sie in Windeseile in ihrer Handtasche verschwinden ließ. Man schickte die Leibgarde zum Wagen, und sie begaben sich in einen zurückgezogenen Winkel des Grundstückes. Der kleine Pavillon beherbergte einen rustikalen Holztisch, um dessen ovale Platte sich alte, halbzerfallene Stühle befanden.
«Ich schlage vor, du kommst mit uns auf das Schiff Zoé, und den Prediger müssen wir auch mitnehmen. Wir werden ihn mit dem Bischof konfrontieren, den Mann zu richten steht uns nicht zu.»
«Dann müsst ihr mich während der Überfahrt fesseln, sonst läuft er Gefahr von mir über Bord geworfen zu werden, meine Herren. Ich komme gerne mit euch nach Europa», sagte sie, und blickte dabei Malcolm tief in die Augen. «Ich habe dort noch eine große Aufgabe zu erledigen», ergänzte Zoé mit einem seltsamen Klang in der Stimme.
Bolan sagte zunächst nichts, er begnügte sich damit, die tapfere Frau immer wieder anzuschauen, sie faszinierte ihn, und er wusste nicht

genau warum. Es war nicht ihre Schönheit alleine, die auf ihn so stark einwirkte, es gab da mehr, ein seltsames Fluidum, welches ihn in seinem tiefsten Inneren erreichte. Malcolm hatte das eigenartige Gefühl, diese Frau schon immer gekannt zu haben, obwohl sie doch gerade erst in sein Leben trat. Wenn sie ihn ansah, dachte er bis in den hintersten Winkel seiner Seele durchschaubar zu sein. Etwas Magisches diktierte ihm, die Nähe dieses Menschen nicht mehr missen zu wollen. Es war, als hätte man ein Grimoire geöffnet, dessen Zauberformel schon immer für ihn bestimmt war.
«Malcolm hat Recht, Madame. Zurücklassen können wir den Fanatiker nicht, er soll vor ein ordentliches Gericht. Auf der Tigarry wird er eingesperrt, auch Claire könnte ihm gefährlich werden. Ich glaube, wir alle wünschen uns diesen Dämon in die Hölle, aber wir sind weder seine Richter noch werden wir uns herablassen persönlich an ihm Rache zu nehmen, in seinem Falle soll die Justiz ihre Aufgabe erledigen. Ich versprach Claire ihn zu richten, aber dieses Stück Scheiße ist es nicht einmal Wert, dass ich mir die Finger an ihm schmutzig mache. Er soll für seine restlichen Tage hinter Gittern schmoren.»
Nigel Hackett war noch beim Reden, als alles zu beben anfing, der alte Holzpavillon brach ihnen wortwörtlich über den Köpfen zusammen, die Erde schüttelte sich mit ungeahnter Heftigkeit. Es schien kein Ende in Sicht, nach einer halben Minute zitterte der Boden noch immer unter ihnen, Bäume stürzten zu Boden und plötzlich, in einem infernoartigen ohrenbetäubenden Getöse, fiel die Villa in sich zusammen wie ein Kartenhaus, die ideellen Werte, die sie beherbergte, einen Schatz, Hunderte antiker Tongefäße, einen lebendigen Menschen und einen Toten unter sich begrabend.

Drittes Kapitel

I

Die niederschmetternde Nachricht kam über das Satellitentelefon. Hacketts Ketsch hatte Kurs auf Miami genommen. Unglaubliches Chaos musste überwunden werden auf dem Weg zurück zum Schiff, Port-au-Prince glich einer Stadt nach einem Bombenangriff. Manche Viertel waren fast vollständig dem grauenvollen seismischen Schlag zum Opfer gefallen, die Menschen, die dem Beben entkamen, standen fassungslos vor den Trümmern, einige gruben mit nackten Händen im Schutt auf der Suche nach Angehörigen, andere rannten schon offenen freien Plätzen entgegen aus Furcht vor Nachbeben. Malcolm alarmierte sofort via Bordtelefon offizielle Stellen auf Martinique und in den USA.

«Wie ist so etwas denn möglich, Zeb? Ich fasse es nicht. Armando besaß schon immer die Naivität der großen Gelehrten, aber gerade in diesem Fall hätte er aufmerksamer sein sollen. Er wusste doch, dass Gefahr von Seiten geistlicher Fanatiker ausging. Wie konnte der Mann so töricht sein, dass er keine Lunte roch.»

«Züngeli wird überleben, aber er liegt schwer verletzt in einer Baseler Privatklinik.»

«Ich gehe davon aus, der Mistkerl hat auch deine DVD mit dem Film mitgenommen, Zeb.»

«Stell dir jetzt noch vor, wie dumm ich war, Malc. Ich Vollidiot habe nicht einmal eine Kopie davon.»

«Das bedeutet, wir haben nichts mehr. Auch meine ganzen Erwartungen, die ich hierher mitbrachte, liegen nun unter Schutt begraben.»

«Ihr seid am Leben, Malcolm, dankt Gott.»

«Du machst dir keine Vorstellung, mit was für einer Wucht diese Stadt getroffen wurde. Das Ausmaß dieser Katastrophe wird alles je Dagewesene übertreffen, soweit ich die Situation hier beurteilen

kann. Die menschlichen Dramen, die daraus folgen werden, gerade in einem Land, das ohnehin schon die Ärmsten beheimatet, sind unvorstellbar.»
«Wo war Gott bei dem Inferno?»
«Stell mir eine leichtere Frage, my friend.»
«Ich erwarte euch in Miami, gute Reise.»
Die Stimmung an Bord war einmal mehr auf dem Nullpunkt. Mit allen möglichen Problemen hatten sie bei der Ankunft auf Haiti gerechnet, aber dass ein Erdbeben, noch dazu solchen Ausmaßes, und das nach fast zweihundert Jahren der seismischen Ruhe, die Situation völlig auf den Kopf stellen würde, war eine bittere Pille des Schicksals. Claire versuchte die Atmosphäre etwas aufzulockern, indem sie traumhafte Sandwiches anbot, scheiterte jedoch am offensichtlichen Mangel an Appetit ihrer Reisegefährten. Der Schock des Dramas, das sich in diesen Stunden in Port-au-Prince abspielte, saß zu tief, um pietätlos Nahrung aufnehmen zu können.
Bolan legte sich hin, die letzten Stunden hatten seine nervliche Kapazität stark überfordert. Er brauchte Ruhe, auch Zeit, um seine Gedanken zu ordnen. Es war unfassbar, die ganze Mühe der letzten Monate war umsonst gewesen, der einmalige Fund in den Händen von illuminierten Fanatikern, der einzige Beweis vom Überleben einer humanoiden Spezies auf Erden verloren, dazu das unnötige Sterben einiger Menschen – und dies alles wegen der Naivität eines zu leichtgläubigen Professors.
Die Ruhe in seiner Kabine ließ ihn rasch entspannen, die See war heute angenehm und eine leichte Brise sorgte für eine gemächliche Fahrt in Richtung Florida. Wie schon so oft in seinem Leben geschehen, sorgte die Existenz immer wieder für Lichtblicke, auch in den dunkelsten Phasen des Daseins. Das Licht, das der Situation neuen Glanz verlieh und auch sein Herz auf nie gekannte Weise erwärmte, kam zweifelsfrei von Zoé. Malcolm dachte unentwegt an die Kreolin, sie erfüllte seine Gedanken, und ganz tief in seinem geheimsten Inneren wusste er, dass diese Frau genauso dachte wie er. Sie hatte ihm nach dem Auslaufen von Port-au-Prince lange geschildert, wie sie Bartholomé kennen und lieben gelernt hatte. Sie erzählte ihm,

wie über all diese Jahre immer wieder Bilder dieses so oft von Monsieur erwähnten Ange in der Villa eintrafen und wie sie mit der Zeit den jungen Mann in ihr eigenes Leben mit aufnahm. Malcolm entnahm ihrer Stimme das eigentlich Unglaubliche, etwas, das er nie für möglich gehalten hätte, wäre es ihm einfach nur zugetragen worden. Diese Frau hatte seit Jahren einem Phantombild ihr Herz geöffnet. Wie einsam muss dieser Mensch gewesen sein, um sich mit einer Chimäre zu begnügen, dachte er. Was für eine übersinnliche Alchemie war hier am Werk, die ihn zu dieser schönen Frau förmlich katapultierte? Malcolm musste sich eingestehen, dass er in so unfassbar kurzer Zeit vor Liebe und Verlangen nach dieser Frau langsam aber sicher zu verglühen drohte. Er war förmlich unfähig geworden sich auf irgendetwas zu konzentrieren, diese Frau erfüllte plötzlich sein komplettes Denkvermögen. Es war schön, ein so starkes Gefühl zu erleben, jedoch überforderte es ihn noch, da er mit so gewaltigen Gefühlen nie gelernt hatte umzugehen. So viele Jahre war er mittlerweile alleine, hatte sich von allen möglichen Beziehungen distanziert, um seinen Forschungen frei und unabhängig gerecht zu werden. Es hatte die eine oder andere amouröse Aventure gegeben, die aber den rein sexuellen Charakter nie übertrafen. Malcolm war es bisher nicht vergönnt gewesen, dem Menschen zu begegnen, der auch eine seelische Verwandtschaft geboten hätte. Er war drauf und dran sie in ihrer Kabine anzurufen, sie darum zu bitten, sich ihm zuzugesellen, er sehnte sich danach, dieses Wesen in seine Arme zu nehmen und nimmer von ihr getrennt zu werden. Auf der anderen Seite wollte er den Zauber, den sie gerade erlebten, auch nicht entweihen, und so gewann die Realität plötzlich wieder die Oberhand über seine Träumereien.
Malcolm musste unbedingt Bischof Taerning über das Doppelspiel seines Sekretärs instruieren, er griff zum Satellitentelefon und wählte.

II

Mahlik Zeitoune wartete schon seit Stunden hinter der kleinen Trattoria in der Via Volturno bei der Kirche Santa Maria Degli Angeli nahe des Museo Nationale. Der Haupteingang befand sich in der Via Montebello, die Toiletten des kleinen Lokales lagen jedoch nahe dem unbedeutenden Hintereingang, vor dem er sich in einem Kombi in Geduld übte. Zwei seiner Männer warteten in der Gaststätte, bis ihr Opfer sich endlich zum Waschraum bemühte.

«Lass den Motor an, Mahlik», meldete sich die Stimme in seinem Handy.

Zeitoune startete den Wagen, ging zur Hintertür des Restaurants, öffnete sie, schob den für den Zweck vorbereiteten Holzkeil unter den Rahmen und sprang wieder ans Steuer. Nach einigen langen Minuten schleppten seine Männer den mit einem Sack über dem Kopf herumzappelnden und mit einer schwarzen Soutane bekleideten Mann gewaltsam in ihren Kleinbus.

Mahlik gab Gas, er wollte so schnell wie möglich die Via XX Settembre und von dort die Piazza Della Republica erreichen, um in die große Anonymität Roms abzutauchen.

«Wenn er zappelt, lässt du ihn an der Watte riechen», befahl Zeitoune.

«Ouacha, Chef.»

Der Soutanenträger, offensichtlich der arabischen Sprache nicht mächtig, zappelte erneut wie eine Forelle am Blinker und schimpfte wie ein Rohrspatz unter seinem Sack.

«Ich glaube, der hat heute Abend zu viel Schweinefleisch gefuttert, Sayed Patron.»

«Verpass ihm etwas Beruhigendes, Ahmed.»

Der genannte Ahmed öffnete die Flasche, welche sein Kollege ihm reichte, und goss davon auf die Watte. Der eine riss anschließend in Windeseile dem Kirchenmann den Sack vom Schädel, während der andere ihm schon die getränkte Baumwolle unter die Nase klemmte. Das Chloroform sorgte unmittelbar für Entspannung im Automobil.

Zeitoune fuhr die halbe Nacht, hielt sich strikt an die erlaubte Geschwindigkeit, eine Kontrolle wäre schlimm gewesen. Noch vor dem Morgengrauen ließ er Napoli links liegen, dann sah er endlich das Schild Sant'Anastasia. Nur noch wenige Kilometer trennten ihn von Polena Trocchia und dem abgelegenen Hof, wo sie in Sicherheit waren.

Dem geknebelten Geistlichen wurden der linke Arm und der rechte Fuß mit einer Kordel verbunden, dann sperrte man ihn in eine Kammer. Wasser und Brot standen auf dem Holztisch, ein großes altes Bett vervollständigte die karge Einrichtung. Der Sack, damit der Pater sich richtig heimelig fühlen konnte, war ihm erspart geblieben.

Mahlik und einer der Männer legten sich zum Schlafen hin, der dritte musste die erste Wache schieben, obwohl sie hier in der Einsamkeit der ländlichen Idylle im Süden Italiens wie vom Erdboden aufgesogen waren. Das abgelegene Landgut befand sich schon seit Jahrzehnten unter dem Namen eines Strohmannes im Besitz des französischen Geheimdienstes. Nicht einmal der italienische SISMI hatte je Wind davon bekommen, dass die Franzosen eine Farm für Befragungen auf ihrem Territorium unterhielten. Der Militärische Nachrichten- und Sicherheitsdienst der Italiener, vorwiegend mit inländischen Problemen beschäftigt, tauschte sich nicht so freudig mit der Agenzia Informazioni e Sicurezza Esterna aus. Die für das Ausland zuständige Behörde wird von der Internen Sicherheit oft mit Neid betrachtet. Durch diesen Mangel an Koordination war es den Franzosen in Zusammenarbeit mit den Deutschen möglich, eine geheime Basis unter der Nase des italienischen AISE zu unterhalten, welche hauptsächlich dazu diente, mafiöse Strukturen mit Ambitionen auf beide Länder auszuspionieren. Dass Vallois Marokkaner hier wirken ließ, wäre den Teutonen sicher sauer aufgestoßen und würde ihn den Kopf kosten, kämen die Germanen dahinter. Es galt nun schnell zu arbeiten ohne Spuren zu hinterlassen – und schon gar keine Leiche.

«Sayed Mahlik, das Telefon hat gepiepst», meldete sich Ahmed, und schüttelte seinen Vorgesetzten.

«Mahlik? Vallois hier. Hat alles geklappt, mon ami?»
«Wir sind auf dem Hof, Vallois, Sie können mit den Verhandlungen beginnen.»
«Ich wusste, auf Sie ist Verlass, Zeitoune. Sie werden bezahlen, Habibi. Aber zuerst müssen wir den Austausch organisieren. Das kann einige Tage dauern, verlassen Sie unter keinen Umständen das Haus, machen Sie kein Licht in der Nacht, Proviant und Wasser habt ihr im Überfluss, prägen Sie das auch Ihren Männern ein, Mahlik. Der Gast soll gut behandelt werden, das ist eine Order, und erwähnen Sie vor ihm niemals meinen Namen, Zeitoune, noch sind wir beide Staatsdiener.»
«Ouacha Vallois, geben Sie Gas, die Nächte in Italien sind kalt im Januar.»

III

«Was um Himmelswillen kann ich jetzt noch unternehmen, Mister Bolan? Zwei meiner engsten Vertrauten erwiesen sich als Verrückte. Fanatiker, unwürdig den Namen Christ zu tragen, Extremisten der unbeschreiblichsten Gattung, wie kann ich dieses Verhalten in Rom rechtfertigen? Sie waren, so dachte ich zumindest, mein verlängerter Arm in der Welt, um unsere Position zu festigen. Diese Männer sollten unter meiner Ägide den Katholizismus vor übertriebenem wissenschaftlichem Eifer bewahren und nicht zu Mördern werden. Der Kopf dieser bösartigen Medusa sitzt im Vatikan, Mister Bolan, unter demselben Dach wie der heilige Vater hat sich die Brut eingenistet. Ich kann nicht einmal Rom zu Hilfe rufen, ohne dass ich selbst in den Verdacht gerate Mitwissender gewesen zu sein. Wir müssen die Angelegenheit weiterhin vertraulich behandeln, um nicht die Kurie international in Verruf zu bringen. Kann ich mit Ihrer Diskretion rechnen?»
«Das können Sie, Exzellenz, aber nehmen Sie sich in Acht vor Vallois, ich traue ihm nicht, er ist ein Arrivist übelster Sorte. Die Leute von der Securité wissen viel, und er wird versuchen Kapital aus dem

zu schlagen, was er weiß. Sie können ihm nichts anhaben, sonst stellt er Sie in Rom bloß. Sie sind nun mal jetzt erpressbar, Hochwürden.»
«Ich hätte niemals gedacht, dass ich einmal die Hilfe eines Freimaurers benötigen würde, Mister Bolan. Sie sind ein Gentleman, ich stehe in Ihrer Schuld.»
«Wir haben in der Affäre nun alle schwer Federn lassen müssen, Sie kennen jedoch meine Einstellung bezüglich der Artefakte. Die Veröffentlichung liegt mir nach wie vor am Herzen, und das wissen Sie. Es geht mir nicht darum Ihrer Kirche Schaden zuzufügen, sondern den Menschen das ihnen zustehende Wissen weiterzuleiten. Leider wurden wir vor kurzem unserer Habe enteignet.»
«Ich bin da nicht Ihrer Meinung, zumindest nicht zu dem gegebenen Zeitpunkt. Bei der Wiederbeschaffung wird es schwer werden mit mir zu rechnen, Mister Bolan, ich habe nicht die geringste Ahnung, wo sich die Kostbarkeiten befinden.»
«Ich glaube in dogmatischen Angelegenheiten werden wir uns noch lange nicht einig, Hochwürden.»
«Vielleicht ist gerade das die Würze im Rezept, an dem wir schon Jahrhunderte herumlaborieren, es ist mir eine Ehre, Leute wie Sie und Ihre Bruderschaft als Mitstreiter zu haben.»
«Der Baumeister aller Welten ist eben ein Gentleman, Exzellenz. JHWH hat sich dagegen des Öfteren schon als recht energisch erwiesen, wenn man das Alte Testament milde auslegt. Wie kann ein gütiger Gott sein auserwähltes Volk Mord und Totschlag an anderen Völkern verüben lassen? Ein Gott, der den Kosmos und die Welten erschuf, ein Schöpfer, der die Summe der physikalischen Regeln von allem Seienden entwarf, soll sich mit so grobstofflichem Unsinn wie Landgewinnung und Eroberung befassen, das kann doch einen intelligenten Menschen nur zum Schmunzeln bringen. Es hat weder ein gelobtes Land noch ein von Gott bevorzugtes Volk gegeben, und ich hoffe, dass Sie tief in Ihrem Inneren irgendwann einmal zu dieser Ihre Seele rettenden Erkenntnis gelangen mögen. Ihre Kongregation sollte endlich einmal dazu stehen, dass die Bibel niemals von Gott diktiert wurde, sondern von Menschen für Menschen über Jahrhunderte verfasst wurde.»

«Sie sind ein Schlitzohr, Bolan. Ich melde mich, wenn ich Neues in Erfahrung bringen kann. Gott zum Gruße.»

Bischof Taerning befand sich in der Zwickmühle. Einerseits wollte er auf keinen Fall das Problem, welches Kardinal Reuters darstellte, in Rom an die große Glocke hängen, und andererseits war er von zwei Fronten her erpressbar. Vallois konnte ihm schaden, und Bolan brauchte nur sein Wissen über die Bruderschaft herumzuposaunen, und schon war die Kirche in üblem Verruf. Dazu wollte er die Veröffentlichung der Artefakte unbedingt verhindern, denn auch das würde seiner Gemeinschaft nicht wiedergutzumachenden Schaden zufügen. Kampf war nicht das Mittel, hier war brillanteste diplomatische Schlauheit gefragt. Wie hätten wohl Niccolo Machiavelli oder sein eigenes Vorbild Richelieu gehandelt? Sicher zum Vorteil in eigener Sache, dachte Taerning, und so wollte er handeln.

«Ich möchte mit Monsieur Vallois sprechen, ist er schon im Büro?»

«Wen darf ich bitte anmelden?»

«Bischof Taerning.»

«Monsigniore, seien Sie gegrüßt, wie geht es Ihnen?»

«Hören Sie mir gut zu, Vallois. Ich weiß nicht, was alles vorgeht, nur dass etwas vorgeht. Sollten Sie von dunklen Seiten der Kirche kontaktiert werden, so müssen Sie wissen, diese Leute handeln nicht mit unserer Zustimmung. Dann sollten Sie sich endlich noch etwas hinter die Ohren schreiben, Vallois, der Arm Roms reicht viel weiter, als Sie sich das überhaupt vorstellen können. Versuchen Sie nicht schlauer zu sein, als Sie es sind, das Geld besitzen wir, und was Sie auch verkaufen wollen, es gibt für Sie nur einen Klienten, und das bin ich. Sollten Sie an die Artefakte kommen, wer sie auch jetzt besitzt, ich kaufe die Besitzer und ihre Habe.»

IV

Andre Vallois, Opportunist vor dem Herrn, befasste sich gerade intensiv mit dem neuen Aspekt der Ereignisse. Taerning konnte mit Sicherheit ein Budget bekommen, um das Artefakt zu kaufen, was

nicht ausschließen sollte, dass der gute Bischof in einem zweiten Anlauf den Extremistenführer nicht auch noch bekommen könnte. Der Preis hierfür müsste großzügiger ausfallen, denn das Bekanntwerden der Taten des Kardinals könnte Rom in die Bredouille bringen. Wenn man es richtig einfädelte, wäre sogar noch ein drittes Geschäft denkbar. Vallois grübelte ohne Unterlass an der genialen Idee, auch noch Reuters zur Kasse zu bitten. Er wusste aber immer noch nicht hundertprozentig, ob er auch den richtigen Mann entführen lassen hatte. Die Marokkaner berichteten von dem eingebrannten Zeichen unter dem Fuß des schwedischen Sektenbruders. Via Port-au-Prince kam er an die Information der Geschehnisse in Bartholomés Villa. Auch dort war der Geheimbund am Werk. Lange Zeit hatte er sich gefragt, wer in Rom die Kurie unterwandert hatte und die Verrücktheit besaß ein derart gewagtes Projekt auf die Beine zu stellen. Die Kollegen von der Agenzia Informazioni E Sicurezza Interna gaben ihm den entscheidenden Tipp. Kardinal Reuters war bekannt als der Fisch, von daher lag die Verbindung zum Zeichen der Bruderschaft auf der Hand.
«Mahlik, schnappt euch den Kardinal und schaut unter seinen rechten Fuß. Wenn er dort eine eingebrannte Markierung trägt, dann haben wir in der Lotterie gewonnen.»
«Ouacha Vallois. Was machen wir, wenn er es nicht ist?»
«Er ist es Zeitoune, vertraue mir. Ist er positiv, will ich mit ihm sprechen.»
Es gab nur eine Variante, denn die Bruderschaft besaß außer ihrem Diebesgut, welches schlussendlich nur Rom gefährdete, kein Druckmittel auf die Sécurité.
«Reuters?»
«Kardinal Reuters, wenn ich bitten darf», sagte die tiefe Stimme aus Zeitounes Handy.
«Kardinal. Sie sind für einige Tote zuständig, also hören Sie mir gut zu. Vor einem öffentlichen Gericht werden Sie kaum bestehen können. Wenn der Heilige Vater erfährt, mit welchen Mitteln Sie versuchten das Artefakt vor der Öffentlichkeit zu verbergen, bleibt Ihnen und den Brüdern nur noch der Freitod. Und uns Staatsdienern ist es scheißegal, wer den Knochen bekommt. Ich verspreche Ihnen,

das gute Stück sieht niemals mehr ein Museum und die Öffentlichkeit wird es nicht zu Gesicht bekommen. Sie übergeben meinem Mann die Summe von einer Million Euro und die Ware. Dann sind Sie ein freier Mann und müssen lediglich mit Taerning klarkommen. Der wird Sie nicht verpfeifen, denn er ist Rom treu, und wird nie riskieren den Klerus in Verruf zu bringen.»
«Und wenn wir Ihnen nicht nachgeben?»
«Dann werden Sie binnen weniger Stunden erschossen und auf dem Landgut verscharrt. Die Italiener werden Sie in einigen Jahrzehnten ausgraben, sollten sie dort wieder einmal eine Autobahn bauen.»
Bruder Malachias war kein Held. Er forderte Suizid von seinen Untertanen, wenn diese zweimal versagten, er dagegen wollte noch weiterleben.
«Wie lange habe ich Bedenkzeit, und welche Sicherheit geben sie mir bezüglich des Fundes?»
«Sicherheit haben Sie gar keine, nur mein Wort. Ich rufe in einer Stunde wieder an, grübeln Sie derweilen schon einmal darüber nach, wie und wo Sie die Übergabe bewerkstelligen wollen, oder ich mache Ihnen einen Vorschlag. Gott zum Gruße, Exzellenz.»

V

Die 4441 Collins Avenue war schon seit langem Malcolms Adresse, wenn er sich in Miami aufhielt. Hier im Fontainebleau war es für ihn zur Gewohnheit geworden, den Clubsessel an die breite Glasfront seiner Suite zu schieben, wenn ihm danach war, seinen Gedanken nachzugehen. Von der Ocean View Suite in einer der oberen Etagen genoss er stets die grandiose Aussicht, und die günstige Lage des Hauses hier im nordöstlichen Teil der Stadt bot auch noch den Vorteil, dass sich einige Spitzenrestaurants und Nachtclubs gleich um die Ecke befanden.
Voller Anspannung und neugierig wie ein Kind zu Weihnachten öffnete er endlich das Couvert, welches sein ehemaliger Mentor ihm zurückgelassen hatte. Er wusste ja von der Kreolin, dass diese Nach-

richt nur im Falle des Todes Bartholomés für ihn bestimmt war. Er traute sich daher kaum, das nur einmal gefaltete Schriftstück zu lesen. Groß war dann seine Enttäuschung, als er keine persönlichen Zeilen, die er selbstverständlich erwartete, vorfand, nicht einmal einen Gruß. Das Dokument enthielt lediglich die Zahlen eines privaten Nummernkontos von der UBS in Basel.

Bolan wartete auf seinen Freund und Bruder Zebulon Polniak, sie wollten noch vor dessen Abreise avisieren, was in den unmittelbaren nächsten Tagen zu geschehen hatte, damit man wieder ins Geschäft käme.

«Nimm Platz Zeb. Es sieht düster aus mit unseren Chancen, nochmal an Sinclairs Fund zu kommen. Wie siehst du die Sache?»

«Denk daran, Bruder, wir wissen um die Existenz der fanatischen Bruderschaft, die ja letztendlich in Rom ihre Wurzeln hat. Das bringt uns in eine hervorragende Position Taerning gegenüber, der mit Sicherheit bemüht sein dürfte, einen Skandal zu vermeiden. Obwohl er mit diesen Extremisten nichts zu tun hat, wird er klein beigeben müssen, schon aus dem einfachen Grund, den Heiligen Vater nicht kompromittiert zu sehen.»

«Im Klartext heißt das, wir erpressen den Bischof mit der Drohung, alles der Presse zu übergeben. Ich schäme mich dabei, der Mann ist schließlich unschuldig.»

«Das ist der einzige Trumpf, den wir haben. Ich muss dir gestehen, nach meiner Optik ist es die Sache wert, und der Teufel soll mich holen, wenn ich mit der Ansicht irre, dass der gute Bischof genauso handeln würde.»

«Du hast Recht, auch er ist noch an dem Fund interessiert, und er wird wahrscheinlich alles tun, um ihn nicht veröffentlicht zu sehen.»

«Dieser Vallois von der Sécurité scheint einiges zu wissen. Was hältst du davon, wenn wir uns direkt mit ihm zusammen tun? Der ist käuflich und du und ich, wir verfügen über genügend Mittel, um von ihm das zu erwerben, was wir wollen, sollte er sich in dessen Besitz boxen.»

«Das ist eine Variante, die auch mir schon durch den Kopf ging. Ich muss zurück in die Schweiz, Zeb, kommst du mit?»

«O.k. Partner, Shirley ist für unbestimmte Zeit zu ihrer Familie gezogen, sich psychisch wieder aufzubauen, ich begleite dich. Die kommende Jahreszeit in Helvetien turnt mich zwar nicht gerade an, aber wir müssen ja irgendwie weiterkommen in der Affäre. Miami ist sowieso längst nicht mehr mein Pflaster, ich bleibe nie lange, der Spot hier ist nur noch Erinnerung an meine jungen Jahre, als ich einer der Begehrtesten war auf Collins Avenue und nächtelang den Hahn gab bei den kleinen Latinas in Coconut Grove. Ob aus Kuba, Puerto Rico oder Costa Rica, die Chicas ließen mich stets eine Hauptrolle belegen in ihrem Szenario. Wahrhaftig, mein Bruder, ich hatte eine erfüllte Zeit hier.»

«Die Typologie der Gattung Mann, die du verkörpertest, passte auf jeden Fall besser ins südliche Florida denn nach Kalifornien, wo das bloße Enthüllen einer Havanna schon die staatliche Gesundheitsbehörde in Alarmstufe dunkelrot versetzt.»

«Was geschieht mit Zoé? Was gedenkt sie zu tun?»

«Auf Haiti hat sie weder Familie noch persönliche Bindungen. Sie kommt mit uns nach Basel, fährt dann weiter nach Genf, wo sie eine ihrer ehemaligen Schülerinnen beherbergen wird.»

«Wir sehen uns morgen am Flughafen Partner, ich werde heute Abend nicht mit euch dinieren können.»

Malcolm war total in seinen Überlegungen versunken, als ein zufälliger Blick auf seine Uhr ihn zur Eile ermahnte. Er verschwand schnell unter der Dusche, in knapp fünfzehn Minuten wollte er Zoé in der Lobby treffen. Malcolm stand vor dem Spiegel in der Absicht, sich noch schnell einzucremen, als er ein leichtes Räuspern vernahm, welches eindeutig aus seinem Zimmer zu kommen schien.

«Du hast noch eine perfekte Figur für dein Alter», sagte Zoé lächelnd, als Malcolm aus dem Badezimmer schoss.

Bolan blieb wie angewurzelt vor seinem Bett stehen. Darauf lag die Kreolin, die Beine ausgestreckt und den Kopf in die übereinandergestapelten Kissen gebettet. Sie sah umwerfend aus, ihre langen schwarzen Haare fielen wie ein Wasserfall über ihre breiten braunen Schultern und überfluteten den Ausschnitt ihres engen und dezent dekolletierten roten Kleides. Sie hatte ihre Lippen mit zartem Rouge übermalt, und ihre ansonsten nie geschminkten Augen waren sehr fein nachgezeichnet. Malcolm stockte leicht der Atem, er war nie ein großer Womanizer gewesen, die Situation überforderte ihn durch ihr unerwartetes Erscheinen, aber er genoss den Anblick seiner Herzensdame so sehr, dass er dachte sie mit seinen Augen fotografieren zu müssen, vor lauter Angst, dieses Bild könnte für immer verschwinden.

«Wie bist du denn hereingekommen?», stammelte er verlegen.

«Das spielt doch keine Rolle, Malcolm, komm setzt dich zu mir und umarme mich. Wir sehnen uns doch beide danach.»

Malcolm nahm Zoé in seine Arme, und bevor sie sich liebten, ließen sie ihren Tränen freien Lauf.

VI

Mahlik Zeitoune stand vor dem Eingang des zoologischen Gartens in Basel. Ihm war bitterkalt, die Temperatur an diesem Wintermorgen lag gerade einmal beim Gefrierpunkt, aber das nördliche Tief, das zu der Zeit Mitteleuropa unter seiner feuchten Glocke hielt, wandelte den gefühlten Eindruck in sibirische Kälte. Zeitoune war einiges gewohnt aus dem Atlasgebirge, aber der Nasskälte der Schweiz stand er in der frühen Stunde mürrisch gegenüber. Es war drei Minuten vor acht, die Kassiererin schaute ihn aus der molligen Wärme ihres kleinen Ticket Office immer wieder an, ohne die geringste Intention zu signalisieren, etwas früher aufmachen zu wollen. Eine Gruppe, bestehend aus mehreren japanischen Familien, hatte sich diszipliniert und mit stoischer Miene an der zweiten Kasse in perfekten Zweierreihen eingeordnet. Mahlik, angewidert ob der berühmten Schweizer Pünktlichkeit bei solcher Kälte, schaute der übergewichtigen Dame bösartig in die Augen. Er hasste sie, so tänzelte der frierende Berber noch die restlichen Minuten von einem Bein auf das andere, ostentativ in die andere Richtung gedreht, um die Dicke mit den Froschaugen nicht mehr sehen zu müssen, bis er endlich seine Eintrittskarte und den dazugehörenden Wege-

plan mit finsterer Miene und Rachegelüsten in den Augen in Empfang nahm.
Vorbei am Affenhaus marschierte er zu der Elefantenanlage, in deren warmem Gebäude er für einige Minuten Zuflucht suchte, dafür aber den Mief der Dickhäuter abbekam. Der Blick auf seine gefakte Rolex ermutigte ihn, die tropische Wärme zu verlassen. Zunächst gelangte er ans Gehege der Geparden, wo sich ein fröstelndes, mageres Tier auf seinem von unten beheizten Felsen eingerollt hatte, und vorbei am Park der nicht anwesenden Wildhunde kam er in Sichtweite des Hauses Gamgoas, welches die Krokodile beherbergt. Dort, an einer eisernen Brüstung, die die Zuschauer vor dem Fall in den darunter liegenden Wassergraben schützte, war das Treffen vereinbart. In zwei Minuten sollte die Übergabe stattfinden.
Pünktlich um acht Uhr fünfzehn schlenderte ein Mann auf ihn zu. Schwarz gekleidet von Kopf bis Fuß, die dunkle Mütze, unter welcher zottelige Haare und ein Vollbart hervorlugten, über die Ohren gezogen, blieb er mit einem langen Karton unter dem Arm bei Mahlik stehen.
«Ich bin Bruder Henoch, rufen Sie jetzt an und geben Sie mir das Handy.»
Zeitoune hatte Order, bei der Übergabe eine Verbindung mit dem Kardinal herzustellen.
«Bruder Malachias, bist du in Ordnung, Meister?», fragte Henoch mit devoter Stimme.
«Bruder Henoch, warte noch mit der Transaktion, in ein Paar Minuten bin ich an einer befahrenen Straße und in Sicherheit. Sie bekommen das Artefakt, aber das Geld erst später in Italien. Bleib so lange am Telefon.»
«Fiat voluntas tua, Meister.»
Von der Stelle aus, an der sie sich befanden, konnte man einen weiten Teil des Tiergartens übersehen, jedoch war an dem eisigen Morgen noch kein Besucher in Sicht. Vallois hatte den Ort bewusst vorgeschlagen, als er erfuhr, dass die Bruderschaft die Ware noch immer in Basel zurückhielt.
«Stell dich mit dem Rücken an die Brüstung», befahl Zeitoune, «und

öffne den Karton. Ich muss kontrollieren, ob du das Mitbringsel auch dabei hast.»
Henoch tat wie ihm befohlen und ließ den Deckel sachte zu Boden fallen, das Handy noch immer am Ohr.
Der Marokkaner wickelte ein Stück des Packpapiers auf, schaute sich dilettantisch die Chose an und befahl seinem Gegenüber den Deckel wieder aufzuheben.
«Was soll das?», entsetzte sich Henoch, als er wieder hochkam. «Wir haben Wort gehalten. Warum bedrohen Sie mich mit der Waffe?»
Mahlik drückte dem Fanatiker seine Pistole in den Magen und sprach.
«Hab keine Angst, Bruder Henoch, ich muss mich nur versichern, dass du mir nicht folgst. Setz dich auf die Brüstung.»
Henoch stellte den Karton auf den Boden und führte den erneuten Befehl aus.
«Siehst du, Bruder», sagte Mahlik mit dämonischem Grinsen im Gesicht, «du hast nie unser heiliges Buch studiert. Ich aber deines. Ich werde dich jetzt in den Wassergraben stürzen, du kannst ja schwimmen, und bist gleich wieder an Land. Das lässt mir Zeit, um zu verschwinden.»
Ohne die Reaktion des verdutzten und auf die schiefe Bahn gekommenen Geistlichen abzuwarten, stieß er ihn vom Geländer.
«Denk an die Geschichte von Daniel im alten Testament, Bruder Henoch, und an das Vertrauen, das der Gute hatte», rief ihm Mahlik lachend nach.
Henoch konnte die Worte seines Schlächters erst begreifen, als er nach kurzem Schwimmen dem Empfangskomitee jenseits des Wassergrabens in die Fänge lief. Er war bei den Löwen gestrandet.
Im Gamgoas standen die japanischen Kinder gespannt und fasziniert vor dem Bildschirm einer Videoanlage, die durch das Aktivieren eines Schalters im Nonstopverfahren einen Dokumentarfilm ablaufen ließ, in dem ein Riesenkrokodil aus dem Wasser sprang und sich eine Kuh zwischen die Zähne packte. Von der Empore, auf welcher die Eltern geduldig durch große Glasvitrinen in die Löwenanlage schauten, ertönte plötzlich der entsetzte Schrei einer der Mütter. Die

Kinder, die zuvor die langweiligen dösenden Großkatzen mit dem schrecklichen Monster eingetauscht hatten, kamen alle angerannt. Das Schauspiel, das sich ihnen nun bot, übertraf bei weitem das Video. Ein Mann schwamm durch den Teich vor ihnen, und die drei Löwen, aufgeschreckt vom Lärm des in das Wasser gefallenen Objektes, waren gerade dabei, den nichtsahnenden Badenden in Empfang zu nehmen. Das Männchen griff mit seiner Pranke nach dem Kopf des terrorisierten und wild gestikulierenden Menschen, wobei ihm die falschen Haare, der künstliche Bart und die Hälfte seines Gesichtes zwischen den Krallen zurückblieben. Die zwei Löwinnen schnappten gerade nach den Beinen des entsetzlich Klagenden, der mangels einer Gesichtshälfte nicht einmal mehr den Ansatz eines Hilferufes zustande brachte, da drückte eine der Mütter aus dem Lande der aufgehenden Sonne ihren Sprössling an die Brust und hielt ihm die Ohren zu. Dabei hatte sich die Nipponmom gehörig verrechnet, der Kleine, welcher sich auf keinen Fall das vely exiting Drama entgehen lassen wollte, gab ihr einen Tritt ans Schienbein, um nichts zu verpassen. Durch seine Adern floss das Blut der durch nichts zu erschreckenden Samurais.

Viertes Kapitel

I

Malcolm fuhr die steil abfallende Einfahrt zur Tiefgarage der UBS in Basel hinunter, blieb an der Schranke stehen und drückte auf die Meldetaste des Hochsicherheitstraktes der helvetischen Finanz.
«Wen darf ich melden?», krächzte es aus dem veralteten Kasten.
«De Maurillac», antwortete Bolan. «Ich habe einen Termin bei Herrn Giosch Schymunen.»
Die Barriere öffnete sich kommentarlos. Aus den Abyssen des Baseler Fort Knox gab es einen Aufzug, der direkt bei der trockensten Gattung weiblicher Unerotik ankam.
«Sie wünschen, Monsieur?»
Bolan legte seinen Reisepass auf die halbrunde Theke und flüsterte sein Passwort.
«Nehmen Sie den Lift in den ersten Stock, Sie werden erwartet, Monsieur.»
Im seligen Himmel der Geheimkonten angekommen, stand Malcolm vor der nächsten Garde. Dieses Mal untersuchten zwei reizvolle Alpenländlerinnen seine Personalien, begleiteten ihn zu der Sesselgruppe des kleinen Foyers und boten ihm Getränke an.
«Herr Schymunen wird Sie gleich empfangen, Monsieur de Maurillac.»
Weitere fünf Minuten darauf saß er in einem der vielen kleinen, nüchternen Besprechungszimmern, Salons genannt, vor einer erneuten Tasse Koffein.
«Es tut mir leid, dass ich Sie habe warten lassen, Monsieur», sagte der Banker, nach einer weiteren Kontrolle seines Ausweises. «Ich begleite Sie jetzt zu Ihrem Schließfach.»
In dem Kasten, vor dem Malcolm nun alleine stand, befand sich einzig ein großer versiegelter Umschlag aus goldenem Papier.

Bolan parkte seinen Wagen vor dem Les Trois Rois, gab dem Portier den Schlüssel und verzog sich in Windeseile in seine Suite. Die Spannung, die er empfand, übertraf alles, was er je in seinem Leben an von Erwartungen ausgehenden Gefühlen empfunden hatte.

Er nahm sich vor, zu später Abendstunde den Umschlag zu öffnen und der darin befindlichen Nachricht den ganzen Abend zu widmen. Malcolm ließ sich ein Bad einlaufen, ihn fröstelte es seit dem Aufstehen. Gemütlich in der warmen Wanne liegend und das feudale Umfeld seines exklusiven Badezimmers genießend, dachte er an die Gespräche, die er noch mit Bartholomé geführt hatte, kurz vor seinem so seltsamen wie überraschenden Verschwinden. Der Satz eines berühmten Physikers, den ihm sein Mentor und Maitre à penser so oft vortrug, erfüllte schlagartig seine Gedanken: Was in der Raumzeit passiert, wird nichts desto weniger vom Geschehen in einer jenseits davon liegenden, nicht lokalen Realität bestimmt. Jahrelang hatte ihn dieses Zitat von David Bohm beschäftigt. Demnach wird von den modernen Wissenschaftlern, zumindest von denen, die sich mit experimenteller Physik und mit der Quantenphysik im Allgemeinen befassen, heute schon eine zu unserer parallele Welt vermutet. Zwei Realitäten, zwei Welten, zwei Ebenen scheint es zu geben, und schon in antiker Zeit hatten große Denker ein Wissen davon. Von wem hatten sie dieses Wissen, war die Frage, die er sich immer wieder stellte. Hatte es von jeher Menschen gegeben, die die Fähigkeit besaßen, gelegentlich mit dieser anderen Welt in Verbindung zu treten? Oder war vielleicht noch irgendwo uraltes Wissen über den Code, der dahin führt, übriggeblieben? Malcolm hatte nie so richtig an Besucher anderer Welten geglaubt, obwohl die Indizien sich von Jahr zu Jahr häuften, war er immer noch der Meinung, diese Besucher seien Menschen, die aus unserer eigenen Zukunft den Weg zurückfinden konnten. Aber sie hätten ja nichts bewirken können, ohne ein Paradoxon hervorzurufen, welches wiederum ihre eigene Existenz in der Zukunft in Frage stellte. Auch die Doppelwesenheit, welche namhafte Denker, Geistesführer oder Halbgötter kennzeichnete, hatte stets einen Verdacht in ihm erweckt. So huldigten die Templer dem Baphomet, die römischen Kollegien dem Janus, die frühen

Christen dem Johannes. Alle wurden mit zwei Gesichtern dargestellt. Waren der Täufer und der Evangelist nur eine Person? Poseidon, dessen Name aus Posos un Eidonis gebildet ist, was für den Mehrfachen steht. Phebus, aus Phos und Bios zusammengesetzt, bedeutet Licht und Leben. Seit grauer Vorzeit sprechen die Menschen von Mischwesen, halb Mensch halb Tier. Die Sphinx, Symbol eines vorsintflutlichen Wissens über die Kreuzung hunanoider Wesen mit fremdem Erbgut? Der Minotauros, der Sage nach das Produkt der Vereinigung von Pasiphae und einem weißen Stier. Mischwesen begleiten die Mythologien sämtlicher Kulturen weltweit.

Malcolm befasste sich seit Jahrzehnten mit den Mythen der Völker dieser Erde, und für ihn kristallisierte sich die Überzeugung heraus, dass irgendwann auf unserem Planeten etwas geschah, das zwar unglaublich klingt, aber zu dessen Schluss man unweigerlich kommen muss: Einflüsse von außen gab es.

«Denkst du wirklich, der primitive Mensch fing eines Tages damit an, im Boden zu schürfen, Gesteinsbrocken zu erhitzen, das Metall daraus zu filtern, und ein Schwert damit zu schmieden?», fragte ihn eines Tages Bartholomé.

«Das konnte er nur, nachdem man es ihm zeigte», sagte der alte Mann lachend.

«Denkst du im Ernst, der Jäger und Sammler, mit Tierfell bekleidet, hat kurz nach der Eiszeit plötzlich mit PI gerechnet und die Pyramiden gebaut? Das ist tiefer Unsinn, mein Junge», erklärte sein klösterlicher Ziehvater stets lächelnd.

Das Planen und spätere Errichten dieser unglaublichen Bauwerke, mit allem was an Logistik dafür nötig war, konnte nur bewerkstelligt werden durch die Elite einer Kultur, welche gewiss nicht, noch zwei Jahrtausende zuvor, mit Knüppeln zur Jagd ging. Eine derart fulminante Evolution hätte sogar Darwin stutzig gemacht, dachte sich Malcolm in der Wanne. Alles was man mittlerweile über unsere Herkunft aus dem Wasser Neues wusste, streifte seine Gedanken in der wohltuenden Atmosphäre seines luxuriösen Ambientes.

Bolan schaute auf seine Uhr, er lag schon eine Stunde in der Badewanne. Sein Handy war in Reichweite, so verlangte er nach dem

Portier, um sich den Wagen vorfahren zu lassen. Er wollte Professor Züngeli in seiner Villa in Riehen nicht warten lassen.

II

Bruder Malachias, alias Kardinal Reuters, wartete schon einige Minuten auf den Kurier des Monsieur Vallois, dem er die modeste Summe von einer halben Million Euro übergeben wollte. Der schreckliche Tod seines Adjutanten, Bruder Henoch, hatte ihm die Augen geöffnet. Er konnte sich weder eine Denunzierung beim Vatikan leisten, noch sich mit dem Mann der Sécurité anlegen, in beiden Fällen hätte er den Kürzeren gezogen, zumindest zum jetzigen Zeitpunkt. Er dachte daran, seine Truppe neu zu formieren und im richtigen Moment seine Gegner, diese gotteslästerliche Brut, in die Hölle zu schicken.

Der Treffpunkt hier in der relativen Anonymität eines dünnbewachsenen Haines am Lago di Nemi in den Albanerbergen hatte den Prälaten Roms zunächst überrascht, aber man ließ ihm keine Wahl. Reuters war ein vorsichtiger Mann, es lag nicht in seiner Intention, hier demselben Schicksal zu erliegen wie der unglückliche Henoch. Er kam nicht wie versprochen alleine, zwei seiner Truppe kauerten hinter der Bank im Schutze des Dickichts, die Pistolen in der Faust, als der Wagen Zeitounes knappe zwanzig Meter von der Bank entfernt anhielt.

«Es freut mich Sie zu sehen, Eminenz», sagte Mahlik sarkastisch, und setzte sich neben den Mann der Kirche.

«Hier ist das Geld, um das uns Vallois erpresst hat. Bitte zählen Sie nach, und ich hoffe, auch er wird sein Wort halten.»

Der Kardinal äußerte sich gelassen und emotionslos. Es war unter seiner Würde, sich mit einem Untergeordneten, noch dazu einem kriminellen Muselmanen, zu unterhalten.

Mahlik öffnete die Tasche, ein Blick auf die Geldbündel genügte ihm, um einverstanden zu sein.

«Ich vertraue Ihnen, Exzellenz, Sie sind ein Mann des Wortes, Monsieur Vallois wird seinen Part erfüllen, ich kenne ihn schon lange.»

Als der Kardinal sich erhob, spürte er plötzlich die harte Mündung einer Waffe in seiner Flanke.
«Geh zum Wasser, Schweinefleischfresser», befahl Zeitoune mit eiskaltem Unterton in der Stimme. «Du glaubst doch nicht, ich lass dich laufen.»
Vallois hatte angeordnet den Mann zu eliminieren, er wusste zu viel, kannte die Lage der Farm und konnte somit gefährlich werden, man musste ja immer mit Stimmungsschwankungen solcher Heiligen rechnen.
Zeitoune wollte die Angelegenheit so rasch es ging hinter sich bringen, die Hälfte dieser Transaktion würde bald auf einem seiner Konten in Casablanca seinen Lebensabend deutlich krisenfester gestalten. Die mickrige Rente, die er zu erwarten hatte, war zwar für durchschnittliche landesübliche Vergleiche ganz passabel, aber Extravaganzen erlaubte sie schon gar nicht. Mahlik war ein Genießer auf sehr geheime Art, er liebte es Geschenke zu machen, er kaufte sich die Achtung seiner Umwelt, Schwache kamen bei ihm an den Pranger, die Starken hofierte er devot. Das waren seine typischen Staatsdienerkomplexe, die er von Beginn seiner Karriere an mit sich herumschleppen musste. Die Frauen im nördlichen Afrika werden ihm zu Füßen liegen, und am Deal mit dem Bischof würde er bald auch noch partizipieren. Zeitoune hatte keine Gewissensbisse in Anbetracht der lukrativen Perspektiven, die sich da boten, dem korrupten Kardinal eine Kugel zu verpassen, zumal der nicht zögerte in eigener Sache selbst morden zu lassen. Kommt zu mir, kleine geile Berberinnen, dachte sich Mahlik und schob den Geistlichen förmlich zur Hinrichtungsstätte am Wasser.
Die erste Kugel, die ihn traf, durchbohrte seinen rechten Oberschenkel, Mahlik ließ vom Schock des Impaktes paralysiert die Pistole fallen. Das zweite Geschoss zermalmte seine linke Wade, er knickte ein und begriff immer noch nicht, was da vor sich ging. Die zwei Schüsse aus den mit Schalldämpfer bestückten Waffen waren kaum zu hören gewesen, so dass der verblüffte Agent des marokkanischen Secret Service, schon am Boden liegend, noch gar nicht richtig realisierte, was da geschah. Mahlik verspürte dann fürchterliches Brennen in

den Beinen, das Blut ergoss sich in Strömen auf den sandigen Boden des Seeufers und Zeitoune begriff schlagartig, dass das Ende gekommen war. Noch ein paar wenige Sekunden zuvor schmiedete er Pläne über wilde Nächte mit jungen Frauen aus dem Atlas, und nun lag er am Ufer eines italienischen Sees unter dem unbarmherzigen Einfluss eines christlichen Fanatikers, der ihm nicht die geringste Gnade erweisen würde.

«Du hattest also Order mich zu eliminieren», sagte der Kardinal mit gewohnter Gelassenheit.

Mahlik wusste, er hatte verspielt, er wünschte sich ein schnelles Ende, so entschied er sich dafür, den Sektenbruder zu reizen, damit dieser ihn erschoss.

«Anta hakem woualled kahba», grinste er den Kirchenmann an. «Deine eigene Mutter wurde von einem Schwein gevögelt, als sie dich empfing, du dicker Hurensohn.»

«Bindet ihn fest», ordnete Malachias ganz leise an.

«Du Hurensohn», schrie Zeitoune, den die Angst langsam zu übermannen drohte.

«Du bist ein frommer Mann», sagte Malachias, «isst kein Schweinefleisch und trinkst keinen Alkohol. Dem werden wir nun Abhilfe schaffen, Habibi. Er soll liegen wie ein Gekreuzigter», befahl der aufgebrachte Kardinal.

Als die Brüder ihr Opfer am Boden so positioniert hatten, wie der Meister es wünschte, gossen sie hochprozentigen Grappa auf die Erde vor ihm, dann über die Beine, den Bauch und schließlich einen starken Schluck in den Mund, als letztes kamen die Haare und die Wangen dazu.

«Es sieht nicht aus wie ein Templerkreuz, meine Brüder, klopft ihm die Hände breit, damit unser Tatzenkreuz zum Vorschein kommt.»

Die Brüder bewaffneten sich mit schweren Steinen, die am Ufer überall herumlagen, und schlugen Zeitounes Hände und Füße förmlich breit.

Malachias zündete daraufhin den Alkohol an, der sich mit einem blauen Flämmchen langsam in Richtung Mund hoch fraß.

«Du stirbst an einem schönen Ort, und berühmt ist er obendrein.

Hier in dem See ließ in der Antike der gute und sanfte Caligula seine neuen Schiffe testen. Ein Wrack liegt noch immer unter der Oberfläche, und wenn man dich später daneben findet, wird man denken, du warst der Kapitän.»

«Tesbalachir, mein Freund. Grüße mir die Huris, wenn du in Janna angekommen bist.»

III

«Es tut mir aufrichtig leid, meine Herren, niemals hätte ich angenommen, dass die harmlose Bekanntschaft eines Geistlichen, noch dazu in meinem Stammcafé, so weitreichende Folgen haben würde.»

«Du kannst dich glücklich schätzen, mit dem Leben davongekommen zu sein, Professor.»

«Sogar die Kugel, welche schon so lange in eurem Familienbesitz war, hat er mitgenommen, Zeb. Ein Fiasko auf der ganzen Linie, das haben wir bisher erreicht, sonst nichts. Ich wäre für Sinclairs Fund gestorben, Freunde, das müsst ihr mir glauben.»

«Egal, wo die Funde landen, ob bei Vallois oder bei Taerning, in jedem Fall werden sie in den geheimen Kellern des Vatikans verschwinden.»

«Es sei denn, wir treten als Käufer auf, Malc.»

«Das geht nur, wenn Vallois der Eigentümer wird», meinte Bolan dazu.

«Ich werde ihn gleich kontaktieren. Kannst du wieder gehen, Armando?»

«Es geht schon relativ gut, aber nur mit Krücken.»

«Ich lade euch ein, heute Abend mit mir in meiner Suite ein wichtiges Dokument zu öffnen.»

Malcolm erzählte dann seinen Freunden, welche Theorie er damals, kurz vor dem Verschwinden des Monsieur Bartholomé, während eines langen Monologes des alten Mannes zu hören bekam:

«Das von Platon erwähnte sagenumwobene Atlantis, das von allen Mysterienforschern weltweit seit Generationen gesucht wird, habe

es in der Tat gegeben. Schon mehrmals kamen diese Extraterrestrier auf die Erde, nahmen Veränderungen an der noch jungen humanoiden Rasse vor, was zur Folge hatte, dass jedes Mal eine Art Homo Sapiens entstand. Sie kamen wegen unserer Bodenschätze, deren Abbau Arbeitskräfte erforderte, die fortgeschrittenere Menschen bedingte als der simple Protomensch, den sie vorfanden.
Zyklische Planetenstellungen erforderten aber ihren Abzug von der Erde. Dies ist der Grund, weswegen Atlantis nie gefunden wurde, und auch niemals gefunden werden kann. Weil es ganz einfach nicht mehr da ist. Sie hatten eine riesige Basis auf dem atlantischen Ozean. Wahrscheinlich ringförmig, denn dies war die Beschreibung der Menschen, die dort instruiert wurden, und diese Deskription an nachfolgende Generationen weiterleiteten. Die Atlanter wussten, dass die Levitation, die Hebung ihrer ozeanen Station, eine Flutwelle planetarischen Ausmaßes zur Folge haben würde, sie bereiteten darauf auch einige wenige ausgewählte Menschen vor. Dies führte später zu den Sagen von Noah und allen anderen in den Mythen der Welt, die die gleiche Aufgabe bekamen. Menschen wie Henoch oder Hezechiel, beides Gestalten des alten Testaments, berichteten, wie sie auf ihre Basen im Orbit mitgenommen wurden. Die Mythologien der Völker der Welt berichten alle von den Himmelsfahrzeugen dieser sogenannten Götter. Das Abheben ihrer Meeresbasis, als die Planetenkonstellation wieder günstig für sie war und ihr Heimatplanet auf seiner elliptischen Bahn der Erde am nächsten stand, hatte nach jedem ihrer Besuche eine Sintflut zur Folge. Noah und sein babylonisches Pendant Utnapischtim bekamen die Saat für die Neuentstehung mit auf ihre Barken. Die Menschen degenerierten darauf jedes Mal aufs Neue.»

«Die Statuette und die Kugel könnten die Theorie belegen», stellte Züngeli trocken fest. «In den geologischen Schichten unserer Erde befinden sich Spuren von Fluten auf Millionen Jahre zurück. Die Steinspitze, die in dem Toxodonfemur gefunden wurde, war eindeutig ein zurechtgeschliffener Quarzitsplitter, welcher durch das Alter der Schicht, in der man ihn fand, dem späten Pliozän zugeschrieben werden kann, und für die Anwesenheit von Menschen in Südamerika vor fast drei Millionen Jahren bürgt. Die Präsenz eines Jägers im tertiären Argentinien ist weder nach dem Geschmack der Universitäten noch nach dem der Kirche, meine Herren.»

«Was davon an Wissen bis in die biblische Zeit, also zu den babylonischen Völkern des Zweistromlandes, den damaligen Zivilisationen Mittel- und Südamerikas, Ozeaniens oder Indiens, übrig blieb, entdecken wir in der Mythologie dieser Völker. Alle hatten ihren Noah, welcher Saatgut, Tiere und Wissen vor einer Sintflut retten musste. Da kommen die Berichte her, die sich weltweit nicht nur ähneln, sondern erschreckende Parallelitäten vorweisen. Auf jedem Kontinent werden von den antiken Völkern Wesen erwähnt, die nach der Katastrophe unter der Erde verschwanden, geheimes Wissen mitnahmen und dort untertags in Gebirgshöhlen kulturell weiterlebten. In Asien spricht man vom sagenumwobenen Agharti, oder Shamballah, die europäische Tradition kennt die Troglodythen, in afrikanischen Legenden existieren Subkulturen der zentralafrikanischen Hochgebirge, die Mayas, Azteken, Tolteken, und ganz speziell die Inkas erwähnten schon immer unterirdische Vorfahren. Die Anden seien durchzogen von tiefen geheimen Gängen, also ein Höhlensystem, welches von Kolumbien bis Chile reicht.

Einige Halbmenschen hätten jedoch sämtliche Kataklysmen überlebt, behauptete Bartholomé. Diese sogenannten Tiermenschen gab es vor Jahrhunderten noch zahlreich, jedoch hätten sie bis heute nur in total abgelegenen und menschenleeren Gegenden des Planeten überleben können. In den Schriften seien aber weltweit Spuren von ihnen nachweisbar.

In der Welt der Mythologie auf planetarischem Maßstab existiert noch ein weiteres Phänomen an Parallelität», klärte mich mein Mentor auf.

«Stell dir Gott vor, mein Junge», waren die Worte, mit denen er einmal einen Diskussionsabend begann.

Es sei mir nicht gegeben, eine Vorstellung von ihm zu imaginieren, antwortete ich ihm.

«Nun stell dir einmal vor, Gott, der so allmächtig ist und den Kosmos mit den komplizierten physikalischen Regeln erdacht hat, erschafft ein Wesen nach seinem Ebenbild. Denkst du wirklich, er muss zuerst trainieren und sich sechshundertfünfzig Millionen Jahre lang mit so gigantischen wie dummen Superechsen auseinandersetzen? Um danach zu erkennen, er sei einem Irrtum unterlegen. Danach wirft er voller Frust einen Riesenstein aus dem All auf sein Werk, um von vorne anzufangen. Das ist doch lächerlich, mein Junge.»

«Da würde ich dem alten Mann gar nicht einmal so Unrecht geben», meinte der Professor lakonisch. «Aber du sprachst von einer weiteren Analogie in den Mythen der Erde, was meintest du damit?»

Bolan war im Begriff dem Professor zu antworten, da meldete sich sein Telefon.

«Mister Bolan, Vallois am Apparat. Was führt Sie zu mir?»

«Hören Sie Vallois, ich werde mich kurz fassen. Wir bieten ihnen die doppelte Summe, die Rom bezahlt, sollten Sie im Besitz dessen sein, was wir wollen.»

Vallois schwieg lange. Er überlegte krampfhaft, ob irgendwo noch Gefahr drohte. Taerning konnte ihm nichts anhaben, vor lauter Angst, in Rom denunziert zu werden. Reuters war nicht gefährlich, er wollte anonym bleiben. Bolan brauchte er nicht ins Kalkül zu ziehen, der wusste nichts.

«Sie kommen zu spät Bolan, ich habe den Knochen Bischof Taerning übergeben. Das war meine Pflicht als treuer Staatsdiener. Wo denken Sie auch hin, Monsieur, ich würde niemals Geld annehmen. Meine Obrigkeit befahl mir, nichts zu unternehmen, was Rom schaden könnte.»

«Sie sind ein verdammter Lügner Vallois, irgendwann laufen Sie uns über den Weg, denken Sie an meine Worte. Guten Tag.»

«Der Vatikan scheint um einige Geheimnisse reicher geworden zu sein», warf Malcolm in die Runde. «Mein Gott, dort möchte ich forschen dürfen, die Menschheit würde es kaum glauben können, käme ans Licht, was die Eingeweihten Roms in ihrer Geheimbibliothek alles seit Jahrhunderten den Menschen vorenthalten.»

IV

Rom lag an diesem Morgen unter feinstem Nieselregen, was die unzähligen Zweiradfahrer keineswegs zur Mäßigkeit zu ermuntern schien, das ungastliche Winterwetter sorgte jedoch für eine entspanntere Verkehrsdichte in der ansonsten so übergeschäftigen Hauptstadt. Kardinal Reuters öffnete den Reißverschluss des Anoraks, den er über seinem schwarzen Stadtanzug trug, ihm wurde langsam warm auf der Rückbank des Taxis. Er behielt aber seine dunkle Mütze auf dem Kopf, um unerkannt zu bleiben. Er ging stets einige hundert Meter zu Fuß, bevor er sich ein Taxi schnappte – an seinen besonderen Tagen. Heute war wieder einmal so ein Tag, Reuters fieberte ungeduldig der Ankunft im Penthouse entgegen, er konnte es kaum mehr abwarten, sein Mädchen in die Arme zu nehmen, hatten doch die letzten Wochen arg an seinen Nerven gezerrt. Gefahr und Angst erhöhten für gewöhnlich sein sexuelles Verlangen, und so fühlte er sich voller Tatendrang nach den kritischen Ereignissen der vergangenen Wochen.

«Können Sie nicht etwas schneller fahren», schimpfte er von der Rückbank. «Der Verkehr ist seit langem nicht mehr so gnädig gewesen, und Sie kommen wie eine Schnecke voran.»

«Ich tu mein Bestes, Signore», antwortete der Fahrer, dessen Gemüt von der Klage seines Gastes ungefähr so bewegt wurde wie von der ersten Unterhose, die er im Leben besessen hatte.

«Ich habe es verdammt eilig, geben Sie sich etwas Mühe.»

«Die Leute haben es alle eilig, Signore, dann hängen sie in ihren Büros herum und schlafen. Überhaupt hat keiner mehr Zeit heutzutage, sogar die Touristen stressen herum, ohne dazu wirklichen Grund zu haben. Jeder der Rom besucht, sollte vorab zwei Tage in den Bergen entspannen, um danach völlig gelassen die schönste Stadt der Welt genießen zu können.»

Reuters resignierte, er war nicht im Geringsten daran interessiert mit dem Fahrer zu plaudern, er wusste ja nur zu gut, dass die Taxifahrer seiner Stadt mit stoischer Gelassenheit alles über sich hergehen lie-

ßen, wollten sie nicht verrückt werden. Eines wusste er genau, dass er garantiert keinem Büroschlaf entgegen fuhr. Der Kardinal legte seinen Kopf zurück, fasste sich in Geduld und ließ seinen Phantasien freien Lauf. Er begann sich vorzustellen, wie er seine Dauergeliebte langsam entblätterte, sie hatte eine samtige weiche Haut, deren Teint so typisch war für die Frauen aus Südamerika. Ihren jungen straffen Körper in seinen Armen zu spüren bedeutete ihm das Glück schlechthin, für welches er bereit war selbst die Pforten der Hölle zu riskieren. Sie verkörperte sein absolutes Phantasma, meilenweit entfernt von den flüchtigen Episoden und den faden Berührungen der kleinen Huren, die er sich früher gelegentlich erkaufte, empfand er für sie fast so etwas wie Liebe. Sie bekam alles von ihm, konnte er sich doch kaum wehren gegen ihre zärtlich geflüsterten Bitten, andererseits wurde er jedoch zum Leibhaftigen selbst, wenn in ihm das Gefühl aufkam, sie könnte ihn betrügen. Drei Wochen waren schon ins Land gegangen seit ihrer letzten Umarmung, Tage, in denen seine Eifersucht stets erwachte, wusste er doch nie, was sie in seiner Abwesenheit tat. Sie war noch so jung, attraktiv, sexy und bildschön, und es raubte ihm den Verstand, sie meistens alleine zu wissen. Die Penthousewohnung hatte er ihr gekauft, ein wahres Abenteuer in der Tat, denn der Geldtransfer konnte nur über dunkle Wege realisiert werden, Wege, die einzig via mafiöse Kanäle schiffbar wurden. Danach forderte es einiges an Beseitigungsarbeit, um der Erpressbarkeit zu entfliehen, Gewissensbisse kannte der Prälat längst keine mehr, gehörte er doch der dunkelsten Seite menschlicher Spezies an. Virtuell noch am Busen seiner schon reifen Lolita weilend, erschrak ihre Exzellenz förmlich, als die rauchige Stimme des Fahrers ertönte.
«Sono trenta Euro, Signore.»
Reuters ließ sich immer einige hundert Meter vor dem Ziel absetzen, lieber ging er die restliche Strecke zu Fuß als Gefahr zu laufen, vielleicht ertappt zu werden. An diesem Morgen schloss er wie immer die eiserne Gartentür hinter sich und begab sich zum Eingang. Er zog seine Lesebrille aus der Tasche, ohne die er noch immer unfähig war die richtige Glocke aus dem riesigen Angebot der Tafel herauszulesen, nichtsahnend, dass er von einem Menschen unter einem Regen-

schirm von der gegenüberliegenden Straßenseite beobachtet wurde.
«Ich bin noch immer verrückt nach dir Ragazza mia. Du warst heute besonders leidenschaftlich mein Kind, du hast doch nicht etwa ein schlechtes Gewissen?»
«Ich bin dir treu, das weißt du doch, carigno mio.»
«Solltest du mich eines Tages hintergehen, verlierst du meine Gunst und damit verbunden all die schönen Dinge, die du so liebst.»
«Te quiero tantissimo, komm umarme mich noch einmal mein großer Bär.»
Reuters Verlangen stieg erneut in ihm hoch bei den von Erotik geladenen Worten seiner kleinen südamerikanischen Katze, wie er sie für üblich nannte. Ihre Exzellenz konnte, einmal gefordert, sich vom lieben väterlichen Bären zum brünstigen Grizzly mausern, ohne jemals dahintergekommen zu sein, dass seine kleine Wildkatze unter den leidenschaftlichen Bemühungen, mit denen er sie bestrafte, das empfand, was Nashörner für gewöhnlich empfinden, wenn man ihnen ihr besonderes Markenzeichen streichelt. So ging auch das leise Klicken des Schlosses der Haustür, das eben fachmännisch vergewaltigt wurde, unter den Geräuschen des Nahkampfes der geduldeten Vergewaltigung im Schlafzimmer an den zwei Kontrahenten völlig vorbei.
«Ich mach mich frisch im Badezimmer, Bärchen, dann koche ich uns etwas Feines, o.k.? Qerido?»
«Lass dir Zeit mein Kätzchen, du warst einmal wieder mein Geschenk Gottes.»
Kardinal Reuters setzte sich, den Rücken gebettet in die Kissen, auf denen er eben höchste Wollust empfunden hatte, und grinste zufrieden vor sich hin. Er schloss kurz seine Augen und ließ noch einmal verschiedene eben erlebte Episoden vor seinem geistigen Auge Revue passieren, als er ein leises Geräusch vernahm.
Er dachte zu ersticken, sein Gehirn konnte die Situation noch gar nicht verarbeiten, die sich ihm darbot, als er seine Augen wieder öffnete. Die Person vor ihm hatte den Zeigefinger vor den Lippen und hielt ihm eine mit Schalldämpfer ausgestattete Pistole entgegen. Im Badezimmer prasselte plötzlich das Wasser der Dusche so laut,

dass der Eindringling sich ermuntert fühlte, leise seine Stimme einzusetzen.
«Ich gebe dir eine Minute, um dein letztes Gebet zu verrichten, du erbärmliches Stück Scheiße.»
Reuters, von Panik erfasst, warf den Oberkörper in einem verzweifelten Versuch sich zu wehren dem Gegner entgegen, als die Kugel der Achtunddreißiger seine Stirn zerriss. Unter der Wucht des Einschlages fiel er zurück in die Kissen seiner schändlichen, jedoch menschlichen Taten, die Arme gespreizt.
Zoé streifte den goldenen Ring des Kardinals von seinem Finger und schob ihn unter die Zunge des toten Würdenträgers, der die Wiege seines eigenen Kultes in den Dreck gezogen hatte.
Als Melissa aus dem Badezimmer kam, fingen ihre Augen als Erstes das grauenvolle Bild ihres Gönners ein, er lag auf dem Rücken in der Position eines Gekreuzigten, und sie begriff. Sie suchte das große Zimmer nach der Person ab, die alleine dies hatte verursachen können. Sie wusste um das Ende ihrer noch jungen Reise auf dieser Welt. In der Ecke des offenen Wohntraktes, auf dem alten ledernen Chesterfield, saß ihre Meisterin und blickte ihr direkt in die Augen.
«Du hast das Nest beschmutzt, meine Tochter.»
«Ich weiß es, Meisterin, meine Mutter, aber ich hätte nie gedacht, dass es Monsieur das Leben kosten würde. Das tote Monster auf dem Bett hatte mich hinters Licht geführt.»
«Du begreifst, was ich nun tun muss?»
«Bitte lass mich leben, ich flehe dich an», bettelte das Mädchen von nervösen Zuckungen geschüttelt. «Ich will noch nicht sterben.»
«Ich werde dich nicht töten, mein Kind.»
Melissa schöpfte wieder Hoffnung, als die Mutter auf sie zukam und mit leiser und gefasster Stimme sagte:
«Nimm die Waffe und richte dich selbst, das bist du deinem Mentor und Vater schuldig.»
«Gib sie mir, Meisterin, ich werde meiner Pflicht nachkommen», antwortete Melissa sybillinisch.
Zoé gab ihrer einstigen Tochter die Waffe mit tränenüberfüllten Augen, wohlwissend, was nun geschehen würde.

Melissas Gesichtsfarbe wich einem blassen Teint, der ihre angeborene Mestizenbräune zu verdrängen schien, als sie die Pistole an ihren Kopf hielt.
«Wirklich Meisterin?»
«Ja, du musst es tun, Kind.»
Melissa schwenkte plötzlich den Lauf der alten Kreolin entgegen und drückte ab, indem sie schrie: «Ich bin noch jung, ich will leben, du alte Hexe.»
Außer dem leisen metallischen Schlag des Hahns war jedoch nichts zu hören gewesen.
«Ich hatte nur eine Kugel geladen für das Scheusal, das dich aushielt, mein Kind, für den Teufel, der Bartholomés Todesurteil gefällt hatte. Sie haben ihn grausam gefoltert, und die Schuldige bist du, die dieser Missgeburt der Hölle seinen Aufenthaltsort verraten hat.
Ich gab dir die Chance. Ich hätte dich am Leben gelassen und dich für dein restliches Leben deinen Gewissensbissen übergeben.»
Zoé griff in ihre Manteltasche, die Augen in die der Verräterin gebohrt zog sie langsam einen Lederriemen heraus, an dessen beiden Enden eine Elfenbeinkugel festgemacht war. In Windeseile umschlang sie den Hals der jungen Frau. Von Weinkrämpfen geschüttelt spannte sie ihre Arme an und verrichtete ihre grausame Pflicht. Ihre Aufgabe in Rom war erledigt.

V

In Bolans Suite im Hotel Les Trois Rois zu Basel herrschte an diesem Abend Entdeckerfieber.
Malcolm öffnete den Safe, legte das ominöse Couvert auf den niedrigen Glastisch vor sich, der Spannung, die in ihm brodelte, kaum mehr Herr. Er zog das erste Blatt aus dem Umschlag, es war handgeschrieben.
«Ich lese euch vor», sagte er mit unverhüllter Ehrfurcht in der Stimme.

Mon cher Ange.

Wenn du diese meine letzten Zeilen, die ich an dich richte, lesen wirst, werde ich das Zeitliche hinter mich gebracht haben und bereits schon in der nächsten Dimension des Seienden weilen. Ich habe aus der Ferne deinen Werdegang nur kläglich verfolgen können, wusste aber stets, wo du dich befandest. Die Zeit ist nun gekommen, da du wichtige Dinge erfahren solltest, und es bleibt dir überlassen, wie du damit umgehen wirst. Bald wird es tiefgreifende Umwälzungen geben, denn die Menschheit befindet sich im Morgengrauen einer neuen Zeit. Endlich wird erkannt werden, dass die Materie nur ein simples Epiphänomen des Geistes ist. Die Wissenschaft hat vier Grundkräfte erkannt, die den Kosmos regieren, die Gravitation, die elektromagnetische Kraft, die schwache Kernkraft und die starke Kernkraft. Bald wird sie eine fünfte erkennen, und der Weg zur Allmacht des Geistes wird immer offensichtlicher werden.
Im Jahr 48 vor unserer Zeitrechnung ließ Caesar, während er sich in der Hauptstadt des Ptolemäerreiches verschanzen musste, die Feuer legen, denen die große Bibliothek von Alexandria zum Opfer fiel. Einige tapfere Männer, Anhänger der Gnose, retteten das edelste Werk, das sich darin befand. Dieses Buch war dort an einem geheimen Ort aufbewahrt worden, damit es nur initiierten Menschen zugänglich sein konnte, auch galt es allgemein als in der frühen Antike verschollen.
Die gnostische Bruderschaft versteckte es daraufhin in einem nur ihnen bekannten Gang unter Salomos Tempel in Jerusalem.
Im Jahre 70 nach Christus wurde der Tempel von den Römern, unter Kaiser Titus, bis auf die Grundmauern dem Erdboden gleichgemacht, und das Buch fiel in einen Dornröschenschlaf, bis die neun ersten Templer, welche auf mysteriöse Weise Kenntnis von der Geschichte hatten, es im Jahr 1125 wieder unter den Ruinen des Tempels ausgruben.
Ich habe diese Welt mit dem Maß, mit der Zahl und mit dem Gewicht erschaffen, sagte der Ewige in der Genesis.
Bedeutet dies, dass es ein einheitliches physikalisches Gesetz geben

muss, das dem ganzen Universum zugrunde liegt? Es scheint, dass einige besonders kluge Menschen von Hier oder von Anderswo sehr nahe an die Entschlüsselung gelangten.
Was die Ritter unter dem Tempel in Jerusalem fanden, war nichts Geringeres als: HIEROS LOGOS, das heilige Buch des Pythagoras, das bis dato als verschollen galt.
Die Tempelritter nahmen es mit nach Frankreich, nachdem sie es sieben Jahre lang im Orient studiert hatten. Es enthielt Angaben über Kräfte, die sie jedoch noch nicht verstehen konnten, sowie Hinweise zur Möglichkeit des Eingreifens in Zeitabläufe. Die Erkenntnisse, die es preisgab und die sie auch interpretieren konnten, erlaubten die so fulminante wie plötzliche Entwicklung der Gotik, die dann im Bau der Kathedralen kulminierte. Die Gotik kam über Nacht, keiner wusste woher, und sie forderte nicht das langsame Umdenken von einem alten Stil zu einem neuen, mit den üblichen Übergangsphasen. Es handelte sich um ein Wissen, das bisher nicht einmal im Ansatz etwas mit bestehender Technik zu tun hatte. Die Architektur wurde auf den Kopf gestellt, die Art und Weise, wie Gotik mit Gewicht umging, grenzte an Levitation, es war die Umkehrung der Kräfte und der Gewichte, man ging von der Statik zur Dynamik. Spitzbogen und Schlüsselstein sorgten für Vibration und stumme Resonanz, die auf die Betenden magische Kräfte einwirken ließen. Die Gotik spiegelte kosmische Sternengesetze in irdischen Maßstäben wieder. Der goldene Schnitt, der den Übergang von der Geraden zur Gebogenen erlaubte, also von irdischer zu göttlicher Ebene, war darin enthalten, aber keiner hatte den Schlüssel dafür.

Malcolm legte eine Pause ein, wobei er die Mienen seiner Gäste studierte.
«Das ist unglaublich, umwerfend, surreal», sagte Züngeli. «Ich hoffe Bartholomé liefert Beweise, meine Herren.»
«Um in den Besitz dieses Buches zu kommen, würden einige alles tun. Wir können nur hoffen, dass es nicht auch in den Abyssen des Vatikans verschwand.»

«Das wäre ein Affront der ganzen Menschheit gegenüber, Zeb», sagte Bolan und fuhr mit der Lektüre fort:

Im Jahr des Herren 1307, an einem 14. September, entsandte der König von Frankreich seine Schergen, um alle Templer verhaften zu lassen. Der Schatz, die Akten und das Buch des Pythagoras wurden vorher an einem geheimen Ort in Sicherheit gebracht. Nur einige hohe Würdenträger des Ordens wussten wohin. Sie wurden im Chateau Chinon in Verließe geworfen, hinterließen dort aber kryptische Graffitis an den Zellenwänden, Nachrichten für Initiierte, die sie finden und verstehen würden. Denke an die Lampe, die in meinem Zimmer hing Ange, sie enthält einen Teil des Schlüssels. Der Lederriemen, der die Lampe mit der Decke verband, ist einst aus der Bauchdecke des Legaten des Papstes geflochten worden. Er befürwortete das Verbrennen des Jacques de Molay, dem letzten Großmeister der Templer, auf dem Pariser Scheiterhaufen. Danach verschwand er auf dem Rückweg nach Rom. Für die Historiker galt er als verschollen, man vermutete, er sei von Banditen überfallen und ausgeraubt und danach irgendwo verscharrt worden. In der Tat wurde er von Eingeweihten des Ordens entführt und bestraft. Seine Bauchhaut wurde ihm bei lebendigem Leibe in Lamellen entnommen und zu der Lederkordel geflochten, Mahnmal seines Verrates. Die Elfenbeinkugeln an deren Ende beinhalten die Lösung der Graffitis von Chinon.

«Was ist aus der Lampe geworden?», wollte Zeb voller Neugierde erfahren.
«Sie hing zuletzt in einer Villa oberhalb von Port-au-Prince und ist mittlerweile unter Tonnen von Balken und Schutt begraben. Darunter liegt auch noch ein wichtiges Dokument, das mit der Geschichte eng verbunden ist.»
«Dame Fortuna meint es nicht sehr gut mit uns, das Pech zieht sich durch unser Abenteuer wie ein roter Faden», beklagte sich Züngeli bitter. «Fahre fort, mein Freund, wir sind gespannt wie es weitergeht.»

Zusammen mit dem Buch gruben die Templer auch einen grünen Stein aus. Eine gefährliche Kraftquelle, deren Handhabung ihnen aber unbekannt war. Schall einer bestimmten Frequenz, kombiniert mit Licht, waren die Mittel, um seine Energie zu aktivieren. Es gelangen ihnen jedoch nur klägliche Versuche, aber sie begriffen schnell, dass man sich vor seiner andauernden Wärme nur durch eine Ummantelung von Blei und Gold schützen konnte.
Im Buch des Pythagoras erfuhren sie von den vorsintflutlichen Göttern. Einer von ihnen hatte Gefallen an den Humanoiden gefunden, er leitete den Erdenbürgern Wissen weiter in Form von Schrift, Technik und Philosophie – zum Leidwesen der anderen Götter, die ihn dafür missachteten. Die Ägypter nannten diesen Gott Jahrtausende später, über orales Wissen vermittelt, Thot, aus dem dann Hermes Trismegistos wurde. Der dreimal hohe Hermes, der zum Lehrmeister des Wissens von Orpheus und später von Pythagoras wurde. Als das Alte Testament verfasst wurde, zusammengestrickt aus den Mythen der Babylonier, bekam dieser in Ungnaden gefallene Gott den Namen Luzifer, der Lichtbringer, dessen Merkmal ein seine Stirn zierender grüner Stein war.

Malcolm legte eine erneute Pause ein, ergriff das zweite Blatt und fixierte seine Gäste.
«Nun, dieser Werdegang der Menschen wird ja seit Jahren von vielen Literaten vermutet. Was mich überrascht ist die Angelegenheit mit dem Stein. Wo könnte der abgeblieben sein?»
«Mich erinnert es daran, wie der große Aristoteles Pythagoras beschrieb», fügte der Professor ein.
«Der berühmte Philosoph bezeichnete Pythagoras als ein Mittelwesen zwischen Gott und Mensch, als den Vertreter göttlichen Wissens auf der Erde, der im Besitz einer Urweisheit war, die alle traditionellen Wissenschaften umfasste. Pythagoras definierte das Wesen der Götter durch die Zahl, die die Grundlage seiner schriftlichen Offenbarung darstellte, und in der die ganze Ordnung der Monaden enthalten war. Auf seiner dreißigjährigen Reise durch die damals bekannte Welt kam er auch nach Ägypten, wo er ein Priester im Tempel

des Osiris war. Danach weilte er über zwanzig Jahre in Babylon, von wo er dann nach über dreißigjähriger Wanderschaft ans Mittelmeer zurückkam und den ‹Hieros Logos› verfasste.»

«Übersetzt man die ersten Passagen der Genesis wortwörtlich, geht daraus hervor, dass nicht ein Gott, sondern Götter den Menschen erschufen. Elohim steht für eine Mehrzahl.»

«Du hast Recht, Zeb. Einige Gelehrte übersetzen die Genesis sogar so, dass der Ort der Schöpfung zu einer Glocke unter Wasser am Meeresboden wird.»

«Die Völker Amerikas berichten in ihren Sagen und Mythologien fast einheitlich von der ozeanen Provenienz ihrer Götter. Ai-Apaec, der Gott der Moche Kultur des alten Amerika, war ein Mischwesen zwischen Mensch und Tier, und sein Gegenspieler war ein Wesen, das wie ein Fischmensch dargestellt wurde. Die Anzahl der Götter mit amphibischem Charakter bei den Griechen ist enorm», fügte Züngeli hinzu. «Denken wir an Okeanos und seine Frau Tethis, beide entstammen dem Meer. Ihre Tochter Amphitrite war eine Meeresnymphe. Ihr Sohn war Triton, ein Wesen des Meeres, sie bekam ihn mit Poseidon, dem Gott der Meere. Oder denken wir an den berühmten Oannes, der dem Roten Meer entstieg, er war ein Mischwesen zwischen Mensch und Fisch und brachte den Babyloniern ihre Kultur. Im Hinduismus finden wir die Spuren wieder, die erste Niederkunft Vishnus, sein erster Avatara in der vergangenen Epoche des Kritayuga ist Matsiya in der Gestalt eines Fischmenschen. Könnten die Mischwesen der Antike, ob Sphinx, Kentauer, Minotauros, und wie sie alle hießen, vielleicht doch auf Grund existierender Beispiele entstanden sein?»

«Ob wir dies je erfahren werden Armando, wag ich zu bezweifeln. Lasst uns das zweite Blatt lesen.»

Der Großmeister des Ordens, Jacques de Molay, ließ ein Jahr vor der Massenverhaftung seiner Ritter eine Kopie des für ihn wichtigsten Passus aus ‹Hieros Logos› anfertigen. Sie wurde in einer geheimen codierten Version verfasst, die nur von wenigen eingeweihten Meistern verstanden werden konnte. Nach der Flucht aus Paris verschanz-

ten sich ein Dutzend Ritter im Süden Frankreichs, und so gelangte die Kopie in eine der Säulen des Altars von Rennes- le-Château. Was niemand wusste ist Folgendes, Ange: Mein Großvater konnte die Schriftrolle entwenden, bevor Béranger Saunière die anderen dort befindlichen Dokumente an sich riss. Ich habe Zeit meines Lebens, welches ich der Entzifferung widmete, nicht den geringsten Erfolg verbuchen können, und vielleicht ist es auch gut so. Wie ich die Welt von heute beurteile, ist die Menschheit, bei Gott dem Allmächtigen, noch lange nicht so weit für diese neue Epoche. Den grünen Stein, mein lieber Ange, haben die Tempelritter tief in einer der Höhlen auf dem Plateau von Rennes vergraben. Dieser Stein erlaubte denen, die es verstanden, nicht mit mehr Vernunft zu denken, was ja eine reine menschliche Fähigkeit ist, sondern direkt in der Natur der Dinge die Wahrheit herauszulesen. Deswegen durfte er niemals in unwürdige Hände fallen, die ihn zu missbrauchen im Stande waren. Über die Jahrtausende und durch alle Mythologien bekam er viele Namen, die goldenen Äpfel der Hesperiden, das Auge des Horus, das goldene Vlies, die Bundeslade oder der Heilige Graal. Damit er niemals zu bösen Zwecken entfremdet wurde, bekam er auch jedes Mal einen Beschützer, der Drache wachte über die Äpfel, Isis versteckte das Auge des Horus und Moses verhängte das Tabu über die Bundeslade, welche schlussendlich von Salomo vergraben wurde. Dies ist meine Überzeugung. Ein Splitter davon lag in der Säule des Altars, und befindet sich nun seit Jahrzehnten in meiner Lampe, er ist immer warm, aber sendet kein Licht. ARDET NON LUCET; Es brennt, aber leuchtet nicht und ist gefährlich, mein Sohn.

Nun, mein Junge, fragst du dich sicher, wie ich zu der Überzeugung gelangen konnte, dass meine Thesen richtig sind. Einige Beweise konnte ich sogar akustisch aufgreifen. Vielen Stimmen aus der Antike habe ich persönlich gelauscht, und eine davon war die des großen Demokrit, der mit seiner sanften Stimme mir einige Sätze zuspielte.

«Der alte Mann scheint jetzt aber seine Wünsche für Realitäten zu halten», unterbrach der Professor enttäuscht über die Wende des Textes, der ins Phantastische umzuschwenken schien.

«Vielleicht hat er auf die alten Tage seinen Verstand etwas eingebüßt», ergänzte Polniak. «Aber fahre nur fort mit der Lektüre Malcolm, wir sind alle gespannt auf den weiteren Verlauf der Geschichte.»
Bolan, der selbst langsam an den intellektuellen Fakultäten seines einstigen Mentors zu zweifeln begann, widmete sich erneut der Erzählung.

Wenn du meine Villa Bethania aufsuchst, in der ich nun über Jahre in Ruhe forschen konnte, wirst du im unteren Gewölbe mein Labor und eine Sammlung antiker Tongefäße vorfinden, deren Marktwert ein Vermögen darstellt. Es handelt sich dabei um die erlesensten Stücke, die du dir vorstellen kannst, jedes Museum weltweit wird sich um diese Sammlung reißen, und ich rechne mit deiner und Zoés Bereitschaft, ihnen diese so einmalige Kollektion zu überlassen, hast du irgendwann das Geheimnis der Gefäße entschleiert. Solche Relikte der Vergangenheit gehören den Menschen, nicht denen, die sich ihren Besitz erkauften oder erschwindelten. Einige der Hydrien aus dieser Sammlung sind so makellos, dass man sie für neuwertig halten könnte, und sie werden dir noch viele Überraschungen bescheren, solltest du das Verständnis erlangen sie anzuhören.
Vor über fünfundzwanzig Jahren gesellte sich mir ein genialer Physiker zu. Er hatte eine brillante Idee, aber um diese umzusetzen, benötigte er unzählige Millionen, die er selbstredend nicht besaß. Ich hatte nicht nur die nötigen Finanzen, sondern den brennenden Wunsch mit ihm diese einmalige Idee zu verwirklichen. Zusammen gründeten wir das Labor, und mit der Hilfe Zoés und vieler Physiker weltweit erschufen wir die Anlage. Seine Berufsgenossen in vielen Ländern fertigten für enorme Summen sogenannte Module, Einzeleinschübe, die mein neuer Freund benötigte, ohne dass irgendeiner je dahinter gekommen wäre, was die genuine Aufgabe dafür war. Alles, was wir anfertigen ließen, waren jeweils Einzelstücke, die niemals für größere Serienanfertigungen bestimmt waren und somit Unsummen verschlangen. Wir wandten uns voller Passion und mit dem unbeugsamsten Willen nicht zu scheitern an die avantgardis-

tischsten Institute, die experimentelle Physik betrieben. Dabei hatten wir niemals die Absicht, Kapital aus der Erfindung zu schlagen, es galt uns lediglich das Wissen der Menschheit zu fördern, und genau diese Einstellung erwarte ich von dir, mein lieber Ange.
Wie du weißt, waren die Ateliers der Künstler zu jeder Epoche ein Treffpunkt der Intellektuellen, Philosophen, und auch der Mäzene. Dort wurde getrunken und geredet, philosophiert und politisiert, und wie das heute noch so ist, über die letzten Nachrichten debattiert. Die Idee war es nun, diese Gespräche wieder zum Leben zu erwecken. In den Töpferateliers der Antike drehten die Töpferscheiben von morgens bis abends, wobei talentierte Finger weiches Material in elegante Formen verwandelten. Dieser Vorgang implizierte, dass während die Vasen ihre Form erhielten, sämtliche Gespräche in den weichen Ton eingraviert wurden, so wie man auf die alten Schallplatten unserer Jugend die Schlager in die Vinylschicht eingravierte. Ich begab mich auf Reisen durch alle Kontinente und erwarb auf Auktionen gut erhaltene Töpfereien aus dem Altertum. Dutzende hellenische Hydrien, Hadra-Vasen, Amphoriskoi, römische Urnen und etruskische Arbeiten, Töpfe aus Ägypten und den chaldäischen Gebieten füllten mit der Zeit unseren Speicher an potenziellen Tonträgern.
Es erforderte nahezu zwanzig Jahre der akribischen Forschung und des mühevollen Testens, bis wir schließlich die ersten Stimmen unserer Anlage entlockten. Eine davon gehörte dem genialen Demokrit. In wenigen Sätzen erklärt er, dass er sein Wissen und das seines Lehrers Leukip, alles bestünde aus Elementarteilchen, auf ein wiederentdecktes Wissen hochintelligenter Besucher der Erde zurückführt. Er befand sich damals in dem Atelier eines Meisters in Caere in Etrurien mit einem seiner Schüler, um sich einige Caeretaner Hydrien herstellen und dann bemalen zu lassen. Heutige Archäologen gehen alle davon aus, diese Hydrien, von denen man nur vierzig wiedergefunden hat, seien alle zwischen 530 und 500 v. Chr. hergestellt worden. Sie gab es noch hundert Jahre später mein Junge, ein Beispiel für die Wichtigkeit der Anhörung der Gefäße. Ich besitze sogar eine der Caeretaner Hydrien, die mit einem Bukarion, einem seltsamen

Aaskopf, verziert wurden. Der Kopf gleicht den Darstellungen der Vinca Kultur aus der Jungsteinzeit vor über 5000 Jahren und stellt ein extraterrestrisches Wesen dar. Das Frappierende aber ist, dass diese Figur einem Zwilling eines Chachapoya Gottes aus der mesoamerikanischen Antike gleicht. Die Leute aus der Chachapoya Kultur und die aus der Vinca Kultur hatten damals keine Kontaktmöglichkeiten. Die Behauptung der heutigen Elite der Physik, Materie sei bis ins unendlich Kleine aus Elementarteilchen aufgebaut, deckt sich mit den Gedanken des Demokrit. Er kam nicht selbst auf diese Idee, er hatte Spuren davon in alten Überlieferungen gefunden. In Haiti wirst du alles vorfinden, was wir erschufen. Lebe wohl, mein kleiner De Maurillac, ich vertraue dir.

«Ich bin weder Physiker noch Elektroniker, meine Herren, aber das ist die genialste Idee, von der ich je hörte», kommentierte wie erschlagen Professor Züngeli. «Ich schäme mich diesen Mann eben noch der geistigen Verwirrtheit bezichtigt zu haben.»
«Mir geht es genauso, Armando. Stell dir vor, uns gelänge es diese Anlage wieder in Betrieb zu nehmen, mein Gott was für ein Gewinn für die Historiker eine derartig revolutionäre Erfindung bedeuten würde. Wir bekämen Antworten auf viele offene Fragen die Antike betreffend. Auf allen Kontinenten war die Kunst der Töpferei bekannt, auch wenige Sätze, die man der Anlage entlocken könnte, führten sicher zu aufschlussreichen Korrekturen der Geschichtsbücher. Die Geschichte der Völker ist größtenteils schriftlich dokumentiert, was aber die Details des alltäglichen Lebens betrifft, gerade aus vorchristlicher Zeit und noch weiter zurück in der Antike, ist mit den Jahrtausenden unwiederbringlich verschollen. Wir gelangten zu bereichernden Erkenntnissen über Sprache und Phonetik der Völker und wären in der Lage, Brauchtümer und Lebensgewohnheiten der Menschen bis zu deren Ursprüngen zu verstehen. Vieles was heute Hypothese ist, würde sich bestätigen, aber auch vieles, was wir als etabliertes Wissen betrachten, würde sich als Irrglaube erweisen. Mit Sicherheit lernten wir unsere eigene Vergangenheit besser verstehen, Zusammenhänge, die uns unverständlich sind, endlich begreifen,

und vor allem bekämen wir den erwünschten Einblick in die Wissenschaft der jeweiligen Epochen. Die Lücken, die ansonsten für immer offen blieben, das Leben und Wirken der großen Religionsstifter betreffend, würden sich wahrscheinlich schließen. Fände man Gefäße aus Galilea, aus Jerusalem oder Alexandria, bekämen wir, mit viel Glück, direkten Einblick in das Leben und Sterben Jesu. Ich bin noch immer fassungslos ob der Genialität dieser Idee, aber es leuchtet mir langsam ein, dass so etwas mit der heutigen Technologie zu bewerkstelligen wäre. Die Vorstellung, den auf Töpferscheiben hergestellten Tonkrügen ihre eingravierten Schallwellen zu entlocken, genießt nicht nur meine Hochachtung, sondern rückt bei mir in den Rahmen des für kompetente Ingenieure Realisierbaren.»

Malcolm legte das Papier zurück in den goldenen Umschlag, und hielt lange inne.

«Unter dem Trümmerhaufen hat nicht einmal eine einzige der Vasen überlebt Zeb, und die Anlage besteht nur noch aus Elektronikschrott, das kannst du dir doch denken. Bartholomé liefert keine Angaben über Name oder Herkunft seines Physikerfreundes, der sicher die Pläne der Anlage besaß und auch wusste, wie damit zu verfahren war. Zoé muss ihn auf jeden Fall gekannt haben und vielleicht selbst daran gearbeitet haben, sie ist eine begabte Physikerin, wie ihr wisst. Ich werde sie gleich morgen früh danach fragen. Auch ich bin verblüfft von dieser Idee. Bartholomé war ein gewissenhafter Mann, was für mich bedeutet, dass er mit Sicherheit die Stimmen, die die beiden der Anlage entnahmen, abgespeichert hat und irgendwo in sichere Verwahrung brachte. Solche Datenspeicher könnten unter den Trümmern überlebt haben. Ansonsten besitzen wir eigentlich gar nichts mehr», sagte Bolan fatalistisch.

«Aber wir haben drei Anlaufstellen, wo wir suchen können, und die Mittel dafür besitzt ihr beide», ergänzte der Baseler Professor.

«Die erste wäre die Villa auf Haiti, derer Besitzerin das Recht auf Bergung zusteht und sogar die Pflicht auf Räumung obliegt», erwiderte Bolan. «Sie gehört nur Zoé alleine, somit werden wir dort nach Herzenslust in den Trümmern arbeiten dürfen, und keiner außer uns wird je erfahren, was sich darunter befindet. Wenn Zoé in die Kon-

struktion der Anlage involviert war und der Physikerfreund Bartholomés noch greifbar wäre, könnte ich mir vorstellen, zusammen mit Zeb die Finanzen aufzubringen, die notwendig würden, um die Apparatur wieder aufzubauen. Wir müssen das Rad ja nicht wieder erfinden, denn der Leitfaden dafür existiert, zumindest in den Köpfen zweier Menschen. Kämen wir mit dieser Technologie ans Tageslicht, sorgten wir für eine Weltsensation.
Die zweite wäre die geheime Bibliothek in den unterirdischen Gewölben der Vatikanstadt, wo ein kleiner Kreis Eingeweihter der Kurie sagenhafte Schätze an Wissen hortet, wo vielleicht die wahre Geschichte des Erlösers, der möglicherweise niemals am Kreuz starb und im Verborgenen dahinschlummert, von einigen Wenigen dafür Auserwählten über Generationen gehütet wird, und wo eine Handvoll Männer schon immer Bescheid wusste über den Ursprung der Menschen. Jedoch wird uns dort niemand hereinbitten», fügte Malcolm hinzu.
«Es sei denn, wir gewinnen einen Verbündeten. Es gibt da einen Bischof, der ist uns noch etwas schuldig», sagte Zeb mit wiedergefundenem Lächeln.
«Damit unterschriebe der gute Mann sein eigenes Todesurteil», fügte der Professor hinzu, legte dem Amerikaner väterlich die Hand auf die Schulter und schaute ihm freundlich in die Augen, bevor er feierlich verkündete: «Aber der Urwaldpfad, der uns zu möglicherweise halbmenschlicher Desoxyribonukleinsäure bringen könnte, ist dir ja sicher noch im Gedächtnis Zeb?»
«Ich denke die Stelle wird sich wieder ausfindig machen lassen Armando, und wenn wir alle zusammen zu dieser Expedition aufbrechen, haben wir berechtigte Chancen, den Wildmenschen zu finden.»
Malcolm Bolan nahm seinen Kopf in die Hände, er versank in tiefe Gedanken, in seinem geheimsten Speicher keimte eine vage Erinnerung, die flüchtige Ahnung mauserte sich langsam zu einer Gewissheit, er konnte sich plötzlich wieder entsinnen, das Bild, das er krampfhaft aus seinem Elfenbeinturm in die Klarheit der Imagination zurückholen wollte, war auf einmal wieder da, und es fiel ihm spontan wie Schuppen von den Augen.

«Work is waiting Gentlemen», warf er heiter in die Runde. Malcolm Bolan goss den Rotwein in die Gläser, prostete den Herren zu, und verkündete mit ernster Stimme: «Auch in den Pyrenäen könnten wir noch fündig werden, das Mysterium des kleinen Ortes in diesen Bergen gilt es immer noch vollends zu entschleiern. Und dann existiert da noch ein Schloss», meinte er mit einem verschmitzten Lächeln, «dessen Eingangsportal von einem kopulierenden Monster verziert ist, und ein Kloster in seiner Nähe, aber davon erzähle ich euch später.»

♦♦♦